Век Дракона

ANDRZEJ SAPKOWSKI

NIE MA ZŁOTA W GÓRACH SZARYCH

«Świat króla Artura»
«Krytyka»
«Bestiariusz»

Век Дракона

2002

Анджей Сапковский

НЕТ ЗОЛОТА В СЕРЫХ ГОРАХ

Мир короля Артура

Критические статьи

Бестиарий

ИЗДАТЕЛЬСТВО АСТ
Москва

УДК 821.162.1
ББК 84 (4Пол)
С19

Серия основана в 1996 году

Andrzej Sapkowski

NIE MA ZŁOTA W GÓRACH SZARYCH
ŚWIAT KRÓLA ARTURA
KRYTYKA
BESTIARIUSZ

Серийное оформление: С.Н. Герцева, А.А. Кудрявцев
Перевод с польского Е.П. Вайсброта
Художник А.Е. Дубовик

Печатается с разрешения издательства NOWA
и литературного агентства Александра Корженевского.

Подписано в печать 26.11.01. Формат 84×108 1/32.
Усл. печ. л. 20,16. Тираж 4 000 экз. Заказ № 63.

Сапковский А.

С19 Нет золота в Серых Горах: Мир короля Артура. Критические статьи. Бестиарий / А. Сапковский; Пер. с пол. Е.П. Вайсброта. — М.: ООО «Издательство АСТ», 2002. — 374, [10] с. — (Век Дракона).

ISBN 5-17-011011-1

Анджей Сапковский буквально ворвался в «умы и души» российских любителей фантастики совсем недавно, но его произведения уже признаны абсолютной классикой фэнтези.

Однако Сапковский — не только автор любимой всеми нами саги о Цири и Геральте и потрясающих, талантливых рассказов. Помимо этого его откровенно ехидному перу принадлежат многочисленные статьи по истории жанра фэнтези, в которых он дает творчеству и творениям своих собратьев по перу КРАЙНЕ ЯЗВИТЕЛЬНЫЕ ОЦЕНКИ.

Читать эти статьи — едва ли не интереснее, чем даже лучшие из романов Сапковского.

А еще интереснее — знакомиться с его впервые издающимся на русском языке «БЕСТИАРИЕМ» — ВЕСЬМА познавательным и ВЕСЬМА ироническим «путеводителем по миру мифических и магических созданий».

Не верите?

Прочитайте — и проверьте сами!

УДК 821.162.1
ББК 84 (4Пол)

МИР КОРОЛЯ АРТУРА

Миф — это правдивая история,
которая случилась в начале времен.

Мирче Элиаде

In oldè dayès of the King Artoúr
Of which that Bretons spoken gret honour,
All was this lond fulfilled of faërie.

Chaucer*

HIC JACET ARTHURUS, REX QUONDAM
*REXQUE FUTURUS***

Надпись на кенотафе короля Артура по тексту
сэра Томаса Мэлори, славного рыцаря
из Ньюболд Ривелл, что в графстве Уорвикшир

---

* Когда-то, много лет назад,
В дни короля Артура (говорят
О нем и ныне бритты с уваженьем),
По всей стране звучало эльфов пенье.

Джефри Чосер. «Кентерберийские рассказы».
Рассказ батской ткачихи. Перевод И. Кашкина.

** Здесь лежит Артур, король в прошлом и король в грядущем *(лат.)*.

Редко какому мифу досталось сделать такую головокружительную карьеру, как повести о короле Артуре и рыцарях Круглого Стола. Легенда, родившаяся в VI—VII веках на Британских островах, в то время чуть ли не Ultima Thule* Европы, ударила в колокол европейской и мировой культуры с такой силой и вызвала такой резонанс, что звон этот не умолкает и по сей день, а ведь с тех пор прошло уже почти четырнадцать сотен лет. Есть люди, которые не помнят имени отца Зевса, но мало кто не знает, кем приходился Артуру Утер Пендрагон. Есть люди, которые понятия не имеют об Иешуа, Гедеоне, Илии или Иеремии, но каждый знает, кто такой Мерлин. Есть такие, которые не шибко-то ведают, что стряслось с Лазарем Четырехдневным из Вифании, или что точно случилось во время свадебного пиршества в Кане Галилейской, но почти любой верно перескажет историю о том, как был извлечен меч, погруженный то ли в камень, то ли в наковальню.

Я думаю, найдутся люди, не представляющие себе, что общего у Энея с царицей Карфагена, а уж то, что царицу эту звали Дидоной, для многих вообще окажется откровением. Зато мало кто не свяжет Гвиневеру с Ланселотом, и, пожалуй, никто не задумается, если надо будет сообщить имя возлюбленной Тристана. Спросите кого-либо, как называлось

---

* край земли *(лат.)*. — *Примеч. пер.*

озеро, в котором обычно раскидывал сети рыбак Симон, именуемый также Петром, и сразу после этого попросите назвать замок короля Артура. А кто помнит, как назывался меч Зигфрида из «Нибелунгов» или оружие Роланда, паладина Карла Великого? А вот название «Экскалибур», гарантирую, вспомнит любой и тут же свяжет с Артуром.

Так почему же спустя четырнадцать веков нам по-прежнему так близки и знакомы история и приключения повелителя далекой Британии и его храбрых рыцарей? Почему нам ближе и лучше известны Артур, Мерлин, Ланселот и Тристан, нежели Иуда Маккавей, Ахиллес, Эней, Роланд-Орландо, король Попель*, наконец, или Вальгер Удалой**? Почему миф о короле Артуре совершенно беспрецедентным и уникальным образом проникал в сердца и воображения миллионов? Почему эта легенда стала неисчерпаемым кладезем литературных мотивов, источником никак уж не менее обильным и чаще используемым, нежели гораздо более близкая нам греческая мифология, «Илиада», «Одиссея» или «Энеида»?

Из мифа об Артуре и его рыцарях полными горстями черпали не только англосаксы — Чосер, Драйтон, Уортон, Холиншед, Спенсер, Мильтон, Шекспир, Драйден, Джонсон, Поп, Вордсворт, Колридж, Росетти, Моррис, Теннисон, Йитс, Суинберн, Элиот, Скотт, Блэйк, Лонгфелло, Лоуэлл, Твен, Джойс и С. Льюис, но и Пульчи, Боярдо, Ариосто, Тассо, Петрарка и Данте, Брантоме, Сервантес, Кальдерон, Гете, Шиллер и Уланд. А также Сигрид Унсетт, Жан Кокто, Итало Кальвино, Умберто Эко, Зофия Коссак-Щуцкая, Мария Кунцевич и Теодор Парницкий. Всех не перечесть.

Так почему же именно Артур, почему именно легенда о нем?

Ответы на эти вопросы можно найти в многочисленных литературоведческих и научных трудах. Приводимый ниже текст

* Король Попель — мифический князь, предшественник Пяста. Существует даже поговорка: «Короля Попеля мыши съели», поскольку, как утверждает легенда, мыши сожрали его в башне Кришвица. — *Примеч. пер.*

** Вальгер Удалой — могучий герой из рода Попелей. — *Примеч. пер.*

на звание «научного» не претендует ни в малейшей степени, ибо автор ученым не был, не является и быть не собирается*.

Однако же, поскольку колокол, получивший удар Артуровской легендой, невероятно громко звучит под сводами здания современной литературы фэнтези, постольку да будет позволено поболтать о короле Артуре автору фэнтези, каковым нижеподписавшийся является и впредь быть намерен.

Начнем с основополагающего вопроса: существовал ли вообще король Артур? Возможно, вопрос этот не столь уж и основополагающ, поскольку ни один из возможных ответов, положительный или отрицательный, на характер и значимость легенды уже повлиять никоим образом не сумеет. Тем не менее сама попытка дать ответ может оказаться полезной для понимания мифа. Его истоков. И его значения.

ИСТОРИЯ И ЛЕГЕНДА

На долю Британских — как мы их сейчас называем — островов, точнее — на долю населяющих их народов, выпало исключительное «счастье». На них с незапамятных времен кто-нибудь да нападал. Завоеватель, покорив туземцев, вскоре сам становился «аборигеном», но только для того, чтобы немного погодя быть поверженным и завоеванным кем-нибудь другим, кто, в свою очередь, становился «туземцем», и так без конца, по кругу. Поэтому, собственно говоря, неизвестно, кто там был истинным аборигеном, автохтоном. То есть не было бы известно, если б не легенды и предания. Однако поскольку легенды и предания существуют, постольку мы «знаем», что истинным и первоначальным жителем тех пределов был гигант Альбион, сын Посейдона. От его имени и пошло самое древнее название острова.

---

* Моя скромность частично проистекает из обычнейшего страха. Я помню, с чем столкнулся, рассуждая об артуровском мифе, «известный историк» в фильме «Monty Python and the Holy Grail». — *Примеч. авт.*

Однако вскоре объявился первый завоеватель — Геркулес, который, совершив уйму подвигов на юге Европы, возжелал отличиться также и у гипербореев. Переступив Гибралтар и установив там между делом два столпа, герой вскоре добрался до Белых Скал Дувра. Негостеприимный Альбион с ревом накинулся было на него, но Геркулес саданул гиганта по темечку своей прославленной дубинкой, а потом отправился восвояси. Домой, значит. Надобно заметить, что он был единственным поступившим так «покорителем» острова Альбиона. Все его последователи либо оставались там навечно, либо их выкидывали силой.

Очередными колонизаторами стали, если верить преданиям, потомки Ноя. У Яфета, сына Ноя, был сын Гистион, который, в свою очередь, родил четырех сынов: Франка, Романа, Алемана и Бритто. Каждый обустроился в соответствующем уголке Европы и положил начало соответствующему же народу. Бритто, как легко догадаться, осел на острове Альбиона, и от брата Франка его отделял пролив, позже названный Ла-Маншем.

Предание не уточняет, какие именно регионы Европы заселили другие чада сынов Ноя. Что же касается районов, выбранных потомками Хама, то на сей счет у меня есть своя точка зрения.

Английский поэт Джон Мильтон, «отталкиваясь» от Гальфрида Монмутского (он же Джефри Монмаутский) — о котором речь еще впереди, — отрицает вышеприведенные версии. По Мильтону (и Джефри), дело обстояло так:

После падения Трои в бойне уцелела горстка троянцев во главе с Энеем. Судьбы Энея описал Вергилий. Они широко известны, и мы не станем повторяться, ограничимся лишь тем, что отметим другой не менее известный факт — в конце концов Эней осел в Италии и положил начало римлянам. Был у него сын Асканий (Юлий). А у Аскания — сын Сильвий, сыном же Сильвия был, в свою очередь, некий Брут.

Этот Брут во время охоты случайно убил отца, за что его изгнали из Италии. Изгнанник отправился в Грецию и там отыскал другую кучку беглецов-троянцев из разрушенного Илиона. У тех дела шли паршиво. Греки их притесняли и жить по-человечески не давали. Тогда Брут решил пойти по стопам деда Энея. «Двигаем на море, — призвал он соплеменников, — поищем себе собственный клочок земли. На одной Греции с Италией, что ли, свет клином сошелся? Дед Эней смог, а мы — хуже? Говорю вам, парни, отыщем себе новую отчизну, а если подфартит и сабинянки какие-никакие попадутся, то и повеселимся всласть!»

Ну, троянцы послушали его и тронулись в путь. Плыли долго и сначала безрезультатно. К счастью, Бруту своевременно явилась богиня Диана, посоветовавшая плыть от галльских берегов направо, в смысле на север, туда, где обретаются гиганты. Потому как-де именно там воздвигнется Новая Троя.

Богиня не шутковала. Держась указанного курса, троянцы вскоре увидели Белые Скалы и высадились в том месте, которое теперь называется Девонширом. Оказалось, что богиня не переврала и в отношении гигантов — действительно, на Альбионе этой шушеры хватало. «Ядрена вошь! — воскликнул Брут. — Прадеду повезло больше. Рутулы были помельчее!»

Не раздумывая долго, Брутовы парни назвали — в честь шефа — открытую сушу Британией, потом взялись за гигантов и дали им «под зад коленкой». И даже предприняли карательную экспедицию — один из спутников Брута, Кориний, отправился дальше на запад, победил и прикончил свирепствовавшего там гиганта Гогмагога и осел на захваченных территориях, а по его имени район тот назвали Корновией, то бишь Корнуоллом, или Корнуэльсом, что в общем-то одно и то же.

Брут же воздвиг город и нарек его Трояновой. Со временем Троянова переиначилась в Триновантум, а ныне это уже Лондон.

Сыновьями Брута были Локрин, Альбанакт и Камбер. После смерти отца они поделили территорию между собой. Локрин выбрал среднюю часть, то есть теперешнюю Англию. По имени правителя край этот будет называться Логрес или Логрус, а то и просто Логр; Камбер взял западную часть — Уэльс и Кемберленд — землю, названную Кембрией или Кимрией*.

Третьему сыну Брута, Альбанакту, достался север (Каледония, то есть теперешняя Шотландия). Этот край назвали Албанией (Альбанией).

Как видим, все было бы ясно и просто, если б не то, что в предания и легенды никто верить не хочет, а вот антропологам и археологам верят все. Поэтому давайте-ка послушаем, что о древнейших обитателях Британских островов толкуют ученые. Самое старое, установленное теперь население Островов принадлежало к той же группе, что и греческие пеласги или итальянские этруски. Этот таинственный народ англосаксонские историки называют иберами, поскольку прибыл он — как считается — с Иберийского полуострова. Как эти люди попали на Иберийский полуостров, когда высадились на Британских островах, застали ли там и подчинили себе какую-то местную древнейшую расу — неведомо**.

Иберы оставили маловато следов на Островах (если, конечно, не считать Стоунхенджа и Нью-Гранжа), из чего делается вывод, что они не прогрессировали, как это было с этрусками, а прозябали на довольно примитивном уровне цивилизации аж до прибытия на Острова (около VI века до Р.Х.) галльских кельтов — этнической группы, которая нас заинтересует особо.

---

* Здесь и родился «Conan the Qimmerian» Роберта Говарда. Имя Конан, то есть Великий, носит множество легендарных валлийских (кимрских) героев-титанов. — *Примеч. авт.*

** Совсем недавно один болгарский филолог, сравнив языки гетитов и этрусков, показал, что у них общие корни. Этруски, утверждает далее болгарин, народ, прибывший в Италию из Малой Азии. Говоря точнее, это не кто иные, как троянцы Гомера и Вергилия. А ежели этруски и британские иберы родственники, то легенда о Бруте, потомке Энея, неожиданно являет нам свое второе дно. — *Примеч. авт.*

Кельты проделали большой путь — вероятнее всего, этот народ вначале заселял районы, лежавшие у подножия Альп на верхнем Дунае и Рейне. Отсюда кельты совершили долгий захватнический переход. Часть их овладела Чехией и Моравией и на некоторое время вышла на территорию современной Польши. Часть же заселила Галлию, которая, как поучал Цезарь в своих комментариях к «Галльской войне», делится на три части («Gallia est omnis divisa in partes tres»*). «Partes tres» — это районы, заселенные племенами, различающимися и языками, и обычаями. Цезарь называет их аквитанами, бельгами и кельтами, иногда применяя к последней группе наименование «галлы».

Именно эти галльские племена (за исключением аквитан, которые не произрастали из кельтских корней) предприняли очередное нашествие на Британские острова. Первыми (в VI веке до Р.Х.) в Британию отправились гоиделы. Они заселили теперешнюю Ирландию и остров Мона**, а также Британию до Кемберленда, Корнуолла, Девона и Северного Уэльса. Для начала же истребили множество аборигенов и изгнали их с богатых земель, однако потом соединились с ними против общего врага, новых завоевателей, которыми были (VI век до Р.Х.) их кельтские кумовья — племена бельгов, заселявшие бассейн реки Мозель***.

Однако часть туземного пранаселения Британии, предположительно иберы, не интегрировалась с галльскими кельтами и не дала себя завоевать. Это были племена, заселявшие дикие недоступные возвышенности и горы на севере Острова — Албанию, то есть сегодняшнюю Шотландию. Эти северные племена, как мы увидим дальше, оборонялись от чужеземного напора достаточно эффективно и очень долго.

---

* Вся Галлия делится на три части *(лат.)*.

** теперешний Англси.

*** О двухэтапной кельтской агрессии на Острова свидетельствует тот факт, что кельтские языки до сих пор делятся на две четко различающиеся группы — гоидельская речь (язык племен первого вторжения, то есть теперешний германский, шотландский и так называемый manx), и речь бретонская (язык племен второго вторжения) — теперешний валлийский, корнуоллский и бретонский. — *Примеч. авт.*

А на юге все шло в соответствии с «отработанной» уже схемой: нападение, борьба, завоевание, интеграция. Бельги быстро захватили всю юго-восточную низменность и наконец вышли в район Грампианских гор, к реке Туид. Гоидельские кельты твердо удерживали Ирландию и Мону, их анклавы держались в Корнуолле и Уэльсе. Общие кельтские корни облегчали интеграцию и взаимопонимание в приграничных областях. Смешавшиеся со временем с гоиделами бельги разделились на группы и племенные союзы — кельтские, но уже «британские» — одну из таких групп римляне позже назовут бригантами*. От этих-то бригантов (а вовсе не от сказочных Брута или Бритта) все население острова получит название «бритты», а сам остров — Британия. Крестными же отцами будут римляне. Что ни говорите — все-таки потомки Энея!

Римляне заинтересовались Островом еще до рождества Христова. В 55—54 годах до Р.Х. на бриттов пошел Юлий Цезарь. Он предпринял (ссылаюсь на Роберта Грейвса, а не на историков. В конце концов, я ведь тоже писатель, а не историк!) две экспедиции.

Во время первой бритты под предводительством короля Касваллауна оказали такое яростное сопротивление, что Цезарь смог продвинуться в глубь острова едва на десять миль. Во второй раз, доведя свои силы до двадцати тысяч солдат, он сломил оборону и захватил Кентию — теперешний Кент. Экспедиция завершилась тем, что островитян заставили приносить ежегодную дань, которую те, впрочем, перестали платить уже спустя два года.

Во времена правления Цезаря Августа, Тиберия и Калигулы (ок. 30 г. до Р.Х. по 40 г. от Р.Х.) Рим Британией не интересовался и о дани не напоминал, понимая, что практически это означало бы продолжительную завоевательную вой-

* Остальные британские племена назывались: карветы, вотадины, декеанглы, коританы, добышины, катувелланы, тринобанты, дуротры, атребаты, кандиаки, силуры, ордовики, икены, деметы, паризии и думнонии. Из племени силуров, заселявших южный Уэльс, вышел, как предполагается, «исторический» король Артур. — *Примеч. авт.*

ну, цену которой посчитали слишком высокой по сравнению с возможной выгодой. Поэтому по отношению к Острову повели политику торгового проникновения.

Вскоре в юго-восточной Британии пришел к власти Кимбелин, король тринобантов. Сыновья Кимбелина, не очень-то, видно, ладившие с папашей, надумали бежать в Рим и просить о военной помощи, обещая взамен признать верховенство Империи... и регулярно выплачивать дань. Калигула неожиданно воспылал. «Овладею, — воскликнул он хвастливо, — Британией от островов Силли до Оркад!» И двинулся в поход. Остановившись с армией в Булони, приказал легионерам рубить море мечами и собирать раковины, что счел «британской данью и победой над Нептуном». Тем «интервенция» и закончилась. Калигула вернулся в Рим, а там Кассий Херея уже точил кинжал...

Кимбелин умер в том самом году, в котором кинжал Кассия Хереи достал Калигулу (41 г. от Р.Х.). После смерти короля члены его семейки кинулись в драку за власть. Один из сыновей Кимбелина, Карактак, объявил себя королем тринобантов. Другой — Берик, по установившейся уже семейной традиции, сбежал в Рим и попросил Клавдия помочь ему в борьбе с братом.

Клавдий тщательно и скрупулезно подготавливает кампанию. Изучает записи Юлия Цезаря, умело подбирает экспедиционный корпус. В 43 году силами сорока тысяч солдат форсирует Дуврский пролив (Па-де-Кале) и ударяет по бриттам, устремившись прямо на столицу Карактака Колчестер. Карактак и его зять Каттигерн преграждают римлянам дорогу под Брентвудом, но бой проигрывают. Клавдий объявляет захваченную территорию (южную равнину — Кент, Суссекс и Эссекс) римской провинцией. Оставляет здесь воинский контингент под командованием Остория, а сам — по примеру кесарей — организует себе триумфальный въезд в Рим.

Но уже в 45 году Карактак вновь собирает силы и нападает на римские гарнизоны. Вначале ему сопутствует удача, но вскоре его предательски хватают и выдают римлянам собственные же земляки. Будучи доставлен в Рим и поставлен пред Клавдием в кандалах, он на поразительно правильной латыни оглашает свою собственную защитную речь, да так красноречиво, что тронутый до глубины души кесарь дарует ему жизнь. Посетив и осмотрев Рим, Карактак произносит известные слова: «Не понимаю, как повелители столь прекрасного города могут в глубине сердец своих жаждать наших нищенских островных лачуг».

Бедный Карактак. Он не понимал, что римлянам вечно недостает того, что мог дать завоеванный остров: золота, серебра, железа, свинца, олова, шкур, зерна, скота, рабов. Римляне не отказались от планов завоевания Британии, через Ла-Манш плыли новые легионы. В 47 году Британия была оккупирована до самых рек Северн и Трент.

Бритты так легко не поддались. Мужеством и ожесточением, с которыми они защищали свои земли, они прямо-таки изумляли римлян. Хотя Pax Romana* вскоре стала в Британии свершившимся фактом, кельты и бритты оружия не сложили. В 60—69 годах, когда уже почти весь Остров был захвачен, они снова поднялись против оккупантов под командованием воинственной Боудикки, королевы иценов. Боудикка сражалась мужественно, разгромила несколько легионов, положив семьдесят тысяч римлян и их приспешников. Пойманных легионеров она приказывала насаживать на колья, что достаточно эффективно снижало моральный дух врагов.

Однако сопротивление не дало ничего — восстание утопили в крови. Боудикка не согласилась с унижением, ставшим уделом Карактака, и покончила с собой. Памятник ей сейчас стоит в том городе, который она во время бунта разрушила дотла, — в Лондоне, у Вестминстерского моста.

Вскоре после этого — в 78 году — римский наместник в Британии Гней Юлий Агрикола завершил завоевание, раз-

* Замиренная римскими завоевателями часть мира, то есть Римская Империя *(лат.)*.

бив последних оборонявшихся бриттов у Грампианских гор в Каледонии. С того момента полное и нераздельное владычество римлян над Островом стало свершившимся фактом. «Britannia» превратилась в очередную провинцию Империи.

Но — внимание! Дальний Север и на сей раз эффективно сопротивлялся агрессору, опять не дал себя покорить. Глухомань Caed Celyddon, неприступные вершины и ущелья Каледонии и перевалы Грампианских гор, самоотверженно обороняемые дикими племенами горцев, снова оказались непреодолимой преградой. Как некогда кельты, так теперь легионы римских карателей, орлы которых победоносно пронеслись через полмира, вынуждены были отступить перед яростью и отвагой туземцев. Горцы с севера кидались в бой, размалеванные боевыми красками, поэтому римляне стали называть их «пиктами» (крашеными). Когортам пришлось отступать. Север остался свободным, но яростные «крашеные» не ограничивались обороной. Нападали сами. Кусались так успешно, что в конце концов римляне вынуждены были от них отгородиться. По своему обыкновению, они воздвигли два вала (стены), отгораживающих римские владения и долженствовавших удерживать пиктов в узде, не допуская их разбойничьих рейдов. В 122–127 годах был воздвигнут «Вал Адриана» (Vallum Hadriani), пересекавший северную часть Острова по линии теперешних городов Карлайл и Ньюкасл, а в 140–142 годах — «Вал Антонина» (Vallum Antonini) — на уровне теперешнего Эдинбурга*. К северу от валов располагались пикты, к югу — Pax Romana.

Однако, как во всех римских провинциях, Pax Romana означал не оккупацию, террор и угнетение, а прежде всего развитие и прогресс — цивилизационный, хозяйственный, культурный. Британию разделили на четыре провинции: Maxima Caesariensis, Flavia Caesariensis, Britannia Prima и Britannia Secunda, столицами которых стали Londinium (Лон-

* Между заливами Ферт-оф-Клайд на западе и Ферт-оф-Форт на востоке. — *Примеч. пер.*

дон), Lindum (Линкольн), Corinium (Киренчестер) и Eburacum (Йорк). Провинциями управляли вице-префекты, а всё в целом подчинялось префекту, то есть наместнику. Военная власть находилась в руках двух войсковых начальников (преторов), один носил титул Dux Britanniarum, базировался в Эбуракуме и осуществлял надзор над северными фортами валов. Другой — Comes Littoris Saxonici, присматривал за безопасностью побережья (от Портсмута до Уоша), которому угрожали набеги ютов и саксов.

В местах локализации давних кельтских caers, то есть крепостей, возникли очередные римские поселения, форты и укрепленные лагеря: Comulodunum (Колчестер, давняя столица Кимбелина и Карактака), Dubris (Дувр), Venta Belgarum (Винчестер), Isca (Карлеон на Аске), Isca Dumnoniorum (Эксетер), Glevum (Глочестер), Aquae Sulis (Бат), Corstopitum (Корбридж), Deva (Честер), Segontium (Карнарвон), Venta (Карвент), Luguvalium (Карлайл) и многие, многие другие.

Римляне сидели в Британии четыреста лет. Очень долго. Но в конце концов вынуждены были уйти. По простой причине: многие века они захватывали и колонизировали другие народы и земли, столетиями приносили иным нациям Pax Romana и силой навязывали ее. И наконец некто нежданный принялся колотить рукоятью меча в их собственные двери. К стенам Roma Aeterna, Вечного Города, уже подступали вестготы.

Исход римлян из Британии случился не вдруг. Римляне уходили постепенно. И хоть последний римский легион покинул Остров в 407 году, в Британии осталось немало римлян. Легионеры, владевшие землей, пожалованной за хорошую службу, те, что обзавелись в Британии семьей, купцы. Ассимилировавшиеся представители аристократии римской, связанные супружескими узами с аристократией кельтской, породили новый правящий класс — британскую знать, которая уже во времена Карактака одинаково бегло владела и латинским, и кельтским языками.

Но были и такие, кто приветствовал уход захватчиков. Ведь очаги антиримского сопротивления тлели в Британии все четыреста лет оккупации. Главы кланов, по примеру названной выше Боудикки, постоянно поднимали мятежи и восстания. И хотя легионы стояли на Валу Антонина, тем не менее под самым носом у Dux'a Britanniarum в горных районах Уэльса, в Дифеде и Гвинедде, в Ир-Видфе, Регеде и Корнуолле власть Рима практически отсутствовала — тут по-прежнему хозяйничали кланы и друиды. А когда римлян поубавилось, кланы незамедлительно кинулись друг на друга. Началась долгая и упорная борьба за власть и господство.

Отсутствие римских легионов и воцарившийся хаос тут же привлекли внимание соседей. На западных побережьях замелькали паруса ирландских пиратов, в те времена именовавшихся скоттами. А с севера, форсируя покинутые римлянами Валы Антонина и Адриана, хлынули на юг неистребимые пикты.

Сторонники проримской ориентации несколько раз обращались за помощью к Империи, но в ответ слышали одно: «Провинция Британия Империю не интересует. Британия — территория самоуправляемая и независимая, так что должна сама разрешать свои проблемы. Помощь от Рима не придет. У Рима под завязку других, более важных дел».

Этими «более важными» делами, как легко догадаться, были готы Аларика, опустошавшие город. Империю, до недавних пор владевшую половиной мира, сотрясали последние судороги. В 476 году Западная Римская империя пала и больше уже не возродилась.

Впрочем, вернемся к Британии. В войне кланов и группировок всплывает (около 441 — 442 годов) полулегендарная-полуисторическая фигура. Воитель, клановый вождь, этакий «capo di tutti capi»*, который наверняка захватил власть, вырезав или подчинив себе других претендентов. Имя его — Вортигерн. Несомненно, бритт (достаточно обратить внима-

* «всем головам голова» *(ит.)*.

ние на схожесть его имени с именем Каттигерна — зятя Карактака), но вроде бы женатый на чистых кровей римлянке, к тому же аристократке из рода Цезарей. Вортигерн одерживает победу за победой. Он объединяет проримские и пробританские партии, добивается серьезных успехов в войне с ирландцами, на какое-то время изгоняет за пределы Вала Антонина пиктов, опустошающих север. Воистину, человек, ниспосланный самою судьбою, которого так ожидала Британия. Вортигерн наводит порядок. Вортигерн правит Британией.

И Вортигерн губит Британию — Британию бриттов. Как покажет история — окончательно. Вортигерн становится британским Конрадом Мазовецким, а точнее сказать, Конрада Мазовецкого ничему не научила история с Вортигерном*.

---

* В результате совершенных в XIII веке «делений» Польши территория Мазурии стала удельным княжеством. С 1207 года Мазовецким князем стал Конрад I. Как и у его предшественников, у него была масса хлопот с языческими племенами пруссов. И тогда для охраны своих границ он привлек рыцарей с черными крестами на белых плащах, членов созданного во время Крестовых походов Ордена Крестоносцев. Идея Мазовецкого казалась удачной и почти не рискованной: «Дам нескольким боевым рыцарям немного земли, пусть построят себе небольшой замок и защищают нас от пруссов, а если завоюют какую-нибудь землю пруссов, пусть она станет их собственностью, ведь Папа Римский велит забирать себе земли, отвоеванные у язычников в ходе Крестовых походов».

Последствиями «изумительной» идеи князя было возникновение на севере Польши могущественного тевтонского государства, потеря Западного поморья, Гданьска и отсечение Польши от моря, тяжкие трехсотлетние войны. Но одним этим дело не кончилось. Тевтонский орден породил Восточную Пруссию, важную часть Прусского королевства, впоследствии Германской империи, активного участника всех разделов Польши. Так что можно смело предположить, что трагические для Польши последствия идеи Мазовецкого тянулись до 1945 года, если, конечно, исходить из того, что это уже конец.

А вот если б Конрад Мазовецкий знал легенду о короле Артуре, если б слышал о последствиях замысла Вортигерна, о саксах, которых тот призвал в Британию для борьбы с пиктами? Если б сделал из легенды соответствующие выводы и не призвал крестоносцев, не поселил их на своих землях, не позволил Ордену набрать силы? Как в таком случае покатилась бы и сформировалась история Европы и

Вортигерн знает, что пиктов валами долго не удержишь, ведь там уже нет римских легионов. Против пиктов нужна дубина. И Вортигерн такую дубину находит. Около 443 года на Остров прибывают «союзники», храбрые воины, которые станут биться «за Британию и за Вортигерна» и, конечно, покажут пиктам, где раки зимуют. Это германские племена — англы, юты, фризы и саксы с устья Эльбы. Вскоре это сборище станут называть общим именем «саксов» либо «саксонцев»*. Во главе их стоят Хенгист и Хорза, а над ними реет их знак — Белый Конь**.

Союз скрепляет женитьба Вортигерна (свою римлянку он отравил, что ли?) на дочери Хенгиста. Саксы получают право поселиться на острове Танет. Кроме того, им обещают передать во владение все территории, которые они отобьют у пиктов, — все, что расположено севернее Вала Антонина, будет принадлежать им. Саксы рьяно берутся за дело и действительно крепко прикладывают пиктов. Они не ограничиваются обороной римских валов, а высаживаются на Оркнейских островах (Оркады) и оттуда бьют по тылам пиктов на Дальнем Севере. Меж тем в Британию прибывают все новые и новые корабли, везущие новых воинов... и сотни

мира? Не было бы государства крестоносцев, не случилось бы битвы на льду Чудского озера и Александр Невский не был бы героем. Не было бы битв под Грюнвальдом-Танненбергом в 1410-м и 1914 годах. Возможно, не было бы вообще Пруссии, Германской империи и двух мировых войн? А что было бы взамен? Разум плутает во тьме такого вопроса. — *Примеч. авт.*

* В дальнейшем я придерживаюсь принятого в нашей литературе названия «саксы», хотя, возможно, и следовало бы писать «саксонцы» или «саксоны», ибо в древности это были германские племена, заселявшие побережье Северного моря от Ла-Манша до Везера и Гольштинии, то есть несколько иные территории, нежели современная Саксония, которую мы ассоциируем с саксонским фарфором. Существует теория, в соответствии с которой древнее название этих племен происходит от применявшихся ими коротких односторонне острых мечей (тесаков), именуемых «sax» либо «saex». Хотя все может быть и наоборот. — *Примеч. авт.*

** Традиция именует их вождями ютов. Их имена означают соответственно «конь» и «кобыла». — *Примеч. пер.*

новых поселенцев. Поселенцы осматриваются. Что такое? Земли к северу от вала, в далекой Каледонии? Ишь ты! А чего ради так далеко искать? Ведь прекрасной, плодородной земли хватает и здесь, в Британии, в Кенте и Суссексе, ее можно брать сразу, как только сойдешь с кораблей. Богатый край, не то что наша бесплодная Ютландия, каменистая Фризия или болотистое устье Эльбы. Тут всего невпроворот. Ну а ежели чего-то и недостает, так ведь можно отобрать у глупых, полусонных бриттов, этих псевдоримлян! Пикты так поступают столетиями — и ничего, живут! Значит, «делай как пикты»!

Полыхают кельтские военные поселения и римские замки. Саксы прут вперед. Бритты в панике отступают. Они уже поняли, что притащили на свою голову врагов, по сравнению с которыми разукрашенные пикты кажутся беззащитными овечками. Отчаявшийся Вортигерн пытается установить мир, договориться с саксами, обозначить границы и демаркационные линии. Сотня британских вождей встречается на «мирной конференции» с сотней танов Хенгиста. В знак мира и дружбы все прибывают без оружия. Пенится пиво, поросята и барашки шипят на вертелах. Ликуйте! Да здравствует дружба между народами!

А где происходит сие торжество? На равнине Солсбери. В каменном кольце Стоунхенджа, именуемого Пляской Гигантов.

По данному Хенгистом знаку сверкают кинжалы, предусмотрительно скрытые до той поры за голенищами сапог сакских танов. На разверстых от ужаса глазах Вортигерна разворачивается жуткая бойня, которая войдет в историю как Ночь Длинных Ножей. Первая Ночь Длинных Ножей — человечество, обожающее чудные примеры, позже увидит еще несколько подобных.

Вортигерн чудом спасается, чтобы скрыться в горах Камбрии. Это конец его политической карьеры. И кажется, конец кельтской Британии. Конец иллюзиям дружбы и союза. Просто — очередное нашествие. Вскоре вся восточная часть Острова уже в руках саксов. Британия начинает съеживаться до размеров Сомерсета, Девона, Уэльса и Корнуолла. Остальной частью страны владеют Вотан и Белый Конь.

Но вот является следующий «посланец Провидения». Последний настоящий «римлянин» (хотя, как и Вортигерн, наверняка бритт), попавший в хроники под именем Аврелия Амброзия. И с титулом Dux Bellorum*. Победив и отстранив Вортигерна (наверняка неделикатным движением ножа по горлу), Амброзий оттесняет саксов на восток, восстанавливает и упрочняет брошенные римские форты, а британские клановые укрепленные поселения переделывает по образу и подобию римских фортификаций. Реконструирует дорожную сеть, повышает производительность хозяйства страны и укрепляет торговлю с континентом. Но саксы, хоть им и не удается овладеть вооруженными лагерями и поселениями, продолжают неустанно и практически безнаказанно опустошать страну грабительскими набегами. На саксов по-прежнему нет управы.

И тут начинается легенда.

Престарелый Аврелий Амброзий, Dux Bellorum, выбирает себе преемника из клановых вождей. Им становится Утер Пендрагон, однако не все соглашаются с таким выбором. Горлуа из Корнуолла, хозяин замка Тинтагель, в открытую отказывает Утеру в послушании. Впрочем, некоторые утверждают, будто неприязнь Утера и Горлуа вызвана не только политическим соперничеством. Глаз Утера слишком уж долго задерживается на прекрасной Игрейне, супруге Горлуа. Начавшаяся война — война за женщину...

В советниках у Утера ходит мудрый и влиятельный чернокнижник (друид) Мерлин. Послушный чарам Мерлина, одержимый страстью Пендрагон принимает обличье Горлуа, и никто, даже Игрейна, не распознает камуфляжа, когда Утер

* Военачальник *(лат.)*.

проникает в замок Тинтагель. Игрейна не обнаруживает подмены даже на супружеском ложе.

Утер завоевывает женщину и власть, побеждает объединившиеся против него кланы. Горлуа погибает в бою, остальные присягают победоносному вождю. Пендрагон становится новым Dux'ом и берет в жены Игрейну. Игрейна выдает на свет Божий сына — плод той ночи в Тинтагеле. Однако тут является чернокнижник Мерлин и напоминает Утеру, что у чародейского камуфляжа, благодаря которому Утер смог некогда овладеть Игрейной, была своя цена — зачатый в ту ночь ребенок должен принадлежать ему, Мерлину.

Маленького Артура — а именно таково имя сына Пендрагона и Игрейны — Мерлин отдает под присмотр рыцарю Эктору. Мальчик воспитывается вместе с сыном Эктора Каем. Идут годы, Утер Пендрагон, Dux Bellorum и Comes Brittanorum, умирает, вроде бы подавившись куриной косточкой. Кому теперь править Британией? Кто продолжит дело Амброзия и Утера, кто сдержит пиктов и саксов?

В день завершающего зиму праздника Имболк (Imbolc) вожди кланов собираются в Лондиниуме, в том месте, где лежит огромный камень. На камне укреплена стальная наковальня, а в нее воткнут меч. Кто сумеет извлечь оружие из наковальни и камня, гласит надпись, тот и есть законный владыка бриттов. Ну, парни, за работу, кто вытащит? Некоторые даже не пытаются — может, читать не умеют? Кто его знает, что там, в натуре, на этом камне написано? Другие, верящие в силу своих мускулов, пробуют. «Uff... Shit... Next, please»*.

Многие силачи тащат, никому не удается. Но вот за рукоять меча хватается пятнадцатилетний Артур, воспитанник рыцаря Эктора. И меч Пророчества, извлеченный из камня, сверкает в его руке! «Смотрите, бритты! — восклицает Мерлин. — Вот истинный наследник Утера Пендрагона! Вот ваш король! Король Артур!»

* «Уух... Аах... Следующий, пожалуйста» *(англ.)*.

Исполнившееся на глазах всех британских родов предсказание потрясает страну — всяк стремится под командование молоденького владыки. Тут же созданная армия бьет по саксам. Артур проводит с потомками Хенгиста и Хорзы одиннадцать победных битв. Одиннадцать раз громит их и разбивает наголову, поскольку ядро его армии — это неудержимая в атаке конная дружина юных храбрецов. А саксы, хоть знамя их и Белый Конь, дерутся не по-современному — в пешем строю. И проигрывают!

Двенадцатая, решающая, битва, свершившаяся у горы Бадон, заканчивается сокрушительным разгромом саксов — моральная и военная сила тевтонских агрессоров окончательно сломлена. Альбион, Британия, страна Логр может возродиться, теперь у освобожденного от угрозы нашествия края впереди долгие годы покоя и благополучия под мудрым и справедливым правлением Артура, поддерживаемого своими конными храбрецами, которые вместе с ним усаживаются в замке Камелот за Круглый Стол...

Легенда?

К факту появления «Артура, dux'a bellorum» в многочисленных рукописных преданиях мы еще вернемся — а таковых источников было множество. Однако изучающие артуровский миф ученые — их тоже не меньше — обратили внимание на другие вытекающие из чистой логики факты, подтверждающие историческую аутентичность этой фигуры. Экспансия саксов в 443 — 505 годах неожиданно застопорилась, затопталась на месте. Что-то произошло. Случилось нечто, «умиротворившее» саксов настолько, что из грабителей и агрессоров они трансформировались в поселенцев, обрабатывающих земли в восточной части Острова.

Поселенцев, которые наконец интегрировались, слились с потомками бриттов и положили начало нации англосаксов, которые, в свою очередь, сами вскоре были захвачены норманнами из Нормандии, предводительствуемыми Вильгельмом Завоевателем. А какое событие может превратить воинственных агрессоров в мирных обывателей? Разумеется, хорошая взбучка. Значит, кто-то таковую взбучку грабителям, несомненно, дал, кто-то переломил им хребет на долгие годы. Этот факт подтверждает археология. В промежутке, ограниченном долгими сорока пятью годами (505 — 550-й), не найдены следы типичных для саксов реликтов за пределами предполагаемой демаркационной линии, за которую победитель изгнал саксов после их поражения, линии, идущей примерно вдоль восточного края равнины Солсбери (теперешнего Гемпшира), к северу через Чильтернские холмы, до линии рек Трент и Хамбер.

Кто же остановил саксов на востоке, притормозил нашествие и экспансию? Совершенно очевидно — это мог быть талантливый полководец, всем своим естеством Dux Bellorum, вдобавок настолько популярный и наделенный харизмой, что он сумел объединить и подчинить себе кланы бриттов, создать из них дисциплинированную армию. Каким образом этот вождь победил многочисленных, закаленных в боях, непобедимых до того саксов? Совершенно очевидно — используя стратегию и тактику, которая была для противников убийственной, против которой у них не было контрспособа. Тактику римскую. Источники и исследования подтверждают, что, хотя обычно ядро и силу римских формирований составлял плотный строй пехоты, в войсках, стоявших в Британии, их основной частью была конница — катафракты (cataphracti), удачнее всего действовавшая при столкновениях с быстрыми колесницами кельтов и пиктов, пользующихся тактикой коммандос — hit and run*. Кстати, нас может заинтересовать то, что, по мнению некоторых историков, на Валу Адриана стояло две тысячи конников родом из... Сарматии. По римскому обычаю, солдаты после окончания военной службы имели право поселиться в том районе, в котором служили. Поэтому не исключено, что впоследствии рыцари Круглого Стола познавали искусство конного боя от потомков «истинных» кентавров из сарматских степей, обученных римской тактике.

---

* наскок и отход *(англ.)*.

Итак, что противопоставляет саксам способный командир? Быстрый маневр и сокрушительный напор конницы по образцу римских катафрактов, возможно, усовершенствованный, еще больше приспособленный к местным условиям. Противопоставляет ордам пеших саксов наездников, вооруженных длинным британским мечом, который, по мнению знатоков оружия, имел оголовок значительно более длинный, чем у римских «гладиусов», поэтому короткие германские «саксы» не могли ему противостоять. Кроме того, эти наездники были защищены щитом (scutum) и панцирем (lorica segmentata), возможно, дополненным кольчугой из железных колец (lorica hamata), которую большинство историков и знатоков оружия считают изобретением бриттских кельтов. К тому же эти наездники быстро обнаружили преимущества тяжелой пики, позднейшего копья, оружия, которым можно пользоваться только с коня. Оружия, которое даже более тысячи лет спустя перетянет чашу весов под Кирхгольмом и Веной.

Значит, у нас есть логическое доказательство существования такого полководца и одетых в латы рыцарей, есть логическое доказательство победы в решающем бою. Так чего же ради сомневаться в записях хронистов, которые помещают эту битву под горой Бадон, способного командира называют Артуром, а его конников — рыцарями Круглого Стола?

Каковы были эти хронисты, что и как писали об Артуре, каким образом повлияли на окончательный облик мифа — я расскажу.

АРТУР В ХРОНИКАХ, АРТУР В ПОЭЗИИ

Первые упоминания, которые косвенно могут касаться Артура, появляются в трудах валлийского клирика Гильдаса (516? — 570-й). В «De excidio et conquestu Britanniae»* говo-

* «Разорение и горе Британии».

рится о битве под Бадоном, проходившей в день рождения автора, то есть около 516 года. Однако в этой работе нет ни слова о том, кто — персонально — победил. Имя Артура не упоминается.

Другой валлиец, тоже монах, Ненний, создал (ок. 796 г.) произведение, озаглавленное «Historia Britanum»*, и здесь Артур уже присутствует, он назван по имени и с эпитетами «Dux Bellorum» и «Comes Brittaniarum». Ненний перечисляет места всех двенадцати побед Артура, включая и битву у горы Бадон, в которой Артур «собственноручно положил девятьсот шестьдесят (!) противников». Опустим это неправдоподобное рыцарское деяние, однако добавим, что ученые до сих пор ломают головы и перья, пытаясь определить места, где проходили эти двенадцать перечисленных Неннием битв. Согласия не видно и не слышно. Даже гору Бадон размещают в шести местах: Бат, Авон, Бэдбери, Брентвуд, Беркшир и Батамтон**.

В «Annales Cambriae»*** неизвестного автора, написанных около 956 года, дату битвы под Бадоном указывают точно: 516 год. Сообщены также дата и обстоятельства смерти Артура — он пал в битве под Камланном в 537 году.

Период, когда Артуровская легенда рождалась в изустно передаваемой народной традиции и проникала в хроники (550 — 950 годы), Джозеф Кэмпбелл называет мифогенным моментом****.

---

* «История Британии».

** Остальные одиннадцать битв, по Неннию, — это (в хронологической последовательности): 1 — у реки Глейн. 2, 3, 4 и 5 — у реки Дабглас. 6 — у реки Бассас. 7 — в Каледонском лесу. 8 — у крепости Гвиньон. 9 — у Города Легионов. 10 — у реки Трайбрит. 11 — у горы Агнед.

Ненниевские названия не очень-то позволяют привязать себя к каким-то известным ныне местам, за исключением разве что Города Легионов (Caerleon). В Каледонском лесу на дальнем севере Артур дрался скорее с пиктами, нежели с саксами, которые в то время до Каледонии еще не добрались. — *Примеч. авт.*

*** «Анналы Кимбрии».

**** J. Campbell, «Creative Mythology — The Mask of Cod». Нью-Йорк, 1968. — *Примеч. авт.*

Следующим, по Кэмпбеллу, был «первый период развития устных преданий» (950 — 1066 годы), когда возникла легенда Артура как «Надежды Британии», который отнюдь не погиб, а пребывает на острове Авалон (варианты: в гроте валлийских гор, у антиподов, среди эльфов, в жерле кратера Этна и т.п.)*.

Затем наступает «второй период развития» (1066 — 1140 годы). После захвата Острова Вильгельмом Завоевателем, говорит Кэмпбелл, начинается развитие поэзии бардов и век невероятной популярности их творчества. Франко-норманны обожали бардов, и ни одно торжество в замке норманнского вельможи не проходило без выступления барда. Теперь в Артуровскую легенду проникло множество элементов кельтской мифологии и героических преданий. Норманнские рыцари хотели слушать повествования о рыцарских подвигах паладинов Круглого Стола, кельтские же барды, испытывая отсутствие материала, приписывали рыцарям Артура деяния Кухулина, Финна сына Кумала, Диармуйда, Талиесина, Гвидиона, Перидура, Ллеу Ллау Гифеса, Пуйла, Манавиддана — сына Ллира и других богов и богатырей локальных ирландских и валлийских легенд, которые уже в то время собирали и включали в «Мабиногион», валлийский «Справочник для начинающих бардов». К этому факту мы еще обратимся. Сейчас же вернемся к хроникам, поскольку второму из названных Кэмпбеллом периоду сопутствовало также развитие легенды в рукописных передачах.

Именно в этот период возникли «Gesta Regum Anglorum»**, написанная ученым монахом Уильямом Малмсберийским (1080 — 1143). Брат Уильям (традиционно) описывает деяния Артура под Бадоном, но — внимание! — книга одновре-

---

* Пещера короля Артура находится в Уэльсе, неподалеку от города Монмаут. По-валлийски Trefynwy. Другие (согласно местным традициям) места отдохновения у короля — Артуров Курган в Сноудонии, долина реки Нит в Южном Уэльсе, местность Кедбери в Сомерсете, а также Эйльдонские горы в Шотландии. — *Примеч. авт.*

** «Деяния английских королей».

менно содержит и первую в истории научную критику мифа. Уильям обращает внимание на массу вымыслов и глупостей, которыми обрастает историческая и достойная хвалы фигура короля Артура, и сурово осуждает выдумщиков и сказочников. Однако тут же ученый утверждает — совершенно серьезно, — что в битве под Бадоном Артур собственноручно прикончил свыше девятисот саксов*.

Однако наиважнейшим артуровским документом того периода была «Historia Regum Britanniae»** Джефри Монмаутского (1100 — 1154), описывающая самую давнюю историю Британии (начиная с Брута-троянца) и изображающая короля Артура вершиной и венцом тех историй. Книга увидела свет в 1139 году и наделала много шума. Уже тогдашние ученые заклеймили ее апокрифом, глупостью, мистификацией и полнейшим бредом. Джефри же заверял, что, работая над своей «Историей...», пользовался оригинальным документом на языке бриттов, который получил в подарок от архидьякона Оксфорда. Почти единогласно было решено, что этот «оригинальный» британский документ — как и остальные, сообщенные Джефри «факты», — обыкновеннейшие выдумки, фальшивки и измышления. Такое мнение отнюдь не помешало этому, несомненно апокрифическому, труду с каждым днем превращаться в бестселлер и хит — практически невозможно найти в тогдашней цивилизованной Европе двора, на котором не читали бы вслух «Историю...» либо не спорили о ней. Ибо произведение было любопытным... в литературном отношении. Джефри, хоть и придал книге серьезный

---

* Поэт Драйтон (1563—1631) уменьшает это неправдоподобное количество, сообщая, что Артур под Бадоном убил «всего-навсего» триста саксов. Цитирую:

«Pendragon's worthie son, who waded there in blood
Three hundred Saxons slew with his owne waliant hand».

Что же до меня, то мне больше по душе теория, которая для вящего правдоподобия рекомендует зачеркивать в библейских и легендарных числах два последних нуля. Если так поступить, то получится, что, по Неннию, Артур под Бадоном прикончил девять и шесть десятых человека, а по Драйтону — ровно трех. — *Примеч. авт.*

** «История британских королей».

и научный характер, не ограничился сухим, хроникерским упоминанием об Артуре, но втиснул туда целый роман: обстоятельства рождения короля, приход к власти, извлечение меча Калибурна, женитьбу на Гуанамаре (Гиневре-Гвиневере) и ее измену (с Медравтом, кстати, племянником, а не сыном короля), бой Артура с Медравтом, закончившийся смертью обоих соперников в битве под Камбулой (Камланном), укрытие Гуанамары-Гиневры-Гвиневеры в монастыре и, наконец, последний путь короля на Авалон в 542 году от рождества Христова. Назвал он также по именам основных, впоследствии канонизированных, соратников Артура: Вальгана (Гавейна), Кэя и Бедивера. Туда же напихал бесчисленное множество легендарных и сказочных элементов. Включил и чародея Мерлина: всю его историю, не забыв о магической транспортировке Каменного Круга Стоунхенджа из Ирландии на равнину Солсбери, он заключил в произведения «Пророчество Мерлина» и «Жизнь Мерлина» (1134 — 1140), так что, как видим, Джефри Монмаутский фактически заложил краеугольный камень под будущее здание легенды, и ему, бесспорно, принадлежит на нее авторское право. Более поздние авторы недалеко ушли от начертанной Джефри схемы. Вклад же «Истории королей...» в английскую литературу был воистину колоссальным — можно смело утверждать, что, не будь Джефри Монмаутского, не было бы Чосера и Елизаветинской драмы. А если б не было Чосера и Елизаветинской драмы... М-да...

Следующий период (1136 — 1230) Джозеф Кэмпбелл называет «литературным» и делит его на четыре подпериода:

А. АНГЛО-НОРМАННСКИЙ ПАТРИОТИЧЕСКИЙ ЭПОС (1137 – 1205)

Артуровская легенда в издании Джефри Монмаутского неожиданно приобрела политическое звучание. Повесть о «могучем короле Англии, Уэльса, Ирландии, Нормандии и Бретани», о короле, который «завоевал Галлию, Аквитанию, Рим и Норвегию», щекотала имперское самомнение и амбиции потомков и преемников Вильгельма Завоевателя — Генриха I, Стефана Блуазского и Генриха II Плантагенета. Легенду следовало популяризовать, развивать, дабы усиливать патриотическую монолитность народа под правлением единого владыки и оправдывать территориальные притязания. Прозаическую, прикидывающуюся хроникой «Historia Regum...» переводят на поэтический французский, так как культурная Англия тех времен говорила по-французски. Перевод осуществляет Вас (1110 — 1175), автор произведения «Geste de Bretons»*, известного также под названием «Брут», поскольку за исходный пункт Вас взял уже знакомую нам приведенную Джефри Монмаутским легенду о происхождении бриттов от Брута, правнука Энея Троянского.

Спустя полвека сельский священник из Уорчестершира Лайамон переводит произведение Васа на англо-норманнский (староанглийский) язык, создав тем самым два забавных парадокса. Во-первых, его имперско-патриотический «анекдот» появляется как раз в то время, когда страна начинает расползаться и погружаться в хаос под правлением короля Иоанна Безземельного. Во-вторых, Лайамон воспевает деяния Артура на языке народа, которому король Артур в свое время дал под зад — и именно этим более всего прославился.

Оба названных автора в принципе не сделали ничего, кроме переводческой работы, — принципиальная форма и картина легенды осталась той же, что и у Джефри. Однако Васу мы обязаны весьма существенной для легенды деталью: он первым описал Круглый Стол и даже привел его размеры — за столом умещались пятьдесят рыцарей.

Приходской же священник Лайамон поясняет значение формы этого предмета, которая имела целью пресечь присущие кельтским вожакам споры о почетном месте за пиршественным столом. Оба произведения говорят об Артуре как о «надежде Британии» — король не умер, король был взят

* «История Британии».

эльфами на Авалон, откуда вернется, когда на его родине дела пойдут совсем уж скверно. Как видим, легенда начинает служить не только политическим целям, но и укреплению сердец.

Это не последняя цель, которой она служит.

Б. ФРАНЦУЗСКИЙ ГАЛАНТНЫЙ РОМАН (1160 – 1230)

Для французов, имеющих собственный эпос о Карле Великом и романы о деяниях его паладинов (так называемые chansons de geste*), личность короля Артура как короля бриттов была и неинтересна, и непоэтична, а английский шовинизм легенды мог им лишь мешать. Зато во Франции вызвали интерес спутники Артура, рыцари Круглого Стола, потому что в те времена была мода на повести о персональных действиях, одиноких путниках... и о любви. Идеалом и лейтмотивом песен и романов французских труверов была галантная церемонная куртуазная любовь, amour courtois — сердечные похождения бравых рыцарей и подвиги, свершаемые ими в честь и в защиту прекрасных дам. На покровительствовавших труверам и трубадурам дворах (например, в Пуатье у Альеноры Аквитанской) популярной темой баллад стала проблема Артура и Британии (matière de Bretagne). Специализированным же типом баллады и любовного романа из группы amour courtois стали так называемые romans bretons, которые говорили о любви и любовных шалостях рыцарей Круглого Стола.

Период, о котором идет речь, — это время мощной экспансии артуровского мифа в Европу. Поэзия французских труверов была известна и популярна всюду, поскольку тогдашний французский язык, так называемый langue romaine, был в то время языком всей цивилизованной Европы — другие языки и сочинения только еще зарождались. Старофранцузский язык использовался и был популярен в Британии

* Сказания, песни о деяниях *(фр.)*.

задолго до вторжения Вильгельма Завоевателя. В битве под Гастингсом англосаксонские и франко-норманнские рыцари взаимно крыли друг друга по-французски.

Кретьен де Труа (1135 — 1183), придворный поэт Марии Шампанской, известнейший трувер, начал эксплуатировать Камелот исключительно как фон к первой сцене — здесь начинались приключения, отсюда рыцари отправлялись в поход — Артур благословлял их и больше в повествовании не появлялся. Важнее были рыцари.

Кретьен написал целый ряд рифмованных романов о «благородных рыцарях». Большинство из них («Тристан», «Эрек и Энида», «Клижес», «Ивэн») имеют аналоги в виде возникших в тот же период версий валлийских романов и эпосов, но, по правде говоря, до сих пор неизвестно, кто у кого «списывал» — Кретьен у анонимных валлийцев или же наоборот. Но, как бы то ни было, корень был явно один и тот же — кельтская мифология. Песни кельтских бардов, которые они исполняли (по-французски!) в замках англо-норманнских рыцарей, переправлялись в континентальную Европу и становились там не менее популярными, чем в Англии. Помните «Крестоносцев» Зофии Коссак-Щуцкой, сцену, в которой бард Роберта Нормандского поет песнь о «Кеусе, добром виночерпии»? 1097 год, Первый Крестовый поход, ни Кретьен де Труа, ни Джефри Монмаутский еще не родились, но эту песнь никак нельзя считать литературным анахронизмом. Деяния Артура и Кэя и вся matière de Bretagne могли быть крестоносцам известны. Однако Коссак-Щуцкая все же допустила в этой сцене временную неточность, и даже две, к тому же серьезные. Мы к этому еще вернемся.

А вот действительно оригинальным, созданным Кретьеном «от корней», следует признать роман «Ланселот, или Рыцарь на телеге»*. Он нас заинтересует, учитывая новаторское включение в схему легенды этого важного для сюжета рыцаря и его любви к супруге Артура, королеве Гвиневере. Роман

* Вариант: «Ланселот Рыцарь Телеги». — *Примеч. пер.*

Кретьена воспевает известную и впоследствии канонизированную историю похищения королевы коварным князем Мелеагантом и освобождение ее геройским Ланселотом Озерным. Ланселот, потеряв боевого коня, вынужден спешить на выручку королеве, воспользовавшись крестьянской телегой. Отсюда и название романа. В те времена роман должен был чертовски возбуждать рыцарей и выжимать слезу из васильковых глаз дам — ведь для человека, посвященного в рыцари, езда на телеге была чудовищным позором! Кто-то из замка Мелеаганта, видя приближающегося Ланселота, воскликнул: «О, рыцарь на телеге! Вероятно, его вешать везут!» Романный Ланселот не моргнув глазом перенес этот срам, пожертвовав ради любимой дамы гордостью и рыцарской честью, потому что обожал горячо и искренне. Кретьен умел «пощипать» аудиторию. Это свойство великих бардов!

А Кретьен де Труа был бардом великим. В его исполнении Артуровская легенда впервые становится литературой. Искусством. Тематика и направленность отходят на второй план, главными становятся форма и манера повествования — la conte. Voilà le grand conteur!

«Персеваль, или Легенда о Граале» («Perceval on contes del graal»), последнее произведение Кретьена, — снова серьезный вклад поэта в строение Артуровской легенды. Здесь появляется то, чего ранее не было.

Грааль.

Давший название книге Персеваль Уэльский — это невинный дурашка, пожелавший стать рыцарем. На пути ко двору Артура с ним случаются разные забавные приключения. Кретьен опять «пощипывает» аудиторию — игривых французов особенно забавляет то, что Персеваль «pucelle», девственник, который самым смешным образом постоянно упускает возможности, то есть встречающихся на пути дам.

А теперь обещанная неточность Зофии Коссак-Щуцкой: во времена Первого Крестового похода в балладах норманнского барда появляются Персеваль и Грааль, а появляться они не имели права. И Персеваля, и Грааль Кретьен де Труа ввел на восемьдесят лет позже! Если б бард Коссак-Щуцкой воспевал валлийского Передура, ошибки б не было.

Возвращаемся к роману Кретьена, к девственному Персевалю, который, уже будучи рыцарем, попадает в таинственный замок Короля-Рыбака, страдающего от неизлечимой раны. Персевалю демонстрируют удивительный сосуд, именуемый Граалем... Показывают ему и истекающую кровью пику...

И тут наступает неожиданный поворот в повествовании. Начинается мистерия, на глазах у изумленной публики исполняется некий таинственный обряд, Великая Тайна. И повествование обрывается. Персеваль не задал вопроса, которого ожидал Король-Рыбак. А Кретьен не докончил произведения. Оставил загадку...

Загадку, к которой мы еще вернемся.

В. РЕЛИГИОЗНЫЕ ПОВЕСТВОВАНИЯ О ГРААЛЕ (1180 — 1230)

Имеются, в частности, в виду трилогия «Иосиф Аримафейский», «История Святого Грааля» и «Мерлин и Персеваль», написанная в 1190 — 1198 годах бургундским поэтом Робертом де Бороном. До нас дошла лишь первая часть трилогии. Двух остальных мы не знаем и теперь уже не узнаем. Они погибли.

Зато нам известно более важное — так называемый «Цикл Вульгаты», в который входят «История Святого Грааля», «История Мерлина», «Книга Ланселота», «Поиски Святого Грааля» и «Смерть Артура». «Цикл Вульгаты» возник в 1215 — 1236 годах как коллективный труд анонимных монахов-цистерцианцев. Имеется теория, гласящая, что на написание (и придание ей религиозного оттенка) легенды об Артуре уже значительно раньше склонил монахов их великий собрат и шеф — сам Бернар Клервоский, опекун и обновитель ордена, один из величайших моральных авторитетов тогдашней эпохи. Бернар

Клервоский прекрасно понимал дидактическое и моральное значение легенды и ее социотехническую роль*.

Цикл «Вульгаты» представляет собой очередное мощное развитие и обогащение мифа. Отталкиваясь от «Истории...» Джефри Монмаутского и романов Кретьена де Труа, монахи укладывают в здание новые кирпичи, из которых самыми важными являются:

— история Грааля и исход Иосифа Аримафейского;

— родословная и сильно раздутая роль Ланселота Озерного, возведение этого рыцаря до уровня основного героя легенды;

— греховная связь Ланселота и Гвиневеры, супруги короля Артура;

— несколько менее греховная (но все же!) связь Ланселота с девственницей Элейной, в результате которой на свет появляется добродетельный, набожный и чистый как слеза Галахад;

— неисчислимые приключения рыцарей Артура: Ланселота, Гавейна, Кэя, Борса, Лайонеля, Персеваля, Эктора Окраинного (де Мари) и т.д.;

— поиски Святого Грааля (безрезультатные для грешников, но увенчивающиеся успехом, стоило этим делом заняться чистому Галахаду);

— бунт и предательство Мордреда как прямое следствие согрешения Гвиневеры и Ланселота, резня под Камланном как своеобразная Gotterdammerung** и предостережение потомкам, дескать, не грешите!

---

* Приписывая авторство «Вульгаты» цистерцианцам, вдохновленным учением св. Бернара, я опираюсь на Джозефа Кэмпбелла, ибо верю ему. Однако существуют иные теории, некоторые исследователи называют авторами «Цикла Вульгаты» тамплиеров, другие считают, что автором был Готье Мап. Последнее утверждение невероятно смешно, поскольку Мап умер в 1209 году. Есть достаточно большая группа ученых, которые с удобной и прямо-таки обезоруживающей откровенностью утверждают, что... «ничего не известно». — *Примеч. авт.*

** Сумерки (гибель) богов *(нем.)*.

Как видим, легенда начинает служить новой цели. Предпринимается фронтальная атака Церкви, рассчитанная на аннексию — по сути и до конца светской, а в истоках даже языческой — легенды, на использование ее в качестве собственного орудия воздействия.

Во-первых, должен родиться кодекс истинно христианского рыцаря, к тому же не в виде сухих указаний и наставлений, возглашаемых с амвона, а в форме легкоусвояемого и всеми любимого мифа. Артуровская легенда, изложенная в «Вульгате», должна показать, что рыцарские идеалы и этика рыцарства имеют религиозные, прямо-таки евангельские истоки, а рыцарство выполняет роль спасительную, ибо оно есть не что иное, как вооруженная десница Церкви.

Во-вторых, моральные нормы. Любовь, amour courtois, еще недавно воспеваемая Кретьеном перед восторженной аудиторией влюбленных пар, проливающих слезы над сердечными невзгодами Тристана и Ланселота, подается «Вульгатой» как грешная и нечистая. Женщина легенды, совсем недавно для труверов объект восхищения и почести, а временами даже культа, становится, в соответствии с доктриной, instrumentum diaboli*.

Следует, однако, сказать, что «Вульгата» — интересный, профессиональный и невероятно новаторский литературный труд. Произведение выполнено в форме «романа-реки» и написано прозой. Поэтому от излагаемых голосом труверских романов «Вульгату» отличает ее элитарный характер — проза предназначена для тихого чтения, то есть исключительно для тех, кто читать умеет. В прозе нет места украшательству текста рифмой, ритмом и акцентом — то есть бардовской интерпретации. Проза должна иметь захватывающую форму и привлекать читателя литературной техникой. Анонимные авторы «Вульгаты» использовали так называемую технику entrelacement (переплетения): одна история начинается, ее прерывает другая, немного погодя вторую перебивает третья, чтобы вскоре уступить

* орудием дьявола *(лат.)*

место первой... Фабула же до наших дней не утратила увлекательности. «Вульгата» читается прекрасно.

Артуровская легенда в Польше стала доступной читателям именно благодаря переводу «Вульгаты»*.

Г. ГЕРМАНСКИЙ ГЕРОИЧЕСКИЙ ЭПОС (1200 – 1215)

Речь идет о Гартмане фон Ауэ (1168 — 1210), авторе написанных по образцу Кретьена де Труа (а опосредованно — по типу валлийских преданий) эпосов «Эрек» и «Ивейн», о Вольфраме фон Эшенбахе (1170 — 1220), авторе «Парцифаля», и о Годфриде Страсбургском (1170 — 1215), авторе эпоса «Тристан и Изольда», созданного по образцу Тома, а также об Ульрихе фон Затцикхофене, продолжающем вслед за Кретьеном развивать образ Ланселота. Как и французские труверы, немцы отодвигали фигуру короля Артура и «Проблему Британии» на второй план, сосредоточиваясь на фигурах рыцарей.

Однако вклад немецких миннезингеров в Артуровскую легенду в основном состоял в попытках завершить «Персеваля» Кретьена и выяснить загадку Грааля. Наибольшая заслуга в этом принадлежит рыцарю Вольфраму фон Эшенбаху (он действительно был мастером меча, виртуозом копья, победителем множества турниров).

Немецкие версии Артуровской легенды помогли шире распропагандировать миф в Европе — как в то, так и в гораздо более позднее время, когда наступил период нового увлечения Артуром, Граалем и Круглым Столом. Именно поэзия отечественных миннезингеров послужила основой оперы Рихарда Вагнера.

Несомненно, что и в Польшу легенда об Артуре впервые пришла в немецкой языковой версии и переработке, ибо в Гер-

* Последний перевод: «Повести круглого стола», обработка (серьезные сокращения) Жака Буленгера, PIW, 1987 г. Перевод К. Долатовской и Т. Коменданта. Цитируемые в данном тексте фрагменты «Вульгаты» взяты мною именно из этого перевода, за исключением истории рыцаря Борса, в которой я позволил себе некоторые «les belles infideles», чтобы было смешней. — *Примеч. авт.*

мании до наших дней Артура неизменно называют Артусом, а такая форма принята была раньше и у нас, в Польше, — и продержалась в названии известного «Двора Артуса» в Гданьске или в переводе Бой-Желеньского «Большого Завещания» Вийона («...Артус, герцог Бретании храбрый...»). Лишь позже в Польше легендарного короля стали именовать «Артуран», а в Чехии он по-прежнему «Kral Artus», как и в Германии.

XIV и XV века приносят дальнейшее расширение интереса к Артуру и Круглому Столу. В Англии создается роман в стихах «Гавейн и Зеленый Рыцарь», скорее всего произведение анонимного автора знаменитой «Жемчужины»*. Томас Честр добавляет к «команде» рыцарей Круглого Стола «Сэра Лаунфаля», рыцаря, созданного по образцу «Ланваля» из баллады поэтессы двенадцатого века Марии Французской. Во Франции появляются два анонимных произведения и два новых героя. Первое «Perlesvaus Le Haut Livre du Graal», с главным героем Перлесваусом, второе — «Perceforest», объединяющее артуровский миф с историей Александра Македонского и вводящее в состав рыцарей Артура вышеназванного Персефореста («Продирающегося сквозь пущу»). Миф получает популярность также в менее связанных с легендой странах — Ланселот Озерный становится героем анонимного нидерландского эпоса. В Португалии (Кастилии?) другой анонимный автор лепит очередного «нового» героя легенды Амадиса де Гауля, или валлийца, именуемого также Рыцарем Непобедимого Меча. Повесть об Амадисе завоевывает популярность, она упоминается в «Дон Кихоте» Сервантеса. Под именем «Амадиджи» Амадис Галльский попадает в итальянскую поэзию (Бернардо Тиссо).

Ну и наконец пришел час лавровых венков и короны, час самой полной и самой известной версии повествования о «Короле Альбиона» и его рыцарях. В лето Господне 1485-м рыцарь Томас Мэлори окончил работу над делом своей жиз-

* Имеется в виду Pearl Poet (XVI век), анонимный автор четырех произведений: «Жемчужина», «Чистота», «Терпение» и «Сэр Гавейн и Зеленый Рыцарь». — *Примеч. пер.*

ни «Le Morte d'Arthur» («Смерть Артура» — не путать с аналогичным названием одной из частей «Цикла Вульгаты»)*. Это нерушимый памятник легендарному королю и прекрасным, добропорядочным минувшим рыцарским временам. Следует знать, что большая часть произведения была создана автором в темнице, в которой благородный рыцарь Мэлори отсидел несколько добрых десятков лет за... вооруженное нападение и изнасилование женщины.

Мэлори собрал и использовал все, что создали его предшественники, поэтому неудивительно, что «Смерть Артура» так объемиста и полна, а местами даже грешит избыточностью. Меж тем за решетками узилища кипела братоубийственная, кровавая и жестокая война Двух Роз, в которой рыцарские идеалы и достоинство расползались в крови, грязи и мерзости полей битв Уокфилда, Босворта, Барнета и Тьюксбери. Поэтому нет ничего странного в том, что произведения Мэлори переполняют ностальгия, тоска и пронзительное memento mori.

«Смерть Артура» — книга, прекрасно и мастерски написанная, представляющая собой один из самых любопытных примеров английской прозы вообще. Она также побила все рекорды, которыми мало какая книга — кроме Библии — может похвалиться. С момента издания в 1485 году в известной в то время по всей Европе типографии Уильяма Кэкстона в Вестминстере и по сей день «Смерть Артура» ни на минуту не была «out of print»** — не было такого момента, чтобы эту книгу где-нибудь да не печатали и не продавали. Правда, от первоначальной версии Мэлори осталось немного. Достаточно сказать, что авторского текста не видел ни один человек — уже Кэкстон при первом наборе порвал рукопись и изменил последовательность разделов (книг). С той поры книгу перерабатывали многократно — редактировали, передактировали, сокращали, переписывали наново, отрабаты-

* Вообще-то 1485 год не окончание работы, а публикация. Окончена книга в 1469 году. — *Примеч. пер.*

** ни в печати, ни в продаже *(англ.)*.

вали новые версии на основе якобы найденных манускриптов, заменяли на версии для детей малюсеньких, малых, средних и выросших, переделывали в оперу и фэнтези, а фэнтези в мюзиклы, и наконец, из нее сделали фильм и переработали в фабулярную игру role playing game. Таким образом, «Смерть Артура» стала классикой, а нарисованная в версии Мэлори картина закрепилась как обязательный, классический образ мифа об Артуре.

Да, именно обязательный. Литература полностью вытеснила историю и реальность — если, конечно, принять, что Артур — лицо реальное. Рассуждения «историков» и «реалистов» мы слушаем без удовольствия либо с ходу отметаем. А, пусть себе болтают, что, мол, у Камелота, если он вообще существовал, не могло быть высоких стен и стрельчатых, расцвеченных знаменами башен, а напоминал он скорее всего холм, на вершине которого за деревянным частоколом стояла крытая соломой хибара. Пусть говорят, что Артур, Ланселот и Гавейн не могли в V–VI веках носить полных пластинчатых лат и шлемов с подвижными забралами, что носили они в лучшем случае примитивные кольчуги либо римские лорики*, надетые на бараньи кожушки и шерстяные тартаны**; что «рыцарский турнир» был для них понятием абсолютно неизвестным, а ни один из принимаемых нами сегодня за добрую монету рыцарских обычаев либо церемониалов (например, посвящение) не существовал даже в зародыше. Что состязания на пиках, этот столь любимый нами зрелищный вид рыцарского поединка, был во времена Артура совершенно невозможен — в Европе в те времена еще не знали стремян, без которых такая борьба неосуществима, и еще не изобрели пустотелых пик, которые можно было бы крушить. Наконец, что «сэр Ланселот» или «сэр Гавейн» не могли быть никакими «сэрами», ибо титул этот (равно как и саму идею рыцарственности, какую мы сейчас имеем в

---

* панцирь из кожи с медными бляхами. — *Примеч. пер.*

** шотландская шерстяная ткань в разноцветную клетку. — *Примеч. пер.*

виду) принесли в Англию лишь норманны Вильгельма Завоевателя...

Пусть «реалисты» твердят, что хотят и сколько хотят, мы-то знаем лучше! Литература — всегда права! Если б не Гомер, мы не только не ведали бы, как проходила осада Трои, а и вообще б не знали, что такое событие «имело место быть». Ни один историк не помог нам представить себе Рим Августа, Калигулы и Клавдия так, как это сделал Роберт Грейвс. О том, что творилось в России в 1812 году, мы знаем из романа Толстого. Образ Польши времен Мешка и Болеслава Храброго знаем из Бунша и Голубева, Первый Крестовый поход и завоевание Иерусалима — от Коссак-Щуцкой, а о польско-казацких войнах и шведском нашествии нас исчерпывающе информирует Сенкевич. И так далее.

То же самое и с артуровским мифом. Все было так, как написано в «Смерти Артура» Томаса Мэлори... вернее, в той переработке Мэлори, которую мы читали.

Шутки в сторону. Ясное дело, именно «историки» и «реалисты» правы. Кретьен де Труа и Мэлори фантазируют и украшают факты. Артур был бриттом, кельтом. Его истинный образ и история могут содержаться только и исключительно в оригинальных кельтских преданиях. Преданиях, источники и корни которых скрываются в кельтской мифологии. Еще до того, как Мэлори начал работать над «Смертью Артура», около 1400 года свет увидел первый анонимный полный сборник основных валлийских легенд и мифов. Английского перевода — и популяризации — сборнику пришлось еще малость подождать: лишь в 1849 году леди Шарлотта Гест осуществляет перевод и дает сборнику название «Мабиногион» (или «Руководство для молодого барда»)*.

В вошедших в состав «Мабиногиона» многочисленных повествованиях (так называемых ветвях) король Артур ви-

* Перевод на русский — неполный — под названием «Мабиногион — волшебные легенды Уэльса», сделанный В.В. Эрлихманом с его же вступительной статьей и примечаниями, выпустил в 1995 году научно-издательский центр «Ладомир». — *Примеч. пер.*

дится как бы иначе. Настолько «как бы», что его трудно распознать, ибо это Артур валлийский. И как таковой, пожалуй, настоящий. Среди его спутников мы тоже увидим настоящих, носящих истинные, еще не исковерканные имена: Kei (Кэй), Bedwyr (Бедуир), Gwalchmei (Гвальхмей), Gwalchfaved (Гвальхфавед), Peredur (Передур), Owein ap Urien Rheged (Овейн, сын Передура Регедского), Trustan ap Tallwch (Тристан, сын Таллуха), Gereint ap Erbin (Герайнт, сын Эрбина). Мы знакомимся с настоящими родителями Артура, носящими имена Uthr Bendragon u Eigr ferch Amlawdd (Утер Пендрагон и Эйгр, дочь Амлаудда)*. Есть и королева, супруга Артура, — она носит имя Gwenhwyfar ferch Orgyrvran (Гвиневера—Гиневра, дочь Оргирврана). Есть и мудрый советник, друид Taliesin Pen Berydd (Тальесин Пен Беридд). А волшебный меч короля? Есть, а как же. Он зовется Caledvwlch (Каледвульх). Попробуйте это выговорить, и вам станет ясно, почему Джефри Монмаутский предпочел название «Калибурн», а Мэлори «Экскалибур».

В 1066 — 1230 годах, как я уже упоминал, были в моде песни кельтских бардов. Можно спокойно предположить, что все (либо почти все) авторы очередных версий артуровского мифа хоть мало-мальски да знали предания и валлийские триады**, так что немножко ориентировались в британских легендах. А предания и легенды кельтов уходят корнями в поверья и мифологию. Чтобы лучше понять артуровский миф, следует и нам немного разобраться в кельтской мифологии.

---

* Патроним «ар» (ап) означает сын, а «ferch» (ферх) — дочь. — *Примеч. авт.*

** Триада была основной очень популярной поэтической формой в Уэльсе. Она исходила из принципа тройки: три героя, либо три события в акции, либо три утверждения или морали, либо три строки строфы. Триады дают нам самые старшие образцы валлийской поэзии, некоторые из них считаются не менее старыми, чем сам язык. Вот пример одной из триад (перевод мой, разумеется, с английского перевода):

Три изумительных победных пира видела Британия:
Пир Касваллауна после изгнания Юлия Цезаря,
Пир Аврелия Амброзия после победы над саксами
И пир короля Артура в Каэрлеоне на Аске. — *Примеч. авт.*

ПАНТЕОН ДРЕВНИХ БРИТТОВ — КОРНИ ЛЕГЕНДЫ

Пантеон британских кельтов, тех, что из Уэльса и Корнуолла, богат и — учитывая родственные связи между богами — немного сложноват. Проблему дополнительно затушевывает тот факт, что порой довольно трудно выделить богов среди полубогов либо смертных героев и наоборот. Боги и герои — равноправные персонажи преданий и эпосов, а богов (и героев) в Британии (как и в Ирландии) чтили в основном через песни бардов. Освящение и культ «через поэзию» были характерны для британских кельтов, потому-то так мало обнаруживается иконографического материала, который мог бы подкрепить наше современное представление о верованиях того народа.

Основная пара бриттских солярных божеств — это Мать Богов Дôн (Дона) и ее супруг Бел (Бели). Дôн, несомненно, аналог ирландской (гоидельской) Дану, а потомство Дôн и Бела соответствует почитаемому в Галлии Белинусу.

Дети Дôн и Бела — это Нудд Среброрукий (божество лунарное) и Гованнан (божество кузнец, Гефест), а также Арианрод («Серебряное Кольцо») и мудрый Гвидион, друид богов, представляемый так же, как валлийский Прометей, поскольку он заботился о благе людей и опекал их. Ментором и опекуном Гвидиона был божеский мудрец Мат, сын Матонви, брат Дôн.

Мифология связывает Арианрод и Гвидиона любовными узами, плодом которых явился самый главный бог бриттов, валлийский Феб и Аполлон, бог света и солнца, урожая, патрон всяческих ремесел и искусств Ллеу Ллау Гифес, аналог ирландского Луга (Lugh Lamh-fada).

Одним из главнейших центров культа Ллеу-Луга был Лугудунум, Каэр Лиал, то есть Замок Ллеу, теперешний Карлайл.

Однако, поскольку не бывает солнца без тени, другим сыном Арианрод и Гвидиона оказался Дилан, злой и мрачный Сын Волн (кельты неразрывно связывали силу Тьмы с силами Моря).

Сыном лунарного Нудда был Гвин (вопреки имени — Гвин значит «Белый» — сын Нудда являлся мрачным богом битв и смерти, владыкой валлийских злых духов — Тилвит Тег). Гвин (в Корнуолле именовавшийся Мелвасом, а в Сомерсете Аваллахом) был охотником. Ловцом душ умерших, проносящимся через страну ночью на своем призрачном коне. Как таковой он явно был прототипом знакомого по более поздним легендам Эрна-Охотника.

Другая группа богов (тоже лунарных) идет от Ллира, господствующего над морями. Основным местом культа Бога Морей был Каэр Ллир, позже называвшийся Ratae Coritanorum, а еще позже Ллир-Кестре, теперь же Лейчестер. У Ллира было две жены. Одна — Пенардун, дочь Дôн (символическая уния светлого Солнца и мрачного Моря), вторая, не менее символичная, Иверидд (Эриу, сиречь «Ирландия»). Пенардун родила Ллиру дочурку Греудилад и сынка Манавиддана. «Ирландия» Иверидд была матерью гиганта Брâна — «Ворона» и Бранвен («Белогрудой»).

Кельтским Аидом, иным миром, Страной Ворожеек («Страной Чаровниц»), именуемой Анноном (Annwvyn), правил хтонический бог Араун, которого позже заменил Пуйл, смертный, князь Дифеда, супруг пригожей Рианнон — «Великой Королевы». Их сыном был Придери. Божества из Аннона были враждебны детям Дôн, зато дружески относились к детям Ллира. Валлийский Аннон в отличие от греческого Аида был страной прекрасной, в сказках он сохранился как Страна Волшебниц (ворожеек, чаровниц, Faërie, Fairy Land). И еще одно существенное различие между Анноном (Аннуином) и Аидом: граница между миром реальным, живым и страной чар и теней у кельтов была очень тонка, пересечь ее смертному чрезвычайно легко. Никакого Цербера, охраняющего врата, а Стиксом может оказаться любая речушка в первом же попавшемся на пути валлийском лесу. Однако легко войти не значило легко выйти — время в Faërie течет значительно медленнее, чем в реальном мире, а обитатели неохотно расстаются с гостями.

Кельтская мифология — в основном повествования о любви богов, их соперничестве и борьбе. Так что перед нами история борьбы Пуйла с владыками кельтского Аида, увенчавшаяся завоеванием прекрасной Рианнон и получением титула «Князь Бездны» (Pen Annwvyn). Перед нами история любви Гвина, сына Нудда и Кревдилад — дочери бога моря Ллира*. Перед нами конфликт Света и Мрака в личностях двух братьев — Ллеу и Дилана. В конце концов Дилан погибает от пики своего дяди Кованнана, а морские волны стенают после его смерти (до наших дней валлийцы называют шум прибоя в устьях рек «стонами Дилана»).

Одной из любопытнейших — и невероятно важных для более позднего артуровского мифа — является история Гвидиона и Арианрод. Их любовная связь коротка и не оставляет приятных воспоминаний (в соответствии с некоторыми мифологическими версиями Гвидион овладел Арианрод силой). Родившегося у них сына, будущего бога солнца, Арианрод ненавидит до такой степени, что насылает на него три страшнейших заклятия, какие только могли пасть на кельта: мальчик не должен иметь имени, носить оружия и иметь жены из крови и костей. Хитрый Гвидион, воспользовавшись своими фортелями, делает так, что Арианрод вынуждена снять два первых заклятия — сама дает сыну имя Ллеу Ллау Гифес — «Твердая рука» и сама же вооружает его. А вот с третьим заклятием Гвидион и Мат, сын Матонви, управляются сами, создав своим могущественным искусством женщину из цветов. Женщина, названная Блодьюведд («Цветочное Лицо» или «Лицом подобная цветам»), становится женой Ллеу и чуть не причиной его гибели. Неверная и коварная, прямо-таки ис-

* Шекспир, следуя по стопам Джефри Монмаутского, использовал Llyr'a (Ллира) для сотворения короля Lear'a (Лира), а Кревдилад переделал в его дочь Корделию. — *Примеч. авт.*

тинная Далила, она хитростью выманивает у мужа секрет живительной силы и подставляет супруга под коварный удар любовника. Но мудрый чародей Гвидион не дремлет, спасает Ллеу, а Блодьюведд жестоко наказывает: превращает ее в сову, птицу, обреченную на вечную ночь и вечное одиночество среди других птиц.

Есть также рассказы о яростных битвах богов. Гигант Брâн, сын Ллира, гибнет во время трагического и кровавого похода на ирландцев. Его отрубленная голова становится чем-то вроде талисмана и божеской прорицательницы. Его сестра Бранвен (во время трагического приключения бывшая женой короля Ирландии) умирает, ибо сердце разрывается у нее при известии о количестве погибших из-за нее воинов. Что же до Брâна, то интересно, что культ его отрубленной головы сильнее культа его самого. Лишь после декапитации Брâна начинают титуловать Благословенным, а голову именуют «Достойная Голова» (Urddawwl Ben) либо «Чудесная Голова» (Uther Ben). Закопанной на месте теперешнего Лондона голове Брâна предстоит обеспечивать урожаи и предостерегать от грозящих Острову нашествий и поражений*.

Придери, сын Пуйла, унаследовавший потусторонний мир, вечно интригует (его имя означает «Хлопоты») и часто делает это совместно с Манавидданом, сыном Ллира, — в валлийских сказаниях они образуют исключительно отвратную парочку (союз Мрака и Моря). Несмотря на это, они, похоже, остаются любимыми героями валлийцев. Женой Придери становится Кигва, овдовевшую же мать Придери выдает за своего дружка Манавиддана. С той поры вся четверка — Придери, Кигва, Манавиддан и Рианнон — неразлучны.

---

* По древней валлийской легенде, король Артур выкопал голову Брâна, дерзко утверждая, что обойдется без предупреждений и тревог, любого агрессора победит сам, без божеской помощи. Это действие — как доказала история — погубило и короля, и Британию. — *Примеч. авт.*

Другие боги точат зубы на чародейский артефакт, которым владеют Пуйл и Манавиддан, — Котел Вдохновения и Внушения. Чтобы добыть Котел, Гвидион пробирается во «Вращающийся Замок» (Caer Sidi), но его хватают и упекают в темницу. Наконец в финальном символическом поединке Света и Тьмы Гвидион побеждает и убивает Придери.

Приведенный выше (кратко и поверхностно) пантеон кельтов Альбиона не исчерпывает всего богатства верований, ибо практически не было такого уголка в Корнуолле и Уэльсе, где ни почитали бы каких-нибудь собственных «genii locorum»*. Священными и персонифицированными были источники, реки, озера, дубравы и горные вершины, всего не перечислишь. Кроме того, множество богов привнесли и привили на британском грунте римляне, разместив здесь чуть ли не весь свой классический пантеон, со временем обогащенный культом Кибелы, Изиды и Митры. В Британии почитали галлийских божеств — Эпону, Неметону, Белиноса, Сильвана, Кернуна и Кериддвен. Вероятно, существовали и перемешивались с верованиями кельтов также какие-то остатки малознакомых верований пражителей Острова (иберов), например, культ жуткого Кромм Круаха в Ирландии.

Связным же между мирами богов и людей была характерная для кельтов каста друидов.

Мы помним из Роберта Грейвса, как друиды очаровали Клавдия во время британской кампании, как он восхищался их огромным влиянием на общество, их таинственными мистериями, тайным знанием и искусством этих «людей дуба и омелы», или «дубарей». Название «друид» (опирающееся на индоевропейский корень «dr», «drus») берет начало от кельтских слов «drui», «daur» и «derwen», означающих «дерево», «дуб», отсюда в современном английском слово «tree», а во всех славянских языках слова «дерево», «drzewo» и «drewno».

Друиды были особой кастой духовных вождей кельтских народов и племен. Друид объединял в себе функции верхов-

* местных духов *(лат.)*.

ного жреца, советника, законника, арбитра, оракула, медика, теолога, ученого, историка и хрониста. В древнем кельтском обществе или племенной группе власть друидов была колоссальной и непререкаемой, они совершенно не подчинялись какой-либо светской власти, и их не обязывали никакие сервитуты в отношении владык. Кстати, ни один кельтский вождь не отважился бы усомниться в совете друида — он обязан был ему безусловно следовать под угрозой «экскомуники», что означало полную гражданскую смерть, поскольку выводило такового из-под защиты общества.

Друиды образовывали герметично замкнутую касту — об их внутренних проблемах в принципе не известно ничего. Значение их обрядов и мистерий (в том числе жертвоприношения людей и животных, сжигаемых живьем) до сих пор остается загадкой и полем для бесчисленных спекуляций. Зато известно, что они делились на три основные группы: друидов (или мудрецов и судей), филидов (которых Страбон называл «vates», то есть вещунов и пророков), а также бардов, в обязанность которых входило знание всех основных мифов и искусство их художественной интерпретации перед собравшимися слушателями. Иначе говоря, три эти группы поделили между собой такие сферы, как мудрость, обычай и закон (друиды), знание, в том числе тайное, и ворожба (филиды) и поэзия, соединенная с пропагандой и хроникерской работой (барды)*.

Самыми известными бардами Британии (филидами?) были полулегендарный Мирддин Эмрис, Талиесин Пен Беридд и Аневрин. Именно им приписывают авторство многих героических песен и валлийских повествований — в том числе

* Некоторые источники (например, Кэмпбелл) классифицируют друидов несколько иначе — выделяют прорицателей (vates), а филидов отождествляют с бардами. Расхождение, мне кажется, проистекает из трактовки бардов либо исключительно как интерпретаторов, либо одновременно и творцов. Таким образом, друида, творящего поэтические произведения под влиянием божественного вдохновения, следовало бы считать филидом, а интерпретатора чужих произведений — бардом. — *Примеч. авт.*

древнейших памятников литературы Уэльса «Черной книги из Кермартена» (XII век), «Книги Талиесина» (XIV век) и «Книги Аневрина» (XIII век), а также неисчислимое множество триад. Разумеется, жили и творили эти барды значительно раньше, в V—VI веках.

Приведенные выше сведения, конечно же, представляют собою колоссальное сокращение, невероятно фрагментарную трактовку этой любопытной мифологии. Заинтересовавшихся я отсылаю к специальной литературе*.

В 1100 — 1150 годах, когда рухнула плотина, эта локальная до того кельтская легенда разлилась по Европе сотнями версий и переработок. «Matière de Bretagne» начала приобретать универсальный характер, набирать оттенки и расцветки, отражающие состояние умов, стала выражать современные беспокойства и интересы Европы. А интересами этими в те времена были три фундаментальные, хоть и яростно соперничавшие проблемы — религия, рыцарственность и любовь.

---

* Далее автор приводит достаточно обширный перечень работ, которыми он пользовался. Это «Mythology» Томаса Бальфинча, «Celtic Myth and Legend, Poetry and Romance» Чарльза Сквира и «Мабиногион». Тем, кто захотел бы ознакомиться с литературой фэнтези, автор рекомендует цикл романов Эванжелины Уолтон, соответствующих ветвям «Мабиногион» («Prince of Annwn», «The Children of Llyr», «The Song of Rhiannon» и «The Island of the Mighty»). Несколько фрагментов ветвей «Мабиногион» почти дословно приводит Стивен Льюхед в своем «пендрагонском» цикле («Taliesin», «Merlin», «Artur») и продолжает в очередном цикле, который составляют тома «Song of Albion», «Paradise War», «Silwer Hand» u «Endless Knot»). Патриция Конелли-Моррисон написала посвященную миру верований кельтов четырехтомную сагу «The Copper Crown», «The Throne of Scone», «The Silver Branch» и «The Hawk's Grey Feathers», а Алан Гарнер — роман «The Owl Service», посвященный легенде о Блодьюведд. Гоидельские «дети Дану» («Tuatha De Danann») и бриттские божества появляются — закамуфлированные под инопланетян, но легкоузнаваемые, в написанной Джулиан Мэй «Саге об изгнанниках» («The Many-Coloured Land», «The Golden Torc», «The Non Born King» и «The Adversary»). О кельтских верованиях и друидских ритуалах многое можно узнать из «Туманов Авалона» Марион Зиммер Брэдли, а также из ее новой книги «The Forest House». — *Примеч. пер.*

АРТУР – ХРИСТИАНИН ИЛИ ЯЗЫЧНИК?

РЕЛИГИОЗНЫЙ АСПЕКТ МИФА

Во что верил Артур?

До прибытия римлян душами бриттов управляли друиды от имени богатейшего и красочного кельтского пантеона. Потом появились римляне. Эти, как известно, были религиозно терпимы и... адаптативны. Кельты чтут бога Бела? А почему бы и нет, ведь это тот же Юпитер. Что? Отдают почести Дôн, Бригит, Морриган, Эпоне и Кериддвен? Воплощениям Великой Матери? Порядок, они ведь не что иное, как наши Юнона-Минерва-Диана-Венера, мы, римляне, их тоже почитаем. Да и о Кибеле и Изиде не забываем. Бог Ллир? Позвольте, так это же Нептун, кто еще?

В отношении друидов римляне были менее толерантны. Во-первых, друиды неустанно раздували тлеющие зародыши бунта и слишком часто им удавалось их раздуть во вполне приличное пламя. Друиды подзуживали Кимбелина, Карактака, Каттигерна, Боудикку и Катримандую, а ведомые ими воины впадали в знаменитое кельтское боевое неистовство, превращались в настоящих берсеркеров. Во-вторых, римляне были «цивилизованными», а друидам случалось изготавливать из ивы клетку-чучело, ужасного «Wicker Man'a», запирать внутри нее людей (позже — животных) и сжигать живьем, принося в жертву богам. Таких друидов, как пишет Тацит в «Анналах», «брали на меч». Из многочисленных друидских погромов наиболее известна пресловутая резня на острове Мона (Англси) в 61 году от Р.Х. Так родилась традиция, сопровождающая человечество по сей день: нецивилизованных убивцев надлежит перебить цивилизованным образом. Да здравствует цивилизация! Ура!

Резню на острове Мона и подзуживаемые друидами антиримские бунты бриттов в 61 — 78 годах от Р.Х. описывает Марион Зиммер Брэдли в своей новой книге фэнтези «The Forest House».

Римляне, как было сказано, сидели на Острове четыре столетия. За это время в Риме тоже кое-что изменилось. При Нероне христиан бросали львам на растерзание (тоже мне — религиозная терпимость!), апостола Петра-Рыбака распяли головой вниз (64 год от Р.Х.). А уже примерно через четверть тысячелетия (в 313 году) Константин Великий оглашает Миланский эдикт, запрещающий преследования христиан и гарантирующий свободу вероисповедания. А вскоре после этого, в 380 году, при правлении Феодосия (тоже, разумеется, Великого) христианство становится в Риме государственной религией. В 392 году Феодосий запрещает всяческие политеистические таинства по всей Римской империи. В римских провинциях тоже. (Стало быть, и в Британии?)

Несомненно, в Британии тоже, но не тотчас, не полностью. Да и в Риме тоже не в одночасье церкви построили. Старые боги так легко не сдаются. Перед Феодосием, к слову сказать, был ведь и Юлиан Отступник. В провинции Британия, далеко от «центра» и аппарата, принуждающего принимать новую религию, этот процесс скорее всего протекал еще медленнее. Утверждать, будто все стоящие в Британии римляне и ассимилировавшаяся с ними часть местного населения в один день, как один человек приняли крещение, было бы не совсем правдоподобно.

Не следует также забывать, что оппозиция друидов и кельтских бриттов не ослабевала ни на минуту. Живущие в горах Уэльса и Корнуолла приверженцы старого порядка, почитатели Бела и Дôн, Ллеу, Нудда и Ллира, не позволили навязать себе Юпитера и божественный культ кесарей, а значит, им случалось не раз изгонять на все четыре стороны миссионеров с крестом.

Но вот римляне ушли. И что? Кельтские ортодоксы и друиды, несомненно, возносили благодарственные молитвы Белу и Ллеу, как знать, может быть, на радостях распалили огонь под заполненным людьми «Уикер Меном». Но «правоверные» римляне, такие как Аврелий Амврозий, наверняка стали христианами. Кстати, покровитель Артура Эктор носит римское, а значит, христианское имя...

Что до самого Артура, то некоторые английские историки считают, что он не очень-то ладил с тогдашней Церковью, а доказательство усматривают в том, что ни уже названный выше Гильдас, основной церковный хронист того периода, ни Беда Достопочтенный (673 — 735), автор «Historia Ecclesiastica Gentis Anglorum», об Артуре вообще не упоминают. Оба пишут о победе бриттов под Бадоном, а в те времена (да и в более поздние тоже) победы всегда были «персональными» и никогда — коллективными! Так почему же церковные хронисты замалчивают имя победителя? Да потому, говорят историки, что церковным хронистам он был неудобен. Неблагонадежен. У него были — как это называют теперь — не вполне урегулированные отношения с религией.

Так с каким же кличем на устах рыцари Артура шли на саксов, почитателей Вотана? «Помоги, Иисусе Христе»? А может, «Направь мой меч, Великая Богиня»? Или, возможно, одни кричали так, а другие этак? И у Ненния, и у Уильяма Малмсберийского можно прочесть, что во время битвы у горы Бадон, когда Артур «собственноручно» укокошил больше девятисот человек, на его щите красовалось «изображение Пресвятой Девы Марии, Матери Христовой». Но и Ненний, и Уильям писали в те времена, когда потомки почитателей Вотана, теперь уже англосаксы, давным-давно (в 598 году) крестились и другую картинку просто неприлично было изображать на щите легендарного короля. В хронике, разумеется. А что, если духовными наставниками бриттов в борьбе с саксами и Вотаном были все же друиды с Мерлином (Талиесином) во главе? Не была ли, случайно, картинка, намалеванная на щите Артура, изображением Великой Богини Дôн? Или чудовищной богини войны и резни Морриган? Либо Каридвен или Эпоны, непорочного воплощения Великой Богини? В соответствии с текстом «Вульгаты» во время боев с язычниками саксами все союзные Артуру короли дрались осененные «белым штандартом с красным крестом», штандарт же самого короля, кроме названного креста, был дополнительно украшен изображением красного дракона — символа исключительно языческого*.

Я отнюдь не ищу неопровержимых доказательств тому, что Артур был язычником, ибо даже при всем желании не нашел бы таковых. В V и VI веках Ирландия и Британия были уже твердо христианскими. Св. Патрик (390 — 461-й), патрон и апостол Ирландии, начал миссионерскую деятельность в Ольстере в 432 году, а св. Ниниан Сольвейский (360? — 432-й), апостол шотландский, обращал пиктов в истинную веру уже на переломе IV и V веков. Святой Колумба (521 — 597-й), основатель знаменитого монастыря на острове Иона, продолжатель дела Ниниана, был почти современником Артура. Жил в одно время с Артуром и был почти столь же легендарным, как и Артур, патрон и епископ Уэльский святой Давид, который умер около шестисотого года. Британская церковь уже в III веке имела и почитала своих мучеников: святого Альбана (? — 303?), обезглавленного римлянами в Веруланиуме, на том месте, где сейчас расположено аббатство святого Юлия и святого Аарона. На переломе III и IV веков в Британии подвизался полулегендарный святой Георгий. Однако легенда об убийстве им дракона возникла лишь в VI веке, да так эффективно, что с XIV века Георгий быстро возвышается до уровня патрона Англии. Легенда легендой, но в IV веке британская церковь была уже настолько сильна и признана, что ее представители ездили на

* Красный Дракон — теперешний герб Уэльса, его британское происхождение бесспорно. Что же касается красного креста, то это был герб крестоносцев, установленный после синода в Клермоне (1095 г.) папой Урбаном II как символ рыцарской борьбы за веру. Ведь красный крест нес на щите легендарный Святой Георгий Кападокийский, патрон рыцарства. Отсюда также в религиозно подретушированной «Вульгате» появился этот знак и на артуровских штандартах. Когда же около XIV века Георгий стал официальным покровителем Англии, красный крест признали «английским», что также подогнали под Артуровскую легенду, поместив этот знак на штандарты, щиты и туники самого Артура и многочисленных рыцарей Круглого Стола. — *Примеч. авт.*

синоды в Арле (313 год) и в Римини (359 год). Теми же годами датируется епископство в Эбуракуме (Йорке), вероятнее всего, самое старое в Англии. Христианизация и распространение веры протекали в Британии — по утверждениям историков — очень разумно, прямо-таки ловко, вполне приемлемым и легким для приятия варварами-кельтами методами. Миссионерам мало мешали старые боги, они даже считали полезным, когда слушатель, внимая словам Евангелия, стоял, прислонившись к кромлеху. Языческих верований не преследовали и не отвергали скопом. Яснее всего это видно на примере тонкой и тактичной деятельности святого Колумбы с острова Иона, обращавшего пиктов в 563 — 590 годах. Видя, что пикты одаряют божескими почестями источники и ключи, святой муж не вопиял, не плевался, не проклинал и не пытался пикетировать источники. Он втихую кропил их святой водой и изгонял дьявола. Таким манером он, как утверждают его агиографы, окрестил триста различных источников. Пикты продолжали почитать источники, не подозревая, что те уже давным-давно не языческие, а освященные! Хитро?! Методом святого Колумбы, который я предлагаю назвать «родниково-ключевым», Бригита, гоидельская богиня огня, превратилась в святую Бригиду из Килль Дара, Бра̂н — в святого Бриана и святого Брендана-морехода, а его сестра Бранвен — в национальную христианскую святую Бринвен, покровительницу влюбленных. Кстати сказать, национальных святых понаделали несметное множество: были Кадог, Коллен, Дифан, Эйгам, Мохими, Таило, Кильгеран, Ллаудог, Кинидр, Тавлидогг и так далее. Беатификации (национальной, разумеется) дождались даже... два рыцаря короля Артура — Герайнт и Мабон. Только два, других я не обнаружил, а жаль. «Святой Ланселот», к примеру, тоже звучало бы прелестно.

Шутки в сторону — из сказанного следовало то, что я считаю бесспорным историческим фактом: обращение в христианство и его распространение в Британии проходило спокойно, терпеливо, бесконфликтно, поразительно и беспрецедентно терпимо. В других уголках мира веру в Христа внедряли мечом и дубинкой, от идолопоклонничества, политеизма и культа «старых богов» отучали смертными казнями, за нарушение поста выбивали зубы, идолы (порой вместе с их почитателями) сжигали. В Британии этого не было. Ибо следует знать, что христианство в Британию пришло не непосредственно из Рима, а из Ирландии. Веру насаждала в Британии очень нетипичная христианско-кельтская церковь и ее кельтские миссионеры*.

Таким образом, в доартуровской Британии именно кельтские христиане обращали кельтских же язычников, потому-то дело у них шло так славно и эффективно.

Уже упоминавшийся монах Гильдас (вернее, конечно, Гильда!) пишет (в VI веке) о «языческих верованиях, идолах и друидах» как о давно минувших, забытых и канувших в небытие явлениях. В VI веке Британия, если верить Гильдасу, была уже полностью христианской. Судя по самым старшим из известных версиям легенды, у Артура был придворный епископ по имени Бедвини. Джефри же Монмаутский именует придворного епископа Артура Дубрицием и идентифицирует его со святым Дифригом, фигурой вроде бы аутентичной. И Артур мог — повторяю: мог Артур быть христианином, причем образцовым. Борьба же с саксами могла также означать Крестовые войны — борьбу прибывшего из кельтской Ирландии Христа с Вотаном, явившимся из-за Северного моря чужаком-агрессором. Вполне возможно, что Гильдас и Беда, вопреки мнению англосаксонских историков, могли умалчивать об Артуре по совсем иным, внерелигиозным причинам.

---

* Ирландия (в соответствии с легендой и традицией) была крещена св. Патриком в V веке, но известно, что уже до Патрика на Изумрудном Острове подвизались иные ревнители веры, в том числе известный епископ Паладий. Патрик пришел на подготовленную почву и просто-напросто довершил дело предшественника. Очевидно, что из этих-то предшественников и набирались миссионеры, которые еще в римские времена отправлялись в Британию и Шотландию, например, вышеупомянутые св. Ниниан и св. Колумба. — *Примеч. авт.*

Как было в действительности, мы не знаем и никогда не узнаем. Можем только предполагать, и в этом нам помогают авторы артуровских фэнтези, например, Марион Зиммер Брэдли в своих «Туманах Авалона». К этой книге мы еще обратимся не раз.

Если же руководствоваться текстами «Вульгаты», либо «Смерти Артура», то все сомнения должны рассеяться. Все, что совершали Артур и его рыцари, они творили с именем Бога. Бога просили, Бога благодарили, Богом клялись и ругались — словом, находились на грани тяжкого нарушения второй заповеди. Они бесконечно бегали в часовню и падали на колени. Мало того, за ценными указаниями обращались к архиепископу Кентерберийскому, что довольно забавно в свете двух фактов: географического и исторического. Кентербери (Durovernum Cantiacorum) лежит в Кенте, рядышком с Дуврским проливом, а во времена Артура эта территория принадлежала саксам, так что если там и существовал какой-то храм, то скорее всего — капище Вотана. И во-вторых, первым архиепископом Кентерберийским стал святой Августин, впоследствии патрон Артура в бою под Камланном. Но «трудился» святой Августин в скромной церквушке, потому что знаменитый собор-то построили лишь в 1017 году. Причем построил его отнюдь не Артур, а... именно саксы, вернее, их потомки, не исключено, что на месте давнего храма Вотана. Поскольку язычники-саксы побили христианских (возможно) бриттов, но вскоре после этого приняли христианство. Однако на сей раз уже не от Ирландии, а от Рима. По чисто римскому, непорушенному «кельтизмом» канону*.

* Крещение саксов инициировал папа Григорий II. В 597 году с миссией в Британию отправился св. Августин (? — 631). Этого святого, патрона Англии, не следует смешивать со знаменитым св. Августином (354—430), тем, который «породил» августинцев. Св. Августин Английский вскоре по прибытии на Остров крестил Этельберта, короля Кента, и заложил собор в Кентербери. В 604 году возник епископат в Рочестере. В том же году крестили королевство восточных саксов (Эссекс) и начали строительство кафедрального

Очередным примером набожности Артура и его свиты, который можно при желании отыскать в «Вульгате» и у Мэлори, является то, что все серьезные события и торжества происходили в церковные праздники либо накануне их — доминирует День Очищения и Троицын День (Пятидесятница). Согласен. Так, конечно, могло быть, да скорее всего так оно и было. Только дело-то в том, что, например, День Очищения — это кельтский Имболк (Imbolc) — праздник приближающегося конца зимы, а Троицын День — это кельтская мистерия Бельтайн (Beltaine), торжественная церемония полного расцвета весенней природы. Имболк и Бельтайн, равно как Самайн (Samhain) — то есть День всех святых — конец ноября*, и Ламмас (Lughnascad — начало августа, то есть День Успения Божьей Матери), в кельтских легендах имеют символическое значение — большинство имеющих последствия мифологических и легендарных событий случались именно в эти дни. Поэтому (независимо от истинной даты коронации) в оригинальных песнях валлийских бардов Артур становится королем во время мистерии Бельтайн. Языческую же мистерию Бельтайн миссионеры превращают в Троицын День. Нам это уже знакомо — это и есть тот самый «родниково-ключевой» метод, «запатентованный» святым Колумбой.

Ну и что, скажут некоторые, возможно, Мэлори малость переусердствовал с архиепископом, может, у него перепута-

---

собора Св. Павла в Лондоне. В 625 году Этельборга, дочь Этельберта из христианского уже Кента, вышла замуж за Эдвина, языческого пока что короля Нортумберленда, и принудила его принять христианство, да так эффективно, что он даже попал в святые. Святым был и наследник Эдвина, король Освальд, который в компании со св. Айданом и св. Катбертом укрепил в Нортумберленде христианство и построил знаменитый, существующий по сей день монастырь в Линдесфарке.

Но даже крещеные саксы не забыли своих давних богов. Тиу, Вотан, Тор и Фрея дожили в английском языке до наших дней — в названиях дней недели: Tuesday, Wednesday, Thursday, Friday. — *Примеч. авт.*

* В.В. Эрлихман в примечаниях к своему переводу «Мабиногион» называет другую дату праздника Самайн — 1 ноября. — *Примеч. пер.*

лись Кентербери с Гластонбери, может, он спутал церковные праздники и языческие обряды! Но в том, что благочестивый рыцарь был набожным, Мэлори не преувеличивал. А ежели малость и преувеличил, то были тому причины, ибо Мэлори с ностальгией вспоминает времена, когда по прекрасному, счастливому, солнечному Альбиону разъезжали на своих рысаках благочестивые и набожные рыцари...

Ох тосковал сэр Томас, тосковал, и не без повода.

ИДЕАЛ БЛАГОЧЕСТИВОГО РЫЦАРЯ

Я уже говорил о том, что «Смерть Артура» возникла в «часы презрения», которые принесла Англии кровопролитная гражданская война Йорков с Ланкастерами. Мэлори описывает благочестивых, благородных рыцарей, может быть, потому что на его глазах разыгрывается ужас войны Двух Роз, цареубийство, убийства тайные, убийства на эшафоте и убийства на поле боя, продажность и предательство, осквернение трупов побежденных противников, нарушение слова чести, пактов и законов войны, измывательство над правом убежища в церквах, невообразимая жестокость.

Не лучше было и во времена возникновения баллад Кретьена де Труа, «Вульгаты» и героических эпосов. В континентальной Европе бушевали войны и царило предательство. Папы выкалывали глаза антипапам и приказывали возить покалеченных противников по городу, чтобы каждый мог полюбоваться. На юге Франции сотнями тысяч гибли альбигойцы, Прованс и Лангедок превратились в дымящиеся пепелища, изумительная культура этого региона вырубалась под корень. Вся Центральная Европа обратилась в бурлящий котел, в котором исходили паром попеременно папские армии, войска гвельфов и гибеллинов, германцев и англичан, Фридриха Барбароссы, Филиппа Швабского и дьявол знает кого еще. Эти армии воевали между собой, но истинный кошмар выпадал на долю жителей сел и городов.

От этого кошмара имелось психическое противоядие — идеализированный образ благочестивого рыцаря без страха и упрека, несшего ковчежец с мощами на груди и Бога в сердце. Рыцарь, который перед боем молится, а после боя, лежа крестом, всю ночь проводит в часовне, с уважением относится к поверженному противнику, не поднимает руки на безоружного, не обидит ни женщины, ни ребенка... К тому, чтобы рыцарь был именно таким, призывали Джон Уикли, Ян Гус и Бернар Клервоский. А значительно раньше смутьянов, недостойных называться рыцарями, поносил уже знакомый нам Гильдас — им он посвятил свое произведение, ибо они-то и были «горем Британии» в названии его труда.

Однако Гильдас имел в виду несколько иной тип рыцаря. В его времена рыцарство Британии воспринималось совершенно по-другому. Тип средневекового рыцаря и рыцарский кодекс чести, обычай или церемониал — материи абсолютно чуждые исходной версии Артуровской легенды. Эти элементы были привнесены в легенду очередными переработками, совершенными уже после нашествия и захвата Острова Вильгельмом Завоевателем. В таких переработках первоначальная концепция разворачивалась на 180 градусов. Бойцы Артура перестают быть кельтскими патриотами, героями борьбы за национальное дело, за спасение страны от натиска чуждой, захватнической сакской культуры. Они превращаются в «универсальных рыцарей», а идея становится с ног на голову — бойцы Артура не потому рыцари, что в них нуждается страна, а как раз наоборот — они дерутся, ибо так положено: ведь они же рыцари, а рыцарь — если только он рыцарь истинный — должен быть послушен воле Бога, сеньора и уложениям священного рыцарского права. Его национальные и личные взгляды не имеют никакого значения. Он обязан быть «правильным» рыцарем. Конец. Точка.

И по заказу Бернара Клервоского о «благородных рыцарях» написан цикл романов «Вульгаты», именно о таких слагали романсы труверы и трубадуры. Но при этом нельзя было обойтись без легенд и мифов, поскольку в реальной-то жизни таких рыцарей не было. Рыцарь из армии Йорков или Ланкастеров, рыцарь Барбароссы либо Филиппа Швабского, рыцарь из-под Тьюксбери или Босворта, Леньяно либо Бовина был, как правило, тупым и невежественным мясником. Тащившийся же с Крестовым походом на альбигойцев рыцарь Симона де Монфора и Доминика Гузмана был самым что ни на есть обычнейшим бандитом. Убийцей.

Возникали романы о рыцарях, к которым притесняемые дамы слезно обращались за помощью и помощь эту получали, хотя в действительности при виде приближающихся рыцарей все население — а дамы в первую очередь — в панике убегало в леса. Писали о верных вассалах, о рыцарях, на слово которых можно положиться, хотя в действительности предательство и отступничество были основными элементами стратегии и тактики. Описывали рыцарей набожных, благочестивых, в действительности же... Да, что говорить...

В 1170 году Томас Бекет, архиепископ Кентерберийский, громит с амвона объявленные королем Генрихом II Плантагенетом так называемые кларендонские конституции, ограничивающие привилегии Церкви. Король перед своими верными рыцарями обрушивается на «бессовестного попа». Четверо из этих рыцарей — Реджинальд Фицурс, Уильям де Тресси, Хьюг де Морвилль и Ришард Брайто — правильно понимают и интерпретируют свой рыцарский долг перед сюзереном. 29 декабря, то есть вскоре после Рождества, архиепископа убивают на ступенях алтаря.

В 1208 году посвященные в рыцари крестоносцы сэра Симона де Монфора захватывают город Безье в Лангедоке, один из центров «еретиков»-катаров, или альбигойцев. Какой-то рыцарь спрашивает присматривающего за акцией папского легата Арнольда Амори, как отличить «наших» от «отщепенцев». «Приканчивайте всех, — говорит тот. — Бог распознает свою паству». Убивают пятнадцать тысяч человек, в основном женщин и детей.

В 1327 году король Эдуард II Плантагенет был низложен и заключен в замок Беркли. Его жене Изабелле, ее фавориту Мортимеру и епископу Винчестера Орлетону живой король был неудобен. Два благородных рыцаря — барон Джон Мальтраверс и сэр Томас Гурней — получают приказ: Эдуард должен умереть, но нельзя, чтобы на его теле остались следы насильственной смерти. Верные и благородные рыцари Мальтраверс и Гурней убивают короля, вколотив ему в анальное отверстие раскаленный железный прут.

В 1369 году Эдуард по прозвищу Черный Принц, внук убитого в замке Беркли Эдуарда II, герой неисчислимых «рыцарских» сказок для детей, которого Фруассар* называл «благороднейшим и достойнейшим» рыцарем, какие только жили со времен короля Артура, ведет войну с Францией. Захватив город Лимож, «истинный рыцарь Черный Принц» дарует жизнь и свободу всем взятым в плен рыцарям. Как ни говори — рыцарская солидарность обязывает. Остальные шесть тысяч защитников и жителей Лиможа (в том числе женщины и дети) перебиты.

В 1427 году рыцарь Стивен де Виньоль, известный под прозвищем Ла Гир, один из командиров в армии Жанны Д'Арк, перед атакой на англичан обращается к капеллану с просьбой отпустить ему грехи. Исповедоваться он не хочет, на это у него нет ни времени, ни желания. «Хотя бы помолись», — предлагает священник. И Ла Гир, не слезая с коня, обращает очи к небу и восклицает: «Господи Боже, я требую, чтобы Ты помог мне в бою! По принципу взаимности! Ибо если б Ты был Ла Гиром, а я Тобой, то я б Тебя поддержал!»

Вот всего несколько примеров. Но типичных. Очень. И однако же в наше время слово «рыцарь» неизменно воспринимается позитивно — мы говорим о «рыцарственности» и

---

* Жан Фруассар (1337—1410), французский поэт и историк, в частности, автор «Chronique de France, d'Angetere, d'Ecosse et de Bretagne». Материалы к истории войн он, наверное, получал от очевидцев описываемых событий. — *Примеч. авт.*

«рыцарском поведении», «рыцарском слове», «рыцарском духе». У нас — в Польше — были «рыцарские кружки» в прежних кавалерийских хоругвях и в давнем сейме. Рыцарская школа и... пан Володыевский, Малый рыцарь. До сих пор рыцарем становится офицер, к погонам которого прикоснулась сабля во время церемонии присвоения звания. Человек, награжденный орденом Виртути Милитари, становится «кавалером» (chevalier*), кавалером также именовался юноша, который «по-рыцарски» — учтиво и благородно относился к девушке и был ее опекуном и защитником. И именно «Спящие Рыцари», а не Спящие — например — уланы ожидали в Татрах (в Польше или в других местах — в мире) Дня Великой Битвы. Нам также прекрасно известно — наша история об этом позаботилась — понятие «рыцарская смерть».

К памятнику твоему придут народы,
Надпись сию сохранят камни:
Здесь покоится рыцарь, что бился без страха
И жил без упрека.

Юлиан Урсин Немцевич

Что касается вошедшего в поговорку «рыцаря без страха и упрека» (chevalier sans peur et sans reproche), то неплохо было бы знать, что первым историческим носителем такого титула был известный французский рыцарь Арнольд Вильгельм де Барбазон (1360 — 1431), вторым же — еще более знаменитый Пьер дю Таррель, известный как Баярд (1473 — 1524).

Так какими же — могут спросить — были рыцари на самом-то деле? Ежели действительно столь уж жестокими, как хочет сказать автор, то как попали эти «рыцарские» элементы в нашу культуру и язык, да и почти во все языки мира**?

---

* рыцарь *(фр.)*.

** Как раз в нашей-то культуре и языке существует и иной тип рыцаря — образ рыцаря с черным крестом из Тевтонского ордена, деяния которого гораздо ближе были к исторической истине о рыцарях. Крестоносец из Мальборка (в действительности, вероятно,

Отвечаю: они забрели из рыцарского романа — прежде же всего из переработанного (на универсальный европейский лад) артуровского мифа. Попали они не только в литературу, поэзию и разговорную речь, но и в историю. Ибо исторически подтвержденные чрезвычайно немногочисленные примеры действительно рыцарского поведения восходят к тем временам, когда легенда об Артуре и его верных товарищах из Камелота была уже широко популярна и знакома. Немногочисленные «хорошие рыцари» просто старались подражать своим литературным образцам. При этом они, как правило, ограничивались тем, что выступали на турнирах в костюмах Ланселота, Тристана или Гавейна да украшали шлемы шарфами и лентами своих Гвиневер и Изольд. В повседневной же жизни, а уж тем более на войне, подражать идеалам было затруднительно.

Артуровский миф в последующих фазах развития не отличался одной лишь ностальгией по старым добрым, ушедшим временам, когда еще на свете жили действительно добродетельные, верные и благовоспитанные рыцари. Миф не сокрушался по поводу упадка рыцарской культуры. Не над чем было сокрушаться, скорбеть, ибо — как доказывают многие историки — об упадке рыцарской культуры можно гово-

---

вовсе не демонический и вряд ли намного худший других ему подобных) стал тем не менее в нашей культуре ярким контрастом, другим полюсом идеала. У Сенкевича можно прочитать: «Не раз я видел, как благородный рыцарь щадит другого рыцаря, который слабее его, говоря себе: не прибудет мне чести, если я лежащего растопчу. А Крестоносец именно в этом случае бывает особенно ожесточенным».

Точно так же подшутила история с немецкой культурой и языком. Здесь, кроме «рыцарского деяния» (Rittertat) и «рыцарского поведения» (ritterliches Benehmen), живут слово и понятие «Raubritter» — «рыцарь-разбойник» (именно так именовался благороднорожденный и посвященный в рыцари господин, «вколачивающий» заработка ради на ниве грабежа и убийства. Именно такие исторически реальные рыцари были несчастьем и ужасом Германии XIII — XIV веков, то есть в период наибольшей популярности артуровского мифа). — *Примеч. авт.*

рить уже с момента возникновения рыцарства и его культуры вообще. В действительности миф шел гораздо дальше: творил рыцарскую утопию. Творил совершенно фиктивный идеал. Идеал рыцаря, которого никогда не было.

Обе упомянутые выше проблемы всплыли, как говорится, когда кельтский миф стал биться за значимое место в европейской культуре, когда начал приобретать универсальность. Однако эта универсальность — что любопытно — не смогла стереть кельтских следов, которые продержались в любой, даже наиболее искаженной и «модернизированной» версии легенды.

НАЦИОНАЛЬНЫЙ АСПЕКТ МИФА

Артур был кельтом. С дедов-прадедов и всем существом. Больше того, Артур был идеализированным кельтом. Он попросту должен был быть таким. Кто не поймет этого, тот никогда не поймет легенды.

О днях праздников и кельтских обрядов я уже упоминал, о валлийской мифологии говорил, к ее соотношению с некоторыми героями и личностями мы еще обратимся, когда займемся вопросом who is who в легенде. Пока же остановимся на некоторых существенных принципах «кельтскости», непосредственно относящихся к центральной фигуре легенды — королю Артуру, тому Артуру, который был повелителем кельтов.

Даже в лучше всего нам известном и в то же время наиболее искаженном каноне мифа нас наверняка заставят задуматься отдельные явления и факты. Взять хотя бы такой: почему Артур, сын Утера Пендрагона, должен пользоваться волшебствами Мерлина и вытаскивать меч из камня? Зачем главари кланов («короли») собираются на «посиделки», чтобы решить, кому же стать у них самым главным? Если трон даже не наследуется, то почему бы просто-напросто не взять власть в руки самому сильному либо самому богатому?

А потому, что осуществление власти у кельтов понималось и исполнялось совершенно уникальным для тогдашних сообществ образом. Король (племенной вождь) не был хозяином земли — земля была всеобщей, принадлежала всем. Владыка получал власть на правах доверенного лица — осуществлял правление от имени «народа», а не от собственного. Это очень важно, поскольку нам, воспринимающим миф в его средневековой (европейско-средневековой) форме, Артур является в ипостаси короля-сюзерена, его рыцари — в образе вассалов или ленников, а население страны Логр — подданными. Нет ничего более ошибочного. Кельтский повелитель не мог ни унаследовать, ни принять власть, не мог ее единолично осуществлять. Власть была ему поручена в результате консенсуса, а при ее осуществлении властелин обязан был руководствоваться благом страны и народа. Это благо понималось как благо земли — при хорошем владыке страна, или буквально понимаемая земля, была здорова и счастлива, цвела и рожала, кризис же власти либо хаос безвластия означали неурожай, голод и другие напасти. Когда правление владыки хромало, болела и земля. Скверно управляемая страна (этот мотив позже неоднократно использовался в литературе) превращалась в Бесплодные Земли, «La Terre Gaste, The Wasted Land» (Элиот).

В мифологиях и преданиях всего мира бытует мотив короля-богатыря, который благодаря своим геройским деяниям получает признание всего народа и которому народ в знак признания заслуг и личных качеств доверяет власть. И править он должен был так, чтобы народу жилось как можно лучше. При этом во всем мире такие легенды были не более чем психическим противоядием от реальной личности владык и их поступков. От сознания, что король есть постольку, поскольку он трон унаследовал либо добыл силой. Земля является его собственностью, которой он может свободно и без ограничений распоряжаться. Подданными он правит по самой сущности обязательных общественных условий и еще потому, что у него в руках аппарат принуждения. А перестанет он править, когда умрет или кто-нибудь — чаще всего другой король — его низложит.

У кельтов тоже существуют подобные легенды, но они зиждятся на традиции и реальных фактах. Король кельтов получал власть как бы «по доверенности» — потому что был богатырем. Потому что его фактические деяния и заслуги делали его достойным того, чтобы доверить ему власть (не наоборот). По отношению к людям и земле кельтский король осуществлял сервитут — ничего больше. Его приказов слушались, если он заслуживал того, чтобы быть ему послушным. Ни на что более власть не уполномочивала — в особенности же не давала права владеть землей и распоряжаться этим правом. Земля была общим достоянием всех кельтов. Если об этом знать, легче понять яростное сопротивление, которое столетиями оказывали норманнским и английским феодалам валлийцы, ирландцы и шотландцы. Феодальная система реализации власти, которую норманны и англы старались навязать валлийским, ирландским и шотландским кельтам, ставила с ног на голову весь их кельтский мир.

Потому-то Артур и был провозглашен «королем всех бриттов» и «надеждой страны». Потому-то он — «первейший богатырь среди богатырей», потому-то именно он, а не кто другой, извлекает меч из камня. Это он, как бог Ллеу от богини Арианрод, получает меч Экскалибур, символ власти, из рук Владычицы Озера. Поэтому, словно герой Кухулин, который в одиночку защищал Ольстер от целой армии Медб из Коннэхта, Артур, защищая страну, «собственноручно» положил под Бадоном почти тысячу саксов.

Разумеется, Кухулин не управился бы с целой армией, Артур не повалил бы тысячу саксов. Это легенда. Легенда, выражающая кельтскую тоску по королю-герою, по непобедимому королю-богу, которому богиня (Великая Мать, символ Земли) вложила в руки магический меч. По королю, признанному самою Землею, которую в качестве выразителя воли народа он будет достойно защищать. По королю, принятому всеми, объединяющему всех. По королю, под началом которого страна расцветет и будет счастливой, урожайной, здоровой...

Конечно, таких королей не было. Это миф. Миф, родившийся во времена, когда мир британских кельтов уже рушился под ударами иноземных захватчиков. Во времена, когда выяснилось, сколь слаба по сравнению с жестоким феодализмом наивная кельтская демократия...

Миф о короле Артуре...

Несбыточный кельтский идеал. Что ж, от кельтов осталось немного. Но идеал выжил. Ибо был — в противовес самим кельтам — несокрушимым.

И осталась легенда.

Абсолютно по той же самой причине.

ГРААЛЬ — ВЕРШИНА МИСТЕРИИ

«Когда же настал вечер, пришел богатый человек из Аримафеи, именем Иосиф, который также учился у Иисуса; он пришел к Пилату, просил Тела Иисусова. Тогда Пилат приказал отдать Тело. И, взяв Тело, Иосиф обвил его чистою плащаницею и положил его в новом своем гробе, который высек он в скале; и, привалив большой камень к двери гроба, удалился» (От Матфея святое благовествование, 27:57—60).

Оно, конечно, так, но дело-то в том, что Иосиф не удалился. Да, да, знаю, все остальные евангелисты — Иоан, Лука, Марк, а также апокрифист Никодим в один голос утверждают то же, что и Матфей. Мол, удалился, и все тут, а у гроба остались две Марии — Мария Магдалина и Мария, жена Клеофа. Но ведь мы-то знаем Артуровскую легенду!

Иосиф Аримафейский не удалился от гроба. Иосифу явился Христос, живой, а из раны его, той, что нанесена копьем римского центуриона Лонгина, текла кровь. Иосиф взял сосуд и собрал в него последние капли крови Спасителя. И только после этого удалился, покинул Иерусалим, отправился в город Сарра, а оттуда поплыл в Британию. Именно он, Иосиф, «повинен» в том, что все языческое население этой земли обратилось в христианство. Сосуд, в который были собраны капли крови самой настоящей «царской» (le sang réal, Sangréal, Gréal, Grail, Graal), исчез из этого мира, был спрятан, а потомки Иосифа стали наследственными стражами Тайны. Грааль исчез, но мудрый Мерлин напророчил, что когда-нибудь да он вернется. И Грааль вернулся...

Как мы уже знаем, первым о Граале напомнил Кретьен де Труа. Правда, Кретьен романа не докончил, наверно, поэтому у него нет ни слова о Христе или Иосифе Аримафейском. Ну ни словечка. Мы не знаем, что такое Грааль, у Кретьена Грааль остается тайной. И еще одно: таинственный сосуд у Кретьена — это блюдо или тарелка (éscuelle), сосуд, которым пользовались во время пиршеств.

Вся эта история вновь всплывает в религиозной версии легенды — у Роберта де Борона («Joseph d'Arimathie»). Там перед нами уже появляется полная история Иосифа Аримафейского, крови, собранной в сосуд (который у Борона впервые становится чашей, той самой, из коей Христос вкушал во время Тайной Вечери), исхода Иосифа в Британию, передачи потомками друг другу чаши до последнего из них, того самого, который становится Королем-Рыбаком, стражем тайны чудесного сосуда до прихода истинного наследника...

Был ли Роберт де Борон первым, придавшим артуровскому мифу религиозную окраску, или же Церковь уже раньше пыталась приспособить короля Артура и Грааль к собственным нуждам, мы не знаем. Не знаем так же, каким образом в кельтскую легенду, несомненно, представляющую собой мешанину мифологий, традиций и реальных исторических событий, касающихся попыток сдержать экспансию саксов в Британию, ворвались евангелические мотивы. Роберт де Борон (как, впрочем, и Кретьен) ссылается на какие-то ему одному известные источники и таинственные книги, которые позволили ему узнать фактическую историю евангельского Иосифа Аримафейского и чудесного сосуда, связанного с Тайной Вечерей, Распятием и Воскресением. Такие «таинственные источники» — мотив в литературе старый как мир, вечно живой и вечно модный: не так давно мы говорили о «Британском документе», который послужил Джефри Монмаутскому при работе над «Историей королей». А был еще Джеймс Макферсон и сфабрикованные им «Песни Оссиана». Так что «тайные книги» и «тайные документы», из которых Роберт де Борон узнал правду о Святом Граале, можно смело отнести к той же категории, что, однако, не стало помехой тому, чтобы впоследствии они помогли некоторым сделать захватывающие дух выводы и заключения*. Историю Роберта подхватили цистерцианцы в «Вульгате», произведении, которое, как я уже упоминал, вероятнее всего инспирировал еще при жизни Бернар Клервоский. И теперь все становится ясно. Нет никаких «таинственных источников». Есть политика. И ничего кроме.

Что интересно, выдуманная Робертом де Бороном чаша в «Вульгате» исчезает. Грааль снова становится тарелкой, как у Кретьена. Остальное (то есть сущность и происхождение Грааля) в принципе идентично. Однако, как уже сказано, клирики ввели в действие фигуру, которой нигде и никогда рань-

---

* Взять хотя бы теорию М. Байгента, М. Лейга и Х. Линкольна, содержащуюся в работе «Святой Грааль и Святая Кровь», в соответствии с которой Христос вовсе не был распят, а с помощью Иосифа Аримафейского (!!!) и своей жены (!!!) Марии Магдалины сбежал в Европу. Таким образом, «Святой Грааль» — это реальная «кровь», то есть династическая линия, тайну которой стерегли друиды, меровинги, альбийгоцы, тамплиеры, розенкрейцеры, масоны... Недостает еще только евреев и... цирюльников. Пардон, евреи есть — доказывая, что какой-то Rex Mundi, потомок и наследник Христа, все еще ожидает того дня, когда примет власть над миром, авторы то и дело цитируют «Протоколы Сионских мудрецов».

А вот цирюльников почему-то нет!

Приведенную теорию удачно высмеивает Эко в «Маятнике Фуко». — *Примеч. авт.*

ше не было — целиком ими изобретенную, — Галахада, сына Ланселота, рожденного от него девственницей Элейной, дочерью Пелеса, внучкой потомка Иосифа Аримафейского по прямой линии.

«Вульгата» (часть, озаглавленная «La Queste del Saint Graal») поучает, что Грааль объявился в Камелоте точно в момент прибытия Галахада ко двору в День Пятидесятницы. Случилось это во время ужина после вечерних молитв. Загремело, озарилось — и вот пред очами собравшихся возник накрытый Покровом Сосуд, несомый невидимыми руками. «Дворец, — читаем мы, — заполнился наипрекраснейшими ароматами мира». А на столах пред рыцарями «явились изысканнейшие яства, и перед каждым было такое, кое он желал». А Грааль исчез так же неожиданно, как и появился.

Инициатором Великого Поиска (и в «Вульгате», и у Мэлори) оказывается наименее ожидаемая особа — не Галахад, не Персиваль, не Артур, а... Гавейн. Именно Гавейн предлагает разгадать Великую Тайну, выяснить, что же было сокрыто под Покровом. «Пусть каждый из нас, — призывает Гавейн, — даст рыцарскую клятву, что завтра же с утра отправится в поход, который будет длиться один год и один день...»

Король Артур в ужасе — цистерцианцы в «Вульгате» четко намекают на то, что король-то уже знает: грядет конец эпохи. Приближаются сумерки богов — «Gotterdammerung». Тех, других, богов. И других божеств — иных идеалов, иных, нежели те, что были установлены Латеранскими Соборами. В ужасе и дамы — грешные и безнравственные дщери Евы. Они тоже знают, что приходит конец шелкам, конец amour courtois, теперь будут четки, молитвы и власяница.

Правда, некоторые дамы тоже хотели бы поклясться и отправиться в поход, но оказавшийся в Камелоте старый отшельник Насиен гремит во весь голос, что будет богохульством и смертным грехом, ежели Грааль станут искать столь низкоподлые существа. Рыцари-мужчины, если они и не безгрешны, могут очиститься путем исповеди, но женщинам никакая исповедь не поможет. Дщери Евы нечисты и на века останутся таковыми. Куда уж им за Граалем!

Так что дамы остаются, а рыцари отправляются. Коллектив Круглого Стола перестает существовать. Рыцарям наплевать на все. Угрожающие стране зловещие гиганты и драконы, разбойники-рыцари и бандиты, саксы, ирландцы, пикты — все это материи преходящие и не заслуживающие того, чтобы ими забивать головы. Рыцари отправляются искать Грааль. Так сказать, раз, два, три, четыре, пять — я иду искать! Решили разделиться. Каждый едет в одиночку. Каждый идет своим путем. Самым первым едет единственный, наидостойнейший и наичистейший, специально для этой цели придуманный Галахад. Ну а читатель уже знает, что среди избранных рыцарями «своих путей» единственный, соответствующий, тот, что ведет к цели — именно путь Галахада.

Кто же такой Галахад?

Джозеф Кэмпбелл выводит имя «Галахад» от библейского Гилеада либо Галаада. Правда, в соответствии со Священным Писанием Гилеад не человек, а плодородная долина в Заиордани — но это место символическое, «свидетельство согласия и мира» (Бытие, 31:47 — 52)*. Кроме того, Кэмпбелл считает, что объяснение имени Галахада скрывается в библейской фразе «Numquid resina non est in Galaad», то есть «Разве уже нет бальзама в Гилеаде?» (Книга пророка Иеремии, 8:22.) Стало быть, артуровский Галахад должен был выступать в «Вульгате» одновременно как символ мира, примирения и бальзам, средство от страданий и всяческого зла. Утешитель и спаситель.

Истоки же вдохновения цистерцианцев, пишущих «Вульгату», Кэмпбелл усматривает в решениях, принятых на Четвертом вселенском Латеранском Соборе, созванном Иннокентием III в 1215 году. Собор этот, кроме официального

---

* В русском переводе Библии эти разделы изложены несколько иначе. — *Примеч. пер.*

призыва к смертоубийственному Крестовому походу против альбигойцев и вальденсов, установил также следующий догмат: во время святой мессы при пресуществлении даров присутствует Христос. Присутствует реально — телом и кровью. Он одновременно и священник, и жертва:

«In qua idem ipse sacerdos, et sacrificium Iesus Chistus, cuius corpus et sanguis in sacramento altaris sub speciebus panis et vini veraciter contentur...»*

И еще один догмат был принят на Четвертом Латеранском Соборе. Догмат, существующий до сих пор: есть только одна вера и одна Церковь. Только одна. И только один единственно истинный путь, отступление от которого означает вечные муки. «Una vero est fidelium universalis ecclesia, extra quam nullus omnino salvatur...»**

Только один путь, путь Галахада. И только один Грааль.

Получается, что Грааль и Христос — суть одно и то же. Отыскать Грааль после долгого, опасного, полного трудов странствования — значит проплыть по жизни, обходя рифы грехов. Обходя соблазны, но не страшась страданий, восторжествовать духом над слабым телом и грешной, неустойчивой материей бренности. Овладеть Граалем — значит добиться искупления. Взобраться на гору Монсальват, чтобы быть «salvatur». Свершить мистерию. Преступить грань.

Зачем монахи придумали Галахада? И зачем сделали его сыном Ланселота, ведь Ланселот же грешник из грешников, ибо постоянно поддерживает порочную связь с Гвиневерой? Даже зачиная с Элейной Галахада, он думает, будто проводит ночь с королевой, чужой женой. Следовательно, Галахад — дитя греха и прелюбодеяния! Ланселот поддался вожделению, смертному греху, ибо возжелал жены ближнего своего. Вдобавок ко всему этот ближний-то — король, сеньор, сюзерен.

* Посему Иисус Христос, тело и кровь коего выступают при причащении в Церкви в образе хлеба и вина, сам является и священником, и жертвой одновременно.

** Единственно истинная вера есть вера во всеобщую Церковь, вне которой никто не может быть спасен.

Ланселот нарушает одну из самых священных заповедей средневекового рыцаря: предает сюзерена. Так почему же «Вульгата» делает Галахада сыном Ланселота, прелюбодея и вероломного человека?

Сын, ребенок символизирует возрождение, рождение вновь. Возрождение в лучшей, идеальной форме — в той форме, которую мы могли бы иметь, если б жизнь нас не испортила. И более того, сын — это искупление вины. Для монахов «Вульгаты» Галахад не только повторное воплощение — он искупление грехов Ланселота. Того Ланселота, который ведь некогда носил имя Галахад, прежде чем отринул его ради светского и преходящего nom de guerre. Галахад — то, чем Ланселот мог быть, если б...

Понятное дело, Ланселот Грааля не находит, хоть ищет весьма интенсивно. Не может найти, ибо... он все ж таки остается грешным Ланселотом, а не чистым Галахадом. Подводят также Гавейн и Лионель — поскольку остаются гордецами, поскольку постоянно чванятся, поскольку их все время занимают проблемы этого мира, а не идеалы духа, ибо они самые обычные, а отнюдь не идеальные рыцари.

Грааль наконец находят трое чистых и безгрешных: Галахад, Персиваль и Борс. Но Персиваль и Борс, несмотря на чистоту (сексуальную, конечно), несмотря на то что они «рыцари идеальные», по «Вульгате», могут быть лишь спутниками Галахада. Даже Персиваль, который во всех более ранних версиях был тем, кто отыскал Грааль, в «Вульгате» сходит на второй план. Почему? Да потому, что остаться должен только один. Потому что дорога есть только одна. Галахад, и никто кроме него — вот оно предупреждение всем альбигойцам этого мира. Una vero est fidelium universalis ecclesia!

Галахад, достигнув Наивысшей Цели, навеки покидает нашу грешную юдоль вместе с чудесным сосудом. Персиваль сбрасывает латы, уходит в пустынники и вскоре умирает. В Камелот возвращается лишь Борс для того, чтобы передать Артуру послание цистерцианцев и «Вульгаты»: вместе с Граалем ушла надежда. Исчез символ и средоточие духа, а без духа современный мир, мир рыцарства, мир Артура — эти миры должны рассыпаться в пыль и прах...

У Грааля — как почти у каждого элемента Артуровской легенды — есть в кельтской мифологии свой прообраз, прототип. Это факт полностью установленный и подтвержденный неоднократно. Как и каждый кельтский элемент легенды, он подвергался модификациям применительно к определенным целям. Каждая последующая эпоха добавляла свои собственные цели — цели «современные», соответствующие «современным» и актуальным для данной эпохи моральным идеалам, вернее, идеалам группы, которая считала себя идеальной. Религиозная версия мифа моложе самой легенды более чем на шестьсот лет. Однако можно ли утверждать, что религиозная версия лучше и моральнее кельтской праверсии лишь потому, что-де ко времени возникновения «Вульгаты» культура и цивилизация «дозрели» на шестьсот лет? Всегда ли модификация и актуализация мифа означают его обогащение, облагораживание содержащихся в нем идей?

Сегодня идеалы христианства, привитые на почву Артуровской легенды по инициативе Бернара Клервоского, мы считаем возвышенными и благородными, а христианский Грааль (неизменно в форме чаши или кубка) занял в современной культуре достойное место как символ святого и высочайшего идеала. Однако нельзя забывать, что такая экзегеза мифа имела во времена возникновения «Вульгаты» очень конкретную — моральную и политическую — цель. Во-первых, следовало дать беспощадный бой идеалам amour courtois, противоречащим навязываемым Церковью аскетизму и программной идиосинкразии по отношению ко всем формам современной любви, ибо с точки зрения Церкви amour courtois была тем, чем позже стала Вандея по отношению к Французской революции и Наполеону — то есть бунтом и сопротивлением. Amour courtois кощунственно утверждала, будто любовь к женщине может управлять человеком столь же сильно, как и любовь к Богу. В соответствии с канонами amour courtois рыцарь в отношении к даме своего сердца исполняет рыцарскую службу, он — ее пленник, трактует даму — сосуд греха — наравне с королем, сюзереном. Божьим помазанником! Это немыслимо!

Интересно, что из всех версий легенды «Вульгата» наиболее убедительна как раз в том, что касается плотской любви. Произведение прямо-таки пышет сексом и эротикой. Там, где Мэлори ограничивается (при описании дев) фразами типа «Она была очень красивой девушкой», «Вульгата» ничтоже сумняшеся сообщает, что «ее выпуклые груди, маленькие, беленькие и ядреные, вздымались под платьем как твердые яблочки». Мэлори (говоря, например, о Ланселоте и Гвиневере) деликатно замечает: «Были они в ту ночь вместе в ложе или же нет, этого я не знаю и не отважусь утверждать, ведь вы помните, что в те времена любовь имела иные формы, нежели сегодня»; «Вульгата» же сообщает «городу и миру», что «пара любовников, улегшись нагими и плотно обхватившись, самозабвенно ласкают друг друга», «роскошно удовлетворяют друг друга взаимно» и так далее. Несомненно, это имеет тот же самый источник, что и все порицание секса, развернутое Церковью, — то есть не поддающийся приглушению телесный огонь, полыхающий в «благочестивых», отупевших от аскетизма и целибата монастырских братишках и сестренках. А может быть, монахи сознавали, что цель, которую они хотят достичь, требует... увлекательного изложения? А может быть, они руководствовались такой мыслью: если уж приходится это делать, то лучше «роскошно удовлетворять друг друга», нежели выполнять обязанности ленника. Лучше ненадолго «улечься нагими и самозабвенно ласкать друг друга», нежели умирать от любви и издалека одарять женщину почестями, которых женщина недостойна...

Другая цель церковной версии была такова: надлежало взять в крепкие руки рыцарство и его идеалы, а из-за отсутствия оных — создать их. Рыцарь должен был перестать думать о приятных мелочишках, а с момента посвящения, носящего — в более позднем виде (с XI века) — характер религиозной инициации, ждать в покое и набожном сосредоточении увенчания своей жизни. Должен был ожидать минуты, когда объявится Грааль — например, в виде призыва к Крестовому походу*.

Следует признать, что Церковь поступила ловко — не предавала легенду анафеме и не громила ее с амвона. Вместо этого создала и запустила в обращение собственную версию мифа, настолько мощную и принятую людьми, что она вытеснила предыдущие. Версию религиозную, классическую, некоторые ее аспекты живы и по сей день.

Однако классичность сильно подрывает другая версия. Поиски Грааля. Версия Вольфрама фон Эшенбаха. Версия, которую следует признать бунтарской — сегодня мы сказали бы «диссидентской». Вольфрам фон Эшенбах тоже оказался в «Вандее», сомкнулся с Кретьеном и труверами против Роберта де Борона и (более поздних) цистерцианцев.

В версии Вольфрама Грааль... камень! Не тарелка, не миска, не кубок, не чара, не чаша, которой пользуются во время мессы, но камень. Правда, не обыкновенный, а чудотворный — одно только лицезрение этого камня обеспечивает человеку вечную молодость, благодаря ему возрождается из пепла омоложенный Феникс. Но камень (философский?) — не чаша, камень исключает из истории ее литургический подтекст и связи с причастием. Камень гораздо ближе Каббале**.

---

* Идеалом и образцом — и апофеозом — всяческих христианских достоинств Бернар Клервоский называл тамплиерский орден, «Милицию Божью», готовую к бою в порядке защиты веры по первому призыву. Это и случилось в 1129 году. Неполных двести лет спустя, в 1307 году, «идеальные рыцари», обвиненные в волшебстве, содомии, демонолатрии, богохульстве и ереси, будут выть от боли в пыточных домах и гореть на кострах вдоль и поперек всей Франции. — *Примеч. авт.*

** Вольфрам фон Эшенбах (по примеру предшественников) тоже ссылается на «таинственные источники». «Парсифаль» якобы возник на основании «достоверных информаций», полученных от не-

В версии Вольфрама Галахада нет. Нет никакого chevalier sans peur et sans reproche, который рождается и становится рыцарем исключительно с одной целью. Есть только Парсифаль, а Парсифаль — вовсе не идеал. Хотя желает таковым быть и стремится к этому.

Вольфрам фон Эшенбах, как я говорил, сам был храбрым рыцарем, победителем турниров. Его «диссидентский» подход к религиозной версии легенды легче понять, если вспомнить, что церковь несколько раз пыталась «протолкнуть» запрет на проведение турниров. Рыцарь Вольфрам иначе понимает рыцарские идеалы.

Роман Вольфрама, мужественного рыцаря, дышит жизнерадостностью и оптимизмом. Парсифаль, добытчик Грааля, познает сущность и прелесть бытия. Познает сущность гуманизма. Парсифаль проникает в тайну, чтобы излечить от страданий Амфорта, Короля-Рыбака. Парсифаль не исчезает из этого мира вместе с Граалем, а остается, чтобы теперь обрести высочайшую духовную ценность (которой Грааль у

коего Киота. Этот Киот — несомненно, Гийо, прованский трубадур, крепко связанный с тамплиерами. Информацию о Граале Гийо черпал вроде бы от мэтров известной школы Каббалистики в Толедо, особенно активно пользуясь знаниями еврейского астронома и мудреца Флагетана. «Диссидентство» труда Вольфрама видно еще в одном: Грааль спрятан на горе Монсальват. Предполагают, что Монсальват — это Монсежур, последняя твердыня альбигойцев, захват которой и бойня в 1244 году означали конец ереси в Лангедоке. Эта отсылка, равно как и элементы мифической и запутанной символики в «Парсифале», считается результатом увлечения Вольфрама манихейской и катарской схизмой. Другой факт, который мог бы это подтвердить: Грааль на горе Монсальват стерегут тамплиеры, которых уже во времена Вольфрама резко осуждал Папа Инокентий III за благоволение к катарам, не удержавшись при этом от намеков на распространяющееся в ордене «волшебство» (булла «De inolentia Templariorum»). 1200 — 1220 годы, в которые Вольфрам писал «Парсифаля», требовали тщательно избегать намеков как на альбигойцев, так и на тамплиеров. Вольфрам этого не сделал. Я не стану строить предположений относительно того, как это случилось, ибо боюсь (по примеру упомянутых Байгента и компании) впутаться в какую-нибудь заговорщическую теорию деяний. — *Примеч. авт.*

Вольфрама отнюдь не перестает быть), радоваться жизни вдвойне. Девиз Вольфрама: не надо ждать откровения и ниспосланного сверху наказа, не надо ждать никаких «Deus vult». Давайте искать Грааль в себе. Ибо Грааль — это благородство, это любовь к ближнему, это способность сопереживать, сочувствовать. Это — истинно рыцарские идеалы, к которым стоит и следует искать истинные пути, пробиваться сквозь «дикую чащу» там, где «ни дорожек нет, ни тропок». Каждый должен отыскать свою стежку сам. Но стежка не одна. Стежек, тропинок множество.

Парсифаль сочувствует Королю-Рыбаку, Парсифаль — это Шут, который знает одно: король страдает. Об этом Шуте, как мы помним, рассказывает один шут, Парри, другому шуту, Джеку Люкасу, когда оба глубокой ночью лежат на траве в Центральном парке и пытаются силой воли разогнать тучи на небе. А позже, когда один из них страдает, когда угасает в коматозе на койке в нью-йоркской клинике, второй рискует жизнью, чтобы раздобыть Грааль. Кубок, на котором видна надпись: «Ланни Кармайклу, Рождество 1932». Не надпись важна. Важна человечность. Сердце.

Воистину, хоть я и ценю намерения, но предпочитаю гуманизм Вольфрама фон Эшенбаха и Терри Джильяма идиосинкразии озлобленных цистерцианских писак и Бернара Клервоского...

Шли годы, культура продолжала «дозревать», артуровский миф развивался, служил очередным целям. Об одной из таких целей я поведаю без всякого желания, исключительно по необходимости. Чтобы это сделать, мне и впрямь придется «закрыть глаза и думать о благе Англии», ибо случилось так, что почти через восемьсот лет после создания «Вульгаты» рейхсфюрер СС Генрих Гиммлер попытался подогнать миф Артура и Круглого Стола к идеологии и кодексу своих «черных рыцарей» из СС. А Гитлер (факт исторически подтвержденный, а не позаимствованный из фильма о приключениях Индианы Джонса) поручает специальной группе провести в Пиренеях и Лангедоке поиски горы Монсальват и Грааля*.

Я лично думаю, что должно было быть: «и пожертвуй собою ради блага Англии».

Чудотворный сосуд из легенды о короле Артуре должен был послужить коричневым наследникам нибелунгов и «арийской» рыцарской традиции в качестве Wunderwaffe** против «коварного Альбиона»! Получается, что Граалю предстоит послужить оружием против кельтов.

Тех самых кельтов, которые Грааль изобрели.

Совершенно очевидно, что в качестве источника, образца и архетипа Грааля — как бы кощунственно это ни прозвучало для приверженцев канонической версии легенды — были взяты легендарные кельтские артефакты. В большинстве случаев — котлы.

Чудотворный котел, как правило, собственность какого-либо бога либо группы богов, появляется в кельтских преданиях очень часто. У ирландского бога Дагды, одного из сыновей богини Дôн, был котел, именуемый Ундри. Каждый гость Дагды находил в котле еду, соответствующую его личным заслугам и поступкам. Благочестивые и особо боевитые герои вылавливали из котла самые аппетитные, наилучшие куски. Голодным от Ундри не отходил никто. Каждый обнаруживал в котле — здесь я вспоминаю текст «Вульгаты» — яства преотборнейшие, и каждый доставал такое, какое хотел». Нужны еще примеры? Извольте.

---

* Поиски и раскопки в Южной Франции спонсировал сам Альфред Розенберг, главспец по вопросам «расовой чистоты». Интересно, как с расовой теорией герра Розенберга сочетается тот факт, что, если верить Вольфраму фон Эшенбаху, оба «немецких» рыцаря Грааля (Парсифаль и Лоэнгрин), будучи близкими родственниками Короля-Рыбака Амфорта, происходили по прямой линии от Иосифа Аримафейского. А сие означает, в соответствии с нацистскими стандартами, что у них в жилах была доля еврейской крови. — *Примеч. авт.*

** Чудесное оружие *(нем.)*.

Богатырь Кухулин во время геройской экспедиции в Dun Scaith, Город Тени, получил от богов Тьмы чудесный котел, в котором никогда не переводилось мясо.

А в британской и валлийской мифологии?

Бог Брâн владеет котлом, который — как позже и Грааль — регенерировал жизненные силы, оздоровлял и даже возвращал жизнь умершим.

Богиня Кериддвен была обладательницей котла, в котором варила эликсир мудрости и знания. Эликсир предназначался сыну богини, но его случайно вкусил слуга богини, юноша по имени Гвион Бах. Магический напиток подействовал: когда юноша подрос, он стал известен под именем Талиесин — величайший бард Британии.

У бога Пуйла, владыки страны Аннуин (Аннон, Аннун, Анвин), был котел, который не только варил еду, нет, это был изукрашенный жемчугами Котел Вдохновения, Внушения и Поэзии, то есть того, что для кельтов имело огромную «духовную ценность». Ни трус, ни предатель, ни клятвопреступник, ни лжец не могли даже приблизиться к котлу Пуйла... Вам это ничего не напоминает? Это же тютелька в тютельку Грааль!

В валлийской легенде котел Пуйла был спрятан в постоянно вращающемся недоступном замке Caer Sidi, явном прототипе замка Короля-Рыбака и горы Монсальват. Его пытались добыть многие богатыри, но свершил это — по валлийской легенде — не кто иной, как герой героев, самый энергичный и достойный из всех, всем, так сказать, кельтам кельт, самолично король Артур, правда, не без помощи барда Талиесина...

Как мы уже знаем, на континенте открывателем Грааля был Персеваль Кретьена де Труа. Персеваль же выводится из мифического валлийского героя Передура. А Передур в валлийских мифах в результате долгих поисков и плутаний отыскал «чудесный и таинственный предмет», которым была... отсеченная, кровоточащая голова на блюде, которую несли две девушки. Исследователи мифа отождествляют этот кошмарный предмет с головой бога Брана Благословенного, которая стала прорицательницей и предупреждала бриттов о нашествии врагов. Исследователи не только усматривают в «голове» один из первообразов «Грааля», но и считают, что у древних кельтов было в обычае мумифицировать, а потом почитать отрубленные головы и черепа как врагов, так и особо уважаемых предков. Имя почитаемого в Ирландии страшнейшего бога Кромм Круаха переводится как «Кровавая Голова». Так что венцом походов Передура оказывается отыскание священного артефакта. Передур является свидетелем мистерии...

Правда, мистерии кельтской. Которую со временем «прочли наново» и соответствующим образом подкрасили.

Существует еще одна, очевидным образом связанная с поисками Грааля легенда. Это известное и популярное в валлийской мифологии, повторенное в одной из ветвей «Мабиногион» сказание о любви героя Килоха к Олвен, деве, столь прекрасной, что там, где она ступала, вырастали четыре белых клеверинки (отсюда и ее имя, означающее «Белый След»).

Увы, Олвен была дочерью гигантского циклопа Глога (Yspadden'a Penkawr'a), а ему было предсказано, что день, когда она обретет мужа, станет последним днем жизни отца. Поэтому неудивительно, что Глог недружелюбно поглядывал на кандидатов в зятья, то есть каждого незамедлительно потчевал палицей по черепу. Олвен же по сему случаю оставалась девицей, а Глог-Испадден тешился добрым здравием и намеревался прожить долго.

Килох, сознавая, что одному ему не справиться, обратился за помощью к королю Артуру и его дружине. Компания вооруженных до зубов «сватов» быстренько явилась в замок Испаддена Пенкавра. Видя, что ему светит, Глог прибег к уловке. Поставил условия. «Лады, — сказал он, — порядок. Олвен выйдет за Килоха, но сначала принесите-ка сюда свадебные дары». И принялся эти дары перечислять.

Список был длинным, и от него аж дух захватывало — гигант потребовал за дочку исполнения достойных Геракла «деяний», а также доставки невероятного количества магических предметов и артефактов, а для того, чтобы добыть хотя б один из них, требовались сверхчеловеческие усилия целой команды героев. Но команда героев была, как всем ясно, под рукой.

Начался долгий и трудоемкий quest — поиск. Пришлось драться с великанами, чудовищами, да что там, даже с богами. К счастью, помогали другие боги. Вскоре Испадден получил почти все, чего пожелал, — в том числе (внимание, внимание!!!) волшебный котел Диурнаха, единственный сосуд, способный сварить пищу для свадебного пиршества. Рыцари Артура раздобыли все — недоставало лишь трех чародейских предметов: бритвы, ножниц и гребня, спрятанных в голове кошмарной бестии, гигантского кабана Торх Труйта (Trwch Trwyta).

Рыцари Артура разделились на группы и отправились на четыре стороны света, поскольку для победы над кабаном требовались дополнительные магические предметы. Долго-долго бродили рыцари, испытывая неисчислимые приключения, но наконец все было скомплектовано. Теперь можно было взяться и за кабана — только вот неизвестно, где его искать, кабана-то. Чтобы выследить зверюгу, рыцари снова разделились и опять же разъехались на все стороны света...

Отыскали и обнаружили кабана в Ирландии. Сам Артур девять дней и девять ночей дрался с ним, но не одолел. А рассвирепевший не на шутку Торх Труйт сиганул в море и поплыл в Уэльс, чтобы там, на родине охотников, понаделать шуму и шороху.

Долго рыцари мотались вдоль и поперек всего Уэльса (легенда не только чудовищно детальна, но и чертовски длинна). Не один доблестный рыцарь сложил голову от страшных кабаньих клыков, но наконец Артур, бог Манавиддан, сын Ллира и еще несколько других смельчаков прихватили кабана в водах реки Хафрен (теперешнего Северна). Силой выдрали из башки бестии бритву и ножницы. Однако прежде чем успели отобрать гребень, Торх Труйт вырвался и умчался в Корнуолл...

Перед перечнем опасностей (и длительностью описания) гонок по Корнуоллу бледнеет вся предыдущая часть легенды. Так что сократим: наконец гигантского кабана догнали и отобрали у него гребень, а Торх Труйт скакнул в волны морские и был таков.

Артур и оставшиеся в живых рыцари вернулись к Испаддену и показали тому добычу. Не успел гигант наахаться, как ему отсекли голову, и Килох быстренько, не ожидая, пока обезглавленный тесть остынет, взял прекрасную Олвен в жены.

Какова отсюда мораль?

Хм-м-м... Не хотелось бы изобретать теорий, гласящих, что прапрапраобразцом Поисков Грааля была охота на огромную свинью. Таким-то уж банальным я быть не хочу. Предпочитаю — вслед за Данте — отождествить Грааль с действительной целью великих усилий мифических героев. Да. Предпочитаю отождествить Грааль с Олвен, из-под стоп которой, как мы уже знаем, вырастали белые клеверинки. Ибо я считаю, что Грааль — женщина. Тому, чтобы ее отыскать и завоевать, чтобы ее понять, стоит посвятить много времени и усилий.

Вот она, собственно, и мораль.

МИСТЕРИЯ ЛЮБВИ

Нет ни неба, ни земли, ни бездны, ни ада.
Есть только Беатриче. Да, собственно, и ее тоже нет.

Ян Лехонь

And therefor all ye that be lovers, calle unto youre remembraunce the monethe of May. *

Сэр Томас Мэлори

1275 год. Флоренция. Некий Данте Алигьери, прогуливаясь, неожиданно видит девятилетнюю девочку, резвящуюся

---

* И поэтому все те, кто когда-либо был любовником, призывают в воспоминаниях месяц май. *(англ.)*

в ручье. Девочка — Беатриче Портинари, дочь флорентийского дворянина. Молоденькая Беатриче видит глаза поэта. Она еще не знает, что в этот момент все решилось. Еще не знает, что обретет бессмертие, что будет известна всему миру, а имя ее на веки веков будет связано с чистой, возвышенной, идеальной любовью. Беатриче Портинари об этом еще не знает. Но Данте уже знает.

Лес Брокилианде. Чародей Мерлин, прогуливаясь, натыкается на светлый ключ, у которого сидит прелестная черноволосая девочка. Мерлин неожиданно понимает, у него возникает поразительная уверенность, что все уже решено. Он знает, что ради этой девочки он отдаст все. Свою чародейскую силу, славу, обязанности перед Артуром и Британией. «Кто ты, о прелестная?» — спрашивает он. Девочка поднимает фиолетовые глаза. «Я — Нимуэ, — отвечает она. — Ты только что обрек себя на меня».

Май (the monethe of May). Ланселот прибывает ко двору Артура и видит Гвиневеру...

Тристан прибывает в Ирландию и видит Изольду...

Вся любовная литература мира.

Камелот. Двор короля Артура. Праздничный день. Для одних — Троицын День. Для других — время мистерии Бельтайн. Перед глазами собравшихся в тронной зале рыцарей Круглого Стола появляется Чудотворный Сосуд.

Джозеф Кэмпбелл в упомянутой выше книге утверждает, что явление Грааля глазам рыцарей Артура соотносится с ощущением «эстетического очарования» (aesthetic arrest), восхищения, именно такого, которое охватило Данте Алигьери при виде плещущейся в ручье Беатриче. При этой сцене с Данте (как и с рыцарями) происходит перемена: томление его сердца, до того смертно чувственное и прозаическое, осветилось поэзией. А книга Теодора Парницкого называется «Только Беатриче», и в книге этой звучат такие слова:

«Ты окрепнешь, станешь отважнейшим меж отважных, ибо Грааль — источник могущества и отваги, а Грааль над Граалем — моя женственность».

Есть только Беатриче. И, собственно, ее нет. Энигма. Загадка. Тайна. Мистерия.

Вся любовная литература мира.

Грааль — это женщина.

Но слова, приведенные Теодором Парницким, произнесла не женщина:

Их произносит Богиня.

Поскольку — как говорит Марион Зиммер Брэдли в «Туманах Авалона» — богов много и много у них имен. Но Богиня только одна. Великая, Белая, Тройственная. Та, которая была, есть и будет.

ВЕЛИКАЯ, БЕЛАЯ, ТРОЙСТВЕННАЯ

У бриттов была своя Дôн, у гоиделов своя Дана и ее дети. Но кто и для кого построил Стоунхендж около 1800 года до рождения Христа и более чем за два тысячелетия до короля Артура? Кто и для кого возвел в Ирландии каменные постройки Бруга на Боинне или Нью-Гранж в те времена, когда в Египте еще не построили ни одной пирамиды?

Это сделали не кельты, их экспансия на Британские острова началась лишь около VI века до Р.Х. Значит, постройки — дело рук «иберов»? А может, неведомой, прадревней, кто знает, действительно первоначальной народности Острова? А для кого и зачем их возвели? Меня не убеждает ни Дэникен, ни выдумки о «календарях», «астрономических обсерваториях» или «сигналах для космитов». Подобные Стоунхенджу сооружения могли выражать только одно — почитание. Их строили для богов.

Богов много, и много у них имен. Но Богиня только одна. Та, изображения которой выскребали на стенах пещер, фигурки которой вырезали из клыков мамонтов не за два, а за двадцать пять тысячелетий до рождения Христа. Та, которая есть Тройственная: Дева, Беременная Мать и Старуха-Смерть. Та, что пришла из Хаоса еще до возникновения Времени.

Та, что отделила Воды от Небес и плясала на них, а ее пляски породили ветер — и мир начал дышать... Она дарит жизнь и жизнь отбирает — для того, чтобы она возникла вновь. Великая Богиня, которой позже дали множество имен: Мут, Анат, Иштар, Тиамат, Астарта, Инанна, Кибела, Изида, Шакти, Гея, Артемида, Терра Матер, Бона Дея, Минерва, Диана, Лилит, Дану, Дôн, Ардуйна, Эпона, Кериддвен, Арианрод, Морриган... Та, жрицей которой скорее всего была Мария из Мигдал-Эля, позже названная Марией Магдалиной... Та, для которой устраивали танцы на Крите, в честь которой устанавливали менгиры и кромлехи. Для которой построили Стоунхендж, Эвбери, тумулюсы Бруга на Боинне.

Та, которую кельты почитали в образе матрон... Та, изображение которой красовалось на щите Артура при битве под Бадоном...

Та, которая была, есть и будет.

В «Туманах Авалона» культ Великой Богини образует центральный пункт до- и раннехристианской культуры Британии, и факт этот действительно разгоняет туманы, покрывающие артуровский миф. Заинтересовавшиеся легендой Артура не могут позволить себе роскошь игнорировать эту книгу. Марион Зиммер Брэдли невероятно искусно сплела культ Великой Богини с легендой, с Артуром, с Экскалибуром, с Граалем, с личностью Мерлина-Талиесина, с Вивьен и Морганой, чрезвычайно убедительно показала конфликт Старого (Великая Мать) и Нового (христианство с его монополией на истину). Своим успехом книга — кроме несомненного таланта миссис Брэдли — обязана еще... кое-чему. Это «кое-что» — прекрасное и глубокое знание всего, что касается культа... существующего и в наши дни.

Увы, в польском издании «Туманов Авалона» опущено авторское вступление, в котором Марион Зиммер Брэдли благодарит некоторых лиц и указывает источники, из которых черпала. А лица эти — теоретики, идеологи и предводители современных поклонников Великой Богини, сплотившихся в неокельтском и неодруидском (и очень феминизированном) движении под названием «Викка».

Во-первых, это Джеральд Броссо, фактический создатель и ведущий теоретик движения. Во-вторых, Маргарет Мюррей, британский антрополог, автор трудов «The Witch Cult in Western Europe» (1921-й) и «The God of the Witches» (1931), доказывая, что действия, известные нам под ярлыками «чары» и «шабаш ведьм», по существу, являются продолжением древнейших, уходящих в глубокий палеолит религиозных обрядов в честь Великой Богини. Мюррей стала вторым после Гарднера идеологом виккан. В-третьих, Стархью, писательница, автор книги «The Spiral Dance». В-четвертых, Элисон Гарлоу, жрица «Викка» из секты «Covenant of the Goddess».

Следует знать, что с движением «Викка» связан известный автор фэнтези Дайана Паксон, а книги Толкина, Урсулы Ле Гуин и других мэтров литературы такого рода всегда можно найти в книжных лавках викков.

Движение «Викка» можно, конечно, рассматривать как чудачество (да оно в определенной степени чудачество и есть), но того, что культ Великой Богини представляется самым старшим из известных человечеству, отрицать нельзя. Кто хочет, пусть прочитает «Белую Богиню» Грейвса. Я же не скажу больше ни слова. Не имею права. Мне нельзя.

Ну разве что еще только одно: основными культовыми предметами виккан, без которых не может состояться ни одна викканская мистерия в честь Великой Тройственной, являются чара (чаша) и меч.

Грааль и Экскалибур.

Дальше — тишина.

WHO IS WHO, ИЛИ КТО ЕСТЬ КТО (ЛИБО ЧТО) В АРТУРОВСКОМ МИФЕ

Несколько упомянутых в легенде лиц, предметов, мест и названий требуют определенных пояснений. Не потому, чтобы я подозревал кого-то в незнании данного имени либо термина — совсем наоборот. Просто таких имен и терминов слишком много.

В особенности это относится к «Смерти Артура» Томаса Мэлори, который, компилируя — до границ (а порой и за их пределы) избыточности все известные и доступные ему версии и переработки легенды, осуществил сверхчудотворное умножение некоторых названий и действующих лиц. Ошибки в транскрипциях и языковых версиях привели к жуткой мешанине. Валлийский язык — исходный язык мифа — далеко не легок ни в написании, ни в фонетике. Поэтому-то валлийские оригиналы дошли до наших дней в чудовищно искаженной очередными переписчиками форме.

Кроме искажений, свершалось указанное выше кошмарное умножение. Прототипами многих фигурантов легендарной драмы были, конечно же, боги валлийского пантеона и кельтские герои. Некоторые из богов и героев при последовательных (в смысле — очередных) переработках породили целые серии богатырей.

Так, к примеру, владыка Волшебной страны Пуйл (Pwyll) стал Пелесом, Пелеаном, Пеламом, Пелеасом и, наконец, Пелинором. Бог Гуин (Gwyn), сын Нудда, — стал сэром Гвинасом, Гуйнасом и Гвенбаусом.

Корнуоллский аналог Гуина злой бог Мелвас (Melwas) стал сэром Мелиасом, Мелиотом, Мелиодасом, Мэлгвином, Мелеаусом и, наконец, Мелеагантом, Мелегантом, Мелиагаунтом либо Мелиагрансом — нехорошим князем, похитившим королеву Гвиневеру (которая, кстати говоря, была и Гиневрой)!

Бог Бран Благословенный, которого миф размещает в валлийской стране Говер (район залива Кармартен), «расплодившись», порождает Брайана, Бреуниса, Бреунора, Брандегориса, Бранделя и Брандилеса.

В легенде «размножались» не только боги, но и смертные. Уриенс (Uriens), король Регеда, выступающий в мифе под собственным именем, тем не менее тоже дождался alter ego как король Риенс, сэр Районс и король... Нентрес. Отец Гвиневеры-Гиневры-Гвенвыфар, известный из валлийских легенд как Оргирвран (Orgyrvran), играет свою роль под именем Леодегранса, но он тоже «размножился» (раздвоился, растроился и т.д.) в Кольгреваунса, Кларивауса и даже Губернаила.

Путаницу (с большим или меньшим успехом) пытается упорядочить литература фэнтези. Т.Х. Уайт («The Once and Future King») твердо придерживается (хоть постмодернистки и с ухмылкой) версии Мэлори. То же самое можно сказать и о Ги Джебриеле Кае. Так же, хоть и с явным уклоном в сторону «кельтскости», поступает Марион Зиммер Брэдли в романе «Туманы Авалона». А вот Стивен Р. Льюхед в цикле «Пендрагон» опирается на валлийские оригиналы и версии Уильяма Малмсберийского и Джефри Монмаутского. У него, к примеру, нет Ланселота. Подобным же образом поступает Джиллиан Бредшоу в трилогии «Hawk of May, Kingdom of Summer, In Winer's Shadow».

Идеи других писателей мы вкратце обговорим в соответствующих главках.

АРТУР

...the noble Arthur, whose noble acts I purpose
to wryte in this present book here for folowyng.*

Сэр Томас Мэлори, предисловие
к оригинальному изданию «Le Morte Darthur»

Об этой фигуре мы знаем уже все, так что ограничусь двумя проблемами: генеалогией и именем.

Однозначно верным представляется, что король Артур — это исходно бог Гвидион (Гуидион — Gwydion) и «родился» он путем характерной для кельтской мифологии трансформации бога в героя. Такой точки зрения придерживается и

* Благородный Артур, чьи благородные деяния я намереваюсь описать в этой книге *(англ.)*.

Брэдли в «Туманах Авалона»: в этой книге Гвидион — настоящее имя короля.

В валлийских преданиях (валлийцы обожали родословные и генеалогические древеса) Артур — потомок легендарного Кустеннина (Константина) Гарнеу. У Кустеннина было множество сыновей, в частности, Утер (впоследствии Пендрагон) и Майхрион. Майхрион был отцом короля Марка Корнуоллского (вспомним Изольду), Утер же... ну, чьим отцом был Утер, известно. Притом у валлийского Артура были родственники: брат Мадог и сестра Гвиар.

Ну, коли уж мы вспомнили Утера: «Пендрагон» — не часть имени, а титул, «должность». Pen — по-валлийски значит «гора», отсюда «Пендрагон» (валлийское «Пендаран») — Верховный военный вождь, римский «Dux Bellorum». По такому же принципу ирландская «гора» — Ard — служила для величания королей Тары титулом Ard Rhi. А если правильным признать написание «Бендрагон», то сразу же напрашивается аналогия с богом войны Браном, «чудотворную» голову которого именуют Утер Бен.

Однако вернемся к Артуру.

Известны попытки вывести его имя от валлийского «Гвиртур» (Gwyrthur). Довольно правдоподобна теория о происхождении имени короля от валлийского слова «arth» и галльского «artos», означающих то же, что и «медведь» (Ursus). Монах-хронист Гильдас в своем «De excidio et conquestu Britanniae» не использует имени «Артур», зато вспоминает (с неприязнью) о некоем «Медведе», вожде, который — несмотря на первоначальные успехи — довел-таки Британию до окончательного краха.

Пытаются также вывести имя короля от латинского «cataphractus» (тяжеловооруженный) — «arctarius» — «artorius» и так далее. Но такие фокусы представляются аналогами известного «метода тыка». Кто-то заметил, что кельты в Галлии почитали бога, именуемого «Mercurius Arctaius», но и это, пожалуй, тоже попытка «взять врага на ура».

А вот шутник Джек Вэнс (цикл «Lyonesse») поместил пращуров Артура меж королей им же придуманных Древних Островов, именуемых Гибрасы (мифические Hy Brasil). По Вэнсу, Утер Пендрагон был потомком Олама Магнуса, короля Лионессе. Браво, Джек!

И под занавес один довольно малознакомый курьез из биографии короля Артура. Я позаимствовал его из «Смерти Артура» Мэлори. Так вот, Артуру, этому богобоязненному рыцарю и благородному королю, следовало бы выступать в фарсах и кукольных представлениях в паре с царем Иродом, ибо, как и Ирод, он довел дело до убиения невинных младенцев. Зная по предсказанию Мерлина, что он погибнет от руки ребенка, родившегося в день праздника Бельтайн, Артур приказал под страхом смертной казни выдать ему всех родившихся в тот день младенцев. Затем велел погрузить их на корабль и пустить на волю волн. Множество невинных детишек погибли, но чудом уцелел оказавшийся среди них Мордред, и предсказание Мерлина сбылось. На поле брани под Камланном.

К приведенному выше отвратительному эпизоду из жизни Артура обращается Ги Джебриель Кай в своей трилогии фэнтези, крепко привязанной к артуровскому мифу и кельтской мифологии.

«Дитя из предсказания» и «убиение невинных младенцев» перешли в многочисленные произведения типа фэнтези — достаточно вспомнить фильм «Уиллоу» Рона Говарда.

ЭКСКАЛИБУР

Всем известно, что так называется волшебный меч Артура, подаренный ему — в качестве символа власти — Владычицей Озера. Сам факт дарения глубоко символичен и уходит корнями в верования кельтов — к этому мы еще вернемся в главке «Владычица Озера». А сейчас займемся самим Экскалибуром.

В «Мабиногион» и других валлийских преданиях Артуров меч именуется «Caledvwlch». Это название переводчица «Мабиногион» леди Шарлотта Гест перевела как «Сокрушающий», а другие переводчики предпочитают называть «Режущий Сталь». Клинок меча был украшен двумя золотыми змеями (драконами?), так что, когда король выхватывал его из ножен, казалось — цитирую: «будто из пастей змей пышет живое пламя, и пламя это поражает глаза всех». Кроме меча, король владел еще и другим оружием: копьем Ронгоминиадом (Rhongomynyad), кинжалом Карнвенаном (Carnwenan) и щитом Винебгуртухером (Wynebgwrthucher). Священник Лайамон этот совершенно непроизносимый щит именует «Придвен» (Pridwen). Однако в валлийской традиции название «Prithwen» носит не щит, а флагманский корабль Артура — ведь король воевал не только на суше, но и на море.

Кроме оружия, валлийский Артур владел несколькими волшебными артефактами (в том числе котлами!), а также плащом-невидимкой.

Как я уже говорил, Джефри Монмаутский сотворил из «Caledvwlch'а» «Калибурн», из которого, в свою очередь, «Вульгата», а вслед за нею и Мэлори породили «Экскалибур». «Вульгата» утверждает, что это слово по-гебрайски означает «Рассекающий Железо и Сталь», то есть оно близко к валлийскому значению. Кроме того, название «Экскалибур» можно вывести из латинского выражения «ex calce liberare» — «высвободить из скалы», то есть «вытянуть из камня». Объяснение изящное, но, к сожалению, бессмысленное. Ведь Экскалибур — не тот меч, который Артур с такой легкостью извлек из камня!

Ножны королевского Экскалибура тоже были презентом от Владычицы Озера и, конечно, тоже были волшебными — они хранили Артура от всяческих ранений. Эти ножны — и меч — сперла у Артура чародейка-изменщица Моргана и вооружила ими своего любовника и сообщника Акколона, сына Уриенса. Воспользовавшись Экскалибуром и ножнами, Акколон намеревался запросто прикончить Артура, однако во время боя королю удалось отобрать свое оружие и победить покусителя! А вот ножны Моргана утопила-таки в озере — к Артуру они так и не вернулись. Перед нами прозрачная аналогия валлийского мифа о Блодьюведд — женщине из цветов, которая выкрала секрет жизни у Ллеу Ллау Гифеса для того, чтобы ее любовник мог нанести роковой удар, Горонви, любовника Блодьюведд, — как и Акколона — убили, предательница — как и Моргана — сбегает. Однако тут есть разница — Блодьюведд хватают и наказывают. Моргану — нет.

Экскалибур, как известно, в финале легенды возвращается к Владычице Озера, и та, прежде чем Артур отплывает к Авалону, приказывает бросить меч в воду. В английской народной традиции это событие происходит в районе Гластонбери в графстве Сомерсет, в месте, именуемом Помпарлес-Бридж (Pomparles Bridge).

МЕРЛИН

...the most famous man of all those times,
Merlin, who knew the range of all ther arts,
Had built the King his havens, ships and halls,
Was also Bard, and knew the starry heavens;
The people called him wizard.*

Альфред Теннисон

For Merlin had in magic more insight
*Than ever him before or after living wight**.*

Спенсер

С такой наиболее популярной формой имени великого чародея, одного из важнейших фигурантов легенды, связана пресмешная, чуть ли не анекдотическая история. Мерлина создал

* ...Самый известный человек тех времен.
Владевший всеми искусствами Мерлин
Построил для короля гавани, корабли и дворцы.
Был он также бардом и знал звездное небо;
Люди называли его волшебником.

** Мерлин знал о волшебстве больше всех живших до него
И больше, чем люди когда-либо узнают.

Джефри Монмаутский, скомбинировав нескольких квазиисторических и легендарных фигур бардов, известных в валлийских преданиях под именем Мирддин (Myrddin). Однако поскольку Джефри писал для франко-норманнской публики, постольку ради того, чтобы избежать нежелательных ассоциаций с неприличным словом «merde» (дерьмо, кал, грязь), он романизировал валлийского Мирддина в Мерлинуса.

Однако чародей Мерлин, косвенный виновник рождения Артура, его покровитель, ментор и советник, несомненно, представляет собой компиляцию из четырех мифических фигур. Одна — достаточно таинственный бог Мат, сын Матонви, дядя, учитель и помощник мудрого Гвидиона, отца Ллеу Ллау Гифеса. Другая — сам Гвидион, друид богов. Третья — Мирддин Эмрис, полубожественная личность, известная по триадам и бардским песням, магик, мудрец и пророк, некогда именовавшийся Амброзием. Четвертая — Талиесин, вероятно, реально существовавший и действовавший в VI веке друид-бард (хотя и эта фигура настолько обросла легендами, что утверждение об ее исторической аутентичности сильно отдает преувеличением).

К величайшим деяниям Мерлина миф относит перенесение каменного круга Стоунхенджа из Ирландии в Британию, предсказание «пришествия Артура» и активное участие в этом событии, помощь в овладении троном (меч и камень), укрепление власти юного короля путем постройки ему (с помощью магии, разумеется) перечисленных Теннисоном «гаваней, кораблей и дворцов», а также — как и пристало друиду — помощь (auxilium et consilium*) в организации правления и рыцарства Круглого Стола. Помощь, совет и менторские предостережения, которых Артур, кельтский король, игнорировать не мог. А когда проигнорировал (Гвиневера!), последствия оказались плачевными...

Некоторые более поздние церковные версии (Роберт де Борон) не могли простить Мерлину занятий черной магией

* содействие и советы *(лат.)*.

и нарекли его отщепенцем, сыном дьявола и девственницы (даже монахини). Возможно, поэтому судьба друида в результате оказалась печальной — его постигает суровая «кара за прегрешения», поскольку, несмотря на всю свою мудрость, под конец жизни Мерлин повел себя как последний мальчишка. Попал под любовные чары прекрасной чародейки по имени Нимуэ и позволил прыткой дамочке одурачить себя до такой степени, что поверил ей все свои магические секреты и тайны и позволил заточить себя в магическом хрустальном гроте (по другой версии — в стволе дуба). Это, конечно, прозрачная травестация валлийского мифа, аналогия заточения Гвидиона злым богом Придери ап Пуйлом (в более поздней версии — Артура самим Пуйлом).

Чародей Мерлин фигурирует в большинстве литературных произведений, посвященных королю Артуру и рыцарям Круглого Стола. К самым значительным и более других говорящим об этой фигуре относятся «Мерлин» Роберта де Борона (около 1190 г.), «История Мерлина» — одна из пяти книг «Вульгаты» (около 1225 г.), «Смерть Артура» Томаса Мэлори (1485 г.), а также гораздо более поздние «королевские идиллии» Альфреда Теннисона. Появляется он (либо о нем говорится), в частности, у Ариосто, Сервантеса, Гете, Уланда и Сигрид Ундсет.

Ясное дело, ни одна уважающая себя артуровская фэнтези не могла обойти Мерлина молчанием. Марион Зиммер Брэдли в «Туманах Авалона» даже вывела их несколько, сотворив из «Мерлина» — в соответствии с некоторыми историческими тезами — титул либо друидскую «должность», а из Нимуэ — младшую сестру Галахада, дочь Ланселота и Элейны. Т.Х. Уайт «приказал» Мерлину «долго жить»... назад, в том смысле, что чародей постоянно молодеет (вероятно, поэтому-то и ведет себя с Нимуэ как сопляк какой-нибудь). Стивен Льюхед делает из Мерлина сына Талиесина и княжны из Лионессе, потомка атлантов, а Мэри Стюарт в книге

«Хрустальный грот» превращает его во внебрачного сына Амброзия Аврелия, преемника Вортигерна. В «That Hideous Strength» Льюиса Мерлин восстает из гроба, дабы еще раз принять участие в борьбе Света и Тьмы...

Заглавным героем своей книги сделал Мерлина английский писатель Роберт Нэй — «породивший» знаменитого Фальстафа. Мерлин Нэя — это невероятно любопытная штучка. Мудрый, изысканный, эрудированный, постмодернистский и... неприличный — пальчики оближешь! Рекомендую.

А вот Роджер Желязны во втором цикле «Амбера» искусно пошаливает с мифом. Имя «Мерлин» у Желязны носит сын Корвина из Амбера, внук короля Оберона (владыки эльфов из «Сна в летнюю ночь»). Матерью и долгое время единственной воспитательницей Мерлина оказывается Дара из «дьявольского» Хаоса. И хотя предание о «сыне монахини и дьявола» здесь, похоже, перевернуто с ног на голову, никого не удивляет, что парень с таким происхождением становится чародеем. Уже в первом томе коварный Желязны запирает своего Мерлина в классический хрустальный грот... Правда, автор из шкуры лезет вон, чтобы запутать фабулу, однако проницательный читатель сразу видит, кто за всем этим скрывается: классическая, жаждущая чародейских знаний адептка, которой Мерлин доверял, потому как — любил. Классическая Нимуэ...

У лорда Теннисона («Королевские идиллии») чародейка-соблазнительница, погибель Мерлина — не Нимуэ, а Вивьен, Владычица Озера. Точнее такую же версию предлагает «Вульгата»: Мерлина соблазняет та самая Владычица Озера, которая воспитала Ланселота.

Могилу Мерлина до сих пор показывают наивным доверчивым туристам в Бретони, в знаменитом лесу Брокелианде (Броселианде), в так называемой Долине Ворожеек, неподалеку от Квинтина.

КРУГЛЫЙ СТОЛ

Когда король Леодегранс Камелиардский узнал о матримониальных планах Артура касательно своей дочери Гвиневеры, он тут же заявил, что вместе с рукой дочери презентует Артуру в качестве приданого хранящийся в Камелиарде Круглый Стол, предмет мебели, некогда изготовленный чародейской силой Мерлина для Утера Пендрагона. Сказано — сделано. Одновременно со Столом, который тотчас после бракосочетания установили в Камелоте, Леодегранс вручил Артуру гораздо более практичный подарок — сотню рыцарей.

Мерлин, применив волшебство, сделал так, что на каждом стуле при Столе разгорелись магические буквы, составляющие имена рыцарей, коим предстояло на сии стулья сесть. Однако одно место осталось необозначенным.

«Король Артур, — молвил чародей, — позаботься о том, чтобы стол заполнился, ибо он вместит сто пятьдесят храбрых и благородных людей, кои будут именоваться рыцарями Круглого Стола. Однако одно место не должен занимать никто, поскольку это есть Гибельное Сиденье (Siege Perilous), на котором когда-нибудь усядется Избранник, достойнейший из достойных. А случится это в великоважный день, когда будет объявлена Великая Цель».

Речь шла, разумеется, о Галахаде и о появлении Грааля.

Как мы уже знаем, первым этот важный для легенды предмет мебели в тронном зале Камелота «поставил» клирик Вас, автор «Брута». Стол, за которым вместе со своими рыцарями восседал Артур, был круглый, у него не было ни почетного «верха», ни «второстепенного» «низа», что долженствовало символизировать равенство и братство.

Более поздние обработчики мифа как следует потрудились над тем, чтобы «усовершенствовать» идеологию Стола. Во-первых, у него была своя традиция — он был третьим по счету Круглым Столом, продолжателем идеи предыдущих двух. Первым же из этих двух был стол Тайной Вечери, за которым сидел Христос с апостолами. Вторым — стол Грааля, поскольку продолжатель Иосифа Аримафейского Брон, который опекал Грааль в Британии, также посиживал с дружками за Круглым Столом, в центре которого как раз и стояла чудесная Чаша. Именно за этим столом Брон получил титул Богатого Короля-Рыбака, который впоследствии носили все очередные Поверенные и Стражи Грааля. В соответствии с легендой Брон досыта накормил всех ужинающих за столом сотоварищей одной малюсенькой рыбкой, которую чудесным образом «растиражировал». Разумеется, Рыбаком был и Христос. Ну и конечно, апостолы, которых Иисус призвал словами «Идите за Мною, и Я сделаю, что вы будете ловцами человеков» (От Марка святое Благовествование. 1,17).

Символику и более глубокое значение придали также Гибельному Сиденью, тому Siege Perilous, кое аж до прибытия Избранника должно оставаться пустым. Оно изображало место, которое во время Тайной Вечери занимал Иуда. Когда в Камелот прибыл Галахад и уселся на Гибельное Сиденье, то этим действием он свершил символическое искупление Иудовой вины и «укрепление» стола Иисусова, «разбитого» предательством.

В Англии Плантагенетов, как я уже упоминал, легенду об Артуре пытались использовать в политических целях. Плантагенеты быстро узурпировали привилегии «наследников Великого Артура» и на каждом шагу подчеркивали Артурово наследие и его атрибуты. Именно в те времена возник популярный при многих дворах Европы обычай устанавливать в тронных залах круглые столы, за которыми монарх и его вассалы разыгрывали роли Артура и его рыцарей. Такую же роль играл, вероятно, Круглый Стол в Винчестере, изготовленный около 1300 года, то есть в правление Эдуарда I. До наших дней дожила лишь столешница восемнадцати футов в диаметре, расчерченная на места для короля и двадцати четырех вкушающих. Аутентичный Круглый Стол короля Артура, чтобы за ним поместились сто пятьдесят рыцарей, должен был быть гораздо крупнее. Исходя из теоретического — скромного — предположения «метр стола на рыцаря» получался круг диаметром пятьдесят метров. Это немало. Не говоря уж о технических возможностях тогдашних ремесленников и проблемах с установкой такого гиганта в каком-либо зале, следует заметить, что рыцарь едва-едва видел бы сотрапезника vis a vis, а если б пожелал перекинуться с ним парой слов, вынужден был бы реветь быком.

Некоторые версии исходят из предположения, что в Камелоте имелось несколько круглых столов. Самым главным был, конечно, тот, за которым восседал сам Артур и абсолютная элита рыцарей в количестве двенадцати. И стало быть, это был классический стол Иисуса и апостолов.

ДРУГИЕ КОРОЛИ

В момент смерти Утера Пендрагона, как учит нас легенда и литература фэнтези, на роль Dux Bellorum претендовало несколько королей (клановых князьков). У некоторых наверняка были свои легендарно-исторические предшественники, поскольку их имена повторяются во многих версиях.

Один из них — Лот, король Лотиана и Оркадских (Оркнейских) островов, породнившийся с Артуром путем женитьбы на дочери Игрейны Моргаузе, единоутробной сестры короля. Несмотря на родственные связи, Лот пребывал в активной и вооруженной оппозиции к Артуру и в одной из битв, которые король вел с мятежниками, погиб от меча короля Пеллинора. «Вульгата» и «Туманы Авалона» приводят иную версию: Лот погиб в бою с саксами, защищая страну от нашествия. Все его сыновья были «действующими» рыцарями Круглого Стола. Я привожу их в генеалогическом древе оркадской династии.

Имя «Лот» (как и по сей день бытующее название его королевства Лотиан — Lothian) однозначно производится от мифического Лудда, легендарного основателя Лондона. Лудд же, в свою очередь, не что иное, как искореженная версия бога Нудда Среброрукого из валлийского пантеона.

ОРКАДСКАЯ (ОРКНЕЙСКАЯ) ФРАКЦИЯ

Король Пеллинор, убивец Лота, именовался владыкой Листинуаза, либо Королем Островов (of the Isles). Неизвестно, о каких островах идет речь — у Британских берегов островов хватает. Пеллинор был отцом такого количества важных для легенды фигур, что я и ему «смастерил» генеалогическое древо, дабы прояснить ситуацию. Пеллинор погиб от руки Гавейна, сына Лота, в ходе вендетты за отца. Вендетта, как мы увидим, имела продолжение.

Королем Камелиарда (?) был Леодегранс (по-валлийски именовавшийся Оргирвраном). Он, как известно, был отцом Гвиневеры (Gwenhwyfar), жены Артура. Марион Зиммер Брэдли, которая явно не симпатизирует Гвиневере, намекает, что в основе супружества лежали экономические интересы — Леодегранс владел большим табуном, а Артур сильно нуждался в верховых лошадях для своих рыцарей. Кроме того, как мы уже знаем, именно Леодегранс подарил Артуру Круглый Стол в виде приданого.

Король Уриенс, владыка Регеда, или Кимрии (теперь — Ланкашир и Кембрия), появляется в самых старших валлийских легендах. Он был среди тех, кто вначале не признавал Артура и боролся против него. Судя по многим источникам, Уриенс собирал вокруг себя Древние Племена — бриттов, которые не подчинялись ни римлянам, ни христианизации. В конце концов Артур примирился с Уриенсом, выдав за него свою единокровную сестру Моргану. В те годы Уриенс уже был в солидном возрасте, имел взрослых сынов — Акколона и Увэйна. Моргана завела роман с Акколоном и совместно с ним составила заговор против Артура. Артур убил Акколона в поединке, а на остальную семейку шибко обиделся.

Кузеном Уриенса, владыкой Горе (Gower, или Swansea), был король Багдемагус.

Уриенс (впрочем, как и Оргирвран-Леодегранс и упоминаемый ниже Бан Бенвикский) отождествляется в самых ранних версиях легенды с богом Браном Благословенным, сыном бога морей Ллира.

Король Пелам — Богатый Рыболов, владел Страной Озер (вероятно, Yr Widdfa, то есть Сноудоном, изобилующим горными озерами). Он был по прямой линии потомком Иосифа Аримафейского и повелителем Грааля. Страдал от незатягивающейся раны, полученной от Балина Свирепого. Вылечил его лишь Галахад, правнук. Ибо сыном Пелама был король Пелес, а дочерью Пелеса была Элейна, впоследствии любовница Ланселота и мать Галахада. Не следует путать «короля Пелеса» и «рыцаря Пелеаса» — в мифе это разные, не связанные между собой фигуры. Что, однако, не мешает обоим иметь единый прообраз: мифологического Пуйла, владыку Аннона.

Берникой и Деирой (Northumbria) владел король Клариваус.

Корнуолл же принадлежал королю Марку, сидевшему в Тинтагеле, наследственном замке Горлота и других владык этого региона. Марк в валлийских легендах выступает под именем Марх, сын Мейрхиона (Meirchyawn), а его супругу зовут Эссильт Финвен («Белошеяя»). У Мэлори жену Марка и любовницу рыцаря Тристана зовут Изольда Прекрасная (La Beale Isoud), и она — дочь короля Ирландии, племянница рыцаря Моргольта.

На континенте, в Галии, правят два брата-короля: Бан Бенвикский (Boulogne?) и Борс из Ганиса (Wissant?). Оба, как позже и их потомки, всегда были верными союзниками Артура. Артур же, в свою очередь, поддерживал братьев против враждебного им короля Клодаса. Наследники Бана и Борса для легенды имеют большое значение (Ланселот), поэтому для обоих «континентальных королей» я составил генеалогическое древо.*

История умалчивает о Бане и Борсе — в Артуровские времена (около 500 — 555 годов) королевством франков владели поочередно короли из династии Меровингов — Шильдерик, Хлодвиг и Клодомир.

В Малой Британии, или Арморике (теперешней Бретони), правил король Хоэль (Howel). В Артуровской легенде Хоэль был отцом Изольды Белорукой (Isoud la Blanche Mains), которую взял в жены Тристан. Владыка Арморики всегда был верным союзником Артура — поддерживал его армией во всех двенадцати битвах с саксами.

Если верить легенде, кельтская колония и анклав в Арморике возникли после завоевания Бретонского полуострова валлийским королем Конаном. Исторический ли это факт, неизвестно, но Бретонь, несомненно, была кельтской. До наших дней бретонцы и валлийцы понимают друг друга, когда говорят на своих языках, а оба они продержались в малоизменившейся форме.

Во многих версиях мифа появляется еще король Ирландии по имени Ангвисанс (Aguissance, а также Anguish, Augustan либо Augusel). Отец Изольды Прекрасной (она же Белокурая, Златокудрая), вероятно, был королем Тары. Тут опять же не очень много общего с историей — в Артуровские вре-

---

* см. стр. 121.

мена королями Тары считают Ниалла, Логера и Туатала (Niall, Loegair, Tuathal), а после них Диармуйда Мак Кеарбаила (последнего владыку Ирландии отождествляют с королем Гурмуном, известным в Польше по Бою-Желеньскому: «Легенда о Тристане и Изольде»). Однако иногда Ангвисанса называют королем Шотландии (Альбании), а это вроде бы намекает на то, что он был владыкой не Тары, а Даль-Риады, колонизированной ирландцами области на юго-западе Шотландии, охватывающей часть теперешнего Стратклайда и внутренних Гибрид. Имя короля, кажется, это подтверждает — оно корреспондирует с именем полулегендарного владыки Даль-Риады Ангусом Мак Эрком.

ГВИНЕВЕРА

Reodogran, the Kind of Cameliard,
Had one fair daughter, and none other child,
and she was fairest of all flesh on earth,
Guenevere, and in her his one delight.*

Теннисон

*Whyle she lyved she was a trew lover, and therfor she had a good ende**.*

Сэр Томас Мэлори

В валлийских легендах она выступает под именем Гвенвифар, «Белый Призрак», при этом у Артура было три супруги с одинаковыми именами***. Однако в миф перешла лишь

---

* У Леодограна, короля Камелиарда,
Была красавица дочь и не было других детей.
Была она прекрасней всех на свете, Гунивер,
И в ней была его единственная отрада.

** При жизни она умела любить по-настоящему,
И поэтому ее ждал хороший конец.

*** Обратите внимание как на количество Артуровых жен, так и на их имена. Три Гвенвифар — три «Белых Призрака». Иначе говоря — одна Великая, Белая, Тройственная. Гвиневера из самой ранней легенды об Артуре — это не кто иная, как Великая Богиня. — *Примеч. авт.*

Гвенвифар ферх Оргирвран, вначале как Wenhaver, Guanhamara, Gvewenour либо Ganhumara, позже, во французской версии, Guenièvere либо Guinevere, а в оригинальном написании Мэлори «Гвиневера, дочь Лодегранса» (Gwenyvere).

Если Пенелопа, жена Одиссея, вошла в литературу (и даже разговорную речь) как символ супружеской верности, то Гвиневера слывет и бытует до сего дня как нечто совершенно противоположное.

Ее любовная, внесупружеская связь с Ланселотом, стержень мифа, наверняка уходит корнями в поступки «исторической» Ганхумары Джефри Монмаутского, жены «исторического» Артура, которая отдалась предателю Медравту. Однако личность Гвиневеры также имеет, несомненно, мифологическое происхождение. Ведь в «Мабиногион» мы находим неверность и предательство Блодьюведд, «цветочной» жены Ллеу. Там также рисуется история некоего Гвавла, который «положил глаз» на Рианнон, жену Пуйла. Детальную, ставшую образцом версию поступка Гвиневеры можно найти в классических валлийских и ирландских героических легендах. Валлийская повествует о романе Эссильт Финвеп — жены короля Марха, с рыцарем Артура Тристаном, сыном Туллуха, откуда позже и родилась французско-бретонская повесть о Тристане, Изольде и короле Марке.

Имеется несколько ирландских версий, они даже образуют целый куст преданий, именуемых «aithed», то есть историй о соблазнении женщин. Одна из наиболее известных и примыкающих к легенде о неверной Гвиневере — это повесть о любви прекрасной Граины, жены Финна Мак Кумаила, к Диармуйду О'Дуибне, племяннику Финна. Другие предания рассказывают о бегстве Деирдре, любовницы короля Конхобара, с Наоиси, сыном Уснаха.

Еще более древней — и наверняка сыгравшей роль источника для артуровского мифа — можно считать ирландскую сагу о боге Мидере, который соблазнил и увлек в Тару прекрасную Этайну, жену Эохайда Айрема, верховного короля Ирландии, что послужило поводом к крупному конфликту. Заслуживает внимания тот факт, что «Эохайд» по-ирландски означает «конь». Такое же значение имеет в валлийском языке слово «Марх» — имя короля, у которого «увел» жену Тристан. Любопытное совпадение*.

Мотив умыкания королевских жен, бесспорно, основан на верованиях, обычаях и самой природе кельтов. Жена кельтского короля во время церемонии обручения (и позже) символизирует Землю, которой управляет король. Следовательно, «соблазнение жены» представляет собой факт, не только подрывающий авторитет короля как мужчины (рогоносец, рогоносец!!!), но и ставящий под сомнение его способность осуществлять власть. Мотив «умыкнутых жен» пришел в артуровский миф напрямую из мифологии кельтов — в повествовании, придуманном Джефри Монмаутским, Медраут (Модред) метит на трон Артура, одновременно отбирая у того жену. Такой ход мы обнаруживаем еще в одном фрагменте легенды: на власть Артура покусился нехороший князь Мелегант, «уводя» Гвиневеру, когда та отправилась на пикник. И опять кельтская символика — этот пикник отнюдь не какая-то прогулочка по лесу или закуска на полянке — речь идет о свершении под открытым небом мистерии Бельтайн,

* Вообще-то в истории с соблазнением жен Эохайда и Марха, как говорится, «конь не валялся». Но не об этом речь. Лошадь-конь — фигура символическая. Некоторые историки (Жанет Кейв и Марджери дю Монд, а также Поль де Сент-Илар) сообщают, что кельтскому королю приходилось участвовать в буквально понимаемом соитии, при котором партнершей владыки была... белая кобыла. Король здесь играл роль... жеребца, покрывающего Богиню Лошадей (как известно, например, из произведений Грейвса, белая кобыла была атрибутом и воплощением Великой Богини). После акта кобылу забивали, четвертовали и варили в котле, а король купался в бульоне. Надо думать, предварительно все же остуженном.

Восходя в 1399 году на престол, Генрих IV Ланкастерский учредил Орден Бани. Связь очевидна — тем самым Генрих хотел подчеркнуть, что является законным повелителем бриттов — у него-де за плечами «инициация в купели» по примеру легендарных королей острова. — *Примеч. авт.*

праздника весны. Мелегант узурпирует власть, символически разыгрывая кельтскую мистерию обручения с «похищенной» королевой.

Схема любовных историй такого типа в кельтских преданиях всегда тройная (как в триадах) и имеет вид треугольника: «старый король — королева — юный претендент». Двое мужчин борются за женщину. Финн — Граина — Диармуйд. Конхобар — Деирдре — Наоис. Эохайд — Этайна — Мидер. Пуйл — Рианнон — Гвавл. Ллеу — Блодьюведд — Горонви. Артур — Гвиневера — Ланселот. Марк — Изольда — Тристан. В такой схеме видна связь с циклом природы — временами года. Молодой герой символизирует лето, возрождение, приход и расцвет витальных сил, которые противостоят зимней, замирающей силе старого короля. А повелитель не может быть слабым, не может быть ни бесплодным, ни холодным либо сексуально несостоятельным, ведь он жених Земли, Великой Матери, которую символизирует весенняя королева, коя во время мистерии Бельтайн должна быть любима — любима физически, эротически. Сексуальная немощность супруга Богини немыслима — она может привести к бесплодию Земли и опустошению края. В этом случае Богиня просто обязана подыскать себе кого-нибудь — возможно, как мы сказали выше, должен явиться конкурент, который бросит вызов королю. В большинстве мифов это для старого короля оказывается испытанием, проверкой, экзаменом на королевское могущество, тестом, из которого повелитель выходит победителем, возвращая себе супругу (Пуйл, Эохайд), либо по-королевски мстит ей и ее соблазнителю (легенда о Блодьюведд). Более поздние (известные нам сегодня) версии преданий обогащены романтическим элементом — королева любит претендента и, как правило, умирает от любви, в то время как юноша (Диармуйд, Наоис) погибает от руки старого, но все еще сильного короля. Однако подобного рода трагический конец получает в легендах дальнейшее, ностальгическое продолжение: королевство (Ольстер короля Конхобара) погибает в результате такого развития событий. Предания недвузначно утверждают, что было бы гораздо лучше, если бы «Старого» черти взяли, а его место под бочком Королевы-Богини занял бы «Молодой». Именно из таких версий родились Гвиневера и Изольда, а также отношение к этим фигурам авторов очередных версий. Что такое? Обе королевы изменяют своим мужьям? Ах, как некрасиво... Но мы их почему-то все-таки любим. И оправдываем... Да, Гвиневера не была верной женой. Ну и что? Зато была верной любовницей («trew lover»).

Почему мы любим Гвиневеру и Изольду? Не потому ль, случайно, что и в этой и в другой слышится кельтское эхо, эхо, близкое и любезное нам, людям эмансипированного двадцатого века, которым (не всем, не всем!) отвратителен мужской шовинизм и дискриминация пола в любом виде? Ибо среди кельтов женщина — а в особенности королева — была полноправна и пользовалась теми же привилегиями, что и мужчина. Не могло быть и речи о какой-либо дискриминации. Как и король-мужчина, кельтская королева могла позволить себе промискуитет. Если король без зазрения совести мог «тащить в койку» наложницу и это не вызывало всеобщего осуждения, то и кельтской королеве никто не возбранял завести любовников, избираемых по принципу «one night stand»*, и никто не смел ее за это укорять. Королева персонифицировала собой Великую Богиню, а поведение богинь не обсуждают. Ни для кого не были секретом наклонности известной Боудикки, а эротические похождения не менее известной Катримандуи, королевы бригантов, стали чуть ли не притчей во языцех. О мифической Медо, королеве Коннахта, жене короля Айлиля, ирландские предания без обиняков говорят, что она часто и не жеманясь одаривала интересных мужчин «дружбой своих бедер» (или, выражаясь на средневековый японский лад, — «сплетала с ними ноги»).

* Здесь: на одну ночь *(англ.)*.

Конечно, для средневековых адаптаторов легенды — как певцов amour courtois, так и авторов религиозных версий — подобная свобода женщины была совершенно неприемлемой, немыслимой... и непонятной. Поэтому внесупружеские похождения Гвиневеры и Изольды в средневековых версиях превратились в «грехи тяжкие», в бомбы замедленного действия, которые должны привести к трагедии и гибели. А поскольку — особенно в смысле равноправия полов и независимости женщин — средневековье все еще, увы, продолжается, постольку средневековая форма легенды по-прежнему остается классической, а женщинам легенд прилепили соответствующие ярлыки: Гвиневера и Изольда — «изменщицы», Моргана — «ведьма злющая», Нимуэ — «беспринципная соблазнительница».

В Артуровской литературе фэнтези Гвиневера присутствует в обязательном порядке. Марионка Брэдли, как я говорил, «не обожала» королеву, так что ее портрет в «Туманах Авалона» симпатичным не назовешь. У Роберта Нэя («Мерлин») Гвиневера — нимфоманка с куриными мозгами, вдобавок ко всему еще и заика. Самый приятный и самый интересный образ королевы нарисовал Парк Годвин (Parke Godwin) в книге «The Beloved Exile». Здесь королева показана мудрой женщиной с сильной волей и характером. И тут она наиболее точно отражает истинный образ кельтской женщины — гораздо более верный, нежели поздние средневековые версии, изображавшие женщин артуровского мифа слабыми, кисейными и падкими на грех девицами, лишающимися чувств от страха или любви и беспомощными без поддержки рыцаря.

У Томаса Мэлори в эпилоге легенды Гвиневера уходит в монастырь, дабы искупить свои прегрешения — и там заканчивает дни свои в покаянии, покое и тиши («...had a good ende).

Так же точно ищет для своей героини покоя лауреат Нобелевской премии Сигрид Ундест, автор одной из красивейших переработок артуровского мифа.

МОРГАНА

Ivi é una fata nomata Morgana
Che a le genti diverse dona l'oro...

Бойярдо «Влюбленный Роланд»

В самой старшей валлийской версии мифа у Артура была сестра по имени Гвиар (Gwyar). Джефри Монмаутский тоже наделяет короля сестрой, однако именует ее Анной — невразумительное валлийское имя, вероятно, показалось Джефри неподходящим даже для лошади или гончей.

Однако в классической и общеобязательной версиях мы видим других сестер: Моргану и Моргаузу.

Моргана (Morgaine, Morgian, Morgan la Fée — Le Fay) была чародейкой. Чародейкой злой. Имя, которое она носит в легенде (имя ее сестры тоже), легко выводится от жуткой Морриган, богини войны, крови и смерти, той самой, которая в ирландских преданиях не взлюбила храброго Кухулина.

Моргана была единокровной сестрой Артура. Она и ее сестра Моргауза — родные дочери Игрейны и Горлуа из Корнуолла. У обеих не было причин одобрительно взирать на связь матери с Утером Пендрагоном, убийцей отца. Ну и конечно, любить плод этой связи — Артура.

Моргана была женщиной незаурядной красоты и талантов. «Вульгата» утверждает, что «натуры она была веселой и к радости склонной, и пела весьма прекрасно, руки были прелестные, плечи идеальные, кожа глаже шелка. Манер она была изысканных, рослая и прямая — словом, привлекательна сверх всякого воображения. При том была это женщина принаигорячейшая и наираспущеннейшая во всей Британии...»

В классической версии мифа (Мэлори) Моргана начала действовать быстренько: стоило Артуру выдать ее за короля Уриенса из Регеда, как она, вместе с собственным пасынком (и одновременно любовником) Акколоном «сообразила» заговор и покушение на Артурову жизнь, а когда это дело провалилось, сбежала в страну Горе. Любила она Акколона безумно и, не пожелав простить Артуру убийства любовника, поступила прямо-таки по-сатанински — послала королю роскошную, но отравленную одежду, которая должна была подействовать наподобие платья Деяниры* и спалить Артура живьем. Тем не менее Артур, предупрежденный Владычицей Озера, уцелел.

Моргана не успокоилась: продолжала строить козни, похищать и задерживать рыцарей (в том числе Тристана и Ланселота, в которого влюбилась), а в Камелоте держала целую свору соглядатаек под видом своих «служанок».

Вершиной ее интриг был фортель, какому мог бы позавидовать самый искусный «черный» пропагандист: подарила Тристану щит, на котором внизу были изображены король и королева, а над ними, топча их коронованные головы, — рыцарь. Тристан (доказав тем самым, что был законченным болваном) выступил с этим щитом на турнире в Камелоте... а двор аж забурлил от сплетен. Все сразу же поняли значение картинки: Артур, Гвиневера и «позорник» Ланселот. Разумеется, заговора Агравейна и Мордреда, положившего начало войне и гибели королевства, долго ждать не пришлось...**

Интересно, что в эпилоге легенды Моргана примиряется с Артуром. Когда король умирает на побоище под Камланном, сестра держит его голову на подоле и шепчет брату нежные слова. Она же попадает и в число четырех королев, сопровождающих короля в последний путь на Авалон.

В литературе фэнтези самый прелестный — далекий от штампа — образ Морганы можно найти в «Туманах Авало-

* Деянира — дочь греческого царя Ойнея. Узнав, что Геракл, которого она любила, намерен жениться на другой, послала ему плащ, пропитанный отравленной кровью убитого им кентавра Несса. И Геракл погиб.

** В «Вульгате» это выглядит несколько иначе: Ланселот, заключенный Морганой в тюрьму, нарисовал на стенах камеры комикс-историю своей любви к Гвиневере. С подробностями. А Моргана при первой же оказии позаботилась о том, чтобы Артур картиночки осмотрел и мог лично увидеть, сколь ветвистые рога у него выросли. Ну что ж, приемчик ничуть не хуже, чем у Мэлори. — *Примеч. авт.*

на». Тут не добавить, не убавить и не пересказать — это надо прочитать.

Я думаю, интерес всех пересказчиков мифа к этой фигуре (как черному характеру) объясняется тем, как они понимали содержащийся в ее имени информативный корень «mor» (mors, la morte — смерть). То же относится и к описанным дальше Моргаузе и Мордреду. А меж тем в валлийском языке корень «mor» корреспондирует не со смертью, а с морем. Однако аналогия есть — море, как мы помним, символизирует у валлийцев всяческие силы зла.

МОРГАУЗА

Моргауза (Morgas, Morgawse), тоже чародейка, была родной сестрой Морганы. Она стала женой Лота, короля Лотиана и Оркад, и родила четырех сыновей, причем все (в том числе и знаменитый Гавейн) стали рыцарями Круглого Стола. Впрочем, относительно фактического отцовства этих сыновей могут возникнуть некоторые сомнения, поскольку хоть сам Лот и слыл развратником, то и Моргауза ему не уступала, наставляя мужу рога с великим рвением и не слишком заботясь о видимостях. Темперамент у нее был, как говорится, тот еще! Когда однажды в Лотиан прибыл Эктор с молодыми Кэем и Артуром, будущий король воспылал к единокровной сестре. Возжелал ее, ибо, как утверждает «Вульгата», «была она пригожа и толста». Стоило королю Лоту выйти ночью по нужде, как Артур шмыгнул в ложе к Моргаузе. «Вульгата» извещает, что королева незамедлительно «роскошно удовлетворила его, а он ее», из чего следует, что Лот провел в отхожем месте немало времени.

Так и был зачат Мордред на погибель Артуру и Камелоту.

Уже став вдовой после того, как Лот ушел из жизни, сраженный рукой короля Пеллинора, Моргауза продолжала «роскошно удовлетворять» то того, то этого. Последней — погубившей ее — великой любовью был рыцарь Ламорак. Некоторые версии легенды (и книги фэнтези) отождествляют Моргаузу с Морганой либо путают их — особенно в главном: которая из них стала любовницей Артура и родила ему Мордреда. Впрочем, в принципе известно одно: это случилось или при помощи чар, или из-за подпитываемого дьяволом вожделения. Порядочные короли, если они не были под влиянием злых чар или Сатаны, с сестрами не спали и не «удовлетворяли их роскошно». Во всяком случае, такого не делал ни один христианский король в христианском средневековье. В валлийской же мифологии такое случалось не только королям, но и богам.

В «Туманах Авалона» Моргауза тоже «имеет место быть», но как младшая сестра Игрейны, то есть тетка, а не сестра Морганы. И ничего безнравственного Моргаузу с Артуром не связывает — матерью Мордреда оказывается именно Моргана. К тому же связь Артура с единокровной сестрой Брэдли «очистила» от элементов чернокнижничества и грешной похоти — у нее все происходит во время мистерии Бельтайн и является частью ритуала кельтской «коронации» Артура. Когда Артур и Моргана свершают любовный акт, они не узнают друг друга: она — Майская Королева, он — Майский Король. Правда, это не меняет того факта, что последствия получаются классически трагическими. В других произведениях фэнтези обе сестры (либо одна, дежурная) всегда оказываются жуткими ведьмами. Королевами Воздуха и Тьмы. У Т.Х. Уайта Моргауза в порядке магических экспериментов даже ухитрилась живьем сварить кота. За такие штуки я б своей собственной рукой с удовольствием подбросил дров в костер, на котором сжигают ведьм!

МОРДРЕД

Начиная с самых ранних версий, этот типус — черный характер легенды. Поэтому можно предположить, что, как и Артур, он лицо историческое. Родственник короля, столь же мало любящий дядюшку, как некогда потомки Кимбелина — папочку, и пользующийся первой же оказией, чтобы самому протянуть лапу за властью. Если руководствоваться хроникой Уильяма Малмсберийского, Мордред (Медраут, Медрауд, Модред), воспользовавшись отсутствием короля, учинил дворцовый переворот, попутно добравшись и до королевы. Вступив в союз с саксами, овладел страной. Однако Артур сумел собрать войско сторонников «старого режима» и сошелся с узурпатором под Камланном. Оба — и Артур, и Мордред — распрощались в той битве с жизнью, а в стране воцарился хаос и мрак.

Как уже сказано, это могла быть возможная историческая версия событий. Однако столь же вероятно, что Мордред просто играет в легенде роль, предписанную ему валлийской мифологией. «Медраут» — это не кто иной, как Дилан, злой брат доброго Ллеу, который наконец погибает от руки дяди, кузнеца Кованнана. Либо же Медраут — это Придери, сын Пуйла, интриган, Князь Тьмы, побежденный в символической борьбе светозарным Гвидоном. В «Туманах Авалона» миссис Брэдли черным по белому сказано: Гвидон — настоящее имя и Артура, и его сына, а Мордред — саксонское прозвище, означающее «Злая Ворожба». Ни прибавить, ни убавить.

Медраут по-валлийски означает «Тот, Который Ударяет» или «Тот, Который Смело Решает».

Как мы уже знаем, в классической легенде Мордред был внебрачным сыном Артура, к тому же еще и зачатым с единоутробной сестрой. Поэтому, в соответствии с церковными переработками, получалось, что король совершил вдвойне страшный грех и тем самым навлек на страну ужасающее несчастье. Это кровосмешение и внебрачные «левые», как бы мы теперь сказали, связи взялись, разумеется, из первоначальной валлийской версии, но там они скорее всего никого не волновали. Ведь валлийский Прометей Гвидон породил Солнечного Ллеу, самого прекрасного и наиболее почитаемого бога бриттского пантеона, тоже не с кем-то, а с родной сестрой Арианрод. А ребенком незаконной связи, внебрачным сыном Гвиар, сестры короля Артура, стал Гвалхмеи, валлийский Гавейн, любимый герой рыцарских саг.

В классической легенде (и в фэнтези) Мордред единственный потомок Артура — связь с Гвиневерой детей не принесла. В валлийских же легендах у Артура насчитывается четверо сыновей, носящих имена Ллахеу, Амр, Кидван и Архфедд. Все ли они были детьми законными, не знаем, но ко всем применен патроним «ап Артур».

У Мэлори сцена смерти Мордреда под Камланном воистину жуткая. Артур в бою с сыном пронзает его копьем, да так, что из спины Мордреда торчит добрая сажень древка. «Но, почувствовав смертельную рану, — пишет Мэлори, — из последних сил рванулся сэр Мордред вперед, так что по самое кольцо рукояти вошло в его тело копье короля Артура», а потом, держа «меч обеими руками, ударил он отца своего, короля Артура, сбоку по голове, и рассек меч преграду шлема и черепную кость».

ВЛАДЫЧИЦА ОЗЕРА

Ее иногда называли Вивианой (Vivian, Vivienne, Vivien, Nimue, Nimiane либо Niniane). Все эти имена представляют собой не что иное, как траверстацию имени Рианнон, красавицы жены Пуйла, владыки Аннона — валлийской Волшебной страны, — впоследствии жены Манавиддана, сына Ллира.

В легенде Владычица Озера играет две важные роли. Во-первых, именно она вручает Артуру волшебный меч Экскалибур, символ власти. Интересно, что ни одна из последующих версий мифа (даже «Вульгата»!) не пыталась корректировать это событие, не пробовала исключить из текста чародейку-язычницу и так повернуть дело, чтобы Артуру вручили меч ангелы Господни либо кто-нибудь из святых. А событие это напрямую ведет к кельтской мифологии — к богине Арианрод, которая таким же макаром вооружила своего сына Ллеу.

Во-вторых, Владычица Озера (по «Вульгате») была воспитательницей Ланселота, которого похитила еще младенцем. Именно от Владычицы Озера Ланселот получает имя — крещен он был, как мы помним, Галахадом. И снова перед нами отсылка к валлийской Арианрод, которая не только вооружила, но и дала Ллеу имя «Ллау Гифес».

Бытует теория, что роль женщины в кельтском обществе была колоссальной. Во многих мифах (Кухулин) герой проходит обучение у женщины-чародейки либо воительницы. Во многих легендах привилегией матери, опекунши либо жрицы является именно присвоение мальчику «взрослого» имени и вручение ему оружия. Вероятно, это связано с вышеописанным и крепко укоренившимся среди кельтов культом Тройственной Великой Матери. С прадавних кельтских обрядов идет описанная в «Туманах Авалона» инициация Артура — символический любовный акт, ритуал оплодотворения и урожая, когда владыка берет на себя обязанности любовника, опекуна и супруга Земли, персонифицированной как женщина, Великая Богиня, символом которой становится девственница-жрица. Таким же образом викканка Дайана Паксон («The White Raven») описывает первую брачную ночь короля Марка и Изольды, которую изображает преданная служанка Брангвен (Branghien), доказывая тем самым, что свадьбы кельтских вождей свершались путем подобной мистерии*.

---

* Ритуал с кобылой и купанием в бульоне в литературе фэнтези не встречается. Нет об этом ни слова и в некоторых «серьезных» исследованиях, касающихся кельтов. Видимо, либо такое относят к разряду сказок, либо полагают, что подобное практиковалось лишь в глубоко первобытной культуре кельтов. Как кошмарный друидский ритуал сжигания людей живьем в ивовых клетках-чучелах был впоследствии заменен сжиганием жертвенных животных либо их чучел, так и малосимпатичную содомию с кобылой заменили более естественным, более приятным и решительно более безопасным актом с монахиней. — *Примеч. авт.*

Томас Мэлори «наказал» Владычицу Озера за «язычество и чары», введя в легенду современную символику победы Нового над Старым. Владычица Озера явилась в Камелот, чтобы в ходе какой-то не совсем понятной вендетты потребовать голову доброго рыцаря Балина в качестве платы за подаренный королю меч Экскалибур. Артур возражал, и тогда праведный христианский рыцарь Балин «мечом в тот же миг отсек ей голову на глазах у короля Артура». И хоть богобоязненный рыцарь Балин поступил в соответствии с буквой Письма*, тем не менее все присутствующие сочли такой поступок позорным. Балина осудили на изгнание, а о дальнейшей его судьбе я кратенько расскажу в главе «БАЛИН И БАЛАН».

Владычиц Озера, как можно понять из текста «Смерть Артура» Мэлори, было несколько. Ту, что дала меч Артуру и потом погибла от руки Балина, звали Лиле. Однако до конца легенды появляется и помогает Артуру и его рыцарям какая-то другая Владычица Озера. Порой получается, что эта Владычица — Нимуэ, та самая, которая соблазнила Мерлина. Однако в финале «Смерти Артура» (и на аналогично названном, инспирированном текстом Мэлори полотне Джема Арчера) Артура на Авалон сопровождают четыре королевы — Моргана, Королева Северного Уэльса (неужто друидка с острова Англси?), Королева Опустошенных Земель (тетка Персиваля) и... именно Нимуэ. Итак, четыре. Но если так, то должна быть и пятая! Ибо кому же принадлежала рука, которую видит Бедивер, рука, схватившая брошенный в воды Эк-

* Библия обрекает на смерть исключительно женщин-«ворожей». Она не позволяет жить чародейкам, а о чародеях-мужчинах ни словечка. По указанной Священным Писанием тропе впоследствии следуют различные папские энциклики и пресловутый «Malleus Maleficarum», определяющие женщину как — цитирую: «сосуд всяческого зла уже в зачатии истории». Конечно, это не что иное, как запоздалая месть мужчин и их «мужского бога» все еще грозной Великой Богине, извечный мужской страх перед естественно доминирующим в природе женским началом. Страх, который в соединении с приглушенным вожделением велит в каждой женщине искать vagina denata. — *Примеч. авт.*

скалибур? Четыре королевы оказались с Артуром на барке, пятая — под водой с Экскалибуром. Другого объяснения (кроме волшебства, конечно) я не вижу. Отсюда следует, что, возможно, права Брэдли, сделав из Владычицы Озера (как и Мерлина) титул либо друидскую функцию. «Вышедшие на пенсию друидки» отбывают вместе с Артуром на Авалон, оставив в Озере восприемницу.

У приходского священника Лайамона в романе «Брут» умирающий Артур, отправляясь на Авалон, говорит Константину, сыну Кадора, что, мол, плывет к «королеве Арганте». Это имя Джозеф Кэмпбелл считает искаженной «Моргантой», то есть Морганой.

Владычицы Озера, а также Моргана и Арганта (уже ставшие Моргантой и Ургандой) перекочевали в итальянские рыцарские эпосы XV века — во «Влюбленный Роланд» Боярдо, «Неистовый Ролан» Ариосто. Появляется Моргана и у Торквато Тассо. А наблюдаемые в Мессинском ущелье миражи называли «Фата Моргана» (дословно: чародейка Моргана) и их приписывали именно волшебствам, которыми занимались «Morgana, la Donna del Lago». Дальний же путь проделала кельтская валькирия Морриган...

В «Туманах Авалона» все жрицы Великой Богини — Вивиен, Ниниан и Моргана — являются Владычицами Озера, точнее, затянутого туманом острова на озере в окрестностях Гластонбери, где расположен центр культа Великой Матери. Молоденькая же Нимуэ, сгубив Мерлина-Кевина, кончает жизнь самоубийством.

У Толкина я вижу двух кельтских Владычиц Озер — Арвен — Вечернюю Звезду, которая снабжает Арагорна его штандартом (символом законного владельца Элессара), и, разумеется, Галадриэль, Владычицу Леса, которая вместе с Фродо уплывает за море из Серой Гавани.

Я уже упоминал, что в «Королевских идиллиях» Теннисона и в «Вульгате» Владычица Озера носит имя Вивиен (Вивиана). Это имя «Вульгата» выводит из халдейского. Оно должно означать «И не подумаю». Такие слова долго использовала Вивиен в ответ на домогания Мерлина, до той самой минуты, пока маг не подчинился ей целиком и полностью. Быть может, теперь читателям будет легче понять, каким манером нижеподписавшийся скромный автор фэнтези придумал чародейку Йеннифэр, любимую женщину ведьмака Геральта. Женщину, которая и не подумает поддаться, если у нее нет на то охоты.

ЛАНСЕЛОТ ОЗЕРНЫЙ

Noi leggevato un giorno per diletto
Di Lancilotto, come amor lo Arinse... *

Данте

Итак, Ланселот, которого именуют также Launcelot'ом, Lanzelet'ом и Lancelet'ом. Этого французского «довеска» к мифу «выводит на сцену» Кретьен де Труа, а все последующие авторы (Арман Даниель, Готье Мап, цистерцианцы, Ульрих фон Затцикхофен, Мэлори) признают «гражданство» рыцаря, неизменно снабжая его французской прибавкой «du Lac» — «Озерный». Однако это «Lac» вернее всего никакое не «озеро», а принятый и перекореженный Кретьеном кельтский мифологический мотив: Ланселот, «солнце и цвет рыцарства», представляет собой выведенную напрямую от солярного бога Луга Лам-фади либо Ллеу Ллау Гифеса фигуру, олицетворяющую собой солнце, лето, взрыв и расцвет витальных сил.

В канонической версии мифа Ланселот — сын галльского короля Бана Бенвикского. Что же до его генеалогии «по кудели», то есть по женской линии, то тут выстраиваются

---

* *В досужий час читали мы однажды*
О Ланселоте сладостный рассказ...

Данте Алигьери. «Божественная комедия».
«Ад», Песня пятая.
Перевод В. Лозинского

две легендарные версии. По первой рыцарь оказался плодом королевского «левого романчика» — его матерью была чародейка Вивиен, Владычица Озера. По другой (чаще упоминаемой, например, в «Вульгате») матерью Ланселота была Элейна, законная супруга короля Бана. Владычица же Озера похитила Ланселота еще в сосунковом возрасте, чтобы выпестовать в Озере, в Волшебной стране (ворожеек, волшебниц и т.п.)

РОДОСЛОВНАЯ ЛАНСЕЛОТА ОЗЕРНОГО

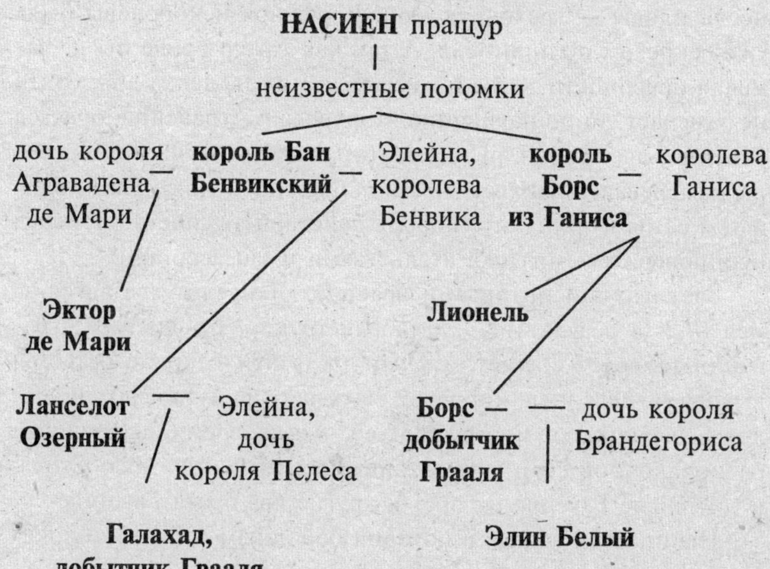

В обеих версиях малыш попадает в озеро под своим настоящим именем «Галахад», а уходит уже как Ланселот «du Lac» (символика, символика!), чтобы вместе с единственным братом Эктором де Мари и родственниками Борсом, Лионелем, Бламором и Блеоберисом присоединиться к компании рыцарей Круглого Стола и в кратчайшем времени прослыть лучшим из лучших и известнейшим из известнейших среди них, ближайшим другом Артура. Трагическая по своим последствиям любовь Ланселота и Гвиневеры, окончившаяся двойным предательством — друга и сюзерена, — это красная нить классической версии мифа. Такая любовь — красивая и долго служившая образцом для пар любовников (Паоло Малатеста и Франческа де Римини Данте) — по сути своей губительна и деструктивна. Ибо в легенде все было так: покончив с поисками Грааля, Ланселот нарушил данный ранее обет целомудрия и возобновил ночные визиты в опочивальню Гвиневеры. Описанная выше подлая задумка Морганы принесла плоды — греховная любовь рыцаря и королевы была уже секретом полишинеля. А так как Артур вроде бы не замечал неверности жены и вассала, а может, делал вид, будто не замечает, то по наущению Мордреда и Агравейна, братьев Гавейна, двенадцать рыцарей устраивают ловушку Ланселоту, намереваясь прихватить его in flagranti* в ложе Гвиневеры и тем самым принудить короля действовать, поставив перед неопровержимыми доказательствами и fait accompli**.

Застигнутый интригами врасплох Ланселот хватается за меч — и в результате — штабеля трупов. Среди них Агравейн. Ланселот сбегает, а у Артура фактически не остается выхода — неверную королеву осуждают на аутодафе. Ланселот возвращается и выручает ее, но во время начавшейся беспорядочной сечи гибнет много рыцарей Круглого Стола, в том числе Гахерис и Гарет и другие два брата Гавейна.

Начинается война, в которой основным «ястребом» оказывается жаждущий мести Гавейн.

Королевские войска с Артуром и Гавейном во главе осаждают Ланселота и его приверженцев в замке, именуемом «Стражница Радости» (Joyous Gard). Не в состоянии вынести мысль о неизбежности пролить кровь братьев, благородный Ланселот отказывается от Гвиневеры и возвращает ее королю. Но Гавейн неумолим, борьба не прекращается. Прery-

* на месте преступления *(фр.)*.
** «при деле» (свершившемся) *(фр.)*.

вает ее только бунт Мордреда. И тогда Ланселот поспешает на помощь Артуру, но приходит слишком поздно. Артур и Мордред мертвы, Гвиневера — в монастыре. Ланселот «уходит в отшельники», тяжко болеет и вскоре отдает Богу душу.

Самое прекрасное и психологически наполненное описание личности Ланселота мы находим у Т.Х. Уайта. Меня дрожь пробирает при одной только мысли, что к нему можно добавить хотя бы слово — поэтому советую прочитать самим. Если найдете эту книгу. Много места уделяет Ланселоту и Марион Зиммер Брэдли.

Совершенно иную версию дальнейших (после битвы под Камланном) судеб Ланселота, Гвиневеры и Элейны мы обнаруживаем у Парка Годвина. Тем, кто не читал, сообщаю: трагедия не окончилась. Трагедия только еще начинается.

ЭЛЕЙНА... ЭЛЕЙНА... ЭЛЕЙНА...

В классической версии легенды (Мэлори) имеется несколько особ с таким именем, и это вроде бы подтверждает тот факт, что у всех у них был единый мифологический прообраз. Элейной (Еленой) зовут мать Ланселота, жену короля Бана Бенвикского. Имя Элейна носит также целомудренная дочь короля Пеллинора, сестра Персиваля, которая сопровождает (до самой кончины) добытчиков Грааля. Еще одна Элейна оказывается женой короля Нентреса (Уриенса?). Некоторые валлийские легенды дают имя Элейна также... жене Мерлина (Myrddin'a).

Однако важнее всех две другие Элейны — прыткая доченька короля Пелеса и Элейна, именуемая «непорочной лилией из Астолата» (Альфред Теннисон называет ее «дамой из Шалотта», а «Вульгата» — «Девушкой из Эскалота»).

Красотка из Астолата, дочка герцога Бернарда, — фигура печальная и трагическая. Потому как она вусмерть — но без взаимности — влюбилась в Ланселота Озерного и от этой любви «ни спать, ни есть, ни пить не могла», а посему, как легко догадаться, «умряла», как говорят (кажется) болгары. Тело же свое, выряженное в черное, повелела отвезти на барке, покрытой черной парчой, аж в Камелот. Когда Ланселот это увидел, ему стало дурно.

Элейна из Астолата — сразу видно — «фабулярно удачная» фигура, хоть она встречается и в «Вульгате», я считаю ее несомненным творением французских труверов из грона певцов amour courtois. Ланселот, праведный рыцарь, не может ответить любовью на любовь Элейны, поскольку любит Гвиневеру. Отзвук этой фигуры звучит и у Толкина. Благородный Арагорн не может ответить на любовь Эовейн, королевны Роханской, и справедливо считает это одним из самых болезненных ударов, какие только можно нанести его мужскому сердцу. Эовейн тоже ищет смерти (но больше по-кельтски: в бою). Однако добросердечный Толкин не допускает того, чтобы ее постигла участь Лилии из Астолата. Нижеподписавшийся, создавая образ поэтессы по прозвищу Глазок (новелла «Немного жертвенности»), не собирался быть столь же добрым: у Глазка, как и у Элейны, шансов выжить не было.

Вторая «весомая» Элейна, дочь короля Пелеса, тоже безнадежно любила Ланселота (везло же парню на это имя!). Однако принцесса в отличие от Лилии из Астолата не собиралась сохнуть «непродуктивно», а проявила инициативу и активность. Когда рыцарь гостил в замке ее папеньки, она юркнула к нему в постель и, воспользовавшись темнотой и знакомыми Ланселоту ароматами, подделалась под Гвиневеру. Когда рассвело и хитрость вышла на явь, Ланселот пришел в такую ярость, что тут же схватился за меч — жизнь Элейны висела на волоске. Но ведь Ланселот был рыцарем праведным, благородным и человеком чести. Дело было «consummatum»*, и следовало отвечать за последствия. Этим-то последствием и оказался Галахад.

---

* сделано, окончено *(лат.)*.

ГАЛАХАД

Как мы знаем, Галахада «породили» клирики, создавшие «Вульгату». Они же отработали надлежащую легенду, в соответствии с которой Элейна, дочь короля Пелеса и внучка Короля-Рыбака Палама, знала, что в результате ее связи с Ланселотом родится сын, который добудет Грааль. Элейна пожертвовала своей девственностью (прикрыла глаза и думала об Англии?), ибо знала, что родит «дитя Предназначения», кое затмит не только знаменитого папашу, но и Артура, и всех прочих рыцарей Круглого Стола. И таки да, родила, воспользовавшись только что описанной методой. А отпустил ей грех, надо думать, архиепископ Кентерберийский (больше вроде бы некому?).

Галахад вырос мужественным рыцарем и прибыл в Камелот. А за Круглым Столом, как мы знаем, был стул, который никто не решался занять, — Гибельное Сиденье. Сесть здесь — как предсказал мудрый Мерлин — мог только предназначенный для великих деяний Избранник... Ну вот, Галахад пришел и сел. После чего появился меч, увязший в плавающем по воде камне, а на камне было написано, что «кто сей меч вытащит...» и так далее. И Галахад вытащил. А потом отыскал Грааль. И преставился.

Мэлори позаимствовал Галахада из «Вульгаты» без изменений — что собой Галахад представляет, видит каждый. Ни в одной другой версии мифа Галахада нет. Но в валлийских преданиях имеется фигура, именуемая «Гвалахавед» (Gwalchaved) или «Гвалафад» (Gwalhafad) — Сокол Лета. Гвалхавед — брат Гвалхмеи, Сокола Мая, то есть Гавейна. С Граалем (как бы его ни называли) у него нет ничего общего.

Одна связанная с Галахадом проблема настоятельно требует объяснений, ибо у добытчика Грааля есть на совести пятно, которое совершенно необходимо смыть. Дело в том, что в своем чрезвычайно интересном «Словаре мифов и традиций культуры» Владислав Копалиньский утверждает, будто Галахад присутствует в «Божественной комедии» Данте под именем Галеотто. Галеотто (то есть Галахад) якобы споспешествовал первому любовному рандеву Ланселота и Гвиневеры. Уже упоминавшиеся Франческа и Паоло, Дантовы любовники, впервые целуются (и не только) под влиянием чтения именно этого фрагмента легенды. Как говорит поэт: «Книга была для них Гелеотом» — совместно прочтенный фрагмент открыл Франческе и Паоло глаза на их любовь, вдохновил на поцелуи и объятия.

Одни мы были, был беспечен каждый,
Над книгой взоры встретились их сразу
...и книга стала нашим Гелеотом...*

По этой причине «Галеотто» вошел в итальянский язык как синоним сводника, посредника, нехорошего человека. Владислав Копалиньский сокрушается над тем, что Галахад, рыцарь добродетельный и справедливый, благодаря Данте дождался столь паршивого и ложного названия.

Не переводя дыхания, спешу защитить Галахада и его доброе имя! Пан Копалиньский ошибается! Все совсем даже и не так. Как гласит «Вульгата», до свидания и первого (кстати, изумительно описанного!) поцелуя Ланселота и Гвиневеры дело довел вовсе не Галахад, а Галехот (Galehaut, Galahaut), именуемый Владыкой Дальних Островов. Галехот, будучи вначале врагом короля Артура и его рыцарей, позже сердечно подружился с Ланселотом. Видя, как Ланселот и Гвиневера сохнут от любви, а пойти друг к другу не осмеливаются, он взял на себя роль посредника и облегчил им встречу. Более того, чтобы не позволить никому сплетничать относительно встречи téte á téte с мужчиной,

* Данте. «Божественная комедия».
Ад. Песнь пятая. Перевод М. Лозинского.

который не был мужем королевы, Галехот присутствовал при их рандеву, благодаря чему первый поцелуй влюбленных — в строгом соответствии с правилами amour courtois — имел все признаки невинности.

И именно Галехот, а вовсе не Галахад и назван у Данте Гелеотом. Праведный и чистейший Галахад, добытчик Грааля, никому — повторяю — никаких свиданок не облегчал!

ПЕРСИВАЛЬ

...Sir Percival...
Whom Arthur and his
knighthood called the Pure.*

Теннисон

Придуманный Кретьеном де Труа, подхваченный «Вульгатой» и Вольфрамом фон Эшенбахом Перцифаль (Parsifal, Parzival) наконец попадает в «Смерть Артура» уже как сэр Персиваль Уэльский.

Был он сыном короля Пеллинора, убитого в ходе вендетты с «братьями с Оркад», и братом Ламорака, расставшегося с жизнью подобным же образом. Мать, желая уберечь Персиваля от судьбы отца, воспитала его в изоляции и неведении относительно существования рыцарства. Естественно, изоляция не помогла. Персиваль рыцарем стал и получил широкую известность.

У Кретьена де Труа Персиваль — первый рыцарь, видящий Грааль. Однако, будучи простачком, он не решается задавать вопросы относительно увиденной мистерии и упускает свой шанс. На некоторое время. Поскольку в более поздних версиях мифа (не всех) именно он находит Грааль. В других версиях он тоже выполняет эту роль, но уже как спутник Галахада.

---

* Сэр Персиваль, которого Артур и его рыцари называли непревзойденным.

РОДОСЛОВНАЯ ГАЛАХАДА

Иосиф Аримафейский

Многочисленные потомки

Король Пелам — Богатый Рыбак

Король Пелес — неизвестная по имени королева

Элейна — Ланселот Озерный

Галахад, добытчик Грааля

РОДОСЛОВНАЯ ПЕРСИВАЛЯ

Жена пастуха Ариеса — **Король Пеллинор** — Королева с Островов

Тор Агловаль (убиты во время боя за спасение Гвиневеры)

Ламорак (убит Мордредом)

Дорнард

Элейна, сопровождавшая добытчиков Грааля, умирает после того, как Грааль находят

Персиваль, добытчик Грааля

В «Мабиногион» и валлийских песнях Персиваль присутствует как Передур, сын Эфравка. Посвященная ему ветвь «Мабиногион», повествующая о дурачке, возжелавшем стать рыцарем, в Уэльсе практически идентична истории, поведанной Кретьеном, и, ей-богу, неизвестно, кто у кого позаимствовал. Однако имя «Передур» настолько легко выводится из «Придери», что было бы наивно думать, будто не мифический сын Пуйла послужил прототипом для поэтов и бардов. Во всяком случае — валлийских. У Кретьена «Персеваль» (Percer a val, то есть «пробиваться, идти напролом, прямо к цели»*) явно имеет свое собственное, вполне четкое значение.

Немецкие поэты, развивая тему Грааля (и следуя по стопам Галахада из «Вульгаты»), «доделали» Перцевалю «сына», то есть alter ego популярного Лоэнгрина, Рыцаря Лебедя. Изобретатель сего персонажа не оставил потомкам своего имени, поэтому Лоэнгрин на веки веков будет ассоциироваться с оперой Рихарда Вагнера.

Немцы добавили Перцевалю не только сына, но и... деда. Вольфрам фон Эшенбах оставил после себя фрагменты произведения «Der altere Titurel». Альбрехт же фон Шарфенберг написал «Der jungere Titurel». Этот Титурель как раз и есть дед Перцеваля — один из прежних стражей Грааля.

Еще два курьеза: у Вольфрама фон Эшенбаха Парсифаль постоянно именуется «Сыном Вдовы», что позже послужило поводом к поискам связи между легендой о Граале и вольными каменщиками (масонами). Во-вторых, Парсифаль и Лоэнгрин (а стало быть, и Иосиф Аримафейский, с которым, по Вольфраму, оба состоят в родстве) считаются по прямой линии предками Годфрида Бульонского, вождя первого Крестового похода.

Как архетип честного, благородного простачка с чистым сердцем и намерениями, стремящегося стать «чем-то большим», а в результате привносящего в это «что-то» свою собственную простоту и огромный гуманизм этой простоты, Перцеваль-Персиваль-Передур скачет по мировой литературе как донской казак по степи.

---

* А.Д. Михайлов в статье «Артуровские легенды и их эволюция» («Смерть Артура». М., «Наука», 1974) дает такое объяснение: «тот, кто проникает — perce — в тайну долины — val», где находится Чудесный Замок. Поясняя, что это пример ложной средневековой этимологии. —*Примеч. пер.*

ГАВЕЙН

Это один из первых названных по имени спутников Артура — Вальвен у Уильяма Малмсберийского, Вальган у Джеффри Монмаутского. В валлийских преданиях — фигура, выступающая часто, но под именем Gwalch-mei ap Gwyar. Гвальхмеи означает, как я уже говорил, «Сокол Мая», патроним же очень любопытен — это матроним. Гвиар была сестрой короля Артура, а Гвальхмеи — ее внебрачный сын. Вероятно, поэтому и в более поздних версиях легенды Гавейн считался довольно близким родственником короля — сыном Лота, короля Лотиана и Оркад, и Моргаузы, единоутробной сестры Артура. А поскольку Артур породил с Моргаузой Мордреда, постольку родственные связи еще больше усложнились: Гавейн «держит» за друга и короля человека, который одновременно доводится ему родным братом матери и отцом единокровного брата...

Гавейн был старшим сыном Лота и Моргаузы, братом Агравейна, Гахериса и Гарета. У Т.Х. Уайта братья — плюс единоутробный брат Мордред — образуют не очень-то дружелюбную Артуру компашку, именуемую Оркнейской фракцией. Подобную роль сыновья Лота играют и у Мэлори.

Гавейн — один из любимейших героев легенды. Порой трудно понять почему. Его приключения, вообще-то говоря, непрерывный ряд убийств, в том числе и женщин. И одна бесконечная вендетта — Гавейн, мстя за отца, убивает Пеллинора и... усаживается за Круглый Стол вместе с сыновьями убитого. Убивает Увейна — и хоть бы хны. Принимает участие в предательском убийстве Ламорака — и по-прежнему остается любимцем Артура.

И именно он, а не кто другой, инициирует поиски Грааля.

Разумеется, Гавейн найти Грааль не должен. Гавейн — рубака, рыцарь «земной», чтобы не сказать «приземленный». Кроме того, Гавейн слишком часто поддается искушениям, особенно трудно ему устоять против прекрасных дам (которых Мэлори называет damosels — не знаю, как вас, а меня это слово смешит до слез). В роли несдержанного грешника — хоть и инициатора поисков Грааля — Гавейн в мифе представляет собой фабулярно удачный контраст безупречному и благородному Галахаду, который ни на каких «дамоселей» и искусы не реагирует.

Канон мифа наделяет Гавейна важной, но неприятной, трудной... и в результате трагической ролью. Его друг Ланселот оказывается не только любовником Гвиневеры, но и убийцей братьев — Агравейна, Гахериса и Гарета. Гавейн прощает другу многое — он был против замысла Мордреда и Агравейна, которые устраивали ловушку в спальне Гвиневеры. Но убиения братьев — и доказанного вероломства по отношению к Артуру — Гавейн простить не может. Настойчиво и неумолимо он преследует Ланселота и наконец погибает от ран, полученных от руки бывшего друга.

У Мэлори в ночь, предшествующую битве под Камланном, дух Гавейна является Артуру во сне, предостерегает и уговаривает короля воздержаться от расправы над Мордредом и рекомендует — сожалея о своей настойчивости — примириться с Ланселотом и Гвиневерой. Но уже поздно...

Во всех литературных произведениях, посвященных королю Артуру, Гавейн присутствует. Он также герой «собственного» произведения «Сэр Гавейн и Зеленый Рыцарь» (конец XIV века). Авторство этого романа приписывают анонимному создателю высот тогдашней английской поэзии. В «Кентерберийских рассказах» Джефри Чосера описана знаменитая женитьба Гавейна, который — из честолюбия — взял в жены старую и зловредную ведьму, коя, однако, после брачной ночи превратилась в молоденькую и премиленькую девушку. Эту историю включила в Артуровскую легенду Сигрид Унсет в своем «Kong Artur og ridderne av det Runge Bord».

Sir Gawaine ap Lot является героем книги фэнтези «The Kingdom of Summer», написанной Джиллиан Бредшоу.

И под занавес любопытная штука: еще в XV веке можно было в замке в Дувре увидеть истлевший человеческий череп, который, говорят, некогда был черепом Гавейна.

ГАРЕТ

Он — младший брат Гавейна, Агравейна и Гахериса. Честолюбивая штучка. В Камелот явился инкогнито, не желая пользоваться ничьей протекцией из-за кровного родства с уже знаменитыми сыновьями Лота, рыцарями с Оркад. Хотел, видите ли, чтобы его приняли в число рыцарей Круглого Стола за собственные заслуги. Как обычно бывает в тех случаях, когда кто-то по недомыслию не использует имеющихся связей, честолюбивый глупец попал на дворцовую кухню «посудомойкой», как сказали бы мы теперь. А зловредный сенешаль Кэй вдобавок еще всеми способами портил ему жизнь и даже навесил позорное прозвище Бомейн — Прекрасная Ручка (Beaumains), поскольку у парня действительно были белые, непривычные к черной работе руки.

Несмотря на это, Гарет не оставил попыток самостоятельно сделать карьеру. Когда в замок Артура явилась прекрасная «дамоселя» Линета с просьбой поддержать ее сестру Лионессу, осажденную рыцарями-ренегатами, Прекрасная Ручка незамедлительно, опережая других, вызвался добровольцем. Артур согласился, и это повергло Линету в остервенение. «Что? — разоралась она на весь Камелот. — Что такое? Я прошу дать мне рыцаря, а вы всучаете мне этого сопляка, поваренка?» Но Артур неумолим. Миссия есть миссия, кто вызвался первым, тот и пойдет, а стало быть, или Бомейн, или никто!

Всю дорогу Линета донимала Прекрасную Ручку и насмехалась над ним как могла. «Какой ты рыцарь, птенец желторотый, — повторяла она, — борщом от тебя несет. Котел тебе, кухаренок, к лицу, а не меч». Но Гарет сносил все со стоическим терпением, а по прибытии на место взялся за дело. Осаждающих замок Лионессы вреднющих рыцарей вырубил под корень либо заставил капитулировать, на что Лионесса посматривала из оконца. Гарет глянул в оконце, обомлел — и незамедлительно влюбился в Лионессу. Не без взаимности.

Гарет—Прекрасная Ручка пошел ни в отца Лота, ни в брата Гавейна, которые переспали бы с дамоселью по принципу: «Бам, трам, благодарю, мадам». Гарет женился на ней и был верным супругом. Недолго. Его друг Ланселот, который лично посвящал Гарета в рыцари, позже лично же, правда, совершенно случайно, обезглавил его, защищая честь и жизнь Гвиневеры.

Сестру Лионессы, языкастую Линету, взял в жены брат Гарета Гахерис. А Линета тоже, как мы уже знаем, стала вдовой. В тот же день.

LA COTE MALE TAILE

История этого рыцаря у Мэлори практически идентична истории Гарета. Он прибыл в Камелот инкогнито, а поскольку на нем была одежда, сшитая каким-то скверным портным, то получил он от ехидного Кэя насмешливое прозвище Рыцарь в Плохо Скроенном Плаще (что и означает La Cote Male Taile). Когда в замок Артура явилась «дамоселя» с просьбой о помощи, La Cote Male Taile тут же вызвался добровольцем. Остальное известно: одержал массу побед, женился на «дамоселе», стал рыцарем Круглого Стола. Его настоящее имя было Брюнор Черный, но он не стыдился прозвища, которое дал ему Кэй, и получил широкую известность именно как La Cote Male Taile.

Возникает вопрос: зачем Мэлори понадобилось почти слово в слово повторять рассказ о «рыцаре с позорным прозвищем»? Думается, для того, чтобы восполнить пробел в фабулярной последовательности, возникшей в истории с Гаретом. Являющаяся в Камелот Линета вначале показана как антагонистка Прекрасной Ручки, относящаяся к нему неприязненно и предубежденно, прямо-таки не желающая его видеть. По мере того как они едут к замку Лионессы, конфликт понемногу смягчается, сменяется удивлением, между Линетой и Гаретом возникает симпатия, которая — как мы ожидаем — вот-вот переродится в нечто большее... и вдруг — нате вам! — Гарет выбирает сестру Линеты Лионессу. А Линета, героиня истории, вынуждена удовольствоваться Гахерисом и ролью свояченицы Гарета. В повествовании о La Cote Male Taile такого «конструктивного брака» нет — рыцарь женится именно на своей первоначальной антагонистке, докучавшей ему «дамоселе», симпатии которой он постепенно добивается по мере развития рассказа.

LE BEL INCONNU

Фигуры, хоть и прямо-таки невероятно похожей на две предыдущие и, несомненно, послужившей прототипом для обеих, в классическом варианте мифа нет вообще. Зато она — герой созданного около 1190 года романса французского трувера Рено де Боже. Рыцарь Гинле Уэльский прибывает инкогнито ко двору Артура, а поскольку он чертовски красив, то незамедлительно получает прозвище Прелестный незнакомец — Le Bel Inconnu.

Красавец предпринимает рыцарский quest, чтобы высвободить прелестную Эсмеральду. Испытывает многочисленные замораживающие в жилах кровь приключения, высвобождает, женится и так далее.

Создавая Гинле, Рено де Боже, вероятно, воспользовался каким-то кельтским «образцом», возможно, повестью о Передуре, или Персивале.

То же можно сказать и об Амадисе де Гауле, созданном в XIV веке то ли португальским, то ли испанским анонимом. Как, впрочем, и о французском «Персефоресте».

КЭЙ

Вероятно, ровесник Артура, сын рыцаря Эктора, которому Мерлин передал будущего короля на воспитание. Такого рода воспитание было очень распространенным у кельтов обычаем, носившим название «altram», что на английский перевели как «fosterage». Altram'у подлежали отнюдь не одни только осиротевшие дети, на воспитание отдавали также детей, имевших живых родителей и родственников. Таким образом, у ребенка появлялось как бы две семьи.

«Altram» порождал чрезвычайно крепкую связь, поэтому понятно, что Артур должен был воспринимать Эктора как отца, а Кэя — как брата. Нет ничего странного и в том, что уже в самых ранних версиях мифа Кэй всегда оказывается рядом с Артуром. В Камелоте он исполняет высокую функцию сенешаля — управителя дворца, и по легенде он — единственный «серьезный» рыцарь Круглого Стола, наделенный «должностью», кроме Лукана (брата Бедивера), который был подчашим.

Во французских версиях имя рыцаря пишется «Queux», что означает «интендант», «дворецкий». В польском переводе Коссак-Щуцкой именно Кэй, а вовсе не Лукан превратился в «Кеуса-виночерпия». А Бой-Желеньский («История Тристана и Изольды» Бедье) делает из Кэя «гофмейстера Кэ».

Имя «Кэй» пишут как Kay, Keie, Cai либо Kei. Под последним, наиболее близким духу языка валлийских кельтов, рыцарь фигурирует в валлийских преданиях. Его патроним «ap Kynyr», то есть «сын Кинира», а не Эктора. Однако, если принять версию «Эктора-римлянина», то Кэй был бы просто-напросто... Каем или Гаем. Ubi tu Gaius, ibi ego Gaia*.

Римлянин ли, ап ли Кинир, в бриттских легендах Кэй обретает множество свойств столь милого сердцам кельтов героя Кухулина — особенно когда речь заходит о его физических данных. Кэй способен пребывать под водой, цитирую: «девять дней и ночей». По собственному желанию мог стать «высоким, как сосна, а вокруг его головы, если он хотел, горел огонь». Кэй оставался сухим под дождем и так далее.

---

* «Где ты Гай, там я Гайя» — формула, входившая в обряд бракосочетания в Древнем Риме *(лат.)*.

Пришедшее из легенд подобие сверхчеловеческих способностей Кэя и Кухулина, вероятно, и привело к тому, что герои эти перепутались у Зофии Коссак-Щуцкой, отсюда скорее всего в ее «Крестоносцах» бессмысленно сенсационное утверждение, будто «добрый подчаший Кеус победил в борьбе огненное чудовище — Кухулина». Такая версия кощунственна и оскорбительна для ирландцев, которые знают, что Кухулин погиб в бою с армией королевы Медб из Коннахта, поскольку «nec Hercules contra plures»*. Приписывать же ему смерть от руки Кэя — все равно что утверждать, будто сапожник Скуба** изничтожил под Вавелем «Чудовище Зигфрида» (того, что из «Нибелунгов»).

Манеры сенешаля (согласно легенде и литературе фэнтези) оставляли желать лучшего. О том, как он относился к Гарету и Брюнору, мы уже знаем. Марион Зиммер Брэдли в «Туманах Авалона» рисует Кэя угрюмым и зловредным человеком. Да и Т.Х. Уайт тоже изображает его далеко не самым лучшим дружком детских лет Артура. Мы также помним (Кретьен, Коссак-Щуцкая), что когда-то он публично дал «по мордасам» даме, а уж это хамство в квадрате. Хорошо хоть, что в ответ получил солидную взбучку от Персиваля: во время рыцарского турнира Персиваль повалил Кэя вместе с лошадью, да так, что поломал тому кости. Кэй, кстати говоря, был не из ловких рыцарей. Мэлори сообщает, что всякий раз, когда Кэй пробовал свои силы в бою, его «перекидывали через конский круп, и он грохался оземь».

Кэй погиб под Камланном, сражаясь бок о бок с Артуром. Другую любопытную версию мы обнаруживаем у Парка Годвина: Кэй погиб значительно раньше, уже в битве под Бадоном, сын же его Эмрис, князь Глевума (Глочестер), после Камланна кинулся в водоворот борьбы за наследие Артура, то есть за власть над Британией.

---

* Аналог русского — «один в поле не воин» (Геркулес пасует перед массой). — *Примеч. пер.*

** Краковский сапожник Скуба, по средневековой легенде, ловко прикончил вавельского дракона, дав тому сожрать серу, зашитую в баранью шкуру. Сюжет этот А. Сапковский использовал в одном из эпизодов новеллы «Предел возможного». — *Примеч. пер.*

БЕДИВЕР

В легендах (и произведениях фэнтези) он выступает под именами Bedwyr ap Pedrawd, Bedwyr ap Gryffyn и Bedwyr ap Bleddyn. Как и описанный выше Кэй, Бедивер назван в числе лиц, боровшихся с великаном Испадденом и диким кабаном Торх Труйтом (Trwch Trwyth).

Рыцарь Бедивер «наличествует» в мифе с самого начала. Джеффри Монмаутский именует его одним из «ближайших друзей Артура», участником битвы под Бадоном. Бедивер не отходит от короля до самого конца — трагического финала на полях Камланна. Бойню под Камланном (по Мэлори) пережили только два спутника Артура — братья Бедивер и Лукан. Подчаший Лукан был тяжело ранен, а поэтому именно Бедиверу выпадает доля стать исполнителем последней воли короля — он бросает в волны меч Экскалибур и видит, как волшебное оружие хватает и утаскивает под воду рука Владычицы Озера. Исполнив миссию, Бедивер возвращается к умирающему королю, но видит на горизонте только парус лодки, уносящей Артура к острову Авалон...

Bedwyr ap Bleddyn выступает в качестве одного из повествователей «Артура», последней части «пендрагонской» трилогии Стивена Льюхеда. Дальнейшие же его судьбы после Камланна описывает Парк Годвин в «The Beloved Exile».

ТРИСТАН

Не желаете ли, добрые люди, послушать прекрасную повесть о любви и смерти? Это повесть о Тристане и королеве Изольде. Послушайте, как любили они друг друга в великой радости и в великой печали, как от того скончались в один и тот же день — он из-за нее, она из-за него. *

Жозеф Бедье, «Тристан и Изольда»

Хотя в самых разных валлийских преданиях в числе рыцарей Артура называют Тристана, сына Таллуха, а у Мэлори

* Перевод А.А. Веселовского.

он фигурирует под именем Тристрама и считается лучшим — после Ланселота — рыцарем Круглого Стола, до наших дней Тристан дожил как герой самостоятельной и отдельной легенды о любви рыцаря и прекрасной Изольды Златокудрой*, легенды, донесенной до нас (на основе произведений бретонского трувера Беруля) Жозефом Бедье (в польском переводе Тадеуша Бой-Женленьского**).

О Тристане писали Кретьен де Труа, Ле Шевр и Робер де Бова, писали Готфрид Страсбурский, Мария Французская и Эйльхарт фон Оберже. Обращались к нему Спенсер, Боярдо и Ариосто. Прелестную музыкальную драму посвятил Тристану и Изольде Рихард Вагнер.

Однако всех Тристанов — в том числе и корнуоллско-валлийского — предваряет Друстан, сын Таллорка, реально, как считают, существовавший король... пиктов из Южной Каледонии. Впрочем, действительно ли сердечные заботы пиктского Друстана легли в основу многих кельтских романов о совращении королевской супруги рыцарем — неизвестно.

Бретонские версии выводят Тристана из мифической страны Лионессе, поглощенной волнами морскими. Остатками этих островов считаются теперешние острова Силли. Все «продолжатели» придерживаются этой версии, один лишь Бой-Желеньский в своем переводе чуточку маскирует место рождения героя. У Боя любовник Изольды оказывается Тристаном из Леонуа.

История «кельтских» Тристана и Изольды (Друстана и Эссельт) изящно описывает Дайана Пакссон (Diana Paxson) в книге «The White Raven», а руины замка Тинтагель можно

* В большинстве русских текстов Изольду именуют не Златокудрой, а Белокурой. Однако Сапковский — а следовательно, и я, — предпочитаем называть ее Златокудрой. — *Примеч. пер.*

** Наиболее известный литературный перевод легенды на русский осуществлен А.А. Веселовским. См. также «Легенда о Тристане и Изольде». Литературные памятники. М., Наука, 1976). — *Примеч. пер.*

и сейчас увидеть в Корнуолле неподалеку от городка с таким же названием.

В «Смерти Артура» Тристан действует в нескольких книгах. Он — один из храбрейших рыцарей Артура и в рыцарском рейтинге занимает второе место после Ланселота. Но Тристан — рыцарь нетипичный, сильно отличающийся от рыцарской братии Круглого Стола. Он не только рубака, но и начитанный полиглот, любитель и знаток поэзии, прекрасный шахматист, к тому же еще и виртуозный арфист, бард с обаятельным голосом. Неужто — предвозвестник человека Возрождения?

У Мэлори нет поэтического и выжимающего слезу умиления повествования о черных парусах и кончине Тристана на смертном одре, которое — повествование — сам я использовал в новелле «Maladie». В «Смерти Артура» Тристан погибает печальным образом — умирает от предательского удара в спину, который нанес ему «этот коварный изменник король Марк, когда он сидел у ног госпожи своей Изольды Прекрасной и играл на арфе! Навостренным бердышом он пронзил его сзади до самого сердца...». Хороший адвокат, возможно, добился бы для Марка оправдательного приговора, объяснив, что его удар был «действием в состоянии аффекта», но мы-то знаем, что это было обыкновеннейшее свинство и давно уже сознательно подготовляемое преступление.

Златокудрая дева в отчаянии умирает на могиле Тристана.

Классика!

МОРГОЛЬТ

Фигура, знакомая нам по легенде о Тристане и Изольде, в артуровском мифе тоже «наличествует». Моргольт (Morold, Morhaus, Morauht) был рыцарем Круглого Стола ирландского происхождения. Он — мастер рыцарского боя: в одном из повествований он запросто одним копьем свалил с коней подряд Гавейна и Увейна.

Моргольт был одновременно свояком и первым бойцом («чемпионом») ирландского короля Ангвисанса. Во исполнение этой функции он отправился к Корнуолл, чтобы заставить корнуоллцев выплатить положенную дань. Тут он и погиб в схватке с Тристаном во время знаменитого боя на острове. Интересно, что именно после этого боя Тристан удостоился звания рыцаря Круглого Стола! Как известно, каждый стул за Круглым Столом был волшебным образом «проштемпелеван» именем рыцаря, имевшим право на нем сидеть. После смерти Моргольта его имя столь же волшебно исчезло, а появилось имя Тристана.

Не менее любопытная история связана с оружием, которым Тристан лишил жизни Моргольта. Всегда и всюду считалось, что церемониальный, коронационный меч английских королей, именуемый «Куртана»*, некогда принадлежавший Иоанну Исповеднику, был вообще-то оружием легендарного любовника Изольды. То, что у меча «Куртана» тупой конец, объясняли тем фактом, что он-де обломился и застрял в черепе убитого ирландца.

И еще один курьез. Так вот слово «marchawg» на валлийском языке вовсе не имя, а характеристика конного воина, именно такого кельтского рыцаря, королевского бойца, каковым и был Моргольт. Но имя Моргольт намертво срослось с легендой, и тут уж ничего не изменишь. Я (в новелле «Maladie») тоже не пытался.

ЛАМОРАК

Носитель этого имени был сыном короля Пеллинора, братом Персиваля. Рыцарь, как говорится, что надо — в рыцарском рейтинге Мэлори он занимает третье место после Ланселота и Тристана. Был он крепкий мужичок, на него обратила взор некая прекрасная вдовушка — Моргауза, королева

* От лат. *Curtus* — укороченный, выщербленный, куцый. — *Примеч. пер.*

Лотиана и Оркад. «Красивая и толстая», как мы помним, она в то время была малость постарше Ламорака, однако это не помешало рыцарю воспылать к ней великой и отнюдь не платонической страстью.

Их связь вызвала ярость сыновей Моргаузы, известных «братьев с Оркад», Гавейна, Агравейна, Гахериса и Мордреда. Они, хоть и привыкли к эротическим выходкам мамочки, тем не менее связь с Ламораком простить ей не могли. Во-первых, Моргауза афишировалась и нарывалась на скандал. Во-вторых, Ламорак-то ведь был сыном Пеллинора, убийцы Лота, которого — Пеллинора, значит, — в свою очередь, прикончил Гавейн.

Случившееся далее многое поведает нам о рыцарских идеалах и нравах эпохи, в которую возникала «Вульгата» и «Смерть Артура». Выбрав ночь, когда Моргауза и Ламорак «роскошно удовлетворяли друг друга», в опочивальню ворвался Гахерис и, неприлично матерясь, «замочил» нагую мамашу одним ударом меча. А не менее нагому Ламораку крикнул, что, мол, не убьет его, ибо рыцарю не пристало нападать на голого коллегу. «Подожду, — рявкнул он, — пока ты наденешь латы!» И вышел.

И верно — подождал. А через несколько дней вместе с братьями Гавейном, Агравейном и Мордредом организовал на Ламорака засаду (Гарет в этом «благородном» мероприятии не участвовал). Вчетвером они напали на Ламорака и предательски укокошили его. Понятное дело, Ламорак в тот момент был в латах и при оружии, так что убийство вполне соответствовало принципам честного рыцарского боя.

Honi soit yui mal y pense?*

ТОР

Этот фигурант заслуживает внимания. Тор был старшим сыном короля Пеллинора, братом Агловаля, Дорнарда, Персиваля и вышеупомянутого Ламорака. Не родным, а едино-

* Так что все вроде бы в порядке? *(фр.)*

кровным, поскольку король Пеллинор зачал его с простой женщиной — женой пастуха Ариеса.

Тор возрастал в халупе Ариеса, но пасти коров ему удовольствия не доставляло. Зато когда дело доходило до верховой езды либо метания копья, или когда требовалось кому-либо «приложить»... тут уж хо-хо! Парень не промах. Ариес сразу сообразил, что здесь что-то не так. Уж слишком отличался Тор от других его сыновей, чтобы не усомниться в верности жены. Тогда задал Ариес жене хорошую трепку (в противоположность королям у крестьян и тогда и теперь такие штуки совершаются быстро и запросто), а Тора отправил в Камелот. «Забирай, король, этого выродка, — сказал он Артуру, — потому как чтой-то мне мнится, он больше вашенский, чем нашенский. А ежели еще когда-нито прихвачу какого-никакого лыцаря возля моей хаты, ноги ему повыдираю!»

Артур принял паренька, потому что по выправке и физиономии было видно, что тот и вправду рыцарских кровей... и костей! Вскоре вылезло шило из мешка — сына признал король Пеллинор, припомнив, что и впрямь когда-то по молодости лишил невинности некую пастушку (хотя какая уж там невинность!). Тор стал рыцарем Круглого Стола и совершил множество героических поступков. Погиб вместе со своим единокровным — по отцу — братом Агловалем во время бойни, учиненной Ланселотом, когда он спасал Гвиневеру от аутодафе.

Во времена Мэлори практически невозможно было представить себе, чтобы рыцарь с полосой («балкой») бастарда в гербе, да еще и такого низкого происхождения по кудели*, оказался среди приближенной к королю братии. В личности Тора таится намек на кельтскую демократию — реальный Артур, вероятно, мало заботился о законности происхождения — важно было одно: хорошо ли рыцарь бьет саксов и пиктов.

* «По кудели» — по матери; «по мечу» — по отцу. — *Примеч. пер.*

БОРС, ЛИОНЕЛЬ И ЭКТОР ОКРАИННЫЙ

Все они близкие родственники Ланселота Озерного. Все — мужественные и благородные рыцари Круглого Стола.

Эктор Окраинный (Ector de Maris) был единокровным братом Ланселота, внебрачным сыном короля Бана Бенвикского и прелестной дочери Аграваден Окраинного (de Maru). Произошло это так: во время пира в замке Аграваден Мерлин заметил, что дочь хозяина поглядывает на Бана, изменяясь лицом, и что у Бана горят глаза. Мерлин, доброжелательный чародей, охотно пользовался своей магической силой, дабы помогать ближним, поэтому сделал так, что принцесса ночью шмыгнула в постель к Бану и они «роскошно удовлетворили друг друга», в результате чего на свет появился Эктор. Незаконнорожденный, но все же чуточку «выше качеством», нежели только что нарисованный Тор: как-никак, королевских кровей и по кудели, и по мечу.

Однако самым известным родственником Ланселота был Борс из Ганиса, сын (законный) короля Борса, один из тех, что отыскал Грааль, тот, что вернулся в Камелот с известием о смерти Галахада и Персиваля. В мифе Борс заслужил Грааль, ибо был рыцарем прямо-таки невероятно добродетельным. Да пусть же свидетельствует об этом событие, которое я перескажу (по «Вульгате») с тем большим удовольствием, что самого меня оно «роскошно удовлетворило» в смысле — развеселило до слез.

В ходе операции по поискам Грааля Борс попал в замок очень красивой женщины и там заночевал. Посреди ночи его разбудили. Оказалось, это была хозяйка, к тому же в одной ночной рубашке. «Подвинься чуток, — проговорила красотка, — чтобы я могла лечь рядом». «С превеликим желанием уступлю тебе все ложе», — этак вежливенько ответствовал Борс. Красотка спокойно пояснила, что она имеет в виду не это, и тут же сослалась на рыцарский кодекс, который не позволяет истинному рыцарю отказывать в помощи даме...

которая нуждается. «А я, — добавила она, снимая рубашку, — очень даже нуждаюсь. Короче говоря, я хочу. Угадай чего?»

Борс собрался было смыться с ложа, но «нуждающаяся» дама вцепилась ему в рубаху и ну целовать. Тогда Борс обхватил ее и крепко держал, пока девица не успокоилась. Однако, едва объятия ослабли, она «обратно» накинулась на него. Борс занервничал и пригрозил взять меч и снести ей голову. Не помогло... тут благородный рыцарь сообразил, что здесь ему не турнир и спасти его может только бегство. И сбежал аж на самою верхотуру, но дамочка догнала его и там, только теперь уже в сопровождении двенадцати девушек. «Если ты не удовлетворишь роскошно и добросовестно нашу госпожу, — возопили девушки, — то мы одна за другой кинемся головой вниз с этой башни и разобьемся! Выбирай, противный рыцарь, что тебе больше любо: твоя невинность или наша смерть!» «Я вам очень даже сочувствую, — ответил Борс, — но обета невинности не порушу!» Видя такой оборот дела, девицы, предварительно обозвав рыцаря самыми нехорошими словами, кинулись с башни в пропасть. Борс перекрестился, и тут же все вдруг исчезло — девушки, замок, башня... И понял богобоязненно-благочестивый рыцарь Борс, что это были не девицы, а дьяволы, суккубы-искусительницы.

Только раз в жизни нарушил Борс обет невинности — с дочерью короля Брандегориса. В результате на свет появился его единственный сын Элин Белый, мужественный рыцаренок, не опозоривший знаменитого отца.

В финале легенды все сородичи принимают сторону Ланселота, когда разыгрывается афера с Гвиневерой и становится жарко — в переносном и прямом смысле, ибо поленья в костре под королевой уже начинают весело потрескивать и поджаривать сапожки несчастной. Эктор Окраинный, Борс и его брат Лионель принимают участие в освобождении осужденной, не бросив Ланселота и во время вызванной этой акцией «троянской войны» с Артуром и Гавейном. Но когда до них доходит весть о мятеже Мордреда, они тут же кидаются Артуру на выручку. И хоть прибывают слишком поздно, все же разбивают остатки мятежников и союзных им саксов. В этих боях погибает Лионель. Эктор же Окраинный, Борс и братья Бламор и Блеоберис, увидев, что Камелот и Круглый Стол прекратили существование, отправляются в Святую Землю воевать с сарацинами, где и погибают в Страстную пятницу, как подобает доблестным рыцарям, не вкусив, увы, от освященного кулича.

БАЛИН И БАЛАН

С Балином по прозвищу Свирепый мы уже немного знакомы — не с лучшей стороны. Это он зверски убил Лиле, Владычицу Озера, а еще раньше, до того как стал рыцарем Круглого Стола, сидел у Артура в яме за убийство. Похоже, стать рыцарем Круглого Стола было легче, чем нынче получить право на ношение газового пистолета.

После убиения Лиле и изгнания из Камелота Балин мотался по стране и попал в замок короля Пелама — Богатого Рыболова, отца Пелеса. В ходе начавшейся свары он пырнул короля копьем. И надо ж было такому случиться, копье-то было ни больше ни меньше, а святой реликвией, оружием римского центуриона Лонгина, тем самым, с Голгофы... нанесенная им рана была неизлечима. С тех пор Пелам стал прозываться Королем — Увечным Рыбаком. Как мы уже знаем, вылечил его лишь правнук Галахад, добытчик Грааля.

В германских вариантах (в том числе и в операх Вагнера) мы имеем дело почти с идентичной версией — с той лишь разницей, что из Короля-Рыбака Пелама тут получился «Король Амфортас», из Балина — «злой волшебник Клингшор», а из Галахада — Парцифаль. Рана Короля-Рыбака имеет символическое значение и перекликается с верованиями кельтов: увечный король не способен осуществлять сексуальный акт, а Земля, которой он владеет, не может быть оплодотворена. Ежели король не вылечится — Земля умрет, превратится в La Terre Geste — Опустошенную Землю. Ранящее копье — фаллический символ, а излечивающий Грааль — vulva.

Однако вернемся к нашему обожающему убийства маньяку Балину, столь несимпатичной фигуре, что он никак не заслуживает приданной ему важной роли в легенде. К счастью, его история вот-вот окончится, и справедливость восторжествует. После приключения с Пеламом за Балина взялся его собственный брат — Балан. В завязавшемся бою братья поубивали друг друга, и Мерлин похоронил их в братской могиле.

Интересно изображает историю братьев Марион Зиммер Брэдли в «Туманах Авалона». Тут все гораздо сложнее. Балан — родной сын Вивьен, почтенной Владычицы Озера, воспитывается он в семье Балина, то есть они — сводные братья (обычай altram). Балин убивает Вивьен в порядке мести за акт эвтаназии, совершенной друидкой над его страдающей неизлечимой болезнью матерью. Балан, который признает эвтаназию и благодарен «родной матушке за избавление приемной матери от страданий», «отмщает» Вивьен — убивает Балина, но погибает и сам.

УВЕЙН

Сын короля Уриенса Регедского, в валлийских преданиях известный под именем Овейн. Герой двух повестей (или ветвей) «Мабиногион»: «Сон Ронабуи» («Видение Ронабви») и «Овейн и Хозяйка Фонтана» («Овейн, или Хозяйка Фонтана»).

В «Вульгате» выступает как «Ивейн Великий», у Мэлори как «Увейн». Учитывая родственные связи с предателем Акколоном, любовником Морганы, он на некоторое время изгоняется из Камелота, хотя с заговором мачехи у него не было ничего общего, и даже совсем наоборот — именно он сорвал ее предательское покушение на Уриенса, которого Моргана тоже пыталась лишить жизни.

У Кретьена он именуется Ивейном (Yvein). У Гартмана фон Ауэ — Ивайном (Ivein). Забрел он даже в chansons de geste — меж паладинами Карла великого тоже есть какой-то Ивен (Iven). Еще он известен под прозвищем Рыцарь Льва, поскольку когда-то избавил это животное от драконьих когтей, а спасенный от смерти лев потом верно служил рыцарю.

Увейн был рыцарем исключительно высокой квалификации и специализировался в спасении и освобождении от забот прекрасных дамоселей. Таковых, как утверждает легенда, он избавил триста с лишком. На одной из спасенных вдов (мужа прикончил?) Увейн женился — ну и началась кутерьма. Вдовушка, по имени Лаудина (хозяйка Фонтана), без особого восторга воспринимала походы и рыцарские «quest»-ы Увейна, полагая не без оснований, что какая-нибудь из очередных спасенных дам может показаться избавителю более привлекательной, нежели законная супруга. Однажды она сказала себе, что ежели Увейн не возвернется точно через год, после того как отправится в рыцарский поход, то она не подпустит его к себе. Рыцарь припозднился. Совсем ненамного. На два года. Лаудина сдержала слово. Много, очень много времени потребовалось на то, чтобы Увейн обрел ее благорасположение вновь. Но обрел. Потом они жили долго и счастливо.

Мэлори не упоминает вышеприведенной валлийско-франко-немецкой версии событий и судеб сына короля Уриенса. Ни слова о Лаудине и фонтане, даже приключение со львом в «Смерти Артура» оказывается уделом Персиваля, а не Увейна (Ивейна). Зато из Мэлори (и «Вульгаты») мы узнаем об обстоятельствах смерти рыцаря. Во время поисков Грааля Увейн без всякого резону схватился с Гавейном (рыцари не признали друг друга), был тяжело ранен копьем и умер в ближайшей одинокой обители. Это убийство окончательно исключило Гавейна из числа особ, достойных лицезреть Грааль.

ГЕРАЙНТ

Он — князь Дифнейта (Девона). У Кретьена де Труа и Гартмана фон Ауэ выступает под именем Эрек. Мария Французская в своих лэ (бретонских балладах) именует его Грэлентом (Graelent), а один из паладинов короля Карла зовется Жерин (Gerin).

В соответствии с так называемой «Черной книгой из Кормартена», собранием валлийских баллад XII века, Герайнт, сын Эрбина, сложил голову в схватке с саксами, конкретно — в девятой из двенадцати проведенных Артуром и перечисленных Неннием битв. Если так, то Герайнт не дождался окончательного триумфа под Бадоном, расцвета Камелота и Круглого Стола.

У Мэлори его нет вообще. А вот в «Мабиногион» он оказывается героем ветви «Герайнт и Энида» («Герайнт, сын Эрбина»). В этом повествовании Герайнт завоевывает сердце и руку красивой девушки Эниды, но ни с того ни с сего начинает ее подозревать — совершенно беспочвенно — в неверности. Поводом были подслушанные слова, в которых Энида сетует на то, что муж-де не принимает участия ни в каких походах, манкирует рыцарскими обязанностями и что только в спальне отважен и боевит ну прямо-таки сверх меры. Как видим, Энида порицает Герайнта за нечто совершенно противоположное тому, за что Лаудина ругала Увейна.

Задетый за живое Герайнт решает отправиться в рыцарский поход — вместе с женой. Велит Эниде одеться в самые скверные, рваные одежды и ехать впереди. Запрещает ей обращаться к себе хотя бы единым словом. Сам тоже молчит надувшись. Энида в отчаянии.

Едучи в авангарде, Энида то и дело наталкивается на подлых рыцарей, которые точат зубы на ее мужа. Она предостерегает Герайнта. Герайнт «пришивает» налетчиков... и жестоко отчитывает Эниду за нарушение мужнина приказа молчать, обостряя тем самым супружеский конфликт. Наконец все оканчивается добром — любовь восстанавливается, Герайнт и Энида примиряются, возвращаются ко двору Артура и живут долго и счастливо, как самая что ни на есть образцовая пара.

Не исключено, что «Герайнт», стравестированный в более поздних норманнских и французских версиях («Li Loheren Gerin», «Gerin Le Lorraine»), дал толчок к созданию Лоэнгрина, «Рыцаря Лебедя».

ПЕЛЕАС И ЭТТАРДА

Пелеас Островной был зверски влюблен в прекрасную девицу Эттарду. В ее честь выигрывал турниры, осыпал презентами, умолял, рыдал, стоя на коленях, признавался в любви — все впустую. Эттарда была непробиваема. Мало того, все время подсылала рыцарей, чтобы те вступали в поединки с постоянно кружащим близ ее замка Пелеасом. Ради того, чтобы только увидеть ее, Пелеас, хоть и был мастером копья и меча, позволял себя побеждать на ристалищах и доставлять в замок в путах. Коварная Эттарда унижала его как только могла — велела даже привязывать к конскому хвосту и так водить, ко всеобщей потехе.

Однажды в округе появился Гавейн. Он выслушал жалобы Пелеаса и предложил взять его доспехи и явиться с ними к Эттарде, объявив ей, что он-де буквально час назад прикончил влюбленного в нее рыцаря. Ложь должна смягчить сердце холодной девы.

Сказано — сделано. Гавейн взял экипировку Пелеаса и явился к шатру Эттарды. Эттарда равнодушно выслушала сообщение о «смерти» конкурента, поглядела на рослого и красивого Гавейна... и осклабилась. Не прошло и минуты, как оба вошли в шатер, где Эттарда (как говорит Мэлори) «согласилась исполнить его желание»... и «они возлегли на ложе вдвоем». Гавейн, достойный сынок своего папы Лота с Оркад, утолял свои и Эттардовы желания две ночи и два дня кряду.

На третий день Пелеас не выдержал и явился глянуть, что там творится... Заглянул в шатер и обмер. Понял, что в сердечных делах просить друзей о помощи не следует. Прежде чем уехать, он положил на спящих изнуренных любовников свой обнаженный меч.

Гавейн и Эттарда наконец проснулись, увидели меч. Эттарду охватило отчаяние. Гавейн же вдруг вспомнил, что очень, ну очень спешит.

Пелеас бродил по лесу и выл, но тут встретил чародейку Нимуэ. Та как раз возвращалась после визита к томящемуся в узилище Мерлину, к которому забегала время от времени, чтобы чародею не было тошно в темнице одному. Нимуэ выслушала стенания Пелеаса, глянула на него томным взглядом и спросила: «А что такого ты нашел в этой Эттарде, чего бы не было у меня?» Рыцарь присмотрелся повнимательнее и вынужден был признать, что ничего, а как знать, не совсем ли даже наоборот. После краткого разговора ни о чем оба «взаимно утолили свои желания», да так тщательно, что решили проделывать это чаще. Прямо-таки регулярно. Пелеас вынужден был забросить обязанности рыцаря Круглого Стола, ибо Нимуэ — Владычица Озера — не желала, чтобы любовник рисковал своим драгоценным здоровьем и жизнью и терял время на всякие глупости, вместо того чтобы заниматься утолением ее желаний. Пелеас — как учит «Смерть Артура» — жил король королем под бочком у чародейки до конца дней своих, наслаждаясь отдыхом, едой, вином и прелестями ложа.

А Эттарда?

Узнав о случившемся, отчаялась вконец, захворала и умерла, обливаясь слезами. Бойтесь судьбы Эттарды, девочки.

САГРАМОР

Рыцарь с таким именем часто появляется и у Мэлори, и в «Вульгате». Ничем особенным он не отличался, и я б не стал им заниматься, если б не прозвище... Саграмор-Потаскун*.

Чего ради рыцарь получил такое «почетное» прозвище, неизвестно. Об этом — ни слова. Удар может хватить. Лот из Оркад склочничает и озорничает, как говорится, «от пуза», а прозвище не заслужил. Гавейн, его сынуля, днями и ночами «роскошно удовлетворяет желания» разных дамуазелей, и никто не дает ему какого-либо подходящего «nom de querre» (или скорее «d'amour»), а Саграмор оказывается Потаскуном. Можно себе представить его альковные похождения, сравнимые разве что с военными деяниями Артура под Бадоном (девятьсот экземпляров трупов!).

Фи, сэр Томас, нехорошо, братцы цистерцианцы. Выкатить такую пушку и не дать ей ни разу выстрелить? Так порядочные люди не поступают!

«Вульгата» говорит, что Саграмор-Потаскун пал смертью храбрых в борьбе со стакнувшимися с Мордредом саксами.

ТАРКВИН И ДРУГИЕ ПРОКАЗНИКИ

Паскудный рыцарь-ренегат Тарквин внимательно посматривал со своей сторожевой вышки, не приближается ли какой «добрый рыцарь». А когда такового замечал, нападал, побеждал, грабил, истязал и возвращался восвояси. Слабачком он не был, запросто поконал и заключил в темницу «тридцать четыре» рыцаря, в том числе Лионеля, Эктора Окраинного, Кэя, Бранделя, Галихуда (не путать с Галахадом), Алидука, Бриана-Островитянина и даже Моргольта — бойца

* В одном из переводов «Смерти Артура» Саграмор назван «Саграмор Желанный». — *Примеч. пер.*

из первой десятки. Но наконец нашла коса на камень: Тарквин нарвался на Ланселота Озерного.

Но даже у Ланселота дело пошло не просто — после того как они сломали копья и повалили обеих лошадей, пеший бой на мечах длился больше двух часов, и Ланселот уже истекал кровью от многочисленных ран. Однако наконец Тарквин ослаб, и Ланселот могучим ударом разрубил ему шлем. Тарквин рухнул на колени, а следующим ударом Ланселот снес ему голову.

Тарквин, как и другие неправедные рыцари (Брюс Безжалостный, Колгреванс из Горе, растлитель и насильник Перис из Дикого Леса, Карадос, Сэп из Мопаса, Рыцарь из Черной Страны, Зеленый Рыцарь, Красный Рыцарь, Персиант Индийский), просто необходим для развития сюжета — ведь с кем же бороться праведным рыцарям, если нет неправедных? Однако и черные характеры тоже верно отображают реальную историческую картину рыцарства и рыцарской эпохи. Тарквинов и рыцарей-разбойников было гораздо больше, чем Ланселотов и Галахадов.

МЕЛЕГАНТ

Очередной проказник. Был князем — сыном Багдемагуса, короля Горе и кузена короля Уриенса. Втайне алкал королевы Гвиневеры и пылал порочной похотью. Когда Гвиневера по весне выбралась в лес праздновать Бельтайн, Мелегант похитил ее, запер и собирался взять силой. Классический ирландский aithed — похищение женщины.

Королеву вызволил (примчавшийся на телеге!) Ланселот, даровав развратнику князю жизнь. Мелегант отблагодарил лучше не придумаешь: что было духу кинулся к Артуру и донес, что, мол, освободитель Гвиневеры Ланселот воспользовался выпавшей возможностью и, прежде чем вернуть освобожденную королеву законному супругу, «роскошно с ней удовлетворялся» в замке Мелеганта, не вылезая из ложа королевы ни днем, ни ночью. Что, кстати сказать, полностью соответствовало истине.

Так что все это могло иметь серьезные последствия для Гвиневеры и Ланселота, но ведь, к счастью, существовал рыцарский кодекс и обычай. «Лжешь, сукин сын, — холодно бросил Ланселот Мелеганту. — И сей же час я докажу это в бою на мечах». В начавшемся поединке Ланселот, гроссмейстер ристалищ, разделал более слабому Мелеганту голову на две половинки. Сим действием он неопровержимо доказал, что закон и правда на его стороне, покойник лгал, а Гвиневера чиста, как лилия.

Приключение с Мелегантом — тоже отсылка к кельтской мифологии, очередная триада, причем в системе «Ланселот—Гвиневера—Мелегант» именно Ланселот играет роль «старого короля», способность которого безуспешно подвергает сомнению «юный претендент». В древних валлийских преданиях похитителем Гвенвифары был злой гигант, а ее освободителем и убийцей «претендента» — сам король Артур.

ПАЛОМИД

Интересный рыцарь, ибо заморский. Он сарацин, язычник. «Как так? — могут спросить. — Сарацин, неверный, поклоняющийся Магомету, и вдруг среди христианских рыцарей? Меж элиты и цвета рыцарства? За общим (круглым) столом с Галахадом, Персивалем и Борсом? Сарацин, носящий титул «сэр», как все другие рыцари, самой священной обязанностью и заповедью которых являются, как ни говори, защита веры? Эй, что-то тут не так!»

Все тут так. Придумывая сэра Паломида, Томас Мэлори, вероятно, обратился к французским романам о рыцарях Карла Марлета — Молота, героически остановившего арабскую агрессию в VIII веке, и к chansons de qeste, то есть песне о паладинах Карла Великого, который вел в IX веке бои с маврами эмира Кордовы. В рыцарских романах сарацины и мавры обычно показаны «коллективным героем», образуют дикую орду, жаждущую христианской крови. Однако порой их «индивидуализируют», и тогда относятся как к равным и достойным противникам. Как к рыцарям со всеми вытекающими отсюда последствиями, то есть кодексом и принципами рыцарской борьбы. Это исторически обоснованно: воины Магомета, особенно испанские мавры, часто подражали рыцарям-гяурам, восприняв частично их «атрибутику» — одежду, латы, оружие, а также кодекс чести. То же самое было во времена Крестовых походов. Саладин, показавший массу примеров рыцарского поведения, воспринимался крестоносцами как рыцарь и вызывал их восхищение.

Так что Мэлори, создавшему образ сэра Паломида, было от чего оттолкнуться. Однако если мы попытаемся подогнать «магометанского рыцаря Круглого Стола» к реальным историческим датам, получится чудовищная, поразительная и захватывающая дух глупость. Ведь Магомет родился в 571 году в Мекке. Пророком Аллаха он провозгласил себя в 611 году. Так называемая хиджра (бегство Магомета из Мекки в Медину) свершилась в 622 году. Для магометан это нулевой год, с него отсчитывается развитие ислама и его экспансия, или джихад. Поэтому рыцарь Круглого Стола (515 — 540 годы), исповедующий ислам, выглядит не менее комично, чем, например, современный епископ, стоящий с крестом на стенах Трои.

Ну что ж, у легенд свои законы, а сарацинский рыцарь Паломид в Артуровской легенде оказывается фигурой настолько интересной, что есть смысл посвятить ему несколько слов.

С Паломидом мы знакомимся в Ирландии, при дворе короля Ангвиесанса, когда туда прибывает Тристан. Сарацин влюблен в Изольду, между ним и Тристаном сразу же возникает соперничество. На устроенном королем Ирландии турнире Тристан и Паломид выступают в качестве противников. Сарацин — мужественный и умелый воин, но проигрывает бой второму после Ланселота. Тристан требует от поверженного противника рыцарского обета: Паломид должен отказаться от Изольды, поклясться, что никогда не подойдет к ней и не будет досаждать ухаживаниями. Забудет о ней навсегда.

С того дня Тристана и Паломида связывают странные отношения — смесь враждебности, зависти, ненависти, восхищения и... дружбы. Порой оба рыцаря оказываются противниками в бою, иногда же один помогает другому и спасает жизнь. Они даже вместе сидят в темнице, схваченные «плохим рыцарем» — и верно и честно поддерживают друг друга в неволе*.

Однако сарацин нарушает клятву и продолжает активно любить Изольду. Разумеется, это очередная кельтская триада, в которой теперь роль «старого короля» играет Тристан, а «претендента» — Паломид. В определенный момент Паломид решается даже на классический aithed, похищает Изольду (как вышеупомянутый Мелегант). Но Тристан (как Ланселот) все еще не перестает быть рыцарем Лета, его витальные силы и эротическая мощь не могут подвергаться сомнению. Тристан запросто отбирает у «претендента» свою богиню. При этом все происходит без вооруженной стычки: Тристан хватается не за меч, а за арфу. Очарованная его игрой и пением Изольда погружается в близкое к трансу состояние, а Паломид видит, что тягаться с соперником ему не под силу. Он проиграл. Изольда есть и будет Тристановой — у сарацина нет никаких шансов.

---

* В «Смерти Артура» то и дело кто-нибудь попадает в темницу, в результате предательства сидит в яме и так далее. Не надо забывать, что сэр Томас Мэлори, работая над своим произведением, сидел в каталажке. Апологеты неоднократно пытались оправдать автора, ссылаясь на «бурные времена», в которые он жил. Однако историки докопались до рукописного пояснения приговора, не оставляющего сомнений: рыцарь Томас попал в узилище за вооруженное нападение, убийство и насилие над женщиной. — *Примеч. авт.*

Однако «соревнование» продолжается. Рыцари несколько раз назначают время поединка не на живот, а на смерть, но всегда им что-то да мешает. Тристан, видя неугасающую любовь Паломида к Изольде, обвиняет того в «бесчестии и предательстве», на что сарацин отвечает таким образом: «Не называй меня предателем, ибо я не таков. Любовь — право каждого мужчины. Ты любишь La Belle Isoud, и я ее люблю. Ты добился ее благосклонности, ее сердца и ложа. Я их не добился и никогда не добьюсь, но любить ее не перестану до конца дней моих — как, впрочем, не перестанешь любить и ты».

И тогда они решают: «Бог нас соединил иль дьявол, но надо рассоединяться!» Начинается яростный и продолжительный поединок... но об этом чуточку позже.

ЗВЕРЬ РЫКАЮЩИЙ

Сарацин Паломид — рыцарь храбрый и честолюбивый, прославленный и пользующийся уважением — все время оттягивал свой переход в христианскую веру и оставался нехристем. Однажды случился бой, в котором Паломид победил и убил другого сарацина, а когда побежденный испустил дух, вокруг распространилось такое зловоние, словно кто-то, скажем, раскопал выгребную яму или трехнедельную могилу. Так жутко засмердела душа «турка». Присутствующие при этом люди удивлялись, почему Паломид не желает креститься. «И ты не боишься, — спрашивали его, — что после смерти и ты будешь так же вонять?» «Ручаюсь, — ответил Паломид, — что умру я христианином не хуже вас. Однако крещусь не раньше, чем изловлю Зверя Рыкающего».

Этот Зверь Рыкающий (Questing Beast) — одна из самых загадочных «фигур» в «Смерти Артура». Заметил чудовище в лесу король Артур, бестия была безобразно-уродлива: морда — змеи, тело — леопарда, зад — льва, а ноги — оленя. Когда существо двигалось, из брюха у него вырывались такие звуки, словно подняли лай дважды тридцать собак, настигающих зверя, — отсюда и название.

За бестией половину жизни гонялся король Пеллинор, отец Персиваля. Когда убитый Гавейном Пеллинор распрощался с жизнью, по следам чудовища двинулся Паломид. Никоим образом невозможно понять, в чем тут вообще дело — бестия ограничивается тем, что шатается по лесам и лает голосом шестидесяти — как нетрудно подсчитать — дворняг. И ничего больше. Ни девицу не утащит, ни сожрет никого, ни даже в колодец не нагадит. Ну ничего! Ходит и лает. Так чего же ради Пеллинор, а за ним и Паломид с маниакальным упорством гоняются за скотиной?

Есть в тексте упоминание о каком-то пророчестве Мерлина относительно бестии и того, кто ее схватит, но неизвестно, о чем идет речь. Тайна, покрытая мраком! Энигма! Абсолютный секрет!

Объяснений вроде бы может быть два: либо печатник Кэкстон потерял какие-то поясняющие это дело страницы рукописи Мэлори, либо Мэлори умышленно таких пояснений не дает, ибо... хочет посмеяться над рыцарством и рыцарскими «обетами», погонями за непонятными, бессмысленными идеалами.

Однако вернемся к Паломиду и его смертельному поединку с Тристаном. Бой соперников был долог, яростен и кровав. Наконец изнуренный сарацин падает, но Тристан не наносит ему решающего удара. Рыцари дают друг другу обеты верной дружбы. Отправляются в ближайшую церквушку, поскольку Паломид — хоть чудовища и не захватил — все-таки решается наконец принять крещение и перекинуться в христианскую веру. После церемонии Тристан, сыгравший роль крестного отца, едет в Камелот. Паломид же отправляется ловить Зверя Рыкающего...

В финале легенды Паломид вместе с братом Сафиром переходит на сторону Ланселота в «войне за Гвиневеру». Вернувшись во Францию, Ланселот объявляет новообращенного сарацина «Герцогом Прованса». Больше о Паломиде мы не слышим.

О Звере Рыкающем тоже.

РЫЦАРСКИЙ «РЕЙТИНГ»

Неимоверное количество описанных в легенде турниров и настоящих, не ристалищных, боев позволяет составить «top ten», первого десятка рыцарей, лучше других сшибающих своих противников с коня копьем либо мечом.

Первые три «чемпиона» (в порядке положения на «пьедестале почета») — это Ланселот Озерный, Тристан из Лионессе и Ламорак Уэльский, сын Пеллинора. Этим не было равных, а ежели и случалось им выступать друг против друга, то в бою, как правило, никто не побеждал. В одной из стычек Тристан и Ламорак дрались на конях и пеше битых четыре часа без результата. В конце концов Ламорак, восхищенный боевым совершенством противника, согласился признать себя побежденным. Благородный Тристан не принял жертвы, заявив, что именно Ламорак — победитель. Ламорак не согласился с этим заявлением, ну и так далее.

Однако был случай, когда обоих повалил (кстати, одним копьем!) сарацин Паломид, доказав тем самым, что если ты попал в первую десятку, так это еще не означает, что ты в принципе непобедим. Тем не менее Ланселота никому не удавалось победить в равном бою. Не считая Галахада, его сына, но ведь Галахад был исключением со всех точек зрения. Его победа над Ланселотом (и Персивалем) носит символический характер.

Хоть, как сказано, список был скользящим, дальнейшие места (с четвертого по десятое) в нем занимают: Борс из Ганиса, Паломид-сарацин, Персиваль Уэльский, Моргольт Ирландский, Пелес Островной, Гарет с Оркад и его брат Гавейн.

Этой десятке очень часто доводилось подтверждать свою рыцарскую «кондицию», потому что недостатка в претендентах не было. Места в списке тоже были предметом зависти — когда однажды многочисленные победы Тристана начали было затмевать славу Ланселота, Эктор Окраинный и Лионель собрались прибить рыцаря из Лионессе, чему, однако, благородный Ланселот категорически воспротивился.

Впрочем, некоторые рыцари без особого желания выступали в турнирах против чемпионов, не желая почти наверняка опозориться на глазах у публики. Поэтому у мэтров меча и пики прижилась мода выступать инкогнито, меняться щитами и т.п. На одном из турниров Ланселот даже переоделся... девочкой.

Из всей десятки только Моргольт и Гавейн были убиты в честном рыцарском поединке. Гарет погиб в неразберихе «бей его!», развернувшейся при спасении Гвиневеры от костра. В тот момент на нем не было доспехов. Тристана и Ламорака прикончили ударами в спину, Ланселот и Персиваль умерли естественной смертью. Борс из Ганиса скончался в Святой Земле, вероятно, в бою с превосходящими силами нехристей. Пелес «ушел на заслуженный отдых» — от риска и превратностей судьбы его хранила влюбленная чародейка Нимуэ. Судьба Паломида нам неизвестна. Может, его пожрал Зверь Рыкающий?

ОГЕР ДАТЧАНИН

Этот слыл одним из знаменитейших паладинов Карла Великого. Так что, казалось бы, его место в chansons de geste, а вовсе не среди героев легенды о Круглом Столе. Однако это не совсем так.

Огер (или Ожье) Датчанин — активный участник многих героических боев с сарацинами — как-то раз совершал морское путешествие. Корабль разбился, а паладин, словно будущий

Робинзон Крузо, был выброшен на берег. Местность, в которую он попал, казалась дикой и необитаемой, тем большим было его удивление, когда перед ним вдруг предстала дева дивной красоты, с телом, достойным Грации, весьма скупо прикрытым легчайшей кисеей. Красавица мило поздоровалась с паладином и возложила ему на голову венок из цветов. С той минуты Огер-Ожье был для мира потерян. Ибо венок оказался волшебным, а девица — чародейкой Морганой.

Двести лет — ни больше ни меньше — держала Моргана очарованного рыцаря в любовной неволе, а рыцарь вовсе не хныкал. Но однажды волшебный венок случайно свалился у него с головы, и зачарованный Огер обрел память. «Господь милосердный, — простонал он. — Король Карл... Сарацины... Что я тут делаю, ядрена вошь?!»

Не помогли плач и стенания Морганы. Рыцарь вернулся в мир. Немного удивился, потому как вместо Карла Великого уже правил Гуго Капет, но поскольку сарацины по-прежнему угрожали королевству, паладины все еще были в цене. Огер воевал долго и храбро.

Гуго Капет умер, а Огер здорово прославился и начал даже всерьез помышлять о браке с вдовой-королевой... Он уже собрался сообщить ей об этом, но тут вдруг появилась Моргана, злая как хрен с уксусом. Молча накрыла Огера тучей и унесла на Авалон.

Легенда утверждает, что на Авалоне Огер подружился с королем Артуром и время мило течет у них в обществе часто сменяющихся Владычиц Озера и за игрой в кости при кувшине доброго пива. Намекает легенда также на то, что, когда придет час и Артур вернется в Британию, Огер Датчанин последует за ним и займет достойное место за Круглым Столом.

Ханс Кристиан Андерсен сделал из Огера настоящего скандинава Хольгера Данске — в действительности же паладин никаким датчанином не был. De Denemarche в его имени было, вероятно, переиначенным «de les Marches»(de Maris?).

По пути Андерсена пошел Пол Андерсон (сам по происхождению датчанин), сделав Хольгера (Ogiera le Danois) героем книги фэнтези «Три сердца и три льва».

МЕСТНОСТИ И ИХ ЛОКАЛИЗАЦИЯ

Легендарные географические названия — дело чертовски трудное и сложное. Самая известная версия мифа, та, что исходит от Мэлори, кишмя кишит названиями, но мало какое из них удается сочетать с каким-либо из предполагаемых исторических пунктов. Во-первых, версия Мэлори была географически политизирована — приключения Артура протекают в местах, столь же символических для англичан, сколь и тотально неправдоподобных, учитывая истинную политическую географию Британии V — VI веков. Лондон, Вестминстер, Кентербери или Дувр никоим образом не могли быть территориями, на которых действовал Артур и его рыцари, ибо они располагались на территориях саксов*. То же самое можно сказать и о стране Логр (Logres, Logris, Leogria), как в легенде именуется вся Британия, то есть территория, которой владел король Артур. Название, как мы помним, выводится из имени мифического Локрина, сына Брута. Если исходить именно из легенды о Бруте, предке бриттов, то страна Логр (Логру) должна охватывать юго-восточную и центральную Англию, то есть протянуться от Кента до возвышенности Чильтерн-Хилс и устья Хамбера. Меж тем именно

* Что до Лондона, то большинство серьезных авторов фэнтези все же склоняются к версии Мэлори — в теперешней столице Англии помещают два важных для легенды события: избрание королем Утера Пендрагона и извлечение Артуром меча из камня. Кто знает, может, выдвинутая к востоку «крепость Лондиниум» какое-то время сопротивлялась саксам и была одним из бриттских центров? Однако в эпилоге «Смерти Артура» мы читаем, что во время мятежа Мордреда Гвиневера убежала от узурпатора и забаррикадировалась в лондонском Тауэре, а там получила известие о битве под Камланном. Ну-ну! Ерунда какая! Тауэр-то построили во времена Вильгельма Завоевателя, то есть пятьюстами годами позже! — *Примеч. авт.*

этот район был занят сакскими агрессорами, фактически Артур владел равниной Солсбери, Сомерсетом, Девоном и Уэльсом, как и (через союзных королей) Корнуоллом и Севером — страной Регенд до Стратклайда и Вала Антонина, страной Лотиан и территориями выше Хамбера, Берникией и Деирой.

Другие названия Мэлори подверглись, как я предполагаю, деформации в процессе перевода с французского на язык Англии пятнадцатого века. К примеру, фактическая страна Гоувер в Уэльсе (Суонси над Бристольским заливом) появляется в «Смерти Артура» в виде Горе (Gorre, Goris либо Strangore). Сама Валлия именуется «Галес», либо «Галис» Острова Оркады, владения короля Лота, преобразовались в Орканию, место рождения Тристана — в Леонию (Леонуа, Лионессе и т.д.).

Однако в принципе трудно сказать, что было искажено, как звучали оригинальные аутентичные названия мест и районов действия легенды. Даже если признать валлийские мифы и предания однозначно исходными версиями, то и тогда не следует забывать, что и их мы знаем в уже записанных вариантах, а записывать их начали предположительно лишь в XI — XII веках на основе устных пересказов. В процессе «обработки» тоже возникали искажения. Естественно, валлийцам легче было работать на «оригинальном материале». Их мифическая ономастика все же содержала оригинальные корни, которые мы и сейчас можем отыскать на карте Уэльса. Замок (крепость) был и остался Caer, гора — Pen, озеро — Llyn, брод — Rhyd, остров — Ynis и т.д. Отсюда же, например, появляющиеся во французских версиях и у Мэлори Karboniki, или Karbeneki — это совершенно очевидно валлийские «поселки» или «укрепленные пункты». Что касается имен рыцарей Динаса, Динадана и Додинаса, то, думается, не возникли ли они путем ошибочного понимания географического названия, содержащего корень «Din» (холм, пригорок, взгорье).

Путаница еще больше усугубляется, когда за дело берутся авторы фэнтези и украшают свои книги картами.

Карту Артуровской Британии на первый взгляд разработать нетрудно. Большинство исторических местностей имеет свои римские праимена, и очень часто теперешние названия выводятся напрямую из латинских. Во многих случаях исторически подтверждено, что данный объект был возведен римлянами в чистом поле, там, где не было никаких бриттских прапоселков. Лондиниум, например, возник как порт для погрузки олова и стал Лондоном. Археологи единогласно утверждают: до римлян в этом месте не было ничего. Тринովантум же, как и Каэр Ллуд или Каэр Лундейн, — название мифическое.

Однако некоторые другие римские городки и военизированные поселки возникли в местах давних поселений бриттов — Лугувалиум, Вента, Иска, Эбуракум, Сегонтиум. Сегодня это Карлайл, Карвент, Карлеон-на-Аске, Йорк, Карнарвон. Однако можно ли утверждать, будто бритты в доримские времена называли их Каэр Ллиал, Каэр Вент, Каэр Ллион, Каэр Эбраук и Каэр Сент-ин-Арвон? И можно ли быть на сто процентов уверенным, что после ухода римлян они немедлено вернулись к прежним названиям?

Некоторые авторы фэнтези последовательно придерживаются именно последней тезы — все-то у них исконно кельтское: Каэр Лундейн вместо Лондиниум, Каэр Эск вместо Иска Думнониорум, Каэр Глуа вместо Глоучестер или Глевум.

Другие авторы «стряпают коктейль Молотова»* — смешивают названия. Герои путешествуют между Глевумом и Каэр Уском, между Каэр Ллиалом и Лондиниумом, едут из Эбуракума в Дин Эйдин. Девон у них оказывается то Дифнейнтом, то Думнонией, Каэр Мирддин (мифическая рези-

* Так на Западе иногда называли зажигательную смесь, которой наполняли бутылки и поджигали немецко-фашистские танки. Почему «Молотова» — одному Богу известно. — *Примеч. пер.*

денция Мерлина) появляется попеременно с Миридинумом. Гвинедд — это Венедотия, а Деметия зовется Регедом либо наоборот. Плотно же переплетающиеся с легендой названия они оставляют в прежнем звучании: Гластонбери вместо Инис Гвидрин, Винчестер* вместо Вента Бельгарум, Солсбери вместо Саррум, Тинтагель вместо кельтского Дин Дагелл либо римского Дурокорновиум.

Третьи кидают в эту и без того адскую смесь собственные оливки — названия совершенно фантастические и выдуманные. Вырисовывают на своих картах места и края, важные для легенды, но... с неустановленным фактическим названием и локализацией. Например, исторически не подтверждено расположение места великой победы над саксами — горы Бадон, или места последнего боя Артура — Камланна**.

И уж конечно, каждый указывает на карте Камелот.

Любой, кого ни спроси, где была резиденция короля Артура, не замедлит сказать: где же еще, как не в замке Камелот. Именно здесь король правил вместе со всем своим двором, именно в тронной зале Камелота стоял Круглый Стол, за которым собирались и пировали рыцари, именно отсюда они направлялись в опасные походы и так далее.

---

* Корни «chester» («cester») и «bury» в названиях английских городов имеют, несомненно, германское (сакское) происхождение и идут от тех времен, когда саксы закладывали на захваченных бриттских землях собственные поселения либо изменяли названия завоеванных кельтских городов. Того же происхождения, в частности, корни «shire», «town» («ton»), «burd» («borough»), «ford», «wood», «wich» и «ham». Местность с названием, имеющим такой корень, не могла быть кельтской, то есть «артуровской». — *Примеч. авт.*

** Существует множество версий и гипотез, касающихся местоположения обеих битв. Меня не убеждает ни одна, поэтому ни Бадона, ни Камланна я на моей карте не поместил. Однако ради этимологической точности сообщаю, что, по мнению большинства исследователей мифа, Бадон (caer vaddon) — это теперешний Бат, или римская Аква Сулис. Следовательно, битва под Камланном могла бы происходить в Корнуолле, неподалеку от Тинтагеля, в районе местности Камельфорд у реки Камел. Здесь расположено место, именуемое «Мостом Резни» (Slaugheter Bridge). Легенда утверждает, что река Камел после великой битвы была в тех местах красна от крови. — *Примеч. авт.*

Долгие годы считалось, что Камелот стоял на месте, которое в римские времена занимало поселение Вента Бельгарум и где теперь расположен город Винчестер в Гемпшире, бывший до VI века столицей Уэльса, а до X века — резиденцией королей Англии. Лишь сравнительно недавно появилась теория, гласящая, что легендарный замок размещался на холме Кембери в графстве Сомерсет, неподалеку от городка Саут-Кедбери. Там, весьма вероятно, находятся следы древней крепости. Но уверенности все-таки нет...

Кто придумал (стравестировал) это название, толком неизвестно, неизвестно так же, как оно звучало по-кельтски либо по-латыни, в случае если Камелот построили на месте какого-то римского сторожевого укрепленного лагеря. Авторы фэнтези усиленно пытаются восполнить сие упущение, выдумывая «кельтские» названия (Каэр Кэм, Камлан, Каэр Камелиот и т.п.)

Второй резиденцией Артура был Каэр Ллеон, или Каэр Ллион — уже в римские времена мощный форт Иска, — город, существующий и по сей день. Именно Каэр Ллион в «Вульгате» назван Кардуэлом. Существует теория, что место это, кроме названия Иск, именовалось еще Урбис Легионум — Город Легионов, — так что именно здесь могла происходить девятая битва с саксами, о которой говорит Ненний.

Третьим местопребыванием (Кретьен де Труа) был Кардиган в Уэльсе, лежащий в месте впадения реки Тейфи в залив Кардиган.

Резиденцией Артура считают также крупную римскую крепость Деве (Честер) и город Кардифф.

В Гластонбери (в графстве Сомерсет), если верить легендам, во времена Артура находился центр британского христианства. Расположенное здесь до сих пор бенедиктинское аббатство (Glactonbury Abbey), считающееся самым старым в Англии, стоит якобы на месте древнего монастыря, построенного стараниями Артура. Это было место святое, поскольку именно в Гластонбери на «Стеклянном острове» (Ynis Witrin) Иосиф Аримафейский воткнул в землю свой посох, который разросся в прекрасный куст боярышника. Любопытно, что в Гластонбери у подножия кургана, именуемого Гластонбери-Тор, действительно рос нигде в других местах не встречающийся вид боярышника. Теперь уже не растет, поскольку пуритане Кромвеля вырвали под корень и спалили все дотла в ходе борьбы с «предрассудками папистов». Эх, история, история, черная дискотека...

В аббатстве Гластонбери якобы нашла укрытие и место покаяния королева Гвиневера, здесь же вроде бы похоронен Артур — склеп короля и королевы был «обнаружен» в 1190 году по приказу короля Генриха II в ходе пропагандистской кампании, имевшей целью укрепить его притязания на корону и власть над «империей Артура». Воистину полная пригоршня парадоксов сразу: фальшивая могила псевдоисторического короля как предлог для притязаний на совершенно мифическую империю*.

Народная традиция считала холм Гластонбери-Тор волшебным местом. Здесь собирались эльфы, подданные бога Гвина, сына Нудда, с которым воевал национальный святой Коллен. Иногда район Гластонбери идентифицируют с волшебной страной Авалон — такой точки зрения придерживаются некоторые авторы фэнтези, например, Марион Зиммер Брэдли и Стивен Льюхед.

Размещение других важных для мифа мест и регионов показано на картах, которые я со всем тщанием составил, пользуясь различными источниками — не исключая и литературы фэнтези.

---

* У многих событий из артуровского мифа может быть историческое обоснование. Но в покорении Артуром и наложении дани на Галлию, Аквитанию, Ирландию, Рим (!), Готландию и Норвегию (!!!) поверить невозможно. — *Примеч. авт.*

АВАЛОН

...Uz Awelun, der Feinen Land... *

Готфрид Страсбургский

Мифическая Страна Ворожеек (Волшебниц, Чародеек и т.д.), место отдохновения и убежища утомленных бренностью жизни героев. Край Вечного Счастья и Молодости, то же, что знакомая нам по ирландской мифологии Страна Молодости, Тир-Нан-Ог, и кельтский Остров Благословенных (Isle of the Blest), аналог гомеровского Элизиума и Острова Гесперид.

В валлийской мифологии этот край именуется Инис Аваллон (Ynis yr Afallon), то есть Остров Яблони, либо Остров Яблок (aval, afal значит «яблоко»). На известной картине Эдуарда Берн-Джонса** мы видим короля Артура, спящего в окруженном яблонями павильоне. Вокруг ложа стоят чародейки, а омывающие все это морские волны указывают на то, что дело происходит на острове.

По преданиям, Авалон — «страна далеко за морем» (как мифическая Ги Бразиль, «страна, затопленная волнами»), как Лионессе или Ис, либо «укрытый туманом остров» («Туманы Авалона»). Чаще всего Авалон помещают в районе Гластонбери, где вроде бы размещался мифический Инис Витрин (Ynis Witrin) — Стеклянный Остров. На Стеклянном Острове предания помещали самый древний христианский монастырь и часовню, а невдалеке на недоступном смертным Инис

---

* ...Из Авалона, страны фей... *(старонем.)*

** Сэр Эдуард Берн-Джонс (1833—1898) был одним из известнейших художников из группы так называемых прерафаэлитов, мастеров, очень часто черпавших вдохновение для своих символистически-мистических полотен в Артуровской легенде. Сцены из легенды об Артуре писали также Уильям Хетерелл, Джеймс Арчер, Чарлз Филипп, Франк Кадоган Купер, Уильям Франк Кальдерон и Фердинанд Пайлот Младший, а также поздний Артур Рекем. Произведения прерафаэлитов до сих пор украшают многочисленные издания книг, посвященных королю Артуру. — *Примеч. авт.*

Авалоне — языческую Страну Ворожеек. Этакая символическая конфронтация Старого и Нового.

Помещали Авалон и на островах Мона (Англси) и Манау (Ман). Неподалеку от Англси на острове Пафии находился также прообраз Замка Грааля и горы Монсальват — легендарный Каэр Сиди — Вращающийся Замок, построенный из человеческих костей.

Был Авалон и долиной «The Fair Vale of Avalon» — Уортона.

У Теодора Парницкого («Только Беатриче») Авалон — место укрытия Грааля (и Дантово Чистилище), та самая, столь важная для книги «заокеанская гора».

У Толкина эльфы уплывают из Средиземья «за море» — конечно, на Авалон, аналогия достаточно прозрачная.

А Джек Вэнс (трилогия «Лионессе») запихал все «Авалоны» в один мешок — придумал Древние Острова (Гибрас, то есть Ги Бразиль), на которых расположены «королевства» (в частности, Лионессе), а также «города», например, Ис и Авалон. Само собой, в последней части цикла («Madouc») Ис классически погружается в пучины морские.

А ЧТО ДАЛЬШЕ?

Чтобы заполнить брешь между мифом о короле Артуре и последующими историческими временами, можно воспользоваться уже упоминавшимися хрониками и литературой фэнтези.

По грубому подсчету, правление Артура продолжалось около двадцати пяти лет. В момент смерти на полях Камланна королю было, пожалуй, немногим больше сорока.

Хаос, воцарившийся после битвы под Камланном (537-й? 540-й? 542-й?), продолжался, вероятно, дольше, чем замешательство после смерти Амброзия или Утера Пендрагона. Были ли у Артура потомки, кроме Мордреда, мы не знаем, да это и не имеет особого значения. Мы помним, что имеем дело с кельтами, которым было чуждо понятие ленного владыки либо наследованной монархии. Сыновья или, скажем, дядья погибшего короля не могли претендовать на трон, ссылаясь на родство, и не было никакого «Король умер, да здравствует Король!». Королю кельтов надлежало заручиться демократическим одобрением большинства — а после Артура таковое получить было наверняка нелегко. Однако кандидатов хватало. Легенда гласит, что в конце концов новым Dux Bellorym стал Константин, сын Кадора (по-валлийски Custennin ap Cador). В версии приходского священника Лайамона сам Артур, умирая, передал правление в руки Константина.

А что об этом говорит литература фэнтези? Парк Годвин тоже делает из Константина преемника Артура, но не без тяжкой борьбы. Конкурентами и претендентами на корону были, в частности, Эмрис, сын Кэя, король Марк из Корнуолла и... королева Гвиневера.

Однако если руководствоваться хроникой ученого монаха Гильдаса (Гильды), то получается, что после Камланна (и смерти Артура) Британия распалась на пять королевств: Гвинедд, Поус, Дифедд и Гвенд (Уэльс), а также Думнонию (Корнуолл и Девон с Сомерсетом). Королевствами этими правили «тираны», описанные Гильдасом презрительно и без приятности, — правление названных скверных и бездарных владык привело к полной гибели страны. Трех из перечисленных тиранов хронист называет по имени: это правивший в Гвинедде Мельгвин, владеющий Дифеддом Вортипор и, наконец, Константин, король Думнонии. Последнего Гильдас, сдается, особенно не взлюбил, зовет его «паршивым щенком распутной думнонской львицы».

На севере острова, по Гильдасу, продержались кельтские королевства Клайд, Регед и Эльмет.

Другой хронист, Беда Достопочтенный, противопоставляет «тиранам» Гильдаса «мудрых и справедливых» сакских королей Бретвальдов: Элле из Суссекса, Кердика, Кинрика и Кевлина из Уэссекса, Эстельберта из Кента и Редвальда из Восточной Англии. Поэтому неудивительно, что «тираны» начинают падать словно куколки, а справедливые и мудрые Бретвальды постепенно овладевают их доменами. Путем молниеносной экспансии саксы завоевывают страну бриттов. Уже в 550 году (то есть вскорости после битвы под Камланном) сакские агрессоры заняли теперешнюю территорию графства Гемпшир и Уильтшир — таким образом, в их руки попали прочно связанные с именем Артура места — Винчестер, Солсбери и Стоунхендж. Победив бриттов под Беранбуром (556 г.) и Дирхэмом (577 г.), саксы глубоко врезались на равнину Солсбери и Сомерсет. Заняли очередные «артуровские» крепости Глочестер, Киренчестер, Бат, Гластонбери... и Камелот. Вскоре захватили устье реки Северн до Бристольского залива (теперь Глочестершир), отрезав Думнонию от уэльских кельтов. Когда пал Девон, Думнония практически перестала существовать — съежилась до размеров Корнуолла.

Двигаясь на север, саксы под водительством Эдвина захватили небольшие бриттские королевства Эльмета, Деиры и Берникии, создав на их месте саксонское государство Нортумбрию.

Таким образом, в 600 году, то есть через полвека после смерти Артура, практически вся Британия от Кента до Эдинбурга, от Суссекса до Девона, до Бристольского залива, устьев рек Северн и Ди уже принадлежала саксам. Бритты задержались только в Уэльсе, Корнуолле и северном Регеде. Их остается все меньше — продолжается великий исход, многие возвращаются туда, откуда прибыли, — на континент. Плывут в страну, которая все еще остается кельтской, — в Малую Британию, то есть Арморику, теперешнюю Бретань.

Победоносные саксы создают так называемую Гептархию: семь королевств — Кент, Суссекс, Эссекс, Уэссекс, Восточная Англия, Мерсия и Нортумбрия. Вскоре в Гептархии начинаются междоусобные войны. В 617 — 633 годах доминирующее положение занимает Нортумбрия, управляемая Эдвином (впоследствии возведенным в святые). По прошествии нескольких лет Мерсия (родина Толкина, поименованная в его книгах Мархией) разбивает Нортумбрию и становится гегемоном. Интересно, что в боях против соплеменников-саксов короля Марсии Пинде поддерживает кельтский король Гвинедда Кадваллон. Быть может, потому, что нортумберийцы уже христиане, а Мерсия и кельты, хоть и поклоняются различным богам, проявляют солидарность против новой, экспансивной религии.

Но сакско-бриттский союз Мерсии и Гвинедда прожил недолго. Вскоре (около 790 года) очередной король Мерсии отгораживается от оттесненных на запад кельтов гигантским земляным валом, который по его имени называется Дамбой Оффы (Offa's Dyke от устья реки Уай до Бристольского залива на юге и до устья реки Ди на севере). С этого момента Дамба Оффы становится границей, демаркационной линией между двумя культурами, двумя языками... и двумя легендами. Потому что в то время в Уэльсе хронист Ненний уже пишет об Артуре, спасителе Британии и укротителе саксов... А саксы, хоть и победители, возможно, все еще вспоминают разгром под Бадоном...

И вообще — у саксов свои проблемы. Мерсия захвачена Уэссексом. Получивший теперь полноту власти владыки Уэссекса Эгберт в 827 году объединяет королевства Гептархии в единое государство и становится первым признанным и исторически подтвержденным королем чего-то такого, что уже можно назвать Англией в теперешнем понимании этого слова. Эгберт располагается в Винчестере, уже тогда считавшемся резиденцией легендарного Артура.

В 838 году окончательно падет Корнуолл, последний бастион думнонских бриттов*. Замок Тинтагель, место рожде-

---

* Название «Корнуолл» (Корнуэльс) вопреки прелестной легенде о Коринии, друге Брута, берет начало именно с этого периода. Полуостров получил его от захватчиков-саксов в IX веке. — *Примеч. авт.*

ния великого короля Артура и место рождения его легенды, попадает в руки потомков Хенгиста...

У победоносной Англии тоже свои проблемы — заявляются очередные агрессоры — датчане. Некоторое время викинги полностью владеют страной. Несчастный, подвергающийся постоянным набегам Остров... Наконец Альфред Великий изгоняет датчан... Но на этом захваты не кончаются...

Наступает год 1066-й, через Канал переправляется Вильгельм, герцог Нормандии. «Незаконнорожденный», как его называют, в пух и прах разбивает под Гастингсом англосаксов короля Гарольда II*. Вильгельм получает прозвище Завоеватель, Англия становится нормандской. Вскоре Англия начнет говорить на смеси сакского и французского, из этого коктейля родится английский язык, на котором об Артуре пишет пастор Лайамон. Пастор пишет, а норманнские феодалы уже поглядывают на Уэльс. В сторону слабых, враждующих княжеств Пуис, Дифед, Гвинедд, Деубарт, Морганнуг, Гвент...

Но валлийские кельты не сдаются, объединяются и дерутся.

Когда в 1157 году Генрих II Плантагенет пытается аннексировать Уэльс и превратить его в вассальное государство, князья Овейн Гвинедд и Рис, сын Груфида, крепенько всыпают ему и на долгое время обеспечивают Уэльсу независимость. Во времена наследников Генриха II (Ричарда Львиное Сердце, Иоанна Безземельного и Генриха III) Англия ослабла, запуталась в войнах и мятежах, на завоевания у нее не было ни времени, ни средств. Независимости Уэльса ничто не угрожало.

Когда в 1267 году князь Ллевелин ап Иорвет по прозвищу Великий объединяет мелкие уэльские княжества в еди-

---

* Пикантная подробность для любителей: король Гарольд погиб под Гастингсом от попавшей в глаз стрелы. По легенде, его жена, королева Эдит Лебяжья Шея, узнает на поле боя лежащее без лат тело по так называемым малинкам — кровоподтекам, которые в приступе блаженства она оставила на теле мужа во время предваряющей битву любовной ночи. — *Примеч. авт.*

ное большое герцогство Уэльское, Англия признала его независимым государством. Это был единственный случай в истории. Но был он недолгим.

В 1272 году на английский престол восходит Эдуард I, король мудрый и энергичный, одной из его первых инициатив после установления в стране порядка и укрепления монаршей власти, становится захват Уэльса. Борьба идет яростная, но в схватке с Эдуардом у валлийцев нет шансов на победу. Англичане завоевывают страну. В 1282 году последний независимый валлийский князь Ллевелин, сын Груфида, поднимает соотечественников на восстание и терпит сокрушительное поражение в битве под Буилт-Уэльс у реки Айрфон, в которой погибает и сам.

После пацификации (читай: резни) Уэльс признает верховенство Англии и свое вассальство английской короне. Легенда гласит, что, хоть и побитые, потомки короля Артура поставили английскому королю условие: «Мы не признаем владыки, — кричали они, — который родился вне Уэльса и говорит по-французски!» «Лады, — ответствовал Эдуард и тут же извлек из пеленок своего родившегося во время кампании сына. — Вот ваш господин. Он родился в Карнарвоне, в Уэльсе, и не говорит по-французски ни слова!» С той поры каждый наследник британского трона носит титул принца Уэльского...*

А что говорит история? В подтверждение присяги и подчинения Эдуард I получает от побежденных валлийцев... корону короля Артура. Корона легендарного повелителя... возвращается в Лондиниум. Город, в котором короновали Утера Пендрагона и Артура... Кому интересно, что корона — фальшивая? Важен символ!

---

* Все это от начала до конца легенда. В действительности титул герцога Уэльского был установлен (чисто формально) для первородного сына короля Англии лишь в 1301 году. Первым герцогом Уэльским фактически стал Эдуард, сын Эдуарда I, впоследствии растяпистый и ни на что не способный Эдуард II. — *Примеч. авт.*

А что наши храбрые непокоренные пикты с севера? Эти продолжают держаться, хоть и несколько по-иному. Вначале... повторяют ошибку Вортигерна. Прижатые с юга саксами, они попросили помощи у кельтов — ирландских scoti из Даль-Риады. А шкоты быстренько прибрали к рукам страну, которая с тех пор (844 год) стала называться Шкоцией (Шотландией). Шотландское и пиктское население быстро слились, образовав единую нацию. Активно взялся за Шотландию тот самый Эдуард I, который аннексировал Уэльс. Покорил Шотландию в 1296 году, но уже в 1297 году бравый Уильям Уоллас дал англичанам пинка под Стирлингом и освободил страну. Эдуард, в свою очередь, содрал со шкотов шкуру под Фалькирком и страну захватил. Но потомки пиктов оружия не сложили. В драку ринулся храбрый Роберт Брюс. Когда в 1311 году сын Эдуарда I Эдуард II — уже упоминавшийся герцог Уэльский из пеленок — попытался (неудачно) продолжить дело своего великого отца и усмирить пиктов, то получил от Брюса под Баннокбарном такую трепку, какой англичане не помнили со времен Гастингса. Шкоция обрела независимость и автономию, а англичане долго ждали случая отыграться за Баннокбарн. И дождались, но спустя почти пять столетий: в 1746 году, когда разгромили шотландцев под Калладеном и полностью подчинили себе горы, запретив горцам не только носить оружие, но даже юбки и тартаны. Однако несгибаемый пиктско-шотландский дух выдюжил: свою автономию Шотландия практически сохранила до наших дней.

А Эдуард III, сын побитого под Баннокбарном Эдуарда II, в 1344 году дает в Вестминстере торжественную клятву: «Я буду верно идти по стопам великого короля Артура и создам дружину Круглого Стола из моих верных и праведных рыцарей». Эдуард, норманн до мозга костей, произносит эту клятву по-французски. Английского он вообще не знает. Ни словечка. А о валлийском — языке Артура — не имеет ни малейшего понятия.

В 1348 году, после побед под Креси и Кало, Эдуард уже имеет свой Круглый Стол — за которым восседают первые «достойнейшие из достойных», кавалеры Ордена Подвязки...

Тем временем валлийцы снова поднимаются на бой против английских завоевателей. В 1400 году вспыхивает бунт под водительством Овейна Глиндура, которого англичане называют Оуном Глендговером. Начинается партизанская война. Под девизом «Свободный Уэльс для свободных валлийцев!» Овейн опустошает английские селения, нападает на норманнские замки, которые со времен Эдуарда I были символом чужой оккупации. Сильно прижатый английскими войсками Глиндур призывает на помощь кельтских братьев из Ирландии и Шотландии. Овейна поддерживают лишь бунтарские кланы Мортимеров и Перси, среди последних знаменитый Перси «Готспур». В 1403 году повстанцы терпят тяжелое поражение под Шревсбери. В 1410 году восстание окончательно разбито. Конец мечте о самостоятельном и независимом государстве. Уэльс становится частью Англии — впоследствии Великобритании*.

Однако клич «Независимый Уэльс для независимых валлийцев» время от времени звучит. Хотя Уэльс — не Ольстер и никогда не существовало никакой валлийской ИРА, однако случилось (в 1966 году), что, кроме лозунга, бросили и несколько бомб. А культовыми героями националистов двадцатого века и валлийских сепаратистов были Ллевелин Великий и Овейн Глиндур...

А в XX веке гербом Уэльса стал Красный Дракон, эмблема Утера Пендрагона и Артура.

* Овейн Глиндур, предводитель восстания, избежал мести англичан, спрятался в затерявшемся среди вересковых зарослей имении своих дочерей, где скончался около 1416 года. Национальная традиция приписала ему волшебные силы и связала с легендой Артура и Мерлина. По многочисленным преданиям, Овейн, как и Артур или Мерлин, вовсе не умер, а укрылся в подземных пустотах Сноудонских гор и ждет дня великого похода, когда он вернется, чтобы снова биться за свободный Уэльс. — *Примеч. авт.*

Впрочем, не строя теорий относительно возможного будущего Уэльса, вернемся к прошлому.

К истории.

Так вот, король Генрих V в 1415 году восстанавливает традиции великого короля Артура триумфом английского оружия при Азенкуре и в силу трактата в Труа берет в жены Екатерину Валуа, французскую принцессу.

А эта французская принцесса, теперь уже вдовая королева Екатерина, в 1422 году вновь выходит замуж — тайно обручается с неким дворянином. Дворянин сей — не сакс, не норманн, он не выводит своего генеалогического древа ни от сакских танов, ни из Гептархии, ни от рыцарей Вильгельма Завоевателя. Он — валлиец, бретонец, кельт от дедов-прадедов и ведет свой род от старинного рода Тюдоров, ведущего счет — по семейной традиции — от самого короля Артура. У дворянина то же имя, что и у валлийских героев борьбы за независимость, — Глиндура и Гвинедда. Имя одного из рыцарей Артура — Овейн.

В 1485 году сэр Томас Мэлори, благородный рыцарь из Ньюхед-Ревелл в Уорикшире, отдает в печать труд своей жизни, названный «Смерть Артура»...

В том же году потомок валлийца Овейна Тюдора и королевы-вдовы Екатерины Генрих Ричмонд собирается захватить трон и власть над Англией. Он считает себя потомком короля Артура по прямой линии и официально провозглашает себя артуровским наследником. Против Ричарда III из рода Йорков Генрих борется под знаменем, на котором — как на стяге Артура под Бадоном — красуется Красный Дракон. И как Артур под Бадоном, валлиец Ричмонд одерживает победу под Босуортом в бою, в котором Ричард III, потеряв своего сивку по кличке Белый Сюррей, обещает «королевство за коня». Победой под Босуортом и смертью Ричарда оканчивается война Белой и Алой Роз.

Восходя на английский престол под именем Генриха VII, потомок Овейна Тюдора объявляет о восстановлении правления бриттов над Британией и возвращении к артуровским традициям. Своего старшего сына он нарекает Артуром*, а торжественное крещение проходит в Винчестере — то есть в Камелоте Мэлори.

Однако Артур Тюдор (который должен был стать Артуром II), так и не взойдя на престол, умирает молодым. Предсказание о «возвращении Артура» не сбывается.

Однако валлийские Тюдоры, потомки легендарного короля, все еще у власти. Генрих VIII, сын Генриха VII, король Англии, приказывает восстановить Круглый Стол из Винчестера и украшает его бело-красной розой Тюдоров. Генрих VIII оставляет трех наследников. После него вначале правление переходит к сыну, Эдуарду VI, за ним царствует дочь Мария I Тюдор, прозванная Марией Кровавой, а после Марии в 1558 году на английский престол восходит Елизавета, дочь Генриха VIII и Анны Болейн, та самая Елизавета, великая королева Англии. Очарованные ею поэты напишут: «Взгляд ее выдает, что от истинных бриттов ведет она род свой». И добавят: «Слава законным монархам, истинным детям Британии!»

Род и наследие Артура возрождается в женщине. Женщине, которая, как и Артур, превращает Британию в могущественное государство. Женщине, которая скончается, не оставив потомства.

В 1859 году лорд Альфред Теннисон заканчивает «Королевские идиллии»...

В 1958 году Т.Х. Уайт оканчивает «Свечу на ветру», последний том «Король в прошлом и король в будущем» (The Once and Future King)...

В 1982 году Джон Берман заканчивает съемки фильма «Экскалибур»...

---

* Это популярное во всем мире мужское имя имеет кельтское происхождение и берет начало от легендарного короля и иного источника не имеет. Каждый, носящий это имя, носит его во славу и честь великого короля бриттов. Это еще один — немалый — вклад легенды в нашу современность. — *Примеч. авт.*

В том же году Марион Зиммер Брэдли заканчивает «Туманы Авалона»...

В 1991 году Терри Джильям снимает фильм «Король-Рыбак»...

Arthurus, Rex quondam, Rexque futurus.

Легенда живет. Грааль все еще ждет, когда его отыщут. Авалон существует.

Но его по-прежнему затягивают туманы.

Британия в римские времена
(около 400 года от Р.Х.)

Британия времен короля Артура
(516–550 годы)

Британия времен Гептархии
(около 800 года от Р.Х.)

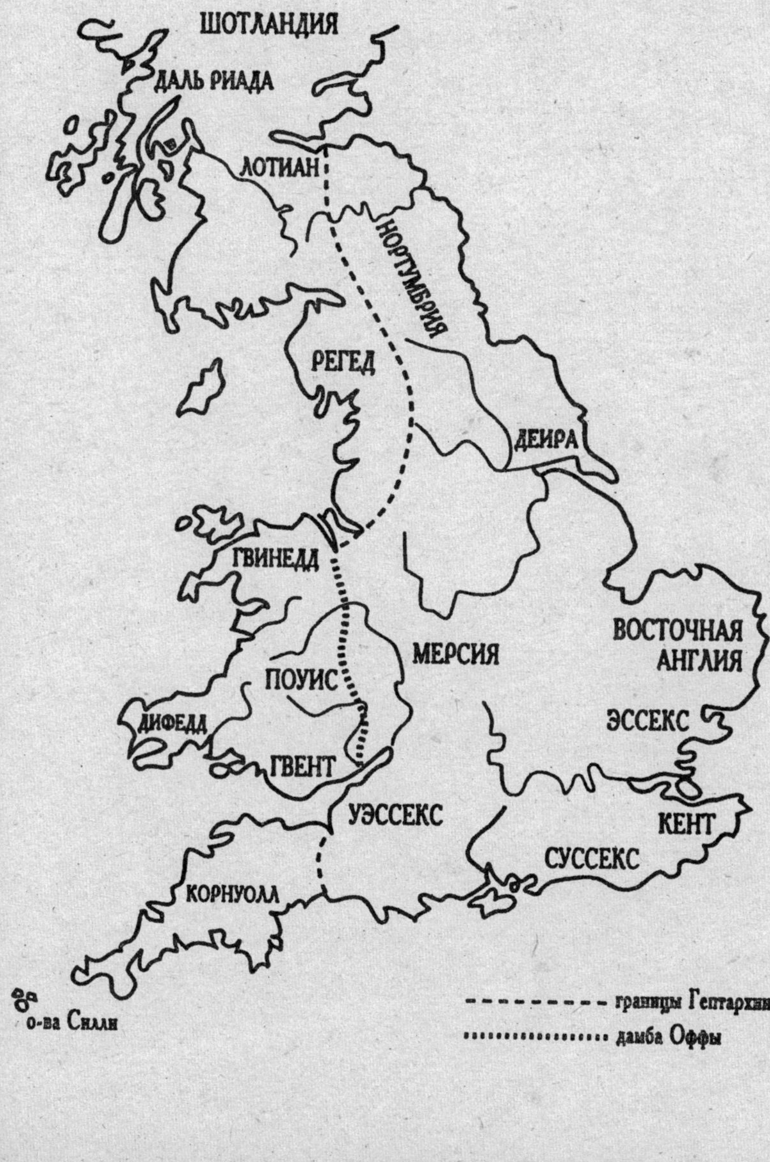

КРИТИЧЕСКИЕ СТАТЬИ

КЕНСИНГТОНСКИЙ ПАРК

Когда ко мне пристают с расспросами об истоках, то есть о так называемом происхождении моего увлечения литературой фэнтези, о том, что подвигло меня самого заняться этим жанром, я обычно не колеблясь называю Толкина. Как правило, после этого на лице вопрошающего отражается недоумение и разочарование — он, конечно же, думал услышать нечто невероятно оригинальное, что-нибудь о мрачной тайне, скелете в шкафу, урагане страстей, глубоких пороках души, скрытых комплексах и сумрачных закутках моего «Я» — словом, обо всем том, что, по мнению читателя, должно скрываться в естестве писателя, то есть о тех чертах и черточках, которые оправдывали бы дерзость, позволившую предложить читателю все то, что бурлит у автора в душе. А по мнению читателя, у автора в душе должен бурлить и петь никак не меньше, чем Третий Браденбургский концерт либо Пендерецкий. А если оказывается, что у автора бурлит и поет исключительно в легких, либо в нижнем отделе кишечника, или же если репертуар мелодий и текстов его души не поднимается выше песенки «Жил да был черный кот за углом», или «Sur le pont d`Avignon», то читатель вправе почувствовать разочарование.

Как так? Толкин? И ничего больше?

Ну, чтобы не разочаровывать вас, я кое что расскажу.

Иду это я однажды по улице, жара дикая, и решаю забежать в пивной бар хлебнуть холодного пивка. Однако по дороге по-

---

Kensington Gardens

падается мне книжный магазин, и я ничтоже сумняшеся выкидываю тридцать пять тысяч злотых. Каприз. Джеймс Мэтью Барри, «Питер Пэн в Кенгсингтонском парке», перевод Мачея Сломчиньского, издательство «Ясеньчик». Книжку эту я уже читал. В 1958 году. Было мне тогда десять лет. «Приключения Питера Пэна», обработка (не перевод!) Зофии Рогошувны. Издала «Наша ксегарня». Цена — десять злотых.

И тут я вдруг все вспомнил. Счастливая мысль вознесла меня в воздух выше крон деревьев. Как Питера Пэна.

Иллюстрации Артура Рэкхема. Высокие, почти совсем голые осенние деревья в Кенсингтонском парке, эльфы с глазами как у Бердслея, в воздушных платьицах, мелькают, будто призраки из детского сна среди дрожащих на ветру, еще не успевших облететь листьев, кружатся в танце меж паутинок, одуванчиков и цветов. Очаровательная Майми Мэннеринг в шубке, беседующая с хризантемой, дальше — убегающая вдаль парковая аллея. В глубине светится «Роял Альберт Холл»...

Магия.

Магия воспоминаний. И озарение — нет, нет, это не был Толкин. Толкин пришел позже. До него, значительно раньше, были Джеймс Мэтью Барри и Артур Рэкхем. Это от них пошли мои приключения — а может, вернее сказать, liaisons dangereux*, с фэнтези.

Питеру Пэну было всего семь дней, когда он выбрался из дому через не забранное решеткой окно. Он не хотел быть младенцем, из которого когда-нибудь получится брюхатый филистер, страшный petit bourgeois**, либо, в лучшем случае, старый циник. У Питера не было крыльев, но он полетел, ибо глубоко верил, что летать умеет. Позади он оставил все, улетел из детской комнатки в ночную тьму, в ветер и дождь, чтобы опуститься в Кенсингтонском парке, у Серпентайна, в том месте, где сейчас стоит его памятник. И остался здесь навсегда, свободный и счастливый, в своей собственной стране Never-Never Land***.

* опасные связи *(фр.)*. — *Здесь и далее примеч. пер.*

** маленький (мелкий) буржуа *(фр.)*.

*** В классическом русском переводе — Остров Гдетотам *(англ.)*.

Джеймс Мэтью Барри подарил всем мечтателям мира Питера Пэна, дал всем Never-Never Land, страну, в которой возможно все. Он, вероятно, не предполагал, что обогатит также терминологию психиатрии и психологии. Ведь «комплексом» либо «синдромом Питера Пэна» стали именовать болезненное состояние, проявляющееся в глубоком отвращении к филистерству и мещанству, явной нелюбви к теплым тапочкам, телевизору и тряпкам, отказе участвовать в постоянной, непрекращающейся погоне за деньгами и венчающему весь этот изумительный жизненный опус инфаркту. Тронутый таким синдромом человек говорит всему этому «нет» и улетает в Кенсингтонский парк.

Так вот и вылезло шило из мешка, а комплекс из автора. Да, есть в моей душе изъян, есть скелет на дне благоухающего нафталином шкафа. У меня постыдная болезнь: я страдаю синдромом Питера Пэна. И, как и большинству страдающих, мне с ним легко и приятно.

Выдам вам, дорогие мои, еще один секрет. Как и Питеру, случилось мне усомниться. Однажды захотелось избавиться от этого ужасного недуга, вернуться, словно блудный сын, в лоно здорового общества, отрастить брюшко, завести детей и, кто знает, может быть, даже пойти на избирательный участок и проголосовать. Затосковал я по удовольствию, которое дают «Спортивное обозрение» и «Вечернее кабаре», по очарованию ежедневного nine to five, Monday to Friday, until death do us part*.

Да, я, как это делал Питер Пэн, отправился к Мэб, Королеве Эльфов, прекрасной, словно Джулия Робертс в фильме Спилберга. Отправился к всемогущей Мэб, той, которая способна исполнить любое желание. Словно Питер Пэн, я вымолил у нее возможность возвратиться на наш милый, добрый Остров Гдетоздесь, в нашу изумительную реальность,

* от девяти (утра) до пяти (дня), от понедельника до пятницы и так до самой смерти *(англ.)*.

над воротами которой выведена надпись «Arbeit macht frei»*. И, как Питер Пэн, попробовал вернуться. И с грохотом врезался лбом в холодную решетку, которую за время моего отсутствия кто-то успел вмуровать в окно детской. Меня, как и Питера в аналогичной ситуации, никто не ждал. Возвращение оказалось невозможным. И бесцельным.

И очень хорошо! Потому что, поверьте, друзья, нет ничего лучше Never-Never Land'a! Виват, Страна Мечты! Здесь острова и пиратские корабли, здесь все богатства мира и скрывающиеся в океане чудовища. Правда, Океаны здесь — Круглый Пруд и Серпентайн, но ведь это не имеет значения. Здесь просто мечтают и фантазируют. Здесь обитает Королева Мэб и ее эльфы, сюда приходит прелестная Майми Мэннеринг и Венди, которая не поднимет вас на смех, когда вы дадите ей наперсток, наивно полагая, что это поцелуй. Поэтому идите в прелестный, полный очарования и чудес Кенсингтонский парк. Попасть туда легко. Но если вы этого захотите, не пользуйтесь планами города или путеводителем по Лондону. Вас должна вести картинка голых причудливых деревьев и удивительных цветов, картинка трепещущих на ветру, еще не успевших облететь листьев, хризантем и паутинок, падубов и боярышника.

Таких, какими их нарисовал Артур Рэкхем.

* «Труд освобождает» — надпись на воротах Освенцима *(нем.)*.

ПОСОБИЕ ДЛЯ НАЧИНАЮЩИХ АВТОРОВ ФЭНТЕЗИ

1. NOMEN EST OMEN*

Ручаюсь, что все написанное ниже читать будет уже только немногочисленная группа намеревающихся писать девочек и мальчиков, которые не дали оттолкнуть себя моими заметками относительно жанра и ехидными замечаниями в адрес тех, кто писать пытается. Некоторые наверняка стоически ожидали, справедливо полагая, что я ехидничаю и насмехаюсь только ради того, чтобы еще в зародыше придушить кентавра конкуренции и оторвать головы гидрам соперничества. Ждали, пока неудержимое многословие когда-нибудь да заставит меня наконец выдать секреты, раскрыть тайники.

Так оно и случилось. Терпеливые были правы. Вот первая главка вполне серьезного пособия для начинающих авторов фэнтези.

Начнем с вопросов совершенно технических — с используемых в произведении названий и имен, то есть с фантастической номенклатуры. Автор фэнтези — это тот же Гед Перепелятник из Земноморья в башне старого Курремкармеррука, поскольку он должен в своем произведении дать названия всему, всему дать имена — и хорошо знать, как это делается.

Dla tych co pierwszy raz

* Имя есть знамение *(лат.)*.

Правило первое: обучиться иностранным языкам. Знание хотя бы основ таковых чрезвычайно полезно при написании фэнтези, ибо оно оберегает от совершения ономастических ляпсусов и комичных промашек, таких, например, как Острова Айленд (Острова Острова); гора Берг (гора Гора); собака Хунд (собака Собака); сестры Систерс (сестры Сестры); город Булонь-сюр-Мерде (Булонь-на-Дерьме); идальго Ихо да Пута (Ихо де Шлюха); граф де Комт (граф де Граф); кавалер де Шевалье (кавалер де Кавалер); барон фон унд цу Катценшайзе ам Зее (барон фон унд цу Кошачье дерьмо на Море); римский центурион Коитус Интеррупс (центурион Прерванное Соитие) или герцогиня Эльвира Олвейс-Памперс Вош энд Гоу.

Не знающие языков должны во весь дух мчаться к более эрудированным и дружески расположенным людям и проконсультироваться у них относительно придуманных имен и названий на предмет их комичности и несуразности. Ибо нельзя исключить, что «родившееся» произведение когда-нибудь да переведут на иностранный язык. И тогда злосчастная ошибка может серьезно подпортить повествование. Англосаксонские писатели, например, которых «славяноподобные» слова и звуки притягивают в ономастике словно магнит, явно забывают консультироваться у друзей-славян, в результате чего мировая фэнтези кишмя кишит такими названиями и именами, как Бейморд, Морда, Мордец, Мундак, Мандак, Дурник, Барак, Шуряк-Буряк, Срак, Высряк и даже Хрен Длинномерыч. Эти названия в польском, например, и русском языках однозначно ассоциируются со вполне определенными словами и заставляют читателя хихикать в совершенно неподходящие моменты. Впрочем, уже ставшая классической толкиновская Черная Речь Орков тоже иногда неизбежно ассоциируется с чем-либо. Например, я читаю: «Grishak ashnazg durbatuluk thrakatulyk burzum ishi krimpatulub», а слышу ушами души своей: «Ну, Гришка, жми в магазин, возьми водки, рыбки, огурчиков, конфет и боржоми». И тут же очами души своей вижу орков в островерхих буденовках с красными звездами.

Внимание! Серьезные опасности поджидают в гуще номенклатуры и ономастики авторов так называемой квазиисторической фэнтези. Тут уж не до шуток. В канонизированной фэнтези орк имеет право кричать «Thratuluk durbatuluk», а автор может утверждать, что это означает «прикройте двери, а то мухи налетят». Licencia poetica. Однако не так давно я читал рассказ, в котором один из юных корифеев польской — ах, простите — славянской фэнтези живописует хазара или какого-то другого варяга, который говорит «по-славянски»: «хочу мочный холом». Беда в том, что в большинстве славянских языков ближайшим эквивалентом «мочного холома» был бы, мне кажется, «облитый мочой холм», да и то при условии, что хазар шепелявит. Ни с «мощным», в смысле «прочном», ни с «шоломом», в смысле «шлемом», слова эти, то есть мочу и холом, никоим образом ассоциировать невозможно. Автор, у которого в школе по русскому языку была тройка с минусом (по-хазарски выражаясь, был он «твердый лоб»), не пожелал проконсультироваться с кем-либо, у кого была существенно пониженная сопротивляемость к усвоению знаний.

Правило второе: если мы желаем поместить действие в нашем собственном Never-Never Land'е, то, конечно же, следует подчеркнуть его необычность необычной же ономастикой. Однако, дорогие мои адепты, необычность состоит не в том, чтобы «ковать» названия столь далеко чуждые и противоречащие мелодике родного языка, сколь только это возможно. В особенности следует избегать имен односложных и тем более таких, которые близки звукам кашля, отрыжки, икоты, рвоты, пускания ветров и другим звукам, повсеместно считающимся недопустимыми в обществе. Однако с прискорбием отмечаю, что имена типа Ур, Ург, Вург, Бург, Гарг, Пург, Сруут, Выpг, Хыырг, Харк, Чхарг, Друмг и Пёрд по загадочным причинам завораживают и притягивают многочисленных авторов фэнтези, ибо, по их мнению, звучат весьма фантастично. Неправда. Они звучат так, словно кто-то кашляет, рыгает, отхаркивается или, пардон, смачно пускает ветры.

Правило третье: если мы не стали придавать именам необычности, то следует хотя бы избегать тех, которые имманентно звучат глупо. К таким, например, относятся Збирог, Пэрог, Вареник, Пельмень, Меринос, Козизуб, Капец, Хлапут, Збук, Мин, Кумин, Камин и Ксин. Ясное дело, если писать пародию на фэнтези, то надо поступать как раз наоборот. Например, действующий в пародии дядюшка Капец, князь Козизуб или вещий Меринос выполняют свою роль прекрасно, увеселяют жаждущего веселья читателя даже в том случае, если самой фабуле и диалогам недостает ни шутки, ни полета.

Наконец, еще одно слово о старом как мир, опатентованном классиками методе — если откажет воображение, можно обратиться к каким-либо источникам, прихватить оттуда названия и имена, а потом утверждать, будто это было сделано намеренно, да что там, даже постмодернистски, поскольку определяет — пардон — онтологию созданного нами мира. Однако, поступая указанным образом, необходимо остерегаться источников, из которых до нас уже черпали другие, особенно классики. Так, для желающих «тянуть» имена из «Эдды», древнего нордического эпоса, небольшая информация: оттуда уже позаимствованы следующие имена: Гэндальф, Дурин, Торин, Трайн, Трор, Балин, Двалин, Бифур, Бомбур, Фили и Кили. Внимание: Балин и Двалин были позаимствованы дважды. Но не отчаивайтесь, дорогие адепты. Там еще осталось множество имен.

2. БЕЗ КАРТЫ НИ НА ШАГ

Прежде чем садиться писать фэнтези, автор обязан сотворить мир. Однако же сотворение мира — дело нелегкое и чертовски трудоемкое. Да и требует немалого времени. Рекорд в этом смысле, составляющий шесть дней, до сих пор не побит, и, мне думается, попытки побить его вряд ли следует считать разумными.

К счастью, вместо мира мы можем просто создать его эквивалент, а именно — карту. И не только можем, а обязаны. В книге фэнтези карта является неотъемлемым элементом, условием sine qua non. Она просто должна быть.

Во-первых, карта необходима читателю, чтобы решить: покупать — не покупать. Карта — это для искушенного читателя фэнтези визитная карточка книги. Обложка отнюдь не может считаться такой визиткой — совсем даже наоборот. Искушенный читатель скользнет разве что по обложке мимолетным взглядом, не желая сразу же отказаться от книги из-за рефлекторной и порой безосновательной идентификации содержания произведения с намалеванным на обложке кошмариком.

Искушенный читатель не глядит и на оборотную сторону книги, поскольку знает, что фразы «Лучшая фэнтези, захватывающий бестселлер» или «Новый Толкин» наличествуют на обороте практически абсолютно всех книг фэнтези и из-за своей распространенности обесценились и окончательно потеряли притягательность. Такие цитаты на так называемой четвертой стороне обложки исполняют всего лишь орнаментальную роль либо являются выражением симпатии издателя. Кроме того, как обложка, так и некоего рода «откровения» создаются людьми, по большей части не имеющими ни малейшего понятия ни об авторе, ни о произведении — художниками, критиками и издателями.

Карта — совсем другое дело. Карту разрабатывает сам автор. Лично. Глядя на карту, читатель получает добросовестную информацию из первых рук.

А поэтому опытный читатель прежде всего смотрит на карту. Своим наметанным глазом он сразу же вылавливает скрытое на Западе Царство Добра и Порядка, после чего профессионально оценивает расстояние, отделяющее эту страну от лежащей на Востоке Империи Зла. Затем подвергает критическому анализу рассеянные между Востоком и Западом ландшафтные и рельефные препятствия, на основе чего незамедлительно получает информацию о сложности трассы, которую достанется преодолевать протагонисту. Сложность трассы и предвосхищаемые преграды на пути читатель молниеносно пересчитывает на увлекательность фабулы, увлекательность фабулы сравнивает с ценой книги... а потом уж покупает книгу либо не покупает.

Другой важной персоной, для которой создаются карты, является критик. Критик книгу фэнтези не читает — да никто от него этого и не ждет. Ограничив сферу рецензирования только прочитанными книгами, критик стал бы проделывать титаническую работу за плевые деньги, а такое можно пожелать лишь дурням да заклятым врагам. Такое рецензирование рассудительный критик предоставляет обожателям фантастики, авторам писем в редакции. Оные обожатели с таким запалом и рвением рецензируют все, что им под руку попадает, что им вообще нет нужды платить.

Однако глаз критика задерживается на карте. Этого, как правило, достаточно, чтобы оценить «сотворенный автором мир». К сожалению, в этом плане я ничего не могу посоветовать молодым адептам, создающим фэнтези. Я не знаю, какова должна быть карта, чтобы рецензия оказалась положительной. Еще до недавних пор во мне теплилось убеждение, что самый что ни на есть лучший эффект дает размещение гор на севере, течение рек на юг и впадение их же в море в виде сильно разветвленной дельты. Однако мое заблуждение развеяла отрицательная рецензия на книгу именно с такой картой, и в то же время появилась рецензия положительная на книгу, приложенная к которой карта вообще не содержала рек! Воистину тайна сия велика есть!

Мнение, будто самые лучшие рецензии инспирируются картами, на которых Шир расположен на севере, а Мордор на юго-востоке, я считаю демагогическим.

Теперь перейдем к практическим занятиям.

Рисовать карту просто. Берем чистый лист бумаги и представляем себе, что перед нами море. Медленно и с достоинством несколько раз повторяем слова Библии: «Земля же была безвидна и пуста, и тьма над бездною; и Дух Божий носился над водою» (Бытие, 1,2). Потом произносим слова «Да соберется вода, которая под небом, в одно место, и да появится суша» (Бытие, 1, 9) и с помощью карандашика наносим на карту контур континента. Тщательно следим за тем, чтобы не нарисовать квадрат. Речь тут вовсе не о том, что континенты не могут иметь такую форму, а о том, чтобы действовать творчески и новаторски, поскольку каждый второй континент в книжках фэнтези напоминает квадрат.

Не следует отчаиваться, если при первой попытке возникнет нечто, напоминающее пятно на простыне в мальчиковом интернате. Дело, как говорится, житейское. Это позже скорректируется. Однако если пятно упорно остается пятном и никаким манером не желает становиться континентом, тогда поступаем так: вырезаем из бумаги контур Нидерландов, провинции Сычуань либо Земли Франца-Иосифа, а затем разворачиваем листок так, чтобы переориентировать его севером на юг, и изменяем масштаб. Результаты — особенно если добавить малость полуостровов и фиордов — превосходят все ожидания.

Получив континент, надлежит нанести на него горы и реки. Это нетрудно, однако не надо забывать ни на минуту, что реки всегда текут с гор в низины и впадают в моря и никогда — наоборот. Будем также помнить, что текущие реки прорывают долины, создают бассейны и водоразделы, и это следует на карте реалистически показать. Однако я не принуждаю вас подражать пуристам, которые двигаются к сюрреалистическому формированию гидрографии своих Never-Never Land'ов, писая на наваленную в комнате кучу принесенного с улицы песка. Это сильное преувеличение, учитывая, что ни один читатель такого самопожертвования не оценит, а любой критик высмеет.

Когда на континенте уже образуются горы и реки, остальное — косметика. Здесь я не даю никаких рекомендаций, да и зачем — косметика дело сугубо личное, тут уж, как говорится, всякий молодец на свой образец. Или, что еще ближе: каждый по-своему с ума сходит.

Карта, естественно, должна быть описана (не в приведенном несколько ранее смысле!). Это традиция, нарушать кою не следует. Каждое море, каждая река, каждая горная цепь, каждое плоскогорье и каждая пустыня должны получить название. Основной принцип, обязывающий автора при присвоении названий, мы уже обсудили в предыдущей главке «Пособия». Сейчас же займемся исключительно правилами картографической номенклатуры.

Основное — и в принципе единственное — правило таково: никогда не забывать о читателе, ломающем себе голову над жизненно важной проблемой: купить — не купить. Не следует затруднять ему решения, заставляя подозревать, что утомительная дорога от Замка Белых Башен до Черной Цитадели Хаоса пройдет через Смолокурню, Великие Луки, Малые Васюки, Харьков, Петрков, Бердичев и Козью Горку. Дадим анализирующему карту читателю мгновенное вливание адреналина и понюшку кокаина: пусть дорога с Запада на Восток бежит через Вампирьи Поля, Гнилые Болота, Пыльные Равнины, Пущи Звенящих Берцовых Костей, Туманные Распадки Смерти, Горы Слез, Возвышенности Скрежета Зубовного и Ущелья Брюшного Тифа. Пусть читатель знает, что его ждет. И на какие действия он может рассчитывать, путешествуя вместе с протагонистом через Лес Клацающих Челюстей, Пещеры Шелоба (самца), Драконью Пущу, Змейские Яры, Страшные Дыропровалы и — обязательно — сквозь Гай Сладостных, Желанных и Свободных от Предрассудков Нимф.

Думаю, нет нужды добавлять, что на авторе лежит обязанность осуществить анонсированные названиями обещания. Читатель имеет право и привилегию предвосхищать акцию на основании «красноречивых названий» и ужасно не любит, когда его обманывают. «Вампирьи Поля» должны действительно оказаться охотничьим угодьем целых ватаг Жарых Ломоносов, а отнюдь не питомником по разведению бабочек из гусениц-шелкопрядов или территорией, на которой происходят гонки на квадригах. В «Лесу Клацающих Челюстей» во что бы то ни стало должны раздаваться громкие и зловещие клацанья и кто-нибудь обязательно должен быть склацан. «Горы Слез» могли бы, правда, быть районом выращивания лука, но не должны! Читатель такие шуточки не любит. Читатель не любит Zweideutigkeit'а, то бишь двусмысленности!

Поэтому абсолютно — повторяю: абсолютно недопустима какая-либо двусмысленность в отношении Страшных Дыропровалов и Сладостно-желанных Нимф.

ВАРЕНИ́К, ИЛИ НЕТ ЗОЛОТА В СЕРЫХ ГОРАХ

Где искать начало литературного жанра — или поджанра, — которым нам предстоит заняться? Мнения специалистов разделились. Одни отсылают к Уолполу, Анне Радклифф и Мэри Шелли, другие предпочитают лорда Дансени, Меррита и Кларка Эштона Смита. Третьи — а мнения последних разделяет и нижеподписавшийся — ищут истоки Белого Нила в так называемых pulp-magazines — дешевых журнальчиках, публикующих сенсационные рассказы. В одном из таких журналов некто Виндзор Маккей начал примерно в 1905 году публиковать комикс, посвященный приключениям героя, носящего тривиальное имя Немо. Комикс, шедший с еженедельными продолжениями, растянулся на долгое время, а картинки Маккея отличались от других комиксов тем, что — достаточно характерная особенность — истории упомянутого Немо разыгрывались не на Диком Западе, не в вотчине гангстеров Чикаго времен «сухого закона», не в глубинах Черной Африки и не на другой планете. Все происходило в удивительной стране, которую Маккей назвал Сламберлендом, — стране, богатой возвышающимися на скалах замками, обаятельнейшими принцессами, геройскими рыцарями, чародеями и жутчайшими чудовищами.

Сламберленд Маккея стал первым настоящим широко известным Островом Гдетотам — Never-Never Land'ом. Стра-

Piróg, czyli nie ma złota w górach szarych

ной Мечты. Комикс Маккея нельзя считать «приключенческим» (adventure), не был он и научной фантастикой, он был фантастикой. По-английски — фэнтези.

Несколько позже, в 1930 году, Роберт Говард, будучи двадцати одного года от роду, придумал для pulp-журнала «Weird Tales»* фигуру здоровяка Конана из Киммерии. Первую историйку о Конане Америка увидела в 1932 году, а в 1936 году Говард скончался, покончив жизнь самоубийством и оставив после себя несколько коротеньких рассказов и новеллок, действие которых разворачивалось в немного похожем на нашу Землю, но совершенно фиктивном и фантастическом Never-Never Land'е. Геройский Конан проделывает там то, чего его создатель не сумел. Говард оставил нам лишь одну крупную вещь о Конане, а именно «Век Дракона». Это произведение уже после кончины автора вновь публикуют под названием «Конан-Завоеватель». Говард лежит себе спокойненько в могиле темной, а мирок американских фэнов начинает трясти от очередных «Conan the...», которые стряпают ловкачи, учуявшие бизнес. Ловкачи чуют верно и уже знают: Говард сотворил новый, пользующийся спросом, прекрасно идущий жанр — меч и магия genre-sword and sorcery, который иногда называют также «героическая фэнтези».

ФЭНТЕЗИ — БОЛЬШОЙ ВЗРЫВ

В 1937 году, вскоре после смерти Говарда, малоизвестный сорокапятилетний мистер Толкин публикует в Англии детскую книжку под названием «Хоббит, или Туда и обратно». Толкиновская концепция Never-Never Land'а, поименованного Средиземьем, родилась в двадцатых годах нашего столетия, но лишь в 1954 году издательство Allen u Unwin издает «Властелина Колец». На то, чтобы создать произведение, трилогию, которой предстояло потрясти мир, автору по-

* «Таинственные рассказы».

требовалось двенадцать лет. Его опередил К.С. Льюис со своей «Нарнией», увидевшей свет в 1950 году, однако, несмотря на это, не Льюис, а именно Толкин повергает мир на колени. Однако, поскольку, как известно, нет пророка в своем отечестве, вышеназванное «повержение» по-настоящему осуществилось лишь в 1965–1966 годах, после того как в Штатах эти книги опубликовали в мягкой обложке (так называемое издание paperback)[1].

С фактом такого издания трилогии совпадает переиздание (и передактирование) всей серии «Конанов», пополненной Л. Спрэг де Кампом.

Заметим — два автора и два произведения. Два произведения столь разных, сколь различны их авторы. Молоденький невротик и зрелый, основательный профессор. Конан из Киммерии и Фродо Бэггинс из Хоббитона. Две такие разные страны Никогда-Никогда. И общий успех. И созданный жанр. Начавшийся культ и безумие.

Когда начались культ и безумие, тогда оглянулись назад. Конечно, обнаружили «Нарнию» Льюиса и в перечень вписали третье имя. Но обнаружили также и стародавний «Лес за пределами мира» Уильяма Морриса, «Алису в Стране Чудес» Льюиса Кэрролла, даже «Удивительного мудреца Страны Оз» Фрэнка Баума, написанного в 1900 году. Заметили также «Король в прошлом, король в грядущем» Т.Х. Уайта из 1958 года. Верно, это тоже была фэнтези, правда, по-английски означавшая не более чем «фантазия». Однако же, как заметили «холодные судьи», эта предтолкиновская «чепуха» не обладала тем, что наличествовало во «Властелине Колец» или «Конане». А кроме того, добавили «холодные судьи», если уж в такой степени подгонять критерии, то где место для «Питера Пэна» и «Винни Пуха»? Ведь это тоже фантазия, фэнтези. Поэтому быстренько сляпали термин — adult fantasy — взрослая фантастика, фантастика для взрослых — не иначе для того, чтобы перекрыть Винни дорожку в список фантастических бестселлеров.

ФЭНТЕЗИ – РАСШИРЕНИЕ

Жанр развивается лавинно, ставит очередные километровые столбы, быстро заполняется портретами авторов Зал Славы. Hall of Fame.

В 1961 году возникают саги «Эльрик» и «Хокмун» («Elric», «Hawkmoon») Майкла Муркока. В 1963 году — первый «Колдовской мир» Андрэ Нортон. Возобновляется в paperback'e «Фафхрд и Серый Мышелов» Фрица Лейбера. Наконец, в 1968 году, с великим гулом — «Маг Земноморья» Урсулы Ле Гуин, а одновременно «Последний Единорог» Питера С. Бигла — два произведения абсолютно культового характера. Нахлынула волна семидесятых годов — появляются и побивают все рекорды по продаже книги Стивена Кинга. Правда, в них больше хоррора, чем фэнтези, но это практически первый случай, когда писатель из «гетто» вытеснил «майнстримовцев» из всех возможных списков бестселлеров. Вскоре после него появляются «Хроники Томаса Ковенанта, Неверующего» Стивена Р. Дональдсона, «Амбер» Желязны, «Ксанф» Пирса Энтони, «Дерини» Кэтрин Куртц, «Могила рождения» Танит Ли, «Туманы Авалона» Марион Зиммер Брэдли, «Белгариад» Дэвида Эддингса. И следующие. Следующие. Следующие. Конъюнктура не ослабевает.

Как уже сказано — безумие, культ, побивающая все рекорды продажа, гигантская популярность и гигантская прибыль. И как всегда — сморщенные носы критиков. Популярно, читабельно, любимо, хорошо продается — а посему... ничего не стоит. Чепуховина. Какая-то там фэнтези! Вдобавок идущая по прямой линии от pulp magazines и «Weird Tales», издаваемого на скверной бумаге примитивного чтива для кретинов. Никто не слушал Толкина, когда старый улыбающийся хоббит спокойно объяснял, что свое «Средиземье» он творил не как убежище для дезертиров из трудолюбивой армии реальной действительности, а совсем наоборот, хотел раскрыть двери узилища, заполненного несчастными смертниками повседневности. «Фантазирование, — говорил старый Дж. Р.Р. — естественная тенденция в психическом развитии человека. Фантазирование не оскорбляет благоразумия и не мешает ему, не затмевает правды и не притупляет стремления к познанию. Совсем наоборот — чем живее и проницательнее ум, тем прекраснее фантазии, которые он в состоянии создавать[2].

Хотелось бы сказать — верно. И — хотелось бы добавить, — наоборот. Потому что когда начался бизнес, творчески фантазировать принялись различные, очень даже различные умы. И таланты. Но об этом позже. Сначала есть смысл взглянуть и подумать, что же такое есть эта знаменитая фэнтези.

ОПРЕДЕЛЕНИЕ В КАРЕТЕ ИЗ ТЫКВЫ

Что такое фэнтези, скажет любой правоверный фэн, видит каждый. А родом фэнтези из сказки. Уже Лем писал, скажет любой правоверный фэн, что фэнтези — это сказка, лишенная оптимизма детерминированной судьбы, это повествование, в котором детерминизм судьбы подпорчен стохастикой случайностей.

Хо-хо! Звучит мудро, аж зубы болят, а ведь это еще не конец. Продолжая штудировать классика, мы узнаем, что фэнтези, с одной стороны, принципиально отличается от сказки, ибо фэнтези есть игра с ненулевой суммой, а вот с другой, понимаешь, стороны, совершенно от сказки не отличается, ибо она не поддается проверке в плане событийной осуществимости (она «антиверистична»). Зубы болят все невыносимее, но что делать, лемовская «Фантастика и футурология» была рассчитана не на таких, как я, простачков, которым разжуй и положи в рот, да еще и подтверди это тривиальным примером. Скажем, вот так:

Сказка и фэнтези тождественны, ибо непроверяемы. И в сказке, и в фэнтези Золушка, к примеру, едет на бал в тыкве, запряженной мышами, а трудно придумать что-либо более непроверяемое. Детерминизм событий, пресловутый «гомеостат» сказки требует того, чтобы дающий бал принц ощутил при виде Золушки удар, приступ неожиданной любви, граничащий с умопомрачением, а «игра с нулевой суммой» требует, чтобы они поженились и жили долго и счастливо, предварительно покарав злую мачеху и единокровных (по отцу) сестер. В фэнтези же может сработать «стохастика случайностей» — принц, допустим, ловко разыгрывает страсть, выманивает девушку в темную галерею и лишает невинности, а затем приказывает гайдукам выкинуть ее за ворота. Обуреваемая жаждой мести Золушка скрывается в Серых Горах, где золота, как известно, нет. Там организует партизанский отряд, чтобы низложить насильника и лишить его трона. Вскоре благодаря древнему предсказанию становится известно, что именно Золушке-то принадлежат права на корону, а отвратник принц — незаконнорожденный тип и узурпатор, да к тому же еще и марионетка в руках злого чародея. Ясно? Я понятно изложил?

Однако вернемся к той непроверяемости («антиверизму»): характерной черте, либо — если это больше нравится другим, а особенно противникам жанра — стилем фэнтези. И снова обратимся к рассказу о Золушке. Пусть наше повествование начнется, когда все уже чуточку подпорчено стохастикой случайностей — скажем, на балу. Что мы тут имеем? Так. Мы имеем замок и галереи, принца и дворян в атласе и кружевах, лакеев в ливреях и канделябры — все веристично до тошноты. Если дополнительно мы прочитаем фрагмент диалога, в котором гости принца комментируют заседания Константинопольского Собора, то проверяемость будет уже полной. Но тут вдруг появляются волшебница, карета из тыквы и влекущие ее полевые мышки! Ох, скверно! Антиверизм! Непроверяемость! Остается только надеяться, что действие, может быть, разворачивается на иной планете, на той, где мыши таскают кареты ежедневно. Может, добрая волшебница обернется космонавткой из NASA или переодетым мистером Споком. Или, например, все происходит на Земле после какого-то ужасного катаклизма, отбросившего человечество к феодализму и галереям внутренних двориков, а одновременно обогатившего мир мышами-мутантами, ведь такой поворот событий был бы научным, серьезным и — ха-ха! — веристичным! Но магия? Волшебница? Нет. Исключено. Несерьезные глупости. Выкинуть — цитирую Лема — в корзинку.

Хо-хо, убейте меня, дорогие, но я не вижу большой разницы между непроверяемостью волшебной тыквы и непроверяемостью удаленных галактик либо Большого Взрыва. А дискуссия о том, что волшебных тыкв не было, нет и не будет, а Большой Взрыв мог некогда иметь место быть либо еще может когда-нибудь случиться — для меня дискуссия бесплодная и смешная, ведущаяся с позиций тех цековских деятелей культуры, которые некогда требовали от Теофиля Очепки, чтобы он перестал малевать гномиков, а начал изображать достижения коммунизма, ибо коммунизм существует, а гномики — нет. И скажем себе раз и навсегда — с точки зрения непроверяемости фэнтези ни лучше, ни хуже, чем так называемая SF. А для того чтобы наш рассказ о Золушке стал веристичным, ему необходимо в последних абзацах оказаться сном секретарши из проектного бюро в Бельско-Бялой, упившейся вермутом в предновогоднюю ночь.

МЕЖДУ ИСТОРИЕЙ И СКАЗКОЙ

Однако вернемся к фэнтези и ее якобы сказочным корням. Факты, увы, говорят о другом. Невероятно мало классических произведений этого жанра эксплуатируют сказочные мотивы, докапываются до символики, постмодернистски интерпретируют посылы произведений, обогащают изложение сказки фоном и занимаются «искривлением» упомянутого детерминизма фактов, пытаются сложить непротиворечивое математическое уравнение из процитированной выше игры с ненулевой суммой.

Ничего подобного нет, а если и есть, то очень мало. Причина проста. В распоряжении создавших этот жанр и доминирующих в нем англосаксов имелся гораздо лучший материал: кельтская мифология. Артуровская легенда, ирландские, бретонские или валлийские предания, «Мабиногион» — все это в сотни раз лучше годится в качестве материала для фэнтези, нежели инфантильная и примитивно сконструированная сказка.

Артуровский миф среди англосаксов вечно жив, крепко врос в культуру своим архетипом. И поэтому архетипом, прообразом ВСЕХ произведений фэнтези является легенда о короле Артуре и рыцарях Круглого Стола[3].

Кто хочет, пусть прикроет глаза, протянет руку к книжной полке и возьмет с нее наугад вслепую любой роман фэнтези. И пусть проверит. Книга описывает два королевства (страны, империи), одно — Страна Добра, другое наоборот. Есть Добрый Король, лишенный трона и наследства и пытающийся их обрести вновь, чему противодействуют Силы Зла и Хаоса. Доброго Короля поддерживают Добрая Магия и Добрый Чародей, а также сплотившаяся вокруг справедливого владыки Боевая Дружина Удальцов. Однако же для полной победы над Силами Тьмы необходим Волшебный Артефакт, магический предмет невероятной мощи. Предмет этот во власти Добра и Порядка обладает интегрирующими и мирными свойствами, в руках же Зла он — сила деструктивная. Стало быть, Волшебный Артефакт необходимо отыскать и овладеть им прежде, чем он попадет в лапы Извечного Врага...

Откуда это нам известно? От сэра Томаса Мэлори, из «Смерти Артура». Правда, для нас это всего лишь легенда из «не нашего круга культуры», одна из множества легенд, чуждая нам, как сказки эскимосов или предания краснокожих из Союза Шести Племен. В англосаксонской же культуре артуровский миф сидит крепко и жестко. Он полностью интегрирован в эту культуру. И — это следует признать — не совсем-то сказочен. Он квазиисторичен. В Англии до сих пор всерьез рассуждают о том, находился ли Камелот на месте теперешнего Винчестера. Кажется, даже предпринимаются соответствующие раскопки. До наших дней Тинтагель или Гластонбери остаются местами сходок различных маньяков, постдруидов и психомедиевистов.

Было бы, разумеется, чересчур большим упрощением читать параллельно «Властелина Колец» и «Смерть Артура», было бы упрощением новаторски восклицать, что, мол, Артур — это Арагорн, Андрил — это Экскалибур, Кольцо — Грааль, Фродо — Галахад, Мерлин — Гэндальф, а Саурон — это комбинация, составленная из Волшебницы Морганы и диких саксов, побежденных у горы Бадон (на полях Пеленнор). Но нельзя не заметить подобий в глубинном слое этих произведений, пренебречь тем фактом, что весь жанр фэнтези эксплуатирует артуровский миф в одном основополагающем каноне, в лейтмотиве борьбы Сил Добра и Прогресса, представленных Артуром, Мерлином, Экскалибуром и Круглым Столом, с Силами Тьмы и Деструкции, олицетворяемыми Морганой, Мордредом и стоящими за ними силами.

Легенда об Артуре стала не только архетипом, прообразом фэнтези, она была также демонстрационным полем для авторов, которые предпочитали творчески эксплуатировать сам миф, вместо того чтобы возводить на нем как на фундаменте «собственные» замыслы. Прежде всего здесь следует назвать Т.Х. Уайта и его «Король в прошлом и король в будущем», знаменитый труд «камелотской» фэнтези. Следующим событием была публикация «Туманов Авалона», прекрасного, отмеченного наградами и премиями, произведения Марион Зиммер Брэдли. Из других авторов этого субжанра можно назвать — не столь громогласно, как два предыдущих имени, — Джиллиан Брэдшоу, Питера Ханратти и Стивена Р. Льюхеда. В последнее время к ним присоединились Дайана Л. Паксон с интересным, хоть и чудовищно вторичным по сравнению с «Туманами Авалона» произведением, названным «Белый Ворон».

ГЭНДАЛЬФА В ПРЕЗИДЕНТЫ!

Итак, мы имеем первый «корень», фэнтези — это архетип Артуровской легенды. Но фэнтези — не дерево об этом корне. Она завоевала популярность не только потому, что играла на звучных струнах легенды, переплетенной с культурой. Она получила популярность потому, что была жанром определенного ВРЕМЕНИ.

А точнее — времен. Методом, коим авторы фэнтези отреагировали на времена, в которых им довелось жить. Вспомним — взрыв фэнтези на грани шестидесятых — семидесятых годов, когда эта литература была принята и поднята до уровня символа наравне с битлами, детьми-цветочками, Вудстоком, была реакцией на выстрелы в Далласе и Вьетнаме, на технизацию, отравление окружающей среды, на расцвет религии welfare state (государства всеобщего благосостояния), введенной в моду филистерской частью общества, на культ ленивого потребительства перед экраном телевизора, с которого струились «Процветание» («Bonanza»), «Династия» либо другие дифирамбы в честь Американского Образа Жизни. Именно в это время рождается иной культ — культ бунта. На стенах станций метро появляются оптимистические надписи: «ФРОДО ЖИВ» и «ГЭНДАЛЬФА В ПРЕЗИДЕНТЫ». Газетная заметочка о бездумном уничтожении среды обитания подается под заголовком: «Еще немного Мордора!»

Разумеется, в то же самое время происходит взрыв хищной, бунтарской либо предупреждающей SF, но ей далеко до популярности фэнтези. Ибо читатель начинает чувствовать и понимать тлеющую в нем жажду бегства от отвратной и ужасающей повседневности, от окружающего его бездушия и бесчувственности, от отчужденности. Он хочет убежать от «прогресса», поскольку это ведь вовсе не прогресс, а дорога в ад. Сойти с этой дороги, хотя б на несколько минут углубиться в чтение, убежать в Never-Never Land, чтобы вместе с героями отправиться в Серые Горы, где золота, как известно, нет. Плечом к плечу с верными друзьями сразиться с Силами Тьмы, потому что эти Силы Тьмы, этот Мордор, который на страницах романа угрожает фантастическому миру, символизирует и олицетворяет собой те силы, которые в реальном мире угрожают индивидуальности — и мечтам.

Однако исходящий из таких мечтаний эскапизм — это эскапизм меланхолический. Ведь того, что творится вокруг нас, мечтаниями ни сдержать, ни изменить не удастся. И здесь мы возвращаемся вновь к легенде Круглого Стола. Потому что Артуровский архетип живьем переносит в фэнтези особую, поэтическую меланхоличность, свойственную этому жанру. Ведь легенда об Артуре — легенда грустная и меланхолическая, она — как наверняка сказал бы Лем — легенда с «ненулевой суммой». Мы помним: смерть, принесенная Артуру рукой Мордреда, сводит на нет возможность сотворения Царства Добра, Света и Мира. Грааль, вместо того чтобы объединить рыцарей Круглого Стола, распыляет их и приводит к антагонизму, делит на достойных и недостойных прикоснуться к Священной Чаше. А для самого лучшего из них, для Галахада, встреча с Граалем означает прощание с этим миром. Ланселот сходит с ума, Мерлин позволяет Нимуэ одурачить себя и заточить. Нечто кончается, кончается эпоха. Древнему народу Большой и Малой Британии, эльфам и другим расам придется уплыть на Запад, в Авалон либо Тир-Нан-Ог, потому что в нашем мире для них уже места нет.

Что и говорить, не очень-то во всем этом ощущается «гомеостат сказки».

А борьба Добра со Злом? В легенде Зло не побеждает напрямую и очевидным образом — Мордред погибает, фея Моргана проигрывает «сражение». Но смерть Артура должна — мы ведь это знаем — привести к нарушению изумительных планов короля. Отсутствие наследника не может не вызвать хаоса, борьбы за власть, анархии, мрака.

Но в то же время Мерлин вечен и когда-нибудь да вернется — как Гэндальф? А посему — ГЭНДАЛЬФА В ПРЕЗИДЕНТЫ! Вернется из Авалона и Артур, ведь он как-никак The Once and Future King. А вернется он тогда, когда с нашим миром действительно будет плохо, очистит наш мир от остатков Мордора, и тогда воцарится мир, согласие и вечное счастье viribus unitas* при божеском (чародейском) вспоможествовании.

ПРИЗВАННЫЙ – ПРЕСЛЕДУЕМЫЙ

Именно эту-то лирическую меланхолию, печаль по уходящему времени и кончающейся эпохе, сдобренную оптимизмом и надеждой, артистически использовал Толкин во «Властелине Колец». У нижеподписавшегося слезы наворачивались на глаза, когда Серый Корабль забирал Фродо из Серой Гавани, и у него же — нижеподписавшегося — сопли текли, ох текли, когда Сэм Скрамби извещал Рози Коттон, что он только что вернулся. Да, да. Из Серой Гавани. На запад. В Авалон. Да, да. Мэтр Толкин проехался по Артуровскому архетипу, как донской казак по степи, ну что ж — он был Первым и Великим. Тот, кто позже кинулся по тому же самому, архетипному следу, получал ярлык эпигона. Да и как же мог не получать? Ведь архетип-то был тот же самый. И тем же самым остается.

В пользу мэтра Толкина надобно сказать, что он указанный архетип использовал так блестяще, столько сил и труда вложил, дабы превратить архетип в пригодное для усвоения современниками повествование, что... создал собственный ар-

* всеобщее благоденствие *(лат.)*.

хетип, архетип Толкина. Повторим эксперимент, вновь обратимся к книге фэнтези, взятой с нашей полки, посмотрим, о чем она.

Так вот, живет-поживает в более или менее сельской местности герой и чувствует себя недурственно. Вдруг появляется таинственная фигура, обычно — чародей, и чародей этот сообщает протагонисту, что тому должно не откладывая и без проволочки отправиться в великий поход, ибо от него, протагониста, зависят судьбы мира. Потому как Зло собралось напасть на Добро и единственное, что этому Злу можно противопоставить, это Магическое Нечто. Магическое же Нечто укрыто где-то Там, хрен его знает где, скорее всего в Серых Горах, где, как известно, золота нет.

Призванный «герой» делает круглые глаза, поскольку и в самых смелых своих снах не думал, не мечтал, что от него могут зависеть судьбы мира. Он малость сомневается в словах чародея, но тут на него обязательно и неожиданно нападают Черные Посланцы Зла, и ему приходится от них бежать. Бежит он в Хорошее Место, там обретает минуту покоя и там же узнает о Легенде и Предначертании. Что делать, никуда не денешься, выхода нет. Протагонист вынужден совершить Великий Поход — Quest, используя для этого карту, которую автор предусмотрительно поместил в начале книги. Карта кишмя кишит щедро разбросанными Горами, Чащобами, Болотами и Пустынями с Ужасными Названиями. Не беда, что Главная Квартира Врага, к которой надобно пробраться, находится на северном либо восточном обрезе карты. Можно не сомневаться, что герой станет двигаться зигзагом, поскольку должен посетить все Страшные Места. Ходить прямыми дорожками в фэнтези категорически противопоказано и даже запрещено.

Естественно, герой не может путешествовать в одиночку, поэтому ему быстренько подбирают Дружину — коллектив колоритных и богознаменных субъектов. Начинается Quest. Само собой разумеется, все идет зигзагом, а приключения в

Страшных Местах, от которых стынет в жилах кровь, перемежаются буколическими передышками в Дружественных Местах. Наконец наступает final show-down* в Обители Зла. Тут один из дружинников загибается. Однако победа остается за ними. Зло будет повержено, по крайней мере до того момента, пока автору не взбредет в голову писать продолжение — потому что в этом случае Зло «возродится» и придется начинать da capo al fine**.

Вышеприведенный, умышленно упрощенный и шутовской glajchschalt*** имел целью переместить нас к следующей теме — к тому факту, что вся мощная волна посттолкиновской фэнтези — это жанр, открывающий мало нового, штампованный, низкопробный, чепуховый и не стоящий того, чтобы о нем говорить серьезно. Ибо таково мнение критиков, а с чем же еще считаться, как не с мнением критиков. Мнение это, помимо осмеянной вторичности фабул по сравнению с мэтром Толкиным и Артуровским архетипом, вообще содержит еще два элемента — болезненную тягу авторов фэнтези к конструированию многотомных саг и... книжные обложки.

ЛИЦОМ К ФАНАТИКАМ

Начнем с обложек. Обложка книги — ее визитная карточка. Не надо себя обманывать: критики не в состоянии читать все, что публикуется, — и не читают. Чтение не является условием sine qua non* писания рецензий. Вполне достаточно взглянуть на обложку. Если на ней, например, мы видим название, намалеванное истекающими кровью буквами, а несколько ниже — щерящуюся морду с вытаращенными глазами, то можно сказать сразу, что это низкопробный

* окончательное раскрытие карт *(англ.)*.
** с начала до конца *(ит.)*.
*** притянутый к господствующей идеологии *(нем., искаж.)*.
**** Букв.: «без чего нет», т.е. вовсе не обязательным (условием) *(лат.)*.

splatter-horror, другими словами — excuse my french, — жуткое дерьмо. Если же на обложке присутствует полунагая бабенка в объятиях героя, бицепсы которого блестят от «Oil of Ulay» или какой другой «Jojob'ы», и если у оного героя в руке ятаган, а сверху на все это взирает дракон с внешностью истощавшего аксолотля, значит, мы имеем дело с нищенской фэнтези, pulp'ой и убожеством, и именно так и следует написать рецензию — и попадешь в самое яблочко, да так, что такому попаданию позавидовал бы Кевин Костнер из Шервудского леса. Почему? Потому что не попасть невозможно. Ибо яблочко велико, как Круглый Стол короля Артура, за которым одновременно посиживали сто пятьдесят рыцарей, не считая королевы Гвиневеры и ее фрейлин.

Почему так происходит? Почему, спросят, издатель фэнтези самолично, собственной рукой навешивает на свою продукцию этот ярлычок, наклеивает такую этикетку дешевки? Ответ прост. Издатель целится в так называемого ФАНАТИКА, а так называемый ФАНАТИК желает видеть на обложке картинку Бориса Вальехо, ФАНАТИК желает лицезреть голые ягодицы и груди, которые вот-вот вырвутся из-под бронированных лифчиков. ФАНАТИК не ищет в фэнтези смысла, того самого смысла, который должен во весь голос кричать, что в ажурных доспехах никто в бой не кидается, ибо в таких доспехах невозможно даже продираться сквозь заросли крапивы, густо покрывающей яры и овраги Мрачных Пущ и склоны Серых Гор, где золота, как известно, нет. А с голым — excucer le mot — задом можно делать только одно, то, чего не назовешь ни «heroic», ни «fantasy». В большинстве случаев.

Создается впечатление, будто фэнтези как жанр так сильно испугался критиков, что в своем развитии начал пользоваться своеобразной мимикрией — словно бы отринул все претензии и полностью отказался от борьбы за место на Олимпе, то есть в перечне произведений, номинированных на премию Хьюго, Небьюла или хотя бы International Fantasy Award.

Фэнтези не требует признания — ей достаточно табунов ФАНАТИКОВ, вслепую покупающих все, что появляется на прилавках. У фэнтези есть своя верная и надежная группа потребителей, и она заботится исключительно о вкусах этой группы. Самым лучшим тому примером являются известные циклы, сериалы фэнтези, жутчайшие, громоздкие, неуклюжие «творения» с вызывающим тревогу обилием продолжений.

Рекорд в этом смысле, вероятно, принадлежит некоему Алану Берту Эйкерсу, цикл которого «Скорпион» насчитывает свыше сорока томов. Неплох также старый нудяга Пирс Энтони со своим «Ксанфом» («Xath») — он накропал ровно тридцать книжек в серии, а попутно шлепнул еще семь штук с продолжениями цикла «Начинающий адепт», четыре «Таро» и массу других книг и циклов. На счету у Джона Нормана, о котором еще речь впереди, что-то около одиннадцати томов цикла «Гор». Скромных авторов, ограничившихся пятью-, четырех- либо и вовсе трехтомными сагами, перечислить не удастся, но имя им — легион. К сожалению.

Могут спросить, почему «к сожалению»? Да потому, что, кроме немногих исключений, все упомянутые выше «длинномерные составы» начинают становиться тяжеленными, повторяющимися и скучными уже во второй, третьей, самое большее — четвертой книге. Мнение это поддерживают даже ФАНАТИКИ, а ведь они оптом закупают тянущиеся словно вонь за народным ополчением саги, потому что зациклились на том, что непременно хотят знать, чем же все это кончится. Критики и члены жюри престижных премий и наград, как сказано выше, пренебрегают этими сагами, так как не в силах за ними уследить. Я сам — а я считаю себя бдительным контролером фантастических новинок — порой отказываюсь от приобретения только что появившегося шестого тома саги, поскольку от моего внимания как-то ускользнули предыдущие пять. Значительно, значительно чаще я отказываюсь покупать том первый, если с обложки на меня скалит зубы предостережение: «Firth Book of the Magic Shit Cycle». Конечно, случается и мне, к тому же нередко, купить «Book Three» и чувствовать себя счастливым хотя бы потому, что не купил предыдущих двух, и твердо знать, что не куплю трех следующих. К сожалению, nobody`s perfect — именно сейчас я жду, с нетерпением перебирая ногами, десятого «Амбера» Желязны, жду, хоть знаю, что разочаруюсь. Все это немного напоминает историю с ладной девицей: опыт учит, что все они одинаковы, и все же человека не удержишь, ох не удержишь.

ЖАЖДА ДЕНЕГ?

Любопытно, что большинство стряпающих жуткие саги авторов — писатели способные, умелые и интересные. Так почему же хорошие писатели тискают том за томом, растягивая циклы, словно жевательную резинку, вместо того чтобы использовать идеи для написания чего-то совершенно нового, вместо того чтобы работать над чем-то дотоле совершенно неизвестным, оригинальным, прекрасным, над чем-то таким, что утерло бы носы критикам и врагам фэнтези, присяжным пересмешникам и хулителям этого жанра? Кажется, я знаю ответ. Авторы влюбляются в своих героев и трудно с ними расстаются. А поняв, что из протагонистов больше не выжмешь ни капли, они начинают ляпать очередные тома об их детях (Желязны, Пирс Энтони, и, ох, чувствую, не выдержит и Эддингс).

Авторы влюбляются в свои «миры» и карты. Если на такой карте есть Серые Горы, а пяти томов протагонисту оказалось недостаточно, чтобы убедиться, что золота там нет, тогда пишется том шестой. А в следующем, седьмом, появится смежный лист карты, и мы узнаем, что расположено к северу от Серых Гор — а это будет, несомненно, — pardon my french — Плоскогорье Серого Дерьма.

И наконец авторы — лентяи, и им просто не хочется думать. Авторы — это ограниченные тупицы, и хоть ты тресни, им никаким кресалом не высечь из себя ничего оригинального, вот они и вынуждены трепать на ветру затасканную схему. Прежде всего авторы — это расчетливые бестии, и их интересуют только денежки, идущие за каждый том. Пирс Энтони клепает «Ксанф», тягомотину, при чтении которой от скуки сводит скулы, болит брюшина и разыгрывается геморрой, ибо в счет каждого нового «куска» он берет солидные авансы. Авторы — это наглые бездельники, убежденные, что читатель купит все, что он снабдит более или менее удачным названием.

И все это — обратите внимание! — написал субъект, фабрикующий «Ведьмаков»!

Пока что субъект, фабрикующий «Ведьмаков», вроде бы признает правоту противников фэнтези, которые настаивают — повторяю вслед за Мареком Орамусом — на убожестве жанра. Согласен: жанр этот в своей массе чудовищно истощал. Однако я не могу признать правоту тех, кто утверждает, будто убожество это есть следствие того, что действие помещают в надуманных мирах, а героев вооружают мечами. Я не могу утверждать ничего иного, кроме того, что hard SF, cyberpunk и political fiction не менее убоги — в своей массе. Никто меня не убедит, якобы мир, уничтоженный войной либо катаклизмом, где каждый борется с каждым, а все вместе — с мутантами, лучше Never-Never Land'а, квазифеодального мира, где каждый борется с каждым и все вместе охотятся на гоблинов. Хоть ты тресни, я не вижу, чем полет звездолетом на Тау Кита лучше, выше, достойнее экспедиции в Серые Горы, где золота, как известно, нет. Взбунтовавшийся бортовой компьютер фабулярно сто́ит для меня ничуть не больше, чем предатель-чародей, и никакой лазербластер автоматически не становится для меня лучше, выше, достойнее меча, алебарды или окованного цепа. А превосходство пилота Пиркса либо Эндера над Конаном, которое я охотно признаю, следует для меня отнюдь не из того, что два первых носят скафандры, а третий набедренную повязку. Что прекрасно видно, если поставить рядом Геда Перепелятника либо Томаса Ковенанта, не носящих набедренных повязок героев фэнтези.

ЛЕ ГУИН ПРОТИВ ТОЛКИНА

Однако в современной фэнтези можно заметить определенную тенденцию, желание вырваться из артуровско-толкиновской схемы, жажду как бы контрабандой протащить всеобщие и важные содержания и истины, приодетые в фантастические наряды. Основная просматривающаяся тенденция — чтобы не сказать «мутация» — фэнтези носит любопытный характер: она почти исключительно домена авторов-женщин.

В фэнтези последних лет виден решительный перевес пишущих дам. Помимо несгибаемых авторов «длинномерных» саг, как, например, уже упомянутый Пирс Энтони, и пародистов, таких как Терри Прэтчетт (Terri Pratchett), на поле боя рвется Дэвид Эддингс, выбросивший на книжный рынок последний (?) том цикла «Мэллорион» и не менее последнее (?) продолжение «Эллениума». Еще борются Тэд Уильямс и Чарльз де Линт. Роджер Желязны в тяжких потугах породил наконец последнего (?) «Амбера», а Терри Брукс (Terri Brooks) — новый «Шаннар». Остальные — а имя им легион — женщины.

Революция же началась с Урсулы Ле Гуин, которая во всем своем отнюдь не убогом творчестве совершила только одну классическую фэнтези — зато такую, которая поставила ее на подиум рядом с мэтром Толкином. Речь идет о «Трилогии Земногорья», «Earthsea»[4]. С опасной легкостью миссис Урсула вырвалась из толкиновской колеи и отказалась от Артуровского архетипа. В пользу символики и аллегории. Но какой? Взглянем повнимательнее.

Уже сам Архипелаг Земноморья — это глубокая аллегория: разбросанные по морю острова — словно одинокие, обособленные люди. Жители Земноморья изолированны, замкнуты в себе, их состояние именно такое, а не иное, поскольку они утратили Нечто — для полного счастья и психического покоя им недостает потерянной Руны Королей из сломанного Кольца Эррет Акбе.

Одиночество и отчужденность обитателей Земноморья проявляются в факте сокрытия истинных имен — укрывания чувств. Обнаружение чувств, как и раскрытие имен, делает людей безоружными, брошенными на произвол судьбы. Элита Земноморья, чародеи со Скалы, проходят этапы трудного, прямо-таки масонского посвящения, стремясь к совершенству — это, в частности, выражается в том, что совершенный, идеальный чародей может без труда расшифровать истинное, укрытое имя человека либо вещи и тем самым получить власть над ближним либо материей. Но Зло — принимающее в книге ипостась геббета — без усилий расшифровывает настоящее имя Геда. Так неужто чародеи отдают науке годы только для того, чтобы суметь сравняться со Злом?

В первом томе трилогии перед нами классическая проблема Добра и Зла, есть также экспедиция — quest — героя. Но quest Геда отличается от обычных походов в Серые Горы. Quest Геда — это аллегория, это вечное прощание и расставание, вечное одиночество. Гед борется за достижение совершенства с самим собой и с самим собой ведет последний, решительный бой, бой символический — он побеждает, объединяясь с элементом Зла, тем самым как бы признавая дуализм человеческой натуры. Он добивается совершенства, признавая, однако, тот факт, что абсолютное совершенство недостижимо. Мы даже сомневаемся в уже достигнутом Гедом совершенстве, и правильно делаем. После «Мага Земноморья» следуют «Гробницы Атуана».

«Могилы Атуана» ведут нас еще дальше в закоулки психики, ведут напрямую туда, куда желает завести нас автор. Вот атуанский лабиринт, живьем взятый из архетипа, из критской лаборатории Миноса. Как и у лабиринта с Крита, у лабиринта Атуана есть свой минотавр — но это не чудовище в стиле классической sword and sorcery, которое рычит, брызжет слюной, роет землю и обрывает уши, смеясь при этом зловеще. Нет, миссис Ле Гуин достаточно разумна. Минотавр атуанского лабиринта — это сконцентрированное Зло в чистом виде. Зло, уничтожающее психику неполную, несовершенную, неготовую к таким встречам.

В такой лабиринт браво входит Гед, герой, Тезей. И как Тезей, Гед осужден на свою Ариадну. Его Ариадна — Тенар. Ибо Тенар — это то, чего в герое недостает, без чего он — неполный, беспомощный, запутавшийся в символической паутине коридоров, погибающий от жажды. Гед жаждет аллегорически — ведь речь идет не об H_2O, а об аниме — женском элементе, без которого психика несовершенна и незавершённа, бессильна против Зла. Гед, великий Dragonlord, могучий маг, неожиданно превращается в напуганного ребенка — в сокровищнице лабиринта, в напоенной дыханием Зла тьме его спасает прикосновение руки Тенар. Гед следует за своей анимой — ибо должен. Потому что он как раз и нашел утраченную руну Эррет-Акбе. Символ. Грааль. Женщину.

И снова работает архетип — как и Тезей, Гед бросает Ариадну. Теперь Тенар вырастает до могучего символа, до очень современной и очень феминистичной аллегории. Аллегории женственности. Охраняемая клаузулой культовая девственность и первый мужчина, который переворачивает упорядоченный мир. Тенар выводит Геда из лабиринта — для себя, абсолютно так же, как Ариадна поступает с Тезеем. А Гед — как и Тезей — не может этого оценить. У Геда нет времени на женщину, ведь вначале он должен достичь The

Farthest Shore*. Женская анима ему не нужна. Поэтому он отрекается, хоть и любит тешиться мыслью, что кто-то ждет его, думает о нем и тоскует на острове Гонт. Это тешит его. Как же безобразно по-мужски!

После восемнадцатилетнего перерыва миссис Урсула пишет «Техану» — продолжение трилогии, продолжение своей аллегории женственности, на сей раз торжествующей. Миссис Урсула всегда была воинствующей феминисткой. Кто не верит, а таковые имеются, пусть прочитают сборник ее эссе «Языки ночи». Миссис Урсула так и не простила тем издателям, которые в начале ее карьеры требовали, чтобы она подписывалась таинственными «У.К. Ле Гуин». Она никогда не оправдывала Андрэ Нортон и Джулиан Мэй, скрывшихся под мужскими псевдонимами.

В «Техану», как и следовало ожидать, надломленный и уничтоженный Гед на коленках приползает к своей аниме, а она теперь уже знает, как его удержать, какую роль ему отвести, чтобы стать для него всем, величайшим смыслом и целью жизни, чтобы этот бывший Архимаг и Dragonlord остался с нею до конца дней своих, к тому же повизгивая от упоения словно поросенок. А зазнавшихся чародеев со Скалы ожидает безрадостное будущее — работа в фирме под началом директора-женщины. Охо-хо-хо-хо!

СЫНОВЬЯ АМАЗОНОК — ДОЧЕРИ ГИГАНТОВ

«Техану», как сказано, пришла поздно. За эти восемнадцать лет по полкам книжных магазинов пронеслась лавина феминистической фэнтези. С одной общей всем темой: женщина в мире мужчин. Женщина в мире Конанов, как женщина в мире Фордов, Рокфеллеров и Лекоков. Не хуже них, а наоборот — лучше. С трудом, в тяжкой борьбе, но лучше.

---

* Самый дальний берег *(англ.)*.

Женщина, героиня Марион Зиммер Брэдли, К.Дж. Черри, Танит Ли, Барбары Хэмбли, Патриции Маккиллип, Джулиан Мэй, Дайаны Паксон, Мерседес Лаки (Lackey), Джейн Йолен, Полы Вольски, Шери Теппер, Дженнифэр Робертсон, Сьюзен Декстер, Патриции Кеннели, Фриды Уоррингтон, Джейн Моррис, Маргарет Уэйс, Джудит Тарр и других.

«Дамская» фэнтези — это отражение воинствующего феминизма на переломе шестидесятых—семидесятых годов, борьба женщин за equal rights, которых якобы не хотели дать женщинам мужчины, определяемые в то время как «мужские шовинистические свиньи», сокращенно «МСР» — male shauvinist pigs. Как так? — хором взвизгнули авторши, а вслед за ними и читательницы. Как так? Получается, что, кроме ежедневной дискриминации, эти ЭмСиПи еще будут нами помыкать и в Стране Мечты, в Never-Never Land'e? Даже там нет нам от них спасения? Даже там мы не можем от них укрыться?

Да, оказалось, не могут, так как уже раньше в Never-Never Land сбежали «мужские» авторы. Уже пращур Конан неистовствовал в Стране Мечты с мечом и... умолчим, с чем еще. Ибо создатель Конана и его наследники сбежали в мечту... от женщин. Конан с братией были привидевшимися авторам во сне идеалами, олицетворяли их мечту. Они были героями, которых шаловливый Стивен Кинг определил кратко, но так метко, что я вынужден привести цитату в оригинале: «...strongthewed barbarians whose extraordinary prowess at fighting is only excelled by their extraordinary prowess as fucking».

Рассказы о таких героях, продолжает Кинг, находят отклик исключительно у импотентных слабаков, неудачников, вагинофобов, трусов и лопухов, которые обожают отождествлять себя с героями семифутового роста, прорубающими себе дорогу сквозь толпы врагов на алебастровых ступенях разрушенной святыни, поддерживая при этом болтающуюся на свободной руке скупо одетую красотку.

Рекорд в этом деле побивает Джон Норман. Из его цикла «Гор» так и хлещут кошмарные и очевидные комплексы и проблемы, с которыми автору следовало бы как можно скорее мчаться к сексологу, пока они не перешли у него в маниакальную стадию.

Правда, в других повестях и романах фэнтези герои отличаются мужественностью, хотя в основном мужественностью того типа, который вполне соответствует определению, данному Кингом. Свою архетипную мужественность — а вернее, «мужескость» — они, разумеется, проявляют, дубася врагов по головам и без разбора и труда хватая всех женщин, кроме разве что тех, которые успели вскарабкаться на верхушку дерева. Однако у этих героев есть и другие занятия — они спасают от гибели миры и королевства, ищут магические артефакты, убивают драконов. Герои книг Джона Нормана исключительно насилуют. Женщину же у Джона Нормана, прежде чем изнасиловать, обязательно надобно связать, заковать в цепи, отхлестать и заклеймить каленым железом. Клинический случай вагинальной фобии, обогащенный комплексом растяпы, боящегося приблизиться к даме, если у той свободны руки и она может решительно отказаться от любезностей[5].

В повествованиях феминистской фэнтези женщины вырываются из конано-горовской схемы. Они сами могут рубануть нахала мечом либо вдарить заклинанием, а если даже кто-нибудь ее и изнасилует, то горе тому! Не позже чем в пятом томе саги он дорого заплатит за это. Уж тут некоторые авторши явно зашли слишком далеко. Героинь цикла Мерседес Лаки «Клятвы и Честь», воительницу Тарме и чародейку Кетри, насилуют без конца, часто-густо коллективно, а они отряхаются и мстят. Несколько страниц текста ни о чем и da capo. Еще несколько страниц — и мы видим Тарму и Кетри спокойно посиживающими у костерка и повествующими о прежних изнасилованиях. Банальное описание природы, и перед нами третья, совсем случайная изнасилованная женщина и Тарме и Кетри, мстящие за нее из солидарности. О Господи!

В трилогии «Последний Герольд-Маг» ее же рукотворства в качестве героя выступает некий Ваниель, мужчина. Я купил, мне захотелось узнать, что автор имеет сказать о мужчинах. Оказалось — много. У Ваниеля достаточно нетипичные для мужчины эротические пристрастия, а авторша из кожи лезет вон, чтобы убедить читателя, будто это-то как раз то самое, что тигры обожают превыше всего. От приобретения двух очередных томов я отказался, напуганный перспективой того, что ожидает в них героя. В столь же типичном цикле «Литанда» авторства знаменитой Марион Зиммер Брэдли героиней оказывается волшебница, скрывающаяся под чужой одеждой. Магичка окончила чародейский университетик под личиною липового мужчины. Иначе б она не добилась чести имматрикуляции. Прозрачная аллегория самопожертвования женщины, желающей сделать карьеру в фирме Rank Xerox. Я видел «Йентль». Предпочитаю «Тутси».

Ну, коли уж зашел разговор о Зиммер Брэдли, то она — вдохновительница известного цикла «Sword and Sorceress», то есть — внимание! — «Мечом и женской магией» (перевод мой, к тому же весьма свободный). Входящие в состав цикла антологии уже дошли до девятого номера, и идут недурно. Эти сборники — если говорить о фэнтези — вообще-то единственное хорошее и верное место для удачного старта дебютантов и молодых писателей. А скорее — писательниц, учитывая лейтмотив. Правда, порой туда допускают и авторов-мужчин, но... смотри выше. Они должны склонить голову и согнуть колени, у них должна ослабнуть и опасть... мужская гордость.

Так что будущее жанра я вижу как на ладони.

«Фэнтезийное» неистовство не могло, конечно, обойти стороной Польшу, однако появление фэнтези в нашей стране совпало по времени с определенным переломом в области культуры, выразившимся в полном забвении трудоемкого процесса, коим является чтение, в пользу более легкого по «трудовым затратам» и восприятию «видеосмотрения». Отсюда же — наряду с прекрасным в общем-то «Конаном-варваром» в режиссуре Милиуса и с музыкой Полидуриса — фэнтези добрела до нас в основном в виде ужасающего видеодерьма, пятого сорта prodotto italano de Cinecitta либо студии «Cheapo Films» в Санта-Монике, Калифорния. Были у нас и книги, а как же. Был Толкин, изданный где-то еще в шестидесятых годах, был «Чернокнижник с Архипелага». Обращаю внимание на перевод этого названия. Во-первых, незнание канона и номенклатуры фэнтези. «Wizard» нельзя переводить в фэнтези как «чернокнижник», потому что такая разновидность типа, занимающегося магией, о которой повествует Ле Гуин, в фэнтези всегда определяется терминами «чародей» или «маг». «Чернокнижник» либо «чаровник» — определения несколько уничтожительные, предполагающие «плохую» магию и переводятся как sorcerer либо neeromancer. Очень плохих чаровников именуют warlocks.

Во-вторых — «Архипелаг». Переводчик «испужался» Земногорья. Earthsea, не принял Страны Никогда-Никогда. Предпочел определение более — ха-ха — веристическое.

Популяризовали фэнтези также любительские переводы в так называемых фэнзинах, журнальчиках, которые читают так называемые фэны, то есть субъекты, объединенные в так называемые — excusez le mot — фэндомии. Однако даже у бывалых, вроде бы разбирающихся в чем-то и фанатичных фэнов знание, касающееся фэнтези, выглядит крайне убого. И неудивительно, поскольку, кроме вышеназванных Толкина и Ле Гуин, Лейбера и Уайта, на польский не перевели НИ ОДНОГО достойного произведения этого жанра*. Чтобы избежать недоразумений, разъясняю, что речь все время идет о произведениях, которые достойными считаю я.

---

* Статья была написана в ноябре 1992 года. С тех пор ситуация с фэнтези в Польше, как и в России, сильно изменилась, хотя и не всегда в лучшую сторону. — *Примеч. авт.*

Тем, кто захочет обвинить меня в субъективизме либо даже невежестве, сообщаю: из составленного «Локусом» перечня 33 бестселлеров фэнтези всех времен в Польше переведено и издано всего восемь. Из приведенного в книге Дэйвида Прингла «Современная фэнтези» перечня ста наилучших произведений этого жанра переведены девять, причем четыре из них совпадают с вышеупомянутым списком. Я всякий раз выделяю Толкина и Ле Гуин и опускаю названия, которые в обоих списках оказались явно случайно, ибо относятся к хоррору («Сияние» Кинга); SF («Драконы Перна» Энн Маккэфри) либо к детской фантастике («Алиса в Стране Чудес» Л. Кэрролла).

Давайте представим себе per analogiam, что жанр научной фантастики в Польше представлен лишь «Марсианскими хрониками» Рэя Брэдбери и циклом «Перри Родан», а «Дюна» Герберта нам известна исключительно в киноверсии. Для коллекции польский любитель SF еще знает фильм «Чужой» и видел в видеозаписи две или три серии «Star Trek — The Next Generation». И на этом, представим себе, конец — ни читатель, ни критик, ни автор, который хотел бы писать, не знают НИ ОДНОГО другого примера, что представляет собой жанр. Повторяю — ни одного. Ну и что? Все всё равно твердят, что влюблены и зачитываются Перри Роданами и в сотый раз кряду смотрят «Стар Трек». А критики крутят носами и в тысячный раз доказывают, что Брэдбери, оно, конечно, ничего себе, но остальная часть жанра — ерунда. Обхохочешься, правда? А ведь точно такая ситуация сложилась у нас в отношении к фэнтези.

Что собой представляет фэнтези — видит каждый. А поскольку польский рынок проголодался, изголодался, питаясь лишь тем, что получал в фанклубах да в виде скверных ксерокопий, постольку конъюнктуру почувствовали, и сейчас специализирующиеся в этом направлении «мастера» стараются удовлетворить голод, наверстать упущенное, восполнить нам былые потери — при этом заработать. Прилавки завалили книгами с яркими обложками, на которых мы получили свои вожделенные мечи, топоры, мускулистых героев, голых девиц и аксолотлей, изображающих из себя драконов.

Мы также получили на прилавках много новых авторов, точнее говоря — двух. Потому что бесконечно штампуют Говарда с его эпигонами и Андрэ Нортон, короче говоря, топают по тропке, протоpенной «Фантастикой». У этого журнала есть все основания требовать от издателей, сих, прости Господи, бизнесменов, финансовой награды за «создание рынка». Читатели же и любители фэнтези имеют все основания «Фантастику» поносить и оплевывать, а могут придумать даже что-нибудь более действенное. Тем временем единственная стоящая позиция, «Амбер» Желязны, затерялась где-то после издания двух первых томов. И камень в воду. Могила. Взамен двинули «Ксанф» Пирса Энтони. Mes felicitationis, хотя и de gustibus non est disputandum[6].

ВАРЕНИ́К, ИЛИ ПОЛЯК ТОЖЕ МОЖЕТ!

Однако царящее у нас всеобщее незнание канонов жанра не удержало отечественных авторов от попыток написать фэнтези made in Poland. И все было — о диво! — в меру славно до тех пор, покуда мусолили говардовско-толкиновскую схемку, пока у Яцека Пекары империи выбивали друг другу зубы в борьбе за верховенство в Never-Never Land'е, а у Феликса Креса мрачные герои боролись с судьбой и предназначением. Все развивалось более или менее нормально до той поры, пока авторы хотя бы в общих чертах знали, что делают и чего хотят. Заимствуя из музыкальной терминологии — у них были ноты, они располагали кусочками партитуры и крохами слуха, а поскольку сноровки и навыков виртуозности им набраться было негде, они играли moderato cantabile (умеренно напевно), и это даже можно было слушать. Ну что ж, последователям этого оказалось мало. Младшим приснилось, что каждый из них — Паганини. И загрохотала концертная раковина от ужасающих фэнтези alla polacca fortissimo e molto maestro e furioso andante doloroso con variazioni*.

Ибо кто-то вдруг вспомнил, что мы-де тоже не лыком шиты. Отталкиваясь от верного на первый взгляд положения, что опираться на архетипы есть ретроградство и вторичность, авторы младшего поколения схватили авторучки — и «процесс пошел»!

Неожиданно в нашей фэнтези стало славянско, пресно и красно, похотливо, кисло и льняно. Свойски. Повеяло фермой, деревушкой об одну улочку и вообще, как говаривают наши друзья-москали: «Хорошо в краю родном, пахнет сеном и... pardon... говном». Бах-трах! Что это так громыхнуло? Уж не Болекли** вколачивает столбы в Одру? Или, может, Чибор колотит Годона и Зигфрида под Цедыней? А может, комар со священного дуба сверзился?

Да нет! Это ж наша родимая, славянская фэнтези!

Ни с того ни с сего исчезли вампиры, появились вомперы и стрыгаи (sic!), вместо эльфов мы имеем божетят и небожитят, вместо гигантов и троллей — столинов. Вместо чародеев и магов обрели ведунов, волхвов и жрителей*** вместо жрецов.

И что нам Конан, Гед Перепелятник, что нам Fellowship of the Ring? У нас есть родимые вояки, именуемые, разумеется, столь же по-родному: Варени́к, Збигор, Пэрог, Котей, Потей, Заграй, Сыграй, Прибей и Заметай! И двинулись эти Варени́ки от мызы к мызе, конечно, зигзагами, двинулись через леса, дубравы и велесы, сквозь завалы и перевалы, по рвам и дровам моим див и дев, лишь штаны надев, там, где

---

* в характере полонеза, очень громко и очень торжественно и умеренно горячо с болью и вариациями.

** Имеется в виду Болеслав Храбрый, князь, за несколько недель до смерти возведенный на польский престол.

*** Жрители — по Далю: священники в храмах, приносящие бескровные жертвы. Воистину недостает только выпивок.

раки вурдалаки, нивы буйные и степи, поросшие бурьяном и хреном, через святые гаи и ручьи.

Да уж, как по речке, как по гаю Варени́к пёр на бугае. Я, дескать, Вареник! Да не русский Пельмень, не немецкий Apfelküchen, не французский pate. Я — наш, отечественный, доморощенный Варени́к — будущее и надёжа фэнтези. И еще малость погодить — так вот она народится новая культовая сага, эпическая фэнтези, большая Варениада. «Слово о том, как сбирается Вещий Варени́к отмстить неразумным стрыгаям»! О, Лада, Лада, Купала! Перевернись в гробу, Толкин. Рыдай, Ле Гуин! Грызи губы от бессильной ревности, Эддингс! Дрожи от зависти, Желязны!

Тех, кто не может дождаться Великой Варениады, успокою, вкратце изложив ее. На Серых Холмах, а может, Взгорьях, куда отправился Варени́к со своими дурнями, золота нет и, вероятно, никогда не было. Но паршивый стрыгай и поддерживающие его ренегаты, отвратительные взыграи Волец и Столец, погибнут от Вареникова копья, и при этом у храброго Варени́ка даже волос с головы не упадет. Похищенные Священное Жито и Вещая Сметана будут найдены и возвращены в храм Свантевита, ибо там их место. Конец.

Марек Орамус* говорит, что фэнтези — фр-фр! — убога. Убогость произведений этого жанра, которые нам предлагают, ужасна. Дилетантство, тупость и невежество так называемых переводчиков, тяпляпующих переводы, фр-фр, кошмарны. Ну, погоди, Марек, вот появится Варени́к и Вареникиада, тогда получишь! Вот тогда-то ты взвоешь, словно стрыгай на луну в полнолуние, замяукаешь, как котолак на жестяной крыше. И тогда со слезами умиления на глазах вспомнишь Андре Нортон, Говарда и «Ксанф».

А ведь уже появились многочисленные Варени́ки, являющиеся производными Конана и классической sword and sorcery, у нас уже есть что-то вроде переварененного Лав-

* Польский писатель-фантаст, критик и член редколлегии журнала «Фантастика».

крафта, уже просматриваются попытки переголоватого посттолкинизма, родились даже Черные Варени́ки, прикидывающиеся dark fantasy. Не могло обойтись и без производных «Туманов Авалона», то есть Варени́ков фантастико-исторических. И вот вместо Артура, Ланселота и Гавейна мы получили Варени́ков, Кузьмидоров и Свенссонов из Джемсборга. Вместо пиктов и саксов — свиенцев, дунцев и поморцев. Вместо Мерлина и феи Морганы нам предложили волхвов и вышеупомянутых жрителей. Войны и пожары, кили норманнских драккаров скрипят по песку славянских пляжей, столины воют, Джемсборг жмет, берсеркеры скалят зубы, немцы прут на крепость, наш верх, льется кровь. Сварожец* сварожит, а антилопа гну — гнусится. Жрители, как и положено жрителям, жрут и наводят соответствующие чары. На всех. Ну и что?

И Варени́к, Варени́к, Варени́к — трижды Варени́к.

ПОСТМОДЕРНИСТСКАЯ ПРОМАШКА

Коснувшись явления, именуемого «Польская фэнтези», я старался не упоминать фамилий, поскольку это могло быть истолковано как беспардонная борьба с конкурентами. Однако — пусть только по обязанности хроникера (в конце концов мы говорили о Толкине и Говарде) — следует заметить, что прародителем польских Варени́ков в Славянской сметане является молодой и способный автор Рафал А. Земкевич, который для начала потряс читателей комиксом «Волчье заклинание», а затем сотворил «Сокровище столинов», роман фэнтези. Chapeaux bas, mesdames et messieurs! Voila le Grande Varenik Brillante!**

Здесь я вынужден с великим грохотом ударить себя по хилой груди. Каюсь, я и сам написал несколько рассказов не

* Сварожец — верховное божество лютичей.

** Шляпы долой, мадам, месье! Перед вами великий блистательный Варени́к! *(фр.)*

совсем реалистического — назовем это так — толка. В рассказах этих, не оглядываясь на священные правила и законы фэнтези, я то и дело совершал — как заметила некая юная критичка из «Феникса» — ляпсусы. Юная критичка, со свойственной ей проницательностью, однозначно разоблачила меня, доказав, что сии ляпсусы чересчур уж часты, а посему-де вряд ли они были случайными. Бью себя в грудь второй раз. Нет. Не были.

Самым кошмарным ляпсусом, который к тому же чутким «исправителям» из «Фантастики» из текста ни выкинуть, ни чем-либо заменить не удалось, оказались батистовые трусики Ренфри из рассказа «Меньшее зло». Так называемая литературная среда закипела и принялась дискутировать. Трусики? В фэнтези?! Чепуха и неуважительное отношение к традициям! Грех и анафема! Толкина он не читал, что ли? Канона фэнтези не знает или как? Разве Галадриэль носит трусики? Не носит, ибо в те времена трусиков не носили!

Спустя какое-то время «литсреда» маленько охолонула и смирилась, а трусики сочла «оригинальными». Возможно, и другим, а не только Мачею Паровскому* из этих трусиков пахнуло постмодернизмом и путешествиями во времени. Лишь один молоденький Варени́к отреагировал на Ренфрины трусики гордо, хладно и презрительно, описывая собственную героиню, коя, приступаючи к половому акту, снимает «...набедренную повязку и тряпицу, поддерживающую груди». Однако эффект хладного презрения и знания того, что́ «в те времена» девицы носили под ночной рубашкой, был подпорчен смешным сверх меры и воображения описанием самого соития.

Другие Варени́ки глубоко задумались. Так-так, почесали они в голове, Сапковскому, значит, можно ляпсусить, и это — постмодернизм. А ведь «ляпсус» слово чужое, на польский переводится как «промах, промашка, грубая ошибка». Стало

* М. Паровский — в то время руководитель отдела польской фантастики. Сейчас — гл. редактор журнала «Новая фантастика».

быть, опять же подумали Варени́ки, если и мы начнем ляпать ужасные ошибки, то сойдем за постмодернистов.

И лед тронулся. Некая молоденькая авторша вооружила городских стражников копьями. Коли Ренфри вольно носить трусики, то и пехотинцам можно копья, верно? Однако копья эти потрясли другого юного Перога, возмутили до глубины души. Юный Варени́к слывет жутко восприимчивым к таким штукам пуристом. Однако сам он в многочисленных произведениях так увлекся постмодернизмом, что батистовые трусики могут прямо-таки свалиться от смеха. Первый с ходу пример: он нарядил какого-то Варени́ка или Варенсона из Бирки — не помню — в кафтан, обшитый чешуей сома-гиганта. Велико сие искусство есть, если учесть, что у сомов вообще чешуи не бывает. Ни у малюсеньких сомиков, ни у гигантских сомищ. Попытка же нашить на кафтан несуществующее нечто требует либо мощной магии, либо сильнейшего постмодернизмища. Если быть честным, я счел бы более оригинальным и убийственно постмодернистским, если бы кафтан упомянутого Варенсона был покрыт серебряными полудолларовками.

Другие Варени́ки возят заряженные арбалеты во вьюках. Не хватает только приторачивать собственные задницы к седлам. Третьи переплывают широкие и бурные реки на быстренько сплетенных из камыша лодочках. Эх, жаль, не на веночках, которые девушки плетут в ночь на Ивана Купалу, а ведь у них водоизмещение немногим меньше, зато плести не в пример легче!

РУКА, НОГА, МОЗГИ НА СТЕНЕ!

Однако довольно об этом, revenons a nos moutons*, вернемся к разговорам о методе, оставив мелкие колкости в стороне. Вывод же таков: в польской фантастике мы имеем «постмодернизм» и Варени́ков, настоящей фэнте и у нас нет,

* Вернемся к нашим баранам *(фр.)*.

если не считать нескольких подтверждающих правило исключений. Нет у нас фэнтези, ибо, во-первых, у нас нет архетипа.

Да, знаю, имеется славянская мифология: разные Сварожцы, Свантевиты и прочие Велесы. Но мифология эта не доходит до нас своим архетипом, и мы не чувствуем ее влияния на сферу мечтаний. Поскольку об этом эффективно позаботились. Славянская мифология тождественна язычеству, а мы, как твердыня христианства, восприняли Домбровку (Домбровка — Добрава — чешская княжна, христианка, жена короля Мешко I, для которого женитьба на ней была поводом для крещения и христианизации государства в 966 году) от чехов и крест от Рима с радостью и удовольствием, и это и есть наш архетип. У нас не было эльфов и Мерлина, до 966 года у нас вообще ничего не было, был хаос, тьма и пустота, мрак, который осветил нам только римский крест. Единственный приходящий на ум архетип — это те зубы, которые Мешко велел выбивать за нарушение поста. Так, впрочем, у нас и осталось до сих пор — терпимость, понимание и милосердие, зиждящиеся на принципе: кто мыслит иначе, пожалуйста, пусть себе мыслит, но зубы ему выбивать надобно обязательно. И вся древнеславянская мифология вылетела из нашей культуры и из наших мечтаний словно зубы, которые мы выплюнули вместе с кровью.

Магия и меч, опирающиеся на польский архетип? Польский архетип волшебника? Магия — это дьявольство, пользоваться чарами невозможно без отречения от Бога и подписания дьявольского цорографа. Не Мерлин, а Твардовский. А разные там велесы, домовики, вомперы, божетята и стрыгаи — все это божества и фигуры хтонического характера, персонификация Лукавого, Сатаны, Люцифера. Наша Never-Never Land? Идущие там бои, борьба Добра со Злом, Порядка с Хаосом? Ведь в польской архетипной стране мечты не было Добра и Зла, там было исключительно одно Зло, к счастью, Мешко I принял христианство и выбил Злу зубы, и с той поры остались уже только Добро, и Порядок, и Оплот, и что нам после всего этого дьявол Борута? Святой водой его, сукина сына! Ату его!

Наши легенды, мифы, даже предания и сказки, на которых мы воспитывались, были соответствующим образом кастрированы всяческими катехетами, в большинстве своем, вероятно, светскими, ибо такие, как известно, хуже всего. В связи с этим наши предания до чертиков напоминают жития святых — ангелы, молитвы, крест, четки, добродетель и грех — все окрашено изысканным садизмом. Мораль из наших сказок одна: если не прочесть молитву, то дьявол немедля поднимет нас на вилы и в ад! На вечные муки. А Бог, как гласит известный анекдот, присутствует в польских сказках и преданиях повсюду, за исключением чуланчика Ковальского, да и то лишь потому, что у Ковальского чуланчика нет. Поэтому неудивительно, что единственный архетип, который проглядывает из этих сказок, это архетип церковного притвора (пока что — скажу в скобках). Но не для фэнтези.

Фэнтези — это эскапизм. Это бегство в Страну Мечты. Архетип мы улавливаем также и в том, что знаем, ОТ ЧЕГО бежим. Перемещаясь рядом с Фродо, Арагорном, Гедом, Карраказом или Белгарионом, мы бежим в мир, в котором торжествует Добро, торжествует Дружба, живут Честь и Справедливость, побеждает Любовь. Убегаем в мир, в котором магия, аналог всемогущей, но бездушной техники, не служит, как техника, каждому. Негодяю наравне с праведником. Убегаем в мир, в котором жестокость, нетерпимость, болезненная жажда власти и стремление заменить зеленый Остров Гдетотам в Мордор, в Бесплодную Землю, по которой носятся орды орков, землю, на которой их задерживают, побеждают и карают.

А мы? От чего убегать нам? Не говоря о нестерпимом желании бежать вообще как можно дальше от того, что мы видим вокруг себя? Бездушная технизации еще не коснулась нас так сильно, как американцев. У нас батареи центрального отопления по-прежнему бездушно не греют, поезда бездушно и безобразно опаздывают, из кранов течет холодная и вонючая вода, не сыщешь книжки без типографских опечаток и ошибок, да и «Малюх»* не утомит удобствами до такой степени, чтобы мечтать о поездке верхом через лес Броселианд. Соседям из-за межи тоже не чужда эта проблема и ее последствия. Ондржей Нефф, когда его спросили, почему он не создает столь модного сейчас киберпанка, ответил, что не находит в себе стимула пугать соотечественников-чехов жуткими перспективами полной технизации и компьютеризации мира, когда в современной ему Праге, цитирую: «человек не может найти исправной телефонной будки».

Ужели мы ищем в фэнтези бегства в приключение, в quest, в солидарность и дружбу геройской дружины? Привлекают нас благородство и справедливость героев, непобедимые атрибуты, противопоставляемые Злу? Мы хотим верить, что в борьбе за справедливость побеждает не бицепс, не кулак и не хладная сталь, а благородство, терпимость и умение прощать? Разве отношение Фродо к побежденному Саруману умещается в категориях какого-либо польского архетипа? Нет, не умещается. Нам ближе и симпатичнее его сиятельства пан Нововейский и Азия Тугай-беевич. И Павлюк, поджаренный в медном воле**. Такова наша фэнтези. Рука, нога, мозги на стене. Меч, вонзенный аж по самую рукоять. Вывалившиеся кишки. Негодяй, осужденный на муки, и — цитирую: «хлынула кровь и потек костный мозг». Ах, вкусно! Миленькая картинка из сна. Страна нашей мечты.

Кроме крови и костного мозга, нам еще предлагают другие жидкости, продуцируемые организмом. Мужеско-женские соития описываются — я снова воспользуюсь музыкаль-

---

* ласковое название микроавтомобиля «польский фиат».

** Легенда гласит, что Павлюк (руководитель казачьего восстания на Украине в 1637 году) был выдан полякам своими же товарищами, и «проклятые ляхи» зажарили его живьем в медном котле, имевшем форму вола (быка). В действительности же он был по решению суда обезглавлен в Варшаве в 1638 году.

ной терминологией — fortissimo apassinato, языком и стилем, воистину достойными энтузиастов-гинекологов со склонностями к извращениям. Ну, что ж, nihl novi sub Sole — напоминаю casus Джона Нормана и характеристику Стивена Кинга.

РЕБЯЧЕСТВО

Могут спросить: откуда это берется? Интересующихся отсылаю к «Сумасшедшему с факелом» Яцека Инглота. Ведь нашим фантастам приходится конкурировать с покупной заграничной второсортицей, а посему «больше крови и спермы»! А то, что страдает жанр? А фэнтези? Господи, все равно никто понятия не имеет, что это такое. Никто не читал. Ведь даже такие знатоки, как Колодзейчак и Шрейтер, определяют фэнтези как «развлекательное» чтиво, вероятно, для того, чтобы отличить от SF, которая, надеюсь, в понимании обоих панов развлечением не является, а потому стоит выше. Фэнтези, согласно утверждают оба пана, есть творчество, поклонники которого жаждут несложных, но зато кровавых фабул. Браво! Touche! Обожаю эти прелестные сцены насилия над девушками у Т.Х. Уайта. Влюблен в кровавую и несложную фабулку «Томаса Ковенанта» или «Туманов Авалона». У меня уши пылают, когда я читаю натуралистическое описание полового акта в исполнении Эовин и Арагорна. Меня возбуждают сцены пыток у Ле Гуин.

Фэнтези в Польше — домена молодых возрастом и стажем. И это, черт побери, видно. Наша фэнтези — нескоординированные и плохо склеенные картинки, от которых несет страстишками к физическому насилию и сексу, причем страстишки эти понимаются инфантильно и инфантильно описаны. Однако поскольку они нацелены на инфантильного же читателя, постольку огребают аплодисменты и популярность. И автор, и читатель мирно уживаются в этой экологической нише в сытом симбиозе.

Кто не верит, пусть осмотрится. Вот авторы, достижения которых на поле классической — либо неклассической — SF интересны, новаторски и во всех смыслах заслуживают внимания, но которые творят запирающие дух в груди «Варени́ки», стоит их руке коснуться фэнтези. Симптоматично? Конечно, симптоматично. Ибо инкриминированные авторы знают канон SF, они выросли на нем, увлеклись книгами, докапывались в них посланий и глубочайшего смысла. Они знают SF как ТВОРЧЕСКИЙ МЕТОД. Они знают все оттенки и тонкости жанра, знают, что этот жанр несет в себе чуточку больше, нежели ликующее описание прибывших из глубин космоса Жукоглазых Монстров, жаждущих власти над Землей, нашей крови и наших женщин.

Увы, повторяю, в случае фэнтези отсутствует знание канона. И метода. Нет МЕТОДА. Остался Кирилл*. И Варени́к.

И поэтому у нас нет фэнтези, способной конкурировать с Толкином, Ле Гуин, Джеком Вэнсом, Патрицией Маккиллип, Дональдсоном или Эддингсом. А есть этакое, скажем себе, splatter-gore-fuck and puke fantasy («кроваво-трахательно-рвотное фэнтезийное бормотание»). Фэнтези для тех, кому достаточно мечтать о возможности долбануть по башке либо почкам, о том, чтобы насадить на штык либо на кол, мечтать о том, чтобы «войти» в избранницу и дрыгаться на ней всем своим естеством долго и самозабвенно, в то время как упомянутая избранница воет и стенает от наслаждения и раздирает ему спину коготками. Фэнтези для тех, которым бегство именно в такие, а не в иные мечты позволяет почувствовать себя лучше.

Ну что ж, каждый имеет такое прибсжище, какое заслужил.

Берлин, ноябрь 1992 г.

---

* Здесь автор обыгрывает имена создателей славянской письменности Кирилла и Мефодия. Имя Мефодий латиницей пишется «Metody». Cyryl i Metody.

Примечания

[1] Этот эффектный успех и развившаяся в США толкиномания свершились при сопротивлении автора и его агента, которые не соглашались на популярные карманные издания. Поэтому можно смело утверждать, что расцвет фэнтези осуществился в результате издательского пиратства. Пиратом, кстати сказать, был много сделавший для жанра Дональд А. Воллхейм.

[2] Автор просит прощения, но хотя в данном тексте он то и дело кого-нибудь цитирует, он не станет давать никаких отсылок, поскольку все эти «см. там же» и «цит. опус» нагоняют на него смертную тоску.

[3] Автор понимает, что такие взгляды прямо-таки напрашиваются на то, чтобы с ними полемизировать. Автор просит прощения и одновременно предупреждает, что ни на какую полемику не пойдет, ибо у него нет времени на глупости.

[4] Конечно, «Место начала» тоже фэнтези, как и первая новелла в сборнике «Orsinian Tales», — названия не помню.

[5] Автор сознает, что делает Джону Норману дармовую рекламу, как понимает и то, что все прилавки в Польше немедленно расцветут циклом «Гор». Что делать! Signum temporis.

[6] Ну, хорошо, вот перечень, мой личный «Top Tuelwe». После Толкина и Урсулы Ле Гуин идут: Стивен Р. Дональдсон, «Томас Ковенант»; Т.Х. Уайт, «Король в прошлом и король в будущем»; Питер Р. Бигл, «Последний единорог»; Роджер Желязны, «Амбер»; Марион Зиммер Брэдли, «Туманы Авалона»; Джек Вэнс, «Лайонесс»; Танит Ли, «Могила рождения»; Патриция Маккиллип, «Отгадчица загадок из Хэа» и «Забытые звери Эльда»; Дэвид Эддингс, «Белгариад» и Фриц Лейбер, цикл «Мечи...», то есть «Фафхрд и Серый Мышелов». Пардон, Т.Х. Уайт был переведен. Недавно. Одна ласточка не делает весны.

УТИЛИЗИРОВАННАЯ КРЫСА

В последнее время активно размножаются высказывания касательно литературы. Высказывания эти сплошь и рядом сводятся к тому, что литература-де подразделяется. Как правило, это единственный вывод, к которому высказывающиеся приходят. Вероятно, причина здесь в том, что такое заключение исключительно легко сделать и притом не ошибиться.

Ведь и верно: литература и впрямь подразделяется. Во-первых, на классическую и современную. Дабы тебя признали классиком, тебе необходимо, как известно, вначале попасть в усопшие, отсюда — резервуар классиков вырастает по мере уплыва времени и в связи с прогрессирующим количеством почивших в бозе. Однако же в данном случае имеется в виду не медицинское или юридическое определение смерти. Порой достаточно, чтобы писатель просто сильно подряхлел. Тогда условием sine qua non* признания его классиком становится полное и бесповоротное прекращение сочинительства, причем допустимо написание произведений бессмысленных либо непонятных.

Во-вторых, современную литературу мы делим на хорошую, милостиво терпимую, скверную и невидимую. Начнем со скверной, безошибочным показателем которой является то, что она хорошо продается. Наиболее типичные предста-

---

Szczur zutylizowany

* без чего нет (*лат.*).

вители этой группы — детектив (криминал), триллер и лживые мемуары.

Милостиво терпимая литература охватывает творчество для детей и юношества. Это столь же ясно, как и то, что молодежь и дети так же «милостиво терпимы», поскольку иначе к ним относиться неэтично. Литература эта порой тоже продается хорошо: специалистам по маркетингу известно, сколь непредсказуемую потребительскую массу составляет молодежь.

Хорошую литературу мы получим путем элементарного математического действия: просто вычтем из современной литературы скверную и милостиво терпимую. Математиков, которые после названной операции получают результат, близкий к нулю, я успокою — такой результат абсолютно закономерен и соответствует фактическому положению дел.

Хорошая литература представляет собой любопытный казус с точки зрения маркетинга — это товар редкий и труднодоступный, однако, невзирая на сказанное, совершенно неходовой.

В определении — внимание! — кроется также второй казус, на сей раз математический. Ведь, казалось бы, современная литература после изъятия из нее скверной и милостиво терпимой должна содержать в себе не только хорошую, но равно и невидимую. Отнюдь! Царица наук здесь дает сбой. Если от четырех отнять два получаем единицу. Конец. Точка. It'sa kind of magic*!

Так где же она и что она такое, эта невидимая литература, не поддающаяся математическому и логическому определению и классификации? Сие не очень известно, ибо невидимую литературу и не видно, и не слышно. Невидимое творчество попросту невидимо, а при подразделении литературы его вообще не принимают во внимание, так же, как не учитывают, скажем, вес крысы при определении веса контейнера со старыми костями, отправляемыми на соответству-

* Это дитя магии (*англ.*).

ющее предприятие для утилизации. Ибо невидимая литература забирается в литературу, как упомянутая крыса в контейнер с костями — крадучись, втихаря, под покровом ночи. Тайно и скрытно.

Скрытность и таинственность — внимание, внимание! — обязательны не только для крысы. Работники «Промутиля» отлично знают, что меж костей сидит крыса. Возможно, даже не одна. И что они делают? А ничего. Прикидываются, будто крысы нет. И утилизируют все подряд, исходя из предпосылки, что костная мука — все, а крыса — ничто. При условии, ясное дело, что все будет заботливо и тщательно размолото.

Догадливый читатель, вероятно, уже давно сообразил, из чего состоит невидимая литература. И отнюдь не ошибся. Да-да, невидимая литература это и есть наша любимейшая, единственная, широко понимаемая фантастика.

Тех, кого вышеприведенная классификация нервирует, я хотел бы успокоить. Pax, pax vobiscum*, дорогие мои, неужто вы не видите, что такая классификация хвалебна для фантастики, прямо-таки комплиментарна? Что она великодушно признает этот жанр литературой, хоть могла бы и не признавать. Что она могла бы причислить фантастику к нелитературе (не-ЛИТЕРАТУРЕ), то есть к разряду произведений, приписываемых к литературе лишь номинально? Разве считают литературой справочник по разведению нутрий или, допустим, скалярий? Справочник любителя коротковолновой связи или богато иллюстрированный компендиум супружеского секса? Нет, не считают. Ибо исходят из того, что справочник по нутриям адресован узкой группе людей, то есть тем, кто увлекается разведением этих симпатичных морковеядных четвероногих грызунов, проводящих свою жизнь в работе челюстями. Только — и исключительно — такой человек приобретет оный справочник, у которого нет никаких шансов попасть на книжную полку человека, интересующегося иными

* Мир, мир вам (*лат.*).

проблемами. Ну хотя бы до- или внебрачным сексом. Однако несмотря на тот факт, что хобби индивидуумов, обожающих заниматься сексом, наголову бьет количество личностей, разводящих нутрий, богато иллюстрированный компендиум секса все равно литературой (ЛИТЕРАТУРОЙ) не считается. А вот фантастика таковой признается, причем независимо от того неопровержимого факта, что читающие ее особы также уступают в количественном отношении тем, кто обожает секс. Фантастика признается литературой, хоть и невидимой. Этакой крысой, утилизируемой вместе с мешком старых мослов.

Тайна сокрыта в одном-единственном слове, понравившемся критикам. Слове ТОЛЬКО.

Проиллюстрируем это примером, процитируем «Ex libris», который в одном из последних номеров обсуждает творчество авторши, осчастливившей читателей описаниями перипетий некой Пульпеции и других достойных дщерей рыжей Ани и Полианны. «Эти книги, — серьезно утверждает «Ex libris», — читают не ТОЛЬКО девочки-подростки, но также и их родители, и — как знать — может даже и вовсе бездетные». Вывод: сие есть литература, хоть и припечатанная четкой и читабельной этикеткой: «милостиво терпимая». Ведь никто не посмеет назвать «Долину Иссы» произведением, которое читают мужчины, женщины, дети и, не исключено, может быть, даже бездетные гермафродиты.

В случае фантастики критиков сомнения не мучают. Это нечто такое, что читают ТОЛЬКО любители и энтузиасты, и кроме них — никто. Вывод: сие есть литература, но невидимая. Quod erat demonstrandum, то бишь, что и требовалось доказать.

А что остается нам, энтузиастам, любителям и фэнам фантастики? Ничего. Мы можем лишь утешаться тем фактом, что среди нас встречаются не только мужчины и женщины, но даже и дети. Более того, меж нами есть недозрелые, зрелые и перезрелые девицы. И еще более того — попадаются люди даже ну совсем бездетные. И хоть это весьма рискованное утверждение, однако ж я склонен предполагать, что если как следует поискать, то среди нас найдутся даже несколько так называемых нутриеводов.

НА ПЕРЕВАЛАХ BULLSHIT MOUNTAINS

Признаюсь, что хоть я определенно лучше отдыхаю, читая обычную, добросовестную беллетристику, нередко мне доводится заглянуть и в нечто, написанное критиком. Порой я люблю почитать о так называемом методе, то есть взглянуть, что же критик методом считает. И иногда веселюсь, дорогие мои, во сто крат сильнее, нежели читая беллетристику.

При этом убеждаюсь, сколь истинно утверждение, гласящее, что критик это не что иное, как писатель, частично или полностью утративший способность к самостоятельному творчеству. Так, ежели критик смотрит в стену, в небо или на цветущий луг, то в голове у него не возникает ничего, кроме абсолютного вакуума. Однако стоит ему кинуть взгляд на чужой текст, как он моментально ощущает прилив вдохновения и тут же начинает извергать фонтаны красноречия.

Коронным номером критика, надо понимать, является анализ чужого текста на предмет нахождения в нем так называемых bullshit'ов, то есть примеров нарушения канонов, продиктованных если не «законами природы и материального мира», то обычнейшим здравым смыслом.

Недавно я решил перечитать классику. Лем «Фантастика и футурология». Обратившись сразу к местам, много лет назад помеченным закладками из засушенных анютиных гла-

Na przełeczach Bullshit Mountains

зок, я хихикал, видя, как Гроссмейстер измывается над Джеком Вэнсом, который в романе «The Blue World» («Синий мир») пытался убедить читателей, что из водорослей можно изготовить аккумуляторы, а из морских губок — генераторы. Хоть я разбираюсь в аккумуляторах еще хуже, чем в водорослях, я готов согласиться с Гроссмейстером: Вэнс совершил грубый ляпсус. Фантазия понесла его, как перепуганная лошадь, и занесла на перевалы Bullshit Mountains*.

Но чуточку дальше Гроссмейстер насмехается над Филипом Хосе Фармером и его «The Lovers» («Любовниками»). Для тех, кто не помнит: Фармер описывает в «Любовниках» инопланетное существо Lalithe (Лалиту), весьма склонную к занятиям любовью с землянином, неким Хелом Ярроу (Hal Yarrow). У Лалиты, понимаете ли, такое свойство: она зачинает (то бишь беременеет) исключительно в том случае, если в момент оргазма смотрит партнеру в глаза. Ха-ха, ехидничает Гроссмейстер, вот уж это bullshit так bullshit, всем bullshit'ам bullshit. Ведь есть не меньше двух десятков причин, исключающих нечто подобное, то есть таких, из-за которых что-либо такое научно и физически невыполнимо. Ну, хотя бы учитывая тот простой факт, что подобный механизм зачатия, отработанный эволюционным путем, должен был бы учитывать протогоминидное сексуальное поведение (то есть позы), а именно — доисторический прием совокупления сзади, научно именуемый «a posteriori». Лалита, ехидничает Гроссмейстер, желая смотреть партнеру в глаза, должна была бы использовать зеркало заднего обзора. Уахахахаха!!!

Подобная школа выискивания bullshit'ов, именуемая «научно-анекдотической», снискала себе массу современных последователей. Однако надобно вспомнить и еще об одной школе, столь же классической, сколь и популярной — о школе «научно-неанекдотической». Отцом таковой я счел бы некоего Виталия Севастьянова, автора предисловия к альманаху

* перевалы Гор Коровьих Лепешек (*англ.*).

«Фантастика-79» («Молодая гвардия», М.: 1979). Названный товарищ Севастьянов сурово осуждает молодых советских фантастов за создание нелогичных, ненаучных глупостей, в особенности же за то, что они помещают действие своих произведений на Западе. Мало того — пишут о сотрудничестве советских и АМЕРИКАНСКИХ ученых и космонавтов. Те, кто, описывая будущее, утверждает, что в нем еще будут существовать какие-то там Соединенные Штаты, восклицает Севастьянов, тоже грешат против логики, науки и здравого смысла, поскольку ведь, не успеем мы оглянуться, как в Штатах восторжествует коммунизм*. И это столь же очевидно, как и то — добавлю от себя, — что из водорослей и губок невозможно создать электростанцию.

Из вышесказанного следует с полной очевидностью: критик всегда знает лучше. Критик знает, из чего творится электрический ток, кто, кого и в какой позиции должен трахать, что будет с Польшей через двести лет, а со всем миром — через тысячу. А автор, который отклонится и расшалится, творя фантастику, есть неуч и болван.

И это правда. Но имеется небольшое затруднение: критиков много и они невероятно разбрасываются. Невозможно

---

* Автор эссе не совсем точно цитирует слова Виталия Севастьянова, помещенные в предисловии к альманаху «Фантастика-79». В приведенном высказывании Героя Советского Союза нет слов о «сотрудничестве советских и АМЕРИКАНСКИХ (выделено автором. — *Е.В.*) ученых и космонавтов». А «восклицание Севастьянова» относительно того, что-де «авторы фантастики, описывая будущее, утверждают, что в нем еще будут существовать какие-то там Соединенные Штаты, грешат против логики, науки и здравого смысла, поскольку ведь, не успеем мы оглянуться, как в Штатах восторжествует коммунизм», в предисловии вообще отсутствуют.

Хотя широко известно, что «светлое коммунистическое будущее» в советской фантастической литературе почти всегда присутствует.

Высказывание же В. Севастьянова оканчивается словами: «существование самого несправедливого общественного устройства на Земле как бы проецировалось чуть ли не на тысячелетия вперед». — *Примеч. пер.*

угодить всем. Фармера, Вэнса, Шекли, Саймака, Лейбера и Эллисона прямо-таки усыпали «Небьюлами» и похвалами, а вот Севастьянов и иже с ним вешали на них собак, потому что названные авторы, отправляясь в фантастическое будущее, в упор не видели там коммунизма, а совсем даже наоборот. Ergo: они нарушали священные, научные законы, управляющие развитием общественно-политических формаций.

А Фармер? Ну, Фармер так тот вообще не знал, какие законы управляют траханьем.

Я же, коли уж получил голос, позволю себе сделать небольшое замечание: в романе «Любовники» Фармер пишет о любви. Об эмоциях. И наплевать мне на протогоминидные приемы траханья. Ибо для меня любовь — это глаза в глаза, равно in actu et in orgasmo*. Возможно, Фармер ненаучен, но он умеет подчеркнуть силу чувства, ибо глядеть в глаза это, возможно, не совсем протогоминидный, но очень человеческий способ выражения любви. Конец замечания.

Знаю-знаю, так нельзя. Bullshit — это bullshit, замечания здесь неуместны. Критик всегда прав. Надобно писать логично и научно. Например: «Я не видела тебя уже целый месяц. И, знаешь, ничего. Ну, может быть, немного побледнела, немного сонна, немного более молчалива... потому как мне так недостает оргазма, которого я легче всего достигаю в позе coitus a tergo habitus in genua, потому что тогда у меня irritato magna perietis posterioris vaginae, feminae genibus et cubitus sustentae etam clitoris irritatur. Но, видимо, можно жить и без воздуха!»

Ведь правда здорово?

И научно, не придерешься, что подтвердит любой гинеколог.

---

* во время акта и в момент оргазма (*лат.*).

В ГОРАХ КОРОВЬИХ ЛЕПЕШЕК

Во время нашей предыдущей экскурсии в вышеназванные горы мы восхищались легкостью, с которой критик расправляется с автором классической НФ. Задача была легкой и благодатной — автора жесткой НФ («hard science fiction») сравнительно легко разыграть. Достаточно таковому ляпнуть что-то об изготовлении генераторов из морских водорослей или перепутать систему BIOS с пакетной системой данных. Ткнут его в это носом — и он готов. Он пишет bullshit'ы, проявляет неведение, а это дисквалифицирует его как автора жанра, у которого в названии есть (или подразумевастся) слово «наука». При столкновении же с литературой типа фэнтези положение критика-придиры крайне осложняется. Здесь критик имеет дело с произведением, страницы которого кишмя кишат драконами, демонами, призраками, привидениями, эльфами, котолаками — да что там, даже пегасами, как утверждают некоторые знатоки предмета. Рыцари в сверкающих доспехах совершают неправдоподобные чудеса героизма. Неправдоподобные чародеи проделывают при помощи магии неправдоподобные чудеса, а прямо-таки неправдоподобно прелестные княжны высвобождаются из когтей чудовищ при помощи методов, глумящихся над законами правдоподобия. Весь мир, в котором все сказанное «имеет место быть», неправдоподобен, что следует из канона и основного положения. А если кому-то канона мало, то это проистекает из описания и приложенной карты. Все известные нашему миру права и законы — включая пробабилистику — в Never-

W górach bawolego gówna

Never Land'е отменены. Они не действуют либо действуют по-иному. И тут является критик, томимый жаждой доказать, что что-то здесь не того. То есть — ни в какие ворота.

Легко догадаться, что никакой дракон не «испужает», никакой пегас не собьет с панталыку. Критик свое знает. Фэнтези не фэнтези, говорит он, законы обязывают. Двуручный меч — это меч двуручный, кольчуга — кольчуга, арбалет — арбалет, конь — конь, сом — сом, а мыло — оно и есть мыло. И надобно признать: во многих случаях критик бывает абсолютно прав. Если автор фэнтези утверждает, что: а) барбакан* есть устройство для разрушения крепостных стен; б) гизарма — это казарма городской стражи; в) натянутые арбалеты возят во вьюках; г) у сома есть чешуя; д) мыло мылится в морской воде, то такой автор нарушает принципы терминологии, логики, не знает, о чем пишет — ergo: он дубина, причем не боевая палица, а простая палка.

Несчастному, прихваченному на попытке проломить барбаканом крепостные ворота, остается одно: спрятаться со стыда под кровать. Конечно, кое-кто может начать хорохориться. Ну и что с того, крикнет, что двуручным мечом размахивали только пешие кнехты, а вот у меня им действует конница, потому как это фэнтези, а не битва под Азенкуром. Что с того, что в действительности бельт из арбалета запросто пробивал любой панцирь? У меня он не может управиться с заколдованными латами или с латами из митрила. У моих, как ни говори, фантастических, сомов есть чешуя, ножки и голубые как ляпис-лазурь глазки.

Разумеется, такое объяснение автору не поможет. Критик знает лучше. Критик всю свою жизнь сражался мечом, стрелял из арбалетов и тисовых луков, соскребал с сомов чешую и намыливался в самых различных жидкостях. Автор может ссылаться на фантастическую licentie poetica ad mortem

* сторожевая башня перед крепостной стеной (*историч.*).

usrandum*. Ежели критик окрестил его дурнем, то таковым он и останется во веки веков.

Некоторым критикам, особенно так называемым серьезным, которым по случаю рецензирования ими жесткой НФ нашили звездочки на погоны, вышеназванного метода недостаточно. О каноне фэнтези они не имеют ни малейшего понятия, что ловко маскируют, прикидываясь, будто канона не знают и в нем «ни бум-бум», а потому и пренебрегают им, поскольку такой уж он мизерный, примитивный и глупый. Таким критикам мало выискивать в тексте bullshit'ы, касающиеся мечей, арбалетов, гизарм, кордегард, барбаканов, алебард и деталей конской сбруи. Их рецензии должны проникать глубже. И проникают.

Наипопулярнейшей методой является критическая оценка мира, описанного в произведении. Мир оценивается на основе его, excusez le mot**, онтологии. Метода воистину изумительная, ибо позволяет давать критическую оценку произведения, даже не читая его. Рецензию пишут, попеременно определяя данный Never-Never Land данного автора как «несвязный, онтологически неустойчивый и незавершенный», либо как «любопытный, полный, комплиментарный». И всегда попадают в точку.

Потом на расправу берут протагониста произведения. Ведь у героев фэнтези есть одно общее свойство — все они как один неправдоподобны. Во-первых, совершают действия физически невозможные. Во-вторых, ведут себя абсолютно бессмысленно, нелогично, более того — идиотски. Критик резвый, аки сом в насыщенной кислородом воде, обвиняет героя фэнтези в бихейвиористическом кретинизме и то же скажет про автора, поименовав его безнадежным глупцом.

Господа критики! Очень вас прошу, отцепитесь вы наконец от Конана, Ксина и Геральта! Испытайте силы в мейнстриме***, вот там-то уйма неправдоподобных, бессмыслен-

* поэтическое право, пока до смерти не обделается (*лат.*).
** прошу прощения (*фр.*).
*** основной поток литературы.

ных, бумажных, кое-как слепленных героев! Докажите, что Робин Гуд ни за какие коврижки не смог бы расщепить торчащую в яблочке цели стрелу, а Зорро, хоть ты тресни, не вырезал бы рапирой своего инициала на штанах сержанта Гарсии. Обратите внимание на то, каким кретином был Роберт Джордан, взявшийся в данных условиях взрывать мост. Заметьте также, до какой степени психологически фальшивой фигурой является рыбак Сантьяго. Ведь вместо одного большого марлина он мог бы — и даже обязан был — выловить весовой эквивалент маленьких скумбрий, благодаря чему, несомненно, избежал бы бессмысленных хлопот.

СОВЕТ

*Medicina fructuosior ars nulla.**
Плиний младший

Мне все чаще доводится быть адресатом (по почте либо непосредственно) просьб вроде: «Помогите мне, я хотел бы писать фантастику, но не знаю как». Подобные просьбы ставят меня в исключительно сложное положение, поскольку я охотно бы помог, но не знаю как. Я не считаю себя вправе полагать себя авторитетом, дилетантским же советом мог бы исключительно навредить, а ведь primum non nocere**.

Меж тем явление это настолько набирает силу, что молчать я тоже не могу, ибо qui tacet—consentire videtur***, а я не согласен. Поэтому ниже я привожу советы. Нет, не свои, упаси Боже. Профессиональные.

Я получил доступ к книге, озаглавленной «Медицина для селян, прописи разумного присмотра за здоровьем и лечения обычных болезней посредством малого количества определенных лекарских средств содержащая, написанная Фредериком Карлом Паулицки, доктором медицины и хирургии Королевства Прусского, доктором округа и города Вецлар, а также Управы Ацбах etc. Издание второе, исправленное. Вильно, 1830». Книжечка эта содержит множество полезных советов. Я рекомендую ее равно тем, кои страдают сочини-

---

Porada

* Лечить плодами — пустое дело (*лат.*).
** прежде всего — не навредить (*лат.*).
*** молчание — знак согласия (*лат.*).

тельским недугом, так и семьям сочинителей, которым заболевание последних затрудняет и усложняет жизнь.

Итак, перейдем к делу. Распознать заболевание, именуемое Paranoia poetica chronica*, можно по следующим проявлениям:

«...Вельми много есть разновидностей сей болезни, как то: угрюмость, меланхолия, тугодумство, глуповатость и неистовство. Каждая может быть болезнию особой, а некогда одна из другой возникает. Особы меланхоличные боязливы, грустны, часто удручены религиозными проблемами, бледны и слабы. Страдают запорами и ветрами. Глуповатые — медлительны, мысли их расплывчаты, и никакого суждения о вещах оне делать не могут. Неистовые — более деятельны, высокомерны, возбудимы, мстительны, язвительны, испытывают головные боли и звон в ушах. В конечном счете полностию глупеют и теряют разум.

Сии печальные болезни от множества причин исходить могут — от долгого пользования сухой пищей при полном бездействии, от сильного истощения в результате чрезмерно частого совокупления либо онанизма, от смещения разума, от постоянных забот, огорчений и больших печалей. Особливо же обычно возникают, когда душа постоянно занята одним токмо предметом, при исключении всех иных».

Таким образом, если в доме завелся потенциальный писатель, в первую очередь следует позаботиться о соответствующем уходе и превенции** и тогда, возможно, болезнь минует сама собой, и во всяком случае, не разовьется до необратимой стадии. Поэтому, в частности, колоссальное значение имеет соответствующая диета. Писателю можно предлагать: «...постное мясо от старых животных, недопеченную пищу, десерты, терпкие и недозрелые плоды. Вино либо водку можно дозволять особам, кои с оными обвыклись, а в своей болезни не испытывают усиленного тепла в голове.

* Хроническая поэтическая паранойя (*лат.*).

** предусмотрительности (*ист.*).

Легкие блюда, вроде щавеля, салатного цикория и шпината следует вкушать с утра и на тощий желудок, дабы поспособствовать опорожнению».

Подобная диета может помочь в легких случаях, когда, допустим, писатель сочиняет мало и в основном в корзину. Однако же случается, что больной начинает писать регулярно, высылает манускрипты в различные издательства и домогается их опубликования. Это — тяжелые случаи. О них цитируемая книга говорит следующее:

«...Смурных и меланхоличных следует как можно чаще уговаривать совершать поездки в такие места, где оне смогут увидеть что-либо новое. Тем же, коих мучает имажинация*, желательно по возможности избегать любой оказии, коя могла бы оную в них возбудить, окружающим же стараться не противоречить им, ежели даже они возглашают что-либо несуразное.

Вспыльчивых либо злобных глупцов удерживать угрозами, голодом, заключением в крепких и темных местах и иными наказаниями. В принципе с ними следует поступать как с детьми и не умножать их недуга скверным обращением. До тех пор, пока оне себе и другим не вредят, их можно оставлять на свободе, но, заметив приближающийся пароксизм, необходимо замкнуть в просторном защищенном помещении. Связывать их и отягощать путами крайне вредно и жестоко, от этого пароксизм набирает большую силу, поскольку связываемые не могут свободно пользоваться своими членами. Ежели это необходимо, следует воспользоваться рубашкой из крепкой материи, рукава коей не равны длине рук, а превышают оную; таковую надевают на больного, а концы рукавов привязывают к кровати либо стулу. Однако упомянутых средств насилия использовать надлежит не более, нежели то потребно, и незамедля удалить, как только пароксизм неистовства минует».

---

* воображение.

Хм-м-м... Может, минует, может, нет. По всякому это бывает, как показывает чтение журналов и книг. Но наверняка речь здесь идет о весьма запущенных случаях, когда не обращались к советам доктора Паулицки из округа города Вецляр, а в особенности применяли не лечение, а одну лишь превенцию. А лечить охваченных манией сочинительства необходимо во что бы то ни стало. Доктор Паулицки советует в случае особо упорных и исступленных авторов использовать нижеследующие приемы:

«...Совершать кровопускание из ноги, но при этом внимательно следить, чтобы потом они не сорвали бинтов и не истекли кровью. Чаще ставить клистиры из молочной сыворотки, уксуса и меда. Купать дважды в неделю в теплой воде, а голову во время купания поливать водою холодною».

Звучит привлекательно и несложно. От себя я бы добавил, что многообещающим по отношению к некоторым уже пишущим — особливо фантастику — представляется метод, которым лечат уклонистов и симулянтов у Ярослава Гашека: частые кишечные промывания, причем такие, при которых пациент по возможности громко призывает всех святых господних. Доктор Паулицки о святых не вспоминает, зато рекомендует одновременно со сказанным применять такие средства, как:

«...эликсир из цикория, подорожника обыкновенного (Leontodon Taraxacum), перца, корней лопуха обыкновенного (Barda arctium L.), каждого из оных взявши по горстке, кипятить в полугарнце* воды, а декокт осладить медом. Оное следует обильно и долго пользовать. Однако покупать аптекарские лекарства, то есть приготовленные для врачебного использования, я не советую в еврейских лавках, ибо там обычно только гроши да обман имеют цель».

Вот так. Ежели, стало быть, пишут, то его надобно искупать и напоить арийским лопухом на меду. У меня неотвратимое ощущение, что во времена доктора Паулицки жизнь и

* польская мера жидкости, примерно 2 литра (гарнец — 4 литра).

творчество были менее сложными. Но, как сказано во вступлении, не мне, дилетанту, сомневаться в указаниях медицинских авторитетов. Тем более что доктор Паулицки тоже не проявляет чрезмерный оптимизм, напоминая в заключение, что:

«...Болезни сии дают рецидивы, а тогда бывают не в пример более упорны, нежели вначале. Посему следует тщательно избегать причин, породивших болезнь. Молодым, практикующим онанизм, вообще никакой помощи оказать невозможно, пока оне сами от этого не воздержатся».

Все ясно, кроме одного — я не понимаю причин, по которым добрый доктор умалчивает о девушках. Полагаю, что и в его времена не только сильный пол хватался за перо, будучи поражен пароксизмом писательской мании. Этого типа заболевание, как известно, с давних пор посещает самые наиблагороднейшие головы и полов не различает. Так что цитированное мнение в данном случае было скорее всего риторической фигурой. В случае потребности, если девица-сочинительница не желает воздержаться от мастурбации и продолжает писать, прошу не колеблясь применять к ней те же самые методы, которые доктор рекомендует юношам, включая клистир из сыворотки и уксуса.

Это относительно совета. Ничего сверх того я добавить не могу.

Корреспонденцию с выражениями благодарности прошу направлять по адресу «Новой Фантастики». Если же кого-либо вышеприведенный текст нервирует, то пусть он помнит, что:

«...Злостность и избыточная страстность приводят к повышению секреции желчи, может вызывать тошноту, апоплексию и внезапную смерть. А ежели кто-то впадает в гнев, тому следует дать воды с сахаром, несколько клистиров и рвотного камня (Cremon tartari) на кончике ножа».

Приятного аппетита.

PLENO TITULO*

Продолжение рекомендаций для сочиняющих фэнтези

Прежде чем браться за работу над книгой, надлежит придумать ей название. Я категорически против того, чтобы придумывать название лишь тогда, когда книга уже написана, да еще и так, чтобы оно отвечало содержанию. Во-первых, как правило, название совершенно не соответствует написанному. Во-вторых, есть еще такая штука — канон.

Название книги фэнтези, бесспорно, должно состоять из двух слов. Последнее время проклюнулись корифеи фантастики, высмеивающие названия типа «существительное с дополнением» и советующие молодым адептам порвать с этой — по их мнению — банальной схемой. Мы не боимся сказать, что это советы глупые. Название, состоящее из двух слов, это традиция, реверанс в сторону классиков жанра и в то же время сигнал, что книжка относится к фэнтези, а не к «Новой волне», или другому фантастическому авангарду. Ведь причудливые названия были чем-то вроде штандарта «нововолнушников», которые любой ценой стремились вырваться из схем и epater de bourgeois**, что привело к рождению новой схемы. Стоило взглянуть на название «Time Considired as

* Все о названии (*исп.*).

** ошеломить обывателя (*фр.*).

a Helix of Semiprecious Stones» («Время, рассматриваемое как спираль из камней-самоцветов»), либо «We, in Some Strange-Power's Employ, Move on a Rigorous Line» («Мы по какому-то данному нам закону движемся строго по прямой»), «I Have No Mouth But i Must Scream» («У меня нет рта, но я должен кричать»), «The Beast that Shouted Love at the Heart of the World» («Чудовище, пронзившее любовью сердце мира»), или, к примеру: «Это Вы, уважаемый, заказывали пытки?» — и сразу все ясно: авангардист.

Создавая произведение фэнтези, мы должны, не моргнув, отбросить такие названия. Этого требует, как уже сказано, канон жанра.

Дэйвид Прингл приводит в своей «Modern Fantasy»* 100 самых лучших книг фэнтези. Из этой сотни сорок одна имеет классическое двухсловное название («The Broken Sword» — «Сломанный меч» — Андерсона. «The Dying Earth» — «Умирающая Земля» — Вэнса. «Mythago Wood» — «Лес Мифаго» — Холдстока. «The Fionavar Tupestry» — «Гобелен Фионавара» — Кэя и т.д.). У следующих двадцати трех позиций в польском переводе тоже двухсловные названия, но в английском они имеют классическую связку «of» (тип: «The Lord of the Rings» — «Властелин Колец» — Толкина). Примеры: «The Wizard of Earthsea» — «Маг Земноморья» — Урсулы Ле Гуин. «The Swords of Lankhmar» — «Мечи Ланкмара» — Лейбера. «The Land of Laughs» — «Страна смеха» — Кэрролла. Шесть названий содержат по два слова со связкой «and». Например, «The Dragon and the Georg» — «Дракон и Джордж» — Диксона. Два двусловных названия, определяющих атрибуты героя: «Conan the Conquerer» — «Конан-Завоеватель» — Говарда и «Nifft the Lean» — «Тощий Ниффт» — Майкла Ши. Следующие пятнадцать позиций имеют однословное название (тип: «Hobbit» — «Хоббит»), причем чаще всего это бывает имя («Grendel» — «Грендель» — Гарднера, «Ariosto» — «Ариосто» — Ярбро), профессия («Mag» — «Волхв» — Фаулза, либо магическая характери-

* «Новая Фэнтези» (*англ.*).

стика «Stormbringer» — «Буреносец» — Муркока. «Glamour» — «Очарование» — Приста). И только всего тринадцать позиций выбиваются из канона в сторону «более оригинального» названия. К этим исключениям относятся, в частности, «Darker That You Think» — «Темнее, чем вы полагаете» — Уильямсона. «Seven Days in New Crete» — «Семь дней на Новом Крите» — Грейвза, или «Who Made Steve Crye» — «Кто сотворил Стиви Край» — Бишопа. От себя добавлю, что хотя они и оказались в Принговой сотне, я указанные произведения фэнтези не считаю. Зато оригинальными, хоть ё-моё, тоже, двухсловными, считаю такие классические названия, как «Little Big» — «Маленький, большой» — Кроули, или «Conjure Wife» — «Моя жена ведьма» — Лейбера. В то же время самым оригинальным — самым странным? — названием я считаю не приведенный Принглом «Magik Kingdom for Sale, Sold» — «Волшебное королевство продается. Продано!» — Брукса.

Итак, название должно состоять из двух слов. Но каких именно?

Исходя из предположения, что такие проблемы следует исследовать sine ira et studo*, а статистика есть царица наук, я проанализировал собственное — немалое и достаточно репрезентативное — собрание фэнтези. И проделал соответствующие расчеты. Результаты оказались следующие.

Особенно часто в названиях встречались слова: меч — 18 раз, чародей — 16, дракон — 15, король — 12 (а вот королева всего четыре!), властелин и единорог — по 10, хаос — 5. По три раза попались кровь, трон, камень, башня, тень, око и рука. Дважды — роза, знак, гибель, возвращение, день и звезда.

В числе вспомогательных слов преобладают расцветки, причем используются так называемые геральдические тинктуры, подразделяющиеся на цвета (с синонимическими драгоценностями): красный — рубин, голубой — сапфир, зеленый — изумруд, черный — бриллиант и металлы: золотой и

* без гнева и пристрастия (*лат.*).

серебряный (или белый). Популярные слова-подпорки это четыре стихии — вода, земля, огонь и воздух.

Ну, пожалуй, довольно теории, переходим к практическим занятиям.

При желании дать нашей книге хорошее название мы поступаем следующим образом: берем лист бумаги формата А-4 и выписываем на нем подряд все вышеприведенные выявленные моими research* слова, одновременно тщательно следим за тем, чтобы соблюсти приведенные там же статистические пропорции. То есть 18 раз подряд пишем «меч», 16 раз «чародей», 12 раз «король» и т.д., но лишь по два раза такие слова, как «возвращение» или «знак». Геральдические цвета, а также стихии записываем по десятку каждое.

Теперь берем ножнички и разрезаем исписанный лист на маленькие листочки так, чтобы на каждом было только одно слово. Листочки старательно перемешиваем и бросаем в шляпу, горшок или вазу, причем в двух последних случаях чрезвычайно желательно горшок предварительно освободить от гуляша, а вазу — от цветов и воды. Теперь не глядя вытаскиваем из «сосуда» два листка и получаем название: «Сапфировый меч», «Гибель единорога», «Тень дракона», «Око хаоса», «Черная звезда», «Зеленый эльф». Если надо, добавляем «и» («Кровь и камень») либо «из» («Чародей из воды»).

Более искушенным, однако неудержимо влекомым к авангарду и «Новой Волне», я рекомендую более прогрессивный метод: вытаскивать из «сосуда» только одну бумажку, затем выкуривать самокрутку марихуаны и дополнять стакашком «Glenfiddich on the rocks»**. И название готово: «Чародей, понимаемый как синусоида, изготовленная из оловянной фольги», «Нам, обладающим мечом, снятся сны о заколдованных баранах», либо «Вы, господин, заказывали хаос?»

А если у вас упорно ничего не получается, если вы постоянно вытаскиваете вредные комбинации типа «зеленый»

---

* изысканиями (*англ.*).

** «Шотландское виски со льдом». — *Примеч. пер.*

и «красный», либо «око» и «рука», то следует повторять операцию до получения приемлемого результата. В конце концов удастся вытянуть что-либо осмысленное.

Ну, хотя бы «Возвращение государя» или «Огнем и мечом».

Ах какие прелестные названия!

МЕЧ, МАГИЯ, ЭКРАН

Не так давно на одном конвенте поинтересовались моим мнением относительно темы «Фэнтези и фильм». Я перечислил несколько лент фэнтези, которые люблю, обосновав свои личные вкусы довольно сдержанно, а то и вовсе не обосновывая. К моим словам прислушивался — как всегда скромно скрывающийся за чужими спинами — Мачей Паровский, главный редактор «Новой Фантастики», — он-то и предложил мне несколько расширить тему, щедро пообещав дать немного места на страницах своего журнала. Ну, так вот просто, offen you can't refuse*.

Прежде чем приступить к делу, я взялся за краткое повторение теории — еще раз прочитал «Наследие воображения» Анджея Колодыньского и энциклопедию «The World of Fantastic Films»** Петера Николса. Не то чтобы мнение серьезных критиков как-то повлияло на мое личное мнение и шкалу ценностей — не влияло и влиять не будет. Но иногда полезно заняться таким повторением, хотя бы для того, чтобы не ошибиться в написании имен, что — mea maxima culpa*** со мной иногда случается, например, в «Варенике» с Уинсором Мак Кеем.

Итак, вот список фильмов фэнтези, которые я люблю: «Конан-Варвар», «Экскалибур». «Ladihawke»**** и «Willow»*****.

Miecz, magia, ekran

* предложение, от которого нельзя отказаться (*англ.*).

** Мир фантастического фильма (*англ.*).

*** моя великая вина (*лат.*).

**** «Леди-Соколица» (*англ.*).

***** «Уиллоу» (*англ.*).

Осознаю, сколь мало я оригинален. Тут уж ничего не поделаешь.

РИТУАЛ МУЖЕСТВЕННОСТИ

«Конан-Варвар» в энциклопедии Николса оценивается на «две с половиной звездочки», что означает, цитирую: «фильм, который можно посмотреть, когда идет дождь, а ничего лучшего под рукой нет». В моем случае именно так и было: всё решили метеорологические условия. В кинотеатре, в котором крутили «Конана», я укрылся от жуткой жары, царившей в то лето в Дюссельдорфе. И вот, извольте, парадокс — с жанром, которым в будущем мне досталось заниматься, я впервые столкнулся не при чтении, а в кино. Первое восприятие sword and sorcery*, или, если кому-то больше нравится, heroic fanrtasy**, было в моем случае визуальным. Однако фильм я воспринял хорошо — он настолько мне понравился, что при ближайшем посещении книжного магазина вместо того, чтобы по традиции искать Желязны, Эллисона, Дилэни или Ле Гуин, я взялся за «Конана», а точнее, за одного из бесчисленных «Конанов», стоящих на специально выделенной полке. Преодолев изумление, вызванное множеством автором (Говард, Картер, Оффут, Спрэг де Камп, Перри, Джордан и целый легион прочих), я перелистал несколько paperbak'ов***. Такой в то время я применял принцип — не тратить твердой конвертируемой валюты на кота в мешке. В данном случае принцип себя оправдал — я с неудовольствием сунул упомянутого «Конана» обратно на полку. Смотреть, подумал я, во время африканской жары в климатизированном кинозале — еще куда ни шло. Но читать это невозможно. Оценку я распространил — достаточно неспра-

* меч и магия (*англ.*).
** героическая фэнтези (*англ.*).
*** книги в бумажных обложках (*англ.*).

ведливо — на весь жанр S&S и до момента знакомства с «Амбером» и «Трилогией о Земноморье» обходил фэнтези стороной — как в книжных магазинах, так и в кино. Впрочем, в кино обхожу ее и по сей день.

Но фильм Милиуса по-прежнему ценю очень высоко и считаю одним из лучших фильмов фэнтези. Собственно, говорю я себе, что странного в том, что фильм удачный? Режиссер Милиус, он же автор сценария, причем в компании не с кем-то, а с Оливером Стоуном. Л. Спрэг де Камп был «technical adviser'ом»*, деньги же — немалые — дал на все Дино де Лаурентис. Благодаря деньгам Дино фильм избежал — в значительной степени — тоскливой дешевки, страшного сермяжного убожества, этого проклятия других фэнтези-продуктов, в основном итальянских, в которых от декораций за километр несет гипсом, картоном и папье-маше, а актеры выряжены в станиоль, искусственную кожу, плюшевую обивку с диванов и прикаминные коврики, кои имеют целью исполнять роль «медвежьих» шкур. Благодаря долларам де Лаурентиса мы заполучили в фильме Джеймса Эрла Джонса в изящно сыгранной роли короля Озрика — такую роль-жемчужину на англосаксонском киножаргоне называют «камея» — самого Макса фон Зюдова. И Бэйзила Полидуриса и его восхитительную, идеально соответствующую действию музыку...

Джон Милиус — об этом пишет Николс в своей энциклопедии — не особый любитель sword and sorcery. Тем более странно, как тонко он улавливает климат, как изумительно лавирует сериями образов на мелях прозы Говарда. В отлично подобранной сценографии, среди прекрасных фантастических ландшафтов Милиус ведет мало в то время известного, еще сильно «деревянного» Шварценеггера к акту его мести. У Николса есть готовое объяснение концептуального рецепта режиссера — Милиус, утверждает он, всегда был увлечен мужскими «rites of passage» — «ритуалами преображения», его всегда интриговала та «грань мужественности», тот экзамен,

* технический консультант (*англ.*).

сдав который мужчина имеет право называть себя мужчиной. Конан-Киммериец сдает такой экзамен с мечом в руке — ведь это же sword and sorcery. Да еще какое! Киносцены борьбы в горном замке и финальной, среди менгиров и дольменов — не сравнимы ни с чем. Жестокие и грубые, но очаровательно правдивые. Милиус, хоть он и не Куросава, создал из материи меча доброе, воистину японское чудо. А следует знать, что де Лаурентис, не желая отказаться от «родимой» клиентуры, вырезал из первоначальной версии фильма двадцать минут действительно сильных сцен рубанины...

Прекрасно управляется с мечом Зандаль Бергман, пленительно прекрасная женщина с грацией гепарда. Аж дух захватывает. И неудивительно — профессиональная танцовщица. И опять же огромный плюс и заслуга режиссера — с ролью Валерии, что ни говори, канонической для жанра фэнтези фигуры злодейки и воительницы, Зандаль Бергман справляется экстраординарно. Хвала Милиусу, что выбрал ее, а не какую-нибудь другую актрису. Другая погубила бы фильм. Когда видишь Зандаль в другом — убогом — фильме-фэнтези «Рыжая Соня» в поединке на мечах со «знаменитой» Бриджит Нильсен, то отчаяние охватывает! Зандаль — сама пантера, а Бриджит словно неловкая кухарка оперирует мечом, будто это кухонная чумичка или трубка от пылесоса. И неудивительно, что Сталлоне дал отставку этой холерной, силиконовой и неловкой бабище.

МЕТАЛЛ И ЛИСТ

Джон Берман в «Экскалибуре» занялся Томасом Мэлори и его «Смертью Артура» — этой, пожалуй, наиболее литературно удачной и наиболее известной переработкой артуровского мифа. Будь я критиком, руководствующимся объективностью, мне пришлось бы оценить фильм низко — и размах, и эпика, обозначенные в начале, быстро затихают и смазываются. Обкарнание и уплощение линий и фигур приводит к малой убедительности, искусственности поведения героев и слабенькому драматизму действия. Отсутствие известных характерных актеров (бюджет?) также отыгрывается на фильме. А если Н. Уильямсон должен был сыграть звездную роль — Мерлина, — то не получилось, совсем не получилось. Но я не критик и могу позволить себе быть субъективным. Я люблю «Экскалибур». Люблю за то, за что следует любить фильм — за образ. Берман, как и Милиус, чувствует дух фэнтези и глубокий архетипический смысл кельтской легенды и ее значение — и показывает это изображением. Глубоко символичным и прекрасным. Магическим.

«Экскалибур» — фильм о зелени и стали. О том, что уходит и что приходит. В первых сценах зелени нет, есть тьма и хаос, огонь и кровь. Британия лишена короля — страна страдает. Металл оружия и доспехов убивающих друг друга рыцарей Утера Пендрагона и Горлойса Корнуолльского не освещает мрака, а еще больше его усугубляет. Металл — это насилие над природой — в акте столь же страстном и жестоком, как тот, во время которого Утер, не снимая доспехов, овладевает нагой Игерной в пурпурной от огня комнате замка Тинтагел.

Во мраке Хаоса вспыхивает ослепительно яркий луч. Это Экскалибур, это надежда. Это Артур, объединяющий страну при поддержке одетых в светлое рыцарей Круглого Стола. Самый благородный из рыцарей, истинный chevalier sans peur et sans reproche* — это Ланселот Озерный, и его доспехи — самые сияющие, блестят как зеркало, Ланселот светозарный, идеальный. А вокруг Камелота зелень — богатая, сочная, глубокая зелень.

Идеальный Ланселот и Гвиневера, нагие, лежат, сливаются в любви среди первобытной, дикой, зеленой пущи. Экскалибур, который Артур, преданный женой и другом-вассалом, заносит над уснувшими, истомленными страстью лю-

* рыцарь без страха и упрека (*фр.*).

бовниками, вспыхивает грозным, убийственным светом Хаоса. Металлу снова предстоит стать тем, чем он был во времена Утера Пендрагона, — символом предательства и насилия. Но ведь ничем таким Экскалибур быть не может! Разрывается легендарная, столь существенная для кельтской мифологии связь — единство короля и страны. Опускается зловещий мрак. Артур погружается в болезнь и апатию, а вместе с ним болеет и вся страна. Сочная, богатая зелень превращается в опустошенное, испепеленное, затянутое дымами урочище, истинно — Бесплодные Земли, которые пересекают рыцари в поисках Грааля. Рыцари, чьи доспехи теряют идеальный, зеркальный блеск, покрываются грязью, ржавчиной.

Рассеивающий мрак Грааль находит наконец Персиваль, но чтобы иметь возможность прикоснуться к нему, он должен — символически — отбросить оскверненные доспехи в очистительном акте, должен предстать нагим перед Чудесной Чашей.

На Бесплодных Землях бушует Мордред — плод грешной связи, претендент, будущий король, символ Нового. Но это Новое для погибающей страны — ложная надежда, так же как предательски фальшивы прекрасные золотые доспехи Мордреда и его улыбка. Артур прикасается к Граалю и восстает от апатии, оказавшаяся перед угрозой Хаоса страна призывает своего короля. Рыцари Круглого Стола еще раз — последний — надевают сияющие доспехи, блеск полированного металла прорезает мрак. Больная Природа на миг оживает в незабываемой сцене проезда рыцарей среди цветущих, роняющих снежно-белые лепестки яблонь. Но мы знаем, что яблони не цветут, а отцветают. Ибо рыцари спешат на поля Камланна на Последнюю Битву. Доспехи снова теряют блеск — их покрывает кровь, пролитая в борьбе отца с сыном. Над вересковьем Камланна заходит кроваво-красное Солнце. Экскалибур, луч надежды, теперь испачканный и матовый, исчезает в очистительных водах Озера. Что-то кончается. Артур отплывает во мглу, в даль, к острову Авалон...

Я люблю «Экскалибур». Потому что люблю хорошую фэнтези.

Я люблю СТРАДАНИЕ...

Хоть в своей энциклопедии Николс в 1983 году предсказывал необратимый конец кинофэнтези, тем не менее нашелся режиссер, который вновь взялся за фантастический антураж. Это был Джон Доннер. Доннер не искал материал среди лавины литературных фэнтези, не опирался на имя какого-либо одного литературного корифея. Оригинальный сценарий Эдварда Хмары очень прост и несложен. Двое любовников, разделенных зловещим наговором, борются со злой судьбой. Если это фэнтези, то она наименее канонична и наименее типична — не толкиновская и не говардовская. Нет Never-Never Land'а, а есть средневековая Европа, может, Пьемонт, может, Прованс, разговоры идут о крестовых походах, о папстве. Но это фэнтези — ибо есть магия. Злая, черная магия. Епископ из Аквилона, опьяненный порочной страстью к Изабель, не будучи в состоянии перенести ее презрения и любви к благородному рыцарю де Наварру, призывает на помощь сатану и Темные Силы, накладывает на любовников мстительное заклятие, и с этой минуты с восхода до заката солнца Наварр будет человеком, а ночью станет превращаться в черного волка. Возлюбленная же его Изабель при свете дня будет соколом, а человеком — ночью. Любовники все время вместе — но они разделены. Наварр, разъезжая по стране днем на прекрасном вороном жеребце, держит на перчатке сокола — Леди Соколицу, Ladyhawke. А после захода солнца Изабель ласкает шерсть лежащего у ее ног волка...

Я люблю «Ladyhawke». Потому что это прекрасная фэнтези. Это песнь о торжествующей, всепобеждающей любви, о надежде — а значит, о том, без чего хорошая фэнтези существовать не может. Это фильм о страдании. Это фильм глаз и взглядов. Потому что в краткие, мгновенные — и изумительно снятые — моменты на грани дня и ночи, когда солнце касается горизонта, когда весь мир разгорается светом или погружается во мрак, Изабель и Наварр становятся самими собою и смотрят друг на друга. В эти секунды их глаза кричат о любви и страдании. Доннер показал необыкновенное понимание проблемы, он ввел в фильм нужные глаза. Влекущие, пленительные глаза чудесной, тонкой, как лепесток цветка Мишель Пфайффер, прекраснейшие глаза Голливуда. И гипнотические, выразительные, волнующие серые глаза Рутгера Хауэра. Глаза Мишель и Рутгера сделали этот фильм. Эти глаза я порой жажду увидеть ночью, и тогда в сотый раз смотрю «Ladyhawke».

ОПТИМИСТИЧНО

«Уиллоу» Рона Говарда и Джорджа Лукаса — это симпатичная толкиновская фэнтези. Симпатичная и оптимистичная, основанная на всех канонах и требованиях жанра, до краев заполненная фантастическим антуражем. Легонькая и неусложненная, но в совершенстве сконструированная. Это радостное и полное поэтики повествование, свойственное фэнтези. Перед нами дети предназначения, лучик надежды в мире, полном зла, и здесь же олицетворяющая это Зло жестокая королева, которая стремится упомянутых детей уничтожить, насылая на них чудовищных оборотней, страшенных всадников с жуткой внешностью. И вот симпатичный хоббитик Уиллоу отправляется в поход, в этакий очень типичный для канонов фэнтези поиск (quest), чтобы защитить Добро от Зла... Что ему, вполне естественно, в финале удается.

И Говарда, и Лукаса осуждали за идею взять на роли «хоббитиков» настоящих карликов, у некоторых это вызывало смущение. Мне это нисколько не мешает, а поддерживает «фантастическую аутентичность» показанного в фильме Never-Never Land'a больше, чем специальные эффекты, которых в «Уиллоу» (Лукасовская Industrial Light and Magic!) — истинная пропасть. А Уорвик Дэвис в роли Уиллоу — карлика с большим сердцем и короткими ножками — абсолютно очарователен и заставляет поверить в толкиновскую идею повествования: в борьбе против Зла, когда отказывают сила, металл и насилие, тогда торжествуют — пусть даже скрывающиеся за невзрачной внешностью — выносливость, вера, честь... и именно это большое сердце.

Я люблю «Уиллоу». За оптимизм. За радость. За магию и красоту мира. За, как пишет Колодыньский, «достойный ритм и прелесть старой, эпической саги». Но, уже закончив смотреть... думаю о том, что бы сделал с этим повествованием я. Что сделал бы со злой королевой, как усложнил бы жизнь Вэлу Килмеру и Джоан Уэлли.

Ну что ж, видать, слишком мало во мне оптимизма.

БУДУЩЕЕ

Зрелищность фэнтези всегда привлекала режиссеров, а растущая популярность и рыночные успехи книг этого жанра пробуждали продюсеров. Однако было время, когда казалось, что фильмы фэнтези куют все подряд, что никакая супербюджетная суперпродукция не в состоянии обеспечить получения предполагаемого дохода, а порой даже не покрывает и расходов. Практически ни один фильм фэнтези, включая и вышеназванные, не оправдал финансовых надежд их продюссеров. И страх перед неизбежным финансовым крахом погубил этот киножанр, поскольку, во-первых, привел к потере оригинальности и свежести — каждый продюсер стремился (впрочем, с мизерным результатом) — копировать схемы, которые «когда-то, кому-то» неплохо продали («Конан-Разрушитель» и «Рыжая Соня» Флейшнера). Во-вторых, породил тенденцию к «низкобюджетной» кинематографии — результатом стала смешная, жалкая и одновременно ужасающая халтура (воздержусь от примеров, но имя им легион). В-третьих, отохотил киношников от имеющих рыночный успех литературных оригиналов, которые оказалось невозможным перевести на язык кино («Властелин Колец» или по мотивам Андрэ Нортон «Повелитель зверей» Дона Коскарелли).

Наконец, в-четвертых, вызвал у киношников — совершенно справедливо — потерю веры в то, что нагромождение специальных эффектов будет в состоянии заслонить суть сценария («Темный кристалл» Хэнсона, «Легенда» Ридли Скотта). Так что в 1981—1986 годах, грубо говоря, фэнтези (каноническая, не говоря о «пограничной») как ворвалась на экраны кинотеатров, так и немедленно сошла с них. Это не означает, что после нее ничего не осталось — кроме вышеописанных и (очень субъективно) оцененных. Вполне достоин быть упомянутым «Убить дракона» Мэтью Роббинса («три с половиной звездочки» у Николса), «Крулль» Питера Йитса или «Бесконечная история» Вольфганга Петерсена.

Так каково же будущее жанра в кино? Я ставлю этот вопрос не без ехидства, поскольку понятия не имею, каково оно. Однако похоже на то, что фильму фэнтези еще некоторое время придется подождать своего «Bladerunner»'а*. Я хотел бы, чтобы такой фильм появился. А чего хотел бы еще? «Трилогию» Толкина, сделанную Спилбергом и Лукасом, с Уорвиком Девисом в роли Сэма Скромби. «Туманы Авалона», снятые Ридли Скоттом. «Фафхрда и Серого Мышелова» по Фрицу Лейберу, в котором сыграют Шварценеггер, Майкл Бин, Ким Бесинджер и Зандаль Бергман, а режиссером будет Милиус. И хотел бы «Русалочку» Андерсена (сделанную

* В России шел под названием «Бегущий по лезвию бритвы». — *Примеч. пер.*

так, как «Крюк») с Мишель Пфайффер (или Джулией Робертс) в главной роли.

А помечтать можно?

Не запрещено никому.

Ну, так скажу вам, о чем я мечтаю еще: о Кевине Костнере в роли ведьмака Геральта. В том самом костюме, что в «Робин Гуде». Не забыв его убийственного шарфика...

САПКОВСКИЙ ПРЕДСТАВЛЯЕТ САПКОВСКОГО

Анджей Сапковский, АС польской фэнтези, явился на свет под знаком Близнецов чертовски давно тому назад. Во всех занятиях, действиях и профессиях, которыми он занимался в жизни, он всегда оказывался enfant terrible. К сожалению, к фантастике он обратился очень поздно, чтобы у любителей этого жанра, так называемых фэнов, слыть кем-то иным, нежели дряхлым стариком. Впрочем, Сапковского не волнует мнение так называемого фэндома, ибо вышеупомянутый фэндом он считает чем-то вроде почитателей Скрипящих Скрипунов и Болтливых Болтунов, то есть группировкой, которая с точки зрения значимости для страны и народа далеко отстает от Союза Заводчиков Мелких и Пернатых Животных.

Имеет место мнение, будто Сапковский пишет фэнтези лишь постольку, поскольку не в состоянии написать ничего иного. Некоторые утверждают, что Сапковский ищет в фэнтези бегства от реальности, которая его ужасает. Слышны также голоса, утверждающие, якобы Сапковский страдает легкой формой шизофрении и глубоко верит в чары, вампиров, драконов и прочих кощеев, то есть описывает собственные галлюцинации. Существует также значительная группа, считающая, что Сапковский пишет ради денег, ибо он сверх всякого воображения безмерно алчен и жаден. В последнее время пробиваются голоса, склонные считать творчество Сапковского неудачной попыткой понравиться столь же различным, сколь и многочисленным девицам и даже замужним дамам.

Поскольку сам автор отказывается комментировать истинность вышеприведенных мнений, постольку проблему подвергли анализу серьезные критики фантастической литературы, однако они не пришли ни к какому серьезному выводу, ограничившись исключительно тем, что окрестили Сапковского постмодернистом. Писатель почувствовал себя оскорбленным таким эпитетом и заявил, что его эротические склонности есть его личное дело и что если кто-то считает себя невинным, то, пожалуйста, он не возражает, пусть тот бросит в него камень.

Ну а коли уж пошла речь о наклонностях и предпочтениях, то об авторе «Ведьмака» и «Дороги без возврата» известно, что из животных он обожает кошек, из цветов — цветную капусту, а из чтива — в последнее время граффити на стенах и заборах. Перечень того, что он не любит, во-первых, слишком обширен, чтобы его где бы то ни было публиковать, а во-вторых, постоянно увеличивается.

P.S. Когда Сапковского спросили, как он относится к тому, что на основе его инициалов ему дали прозвище АС, Анджей Сапковский заявил, что прямо-таки ног под собой не чувствует от радости, ибо исключительно по счастливой случайности его не зовут Жаном Октавистом Пейрак-Адамкевичем.

Анджей Сапковский, Берлин, 1992 г.

БЕСТИАРИЙ

Главы из книги "GRAND GRIMOIRE", или "Рукопись, найденная в Драконьей Пещере".

Компендиум знаний о литературе фэнтези, для любителей оной предназначенный, обогащенный словарями, бестиарием и индексом легендарных созданий, снабженный алфавитным перечнем творцов всяческой масти.

Я искренне благодарю автора — Анджея Сапковского — и Президента Обнинского компьютерного клуба Юрия Кофтана за неоценимую помощь при работе над текстом перевода.

Евгений Вайсброт

БЕСТИАРИЙ САПКОВСКОГО

Бестиарий — это первый популярный справочник прикладной зоологии. Первый из бестиариев, содержащий аллегорические описания самых что ни на есть странных животных, был создан в Александрии в IV веке неизвестным греческим автором и назывался «Physiologus», то есть «Натуралист». Этот «Physiologus», размноженный в неисчислимых латинских, итальянских, немецких и французских копиях, стал основным источником всех последующих бестиариев, выходивших с той поры на протяжении всего средневековья. Бестиарии и физиологисы выходили отдельно, либо как части псалтырей, стихами, либо прозой, красиво иллюминировались и иллюстрировались скорее символическими, нежели верными иллюстрациями и носили такие названия, как «De Bestiis», «Liber bestiarium» или «Liber monstrorum de diversis generibus». Кроме бестиариев выходили также лапидарии (например, «Liber Lapidum», авторство Марбода) и гербарии (известный «De vegetalibus» Альберта Великого).

Бестиарии базировались как на научных (либо псевдонаучных) трудах — Аристотель, Геродот, «Естественная история» Плиния, или «Фарсалии» Лукана, так и на чистом вымысле, например, «Истинная история» Лукиана Самосатского. Сочинители охотно пользовались индусскими, древнееврейскими и египетскими источниками, обстоятельно эксплуатировали легенды и художественную литературу. Со временем бестиарии обогащались идеями, почерпнутыми из сочинений Оригена и отцов Церкви, таких, как «Magna Moralia» св. Григория Великого, «Hexaemeron» св. Амвросия Медиоланского или энциклопедическая «Книга происхождений» св. Исидора Севильского, а также из таких произведений, как «Liber Memorabilium» Солинуса, «De Universo» Рабана Мавра из Фульды, «Megacosmos» Бернара Сольвестрия, «Aviariun» («Книга птиц») Гуго Фульонского, «De proprietatibus rerum» Варфоломея Английского, произведения Готье де Меца, Филиппа де Фаона, «Bestiaire d'amour» Ришара де Фурневиля или «Li Tresors» Брунетта Латини.

Общим для всех — либо большинства — бестиариев было объяснение природных явлений путем толкования Писания. Каждое животное, безразлично насекомое ли, птица или рыба, существующее в природе или мифическое, должно было сочетаться с одним из четырех архетипов: Христом, Сатаной, Церковью или Человеком.

Нижеподписавшийся позволил себе присоединиться к блистательной плеяде авторов бестиариев — давних, неизвестных или забытых и современных — Льюису Кэрроллу, Джеймсу Терберу, Т.Х. Уайту и Хорхе Луису Борхесу (продолженному Яном Гондовичем — «Фантастическая зоология, дополненная»).

Я беру на себя смелость предложить читателям «Бестиарий Сапковского», изложенный классическим стилем и в классической манере. И ради сохранения атмосферы также нашпигованный латинскими цитатами и сентенциями. Возможно, нашпигованный несколько чрезмерно, но, повторяю — важно было сохранить стиль, манеру и неповторимую ауру.

Внимательный и знакомый с материалом человек, несомненно, заметит, что от других классических физиологисов мой отличают некоторые детали в описании животных и их привычек, иными — порой спорными — являются также приемы толкования и этимологии названий. Но что это был бы за бестиарий, если он не обогащен собственными наблюдениями, исследованиями и размышлениями автора. И его собственным мировоззрением и темпераментом.

Итак...

АМФИПТЕРИЙ (AMFIPTERUS)

Летающий дракон, по образу змея ног не имеющий, а богатый лишь парой крыльев, по обеим сторонам тела расположенных, откуда и идет его греческое название. Грозный сие есть людоед, что видно хотя бы по гербам Сфорцев и Висконтиев, на коих оный амфиптерий человека пожирающим изображен.

АМФИСБЕНА (AMFISBENA)

Ящер о двух головах (по обоим концам тела размещенных), откуда и название, означающее по-гречески «в обе стороны», ибо амфисбена, одною пастиею за другую уцепившись, яко колесо весьма прытко катиться может, в какую только сторону пожелает. Как пишет Лукан: «et gravis in geminum vergens caput anphivena». Амфисбена описана также Плинием, кой подчеркивает ее впрост лечебные свойствия (как амулета либо талисмана). Животное сие геральдическое есть, на гербовых щитах изображаются амфисбены как окрыленные, так и те, у коих одна из голов — в основном задняя — птичья.

АСПИД (ASPIS)

Сие есть змей зело грозный. Перемещается с быстротою молнии, а из пасти его постоянно пар горячий извергается. Ежели укусит, человек распухает страшно и заживо гниет. Зверь сей также хитростию превеликой отличается. Ежели его колдун формулою магическою, либо заклинатель флейты музыкою сладостною одурманить пожелает, аспид, дабы заклинания либо игры музыкальной не слышать, так сворачивается, что одно ухо к земле прижимает, другое же хвостом себе затыкает. Делает он так по образу и подобию богача, коий одно ухо завсегда к благам земным преходящим наставляет, другое же грехом затыкает. Сравню таковых со змеем аспидом, псалом 57:5: «Яд у них, как яд змеи, как глухого аспида, который затыкает уши свои».

Alienati sunt peccatores a vulva erraverunt ab utero locuti sunt falsa furor illis secundum similitudinem serpentis sicut aspidis surdae et obturantis aures suas quae non exaudiet vocem incantantium et venefici incantantis sapienter.

То же говорит псалом 90:13: «На аспида и василиска наступишь; попирать будешь льва и дракона» — *«Super aspidem et basiliscum calcabis conculabis eonem et draconem».*

АССИДА

Имеет ноги верблюжьи и крылья птичьи. Яйца кладет по манере птичьей и знает, когда время класть приходит, ибо звезду только ей ведомую наблюдает. Стало быть, ассида есть метафора человека, коий вдохновен и вдохновению следует.

БЕРНИКЛОВОЕ ДЕРЕВО

Чудо из чудес, вместо плодов всяких гусей живых родит. Когда подходящий час подоспеет, дерева сего ветки густейше ракушками обвешиваются, ровно яблонь яблоками. Ракушки оные взрастают, а затем скорлупка их лопается и раскрывается. Ежели кто поблизости пребывает, тот видит, как из скорлупы той раскрытой птичьи ноги перепончатые, дергаясь потешно, висят, а вскорости и цельные птицы гогоча из скорлупы вылупляются, совсем выросшие и к летанию готовые. Птицы сии, берниклями называемые*, размером гусей поменее, а уток поболее будут.

Древа такие — зело редко однако — встретить можно на Оркадских и Шетландских островах, как то удостоверя-

---

* Берникля (Branta bernikla, *лат.*) — черная казарка. — *Здесь и далее примеч. пер.*

ет англичанин сэр Джон Герард в своей «General Historie of Plantes».

БОГУН УПАС (BOHUN UPAS)

Дерево, кое в Индии, в особливости же на Пряных Островах неподалеку от Китаю произрастает. В малайской речи означает «Древо Ядов». Ибо кора и дерева этого листва такие страшные туманы, испарения и запахи источают, что аж на четыре мили вкруг все вымирает, без разницы — человек, зверь либо растение. Туземцы Малайи ядом упомянутым стрелы свои и копия отравляют, а ежели кого пожелают смертию покарать, то оного на ночь к стволу привязывают, а на заре утренней он уже готовый и окоченевший висит. Также некоторые гады и бестии ядовитые яды свои из Богуна Упаса черпают.

БОКАНОН

Таковой в Азии обретается. Голова у него и тулово бычачьи, а на шее грива, яко у коня. Имеет рога, однако столь закругленные и так сильно назад выгнутые, что никому ими вреда причинить не может. Однако же защиту, коей природа поскупилась дать ему в рогах, она щедро восполнила в кишках. Видя себя преследуемым, боканон тылом к преследователям оборачивается и, громко пуская ветры, поражает оных вонию и испражнениями столь страшными, что очи на лоб вылазят, а волосы в завитки закручиваются, и к тому же на три мили вокруг. Упорнейший охотник от такового убегает и боканона преследовать более не решается.

БОЧАН или **БОЧЕК**

В других, окромя Польши, местах АИСТОМ называемый, у нас есть название птицы, от лужицкого «Bacion», либо «botian» произведенное. Латинское же название свое «Ciconia» от того бочан берет, что цикаде (Cicania) подобный звук издает, клювом хлопая и клекоча. Клекотание оное есть аки глас адский, плач и скрежет зубовный, коим в адской пучине грешники в грехах своих признаваться будут, о чем в Евангелии от Матфея написано (8:12): «А сыны царства извержены будут во тьму внешнюю: там будет плач и скрежет зубов» *(«ibi erit fletus et stridor dentium»).*

Бочан есть грешников таких символ, ярый враг змеиного, а стало быть, и диавольского племени.

ВАСИЛИСК

По-гречески Basiliskos'ом, по-латыни Regulus'ом зовется, то есть королем малым, поелику василиск есть всякого гада ползучего царь и монарх, властелин драконов и змей. Иначе, нежели чем иные гады, во прахе на брюхе ползающие, василиск поднявшись идет, а на голове носит корону златую. Все живое разбегается пред ним в страхе великом. Как никакое иное ядовитое чудище, василиск одним взглядом своих страшных глаз убить может. Даже птица быстролетящая замертво падает, ежели на нее василиск взор свой оборотит.

Учит пророк Иеремия (8:17): «Ибо вот, Я пошлю на вас змеев, василисков, против которых нет заговаривания, и они будут уязвлять вас...» *(«...quia ecce ego mittam vobis serpentis regulos quibus non est incantatio et mordebunt vos...»).* Хоть и действительно, на serpent'ов Regulus'ов non est incantatio, однако ж нашлось животное, кое их не опасается, и животное то зовется ласка. Ласка василиска даже в логове его отыщет, выследит и загрызет. Сам же василиск петуха зело боится и ежели услышит пение петухово, прочь бежит. Ибо Творец ничего не оставил без лекарства, ремедиума либо антидотума — даже супротив такой паскудности, как василиск, есть ласка и петух.

Василиски наподобие скорпионов логово себе выбирают в местах безлюдных, каменистых, теплых и сухих, и рассудительно делает тот, кто мест таковых избегает и не шляется посередь них, яко глупец какой.

ВОДНЫЕ СУЩЕСТВА

Многочисленны, как говорит Давид в псалме 104:25: «Это море великое и пространное; там пресмыкающиеся, которым нет числа, животные малые с большими» *(«hoc mare magnum et spacionum manibus illic reptilia quorum»).* Плиний же оных больших и малых перечисляет до сорока и четырех, а делит их на монстров, змей водных, крабов, раков, омаров, ракушек, полипов, камбал, ящериц и червей.

ГАДЮКА (VIPERA)

Зовется так, поелику ее молодь через силу рождается (vi pariat). Не дожидаясь очередности хода вещей натуральной, молодые змеята прогрызают матери живот и тем самым убивают оную. Когда же гадюка с самцом спаривается, то последний должен голову свою в пасть ей всунуть, дабы семя вовнутрь выплюнуть. Гадюка, от вожделения ошалевшая, тут же голову ему отгрызает. Так они и гибнут, оба два: самец во время копуляции, самица при родах.

А для глупцов отсюда предупреждение: похоть — дело человеческое, но всякий раз гляди, куда голову суешь.

ГАРГУЛЕЦ (РЫГАЧ)

Сие есть гад преогромный, дракон водный с шеею зело длинною, мордою вытянутою и буркалами, аки карбункулы светящимися. Одного-единственного такового — хвала Провидению! — дано было человекам узреть в Нормандии в лето Господне 520 подле града Руана. Знать, из моря по реке Сене к граду приплыл, вынырнул и принялся водою жутко плеваться и рыгать — отсюда и название его от слова «garguiller»* происходит. Рыгал гаргулец и рыгал, весь град Руан водою залил и околичный край так обводнил, что и наисильнейший потоп вредов таких не наносил. Погибель глянула в глаза нормандцам, и скверно б их дела были, ежели бы не Святой Роман, in illo tempore** епископ руанский, коий экзорцизмами гаргульца изгнал. И с тех пор его уже никто не видывал. Гаргульца, значит.

---

* Garguiller (*фр.*) — булькать, урвать, бурчать.

** в то время *(лат.)*.

ГАРПИЯ (HARPIA)

Весьма отвратная скотина, полуптица-полубаба. Известны (из истории об аргонавтах и их по Руно Златое странствии) гарпии, кои царя фракийцев Финея жестоко преследовали и, непрестанно по-над головою его кружась, уделывали его и все вокруг вонючими экскрементами так, что царь Финей ни откушать, ни отпить, ни спокойно почивать не мог. Тогда два аргонавта, сыны Борея Калаид и Зет, гарпий оных прочь прогнали.

Гарпия — животное геральдическое. Помещена она в гербе княжества Лихтенштейнского.

ГИДРА (HIDRA)

Есть чудовище грозное, гад, коего один только экземпляр осмиголовый, тот, что в болотах неподаль города Лерна в Аркадии залегал, известен. Герой Геракл ту осьмиглавую лернейскую гидру убил, и был это его второй подвиг из двенадцати. И нелегок труд был сей, ибо на месте отрубленной головы тот же час вырастали две новые, откуда, кстати, пошло и ее латинское название Excedra*. В борьбе с оной на такую концепцию Геракл напал, чтобы, отрубив голову, тут же это место факелом прижигать. Помогло.

Гидру породила упомянутая дальше чудовищница Ехидна. Недаром же говорят: яблочко от яблони недалеко падает.

ГИЕНА (HYENA)

Каждая то самцовой, то самичьей природы может быть, уж одно это мерзостно само по себе, а и более того еще будет. Жрет гиена все, даже падаль вонючую и трупы, кои из лона земли выгребает. Но и живого не упустит. В околице поселений людских таится и чутко прислушивается к речи человеческой, дабы потом подражать ей верно и людей к себе приманивать на погибель. Весьма гиена речь человечес-

---

* Переходить, превращаться (*лат.*).

кую и каждый отдельный звук верно изображает. Зело собак обожая, ловит таковым методом хитрым: такой голос подает, будто человек тяжко и страшно рыгающий. Собака, коя рвотину любит, бежит на этот звук, тут ей и конец в гиеньей пасти приходит.

В глазу гиены сокрыт камень, lapidus hyenia называемый; положи себе оный под язык и будущее станет тебе видно и ведомо.

В эфиопских землях спариваются гиены со львицами и от такого coitus'а* рождается чудище, крокотой именуемое, о коем у Плиния читай.

ГИППОГРИФ (HIPPOGRYF)

Об этом говорят, что родила его кобыла, кою покрыл гриф. От лошади у него задняя часть тулова, голова же грифья, лапы с когтями и крылья, на коих, понятно, он ловко летать умеет. Однако ж в природе грифы с кобылами не спариваются, происходит такое лишь с помощью чародейства, потому как возмечталось колдунам получить для верхового перемещения такое животное. Чародей по имени Атлант такового гиппогрифа вырастил, однако же Брадаманта, хоробрая женщина-паладин, его отобрала, а чародея прикончила. Потом сама на гиппогрифе летала, о чем кто итальянский знает, может у Ариосто прочесть.

ГИППОКАМП (HIPPOCAMPUS)

Странный это зверь: полуконь-полурыба. Морда у него конская, хоть малость поизящней будет, передние ноги конские, а заместо копыт, коню присущих, у гиппокампа лягушачьи перепончатые лапы. Хвост длинный и змеиному подобный. Плавать, само собою разумеется, может сверх всякого удивления.

---

* соитие (*лат.*).

ГИППОЦЕРВ (HIPPOCERVUS)

Есть, как по названию видно, полуконь-полуолень. Говорят, что в бестии сей конская и оленья натуры постоянно промежду собою борются, потому-то гиппоцерв есть животное зело нерешительное и чрезвычайно рассеянное.

ГРИФ или **ИНОГ**

Чудовище свирепое, тело льва, а голову и крылья орлиные носящий. Зело опасный. Прежде чем подойти, дважды подумай. Был он в гербе щецинских и слупских князей, но польский орел грифа ихнего не убоялся — князь щецинский Казька Свентоборовиц, коий с мерзопакостными крестоносцами стакнулся, в полон на грюнвальдском поле битевном попал.

ДИПСА (DIPSA)

Есть сие змея не в пример другим малая, но зело ядовитая. Ежели укусит, человек преставляется прежде, нежели укус почует, а на лице усопшего заместо боли и тревоги удивление токмо великое и печаль отражаются. Что подтверждает Лукан в «Фарсалиях», описывая приключения некоего военачальника невеликого, коий на дипсу наступил, а дипса в пятку его укусила *(«...Signiferum iuvenem caput retro dipsa calcata momordit. Vix dolor aut sensus dentis fuit...»)*.

ЗМЕИ

Суть гады двоякого роду. Одних мы именуем колубрами (colubras), поелику живут оне среди тени (colat imbras), других же — серпентами (serpentes), сии ползают (serpunt, по-гречески herpein). Все ядом убивают и преразличнейшими творят это способами. К примеру, ежели укусит dissa, то укушенный умирает от жажды (sitis). Яд hypnalis'а в сон вечный тихо погружает, как то случилось с царицею Клеопатрою, коя именно гипналисом воспользовалась, дабы умереть без мук. Hemorosis тем убивает, что у человека, им укушенного, жилы лопаются и кровь (по-гречески hema) вся из него вытекает. У kerastis'а же на голове растут рога (по-гречески keraste), как у барана, и он в песок по самые эти рога закапывается и проходящих неожиданно в яйца кусает.

О других же змеях в иных местах сказано будет.

ИДРУС

Змея преопасная, живет в Ниле, в воде, отсюда и называют ее по-гречески, ибо слово «hydor» воду означает. По-латыни же зовется Aquatilis serpens, змея водная. Укушенные ею страшно опухают, раздуваются и умирают в муках, а единственным противоядием супротив яду есть буйволиное дерьмо, отсюда и другое називание идруса — «боа» от «bos» — буйвол.

Идрус в большой живет неприязни с крокодилом. Ежели узрит такового на берегу спящего, то измазывается идрус в грязи для лучшей скользливости и выжидает, когда крокодил зевнет и тут же ему в разверстую пасть сигает и через горло в живот вскальзывает, а выбирается оттуда, внутренности крокодильи разрывая и тем жизни его лишая, а сам остается целым, невредимым и веселым.

ИНОГ

То же самое, что и гриф.

КАЛАДРИЙ

Есть птица с перьями, яко снег белыми, даже ни единого темного пятнышка не имеющими. Помет каладрия — незаменимый супротив катаракты антидотум, а сама птица таковое имеет предивное свойство, что ежели хворого человека узрит, коего немощь трагична и вылечена никоим образом быть не может и смерть ему писана, тогда каладрий голову отворотит и смотреть на хворого не станет. Ежели же каладрий головы не отворачивает и смотрит, то значит сие, что человек хворый выздоровеет и жить будет, и все это потому, что каладрий всю его немощь в себя забирает, после чего вверх к солнцу взлетает и там скверну хвори в солнечном зное сжигает. Такую силу имеет белая птица каладрий, ибо есть она как наш Спаситель, коий тоже бел, аки снег чистый, и безгрешен, как говорит Петр в первом послании (2:2): «Он не сделал никакого греха и не было лести в устах Его» *(«...peccatum non fecit nec inventus est dolus in ore eius»).*

КАМЕЛОПАРД (CAMELOPARDUS)

Есть плод противного природе совокупления верблюда с леопардом*. Разум мутится и теряется, ежели понять захочешь, каковым образом таковое совокупление происходит. А посему и дознаваться не надобно, а принять сие на веру. И все тут.

КАТОБЛЕПОС

По-гречески «в землю глядящий»* означает, ибо голова этого африканского зверя, волу бронированному подобного, так тяжела, что он постоянно опущенной ее держит и вечно вниз, в землю смотрит. И к счастью, потому как катоблепос так весь ядами переполнен, что взглядом либо дыханием все живущее убивает на месте. А берется сие от того, что ядовитыми травами катоблепос питается, тернием всяческим и кустами сухими, коих никакой другой зверь тронуть не осмеливается. Потому-то иное название этого зверя есть горгон, ибо навроде горгоны взглядом убивает.

КОКАТРИКС, или **КУРОЛИСК**

Существо страшенное, тело ящерицы, крылья нетопыря, а морду и ноги петуха имеющее. Два у него змеиных хвоста, одним он жертву хватает и оплетает, другим, коий жалом скорпионьим снабжен, убивает. Однако ж может убить и

---

* Тут, конечно, можно было бы поспорить с автором «Бестиария», потому что «camelopardus» — по-латыни не помесь верблюда (camelus'а) с леопардом, а просто-напросто — жираф, но, как сказал автор, его бестиарий «обогащен собственными наблюдениями, исследованиями и размышлениями. И его собственным мировоззрением и темпераментом».

** От «kato» (*греч.*) — «вниз».

взглядом, чем василиску подобен. В том же и погибель его сокрыта — стоит куролиску зеркало показать, как он сам себя собственным взглядом уничтожает.

Иногда.

Токмо не всегда такой фортель удается.

Вылупляется кокатрикс из яйца, петухом семилетним снесенного, и только тогда, когда звезда Сириус восходит. Яйца, в навоз теплый погруженные, должна высидеть жаба. Иначе ничего не получится. Превратятся яйца в болтуны. И все тут.

КОТИЩЕ

Поелику есть он мышиного племени недруг великий и уничтожитель, то зовется «Мусей» (от Mus, мышь по-латыни), а поскольку ловок и хваток, то еще и Catus'ом (от captura — ловля по-латыни), а то и от самого catus (от греческого идущего), означающего то же, что и ingeniosus, коим словом латиняне обозначали даровитого, талантливого, сметливости великой, ну, а с тем, что котище изобретателен и сметлив, каждый, кто не дурак, согласится.

КОТ МОРСКОЙ

Вообще-то никакой это не кот, а обезьяна. Simia, мартышкой именуемая, а у нас — кочкоданом почему-то. Привычки у нее еще более отвратны, нежели вид, а вид — зело препаршивейший.

КРОКОДИЛ (CACODRILLUS)

Название свое от шафрана (Croceus) берет, ибо цвет имеет шафранный. Обитает в реке Нил, длины даже двадцати локтей достигает, а вооружен грозными когтями и зубьями. Ночами в воде плавает, днями же в прибрежных зарослях спит. Говорят, ежели кого сожрет, то лицемерные слезы проливает, как вроде бы ему жаль. Потому-то обыкновенно лицемеров всяческих, а особливо ксендзов, с крокодилами сравнивать принято.

ЛЕВ (LEO)

Со львицей спаривается не как большинство зверей, то есть не more canino*, а как люди приличные, лицом к лицу. Львица же мертвый и хладный помет рожает, мертвых львят три дня сторожит. Затем является лев-самец, на львят хладных дыхнет и таким образом оживляет их. Об этом даже есть в ученых труда упоминание: «Dormitabit tanquam leo, et sicut catulus leonis suscitabitur»**.

ЛЕВКРОКОТА (LEUCROCOTA)

Чудовище, Плинием в осьмом томе «Естественной истории» описанное. Отвратительное видом и нравом создание: тело у него и лапы оленьи, шея и хвост львиные, а голова барсучья. Пасть же его от уха до уха простирается и весьма зубата. Резва левкрокота неимоверно, коня на бегу запросто догоняет. Живет в Азии.

Якобы.

ЛИС

Весьма быстроног и вместо того, чтобы бежать прямо, петляет (*«est enim volubilis pedibus et nunquam recto itinere»*). Вот из-за этого-то «volubilis» он и зовется по-ученому Vilpis. Лис — великий плут. Ежели голоден, то измажется красной грязью, цветом застывшей крови подобной, на землю уляжется, дыхание затаит, глаза выпучит и язык вывалит, чтобы показать, будто он вроде бы издох или того и гляди сдохнет. Пташки подлетают, надеясь лисьей падалью поживиться, а лис тут цап-царап — и нет пташки!

Таковым же способом и сатана поступает, заманивая и искушая. А кто даст себя на диавольское искушение поймать, того такой же конец, как и любителей полакомиться, пташек, ждет. Будут они отданы на милость лисам, или, как говорит Давид в псалме 63:11: «сразят их силою меча, достанутся они добычу лисицам» («partes vulpium erunt»).

---

* наподобие собак *(лат.)*

** Спит как лев, просыпается как львенок (*лат.*).

МАНТИКОРА

Живет в Индии. Тело у нее львиное, а голова и морда человечьи, но с пастию ужасной, в три ряда зубищ острых снабженной. Крылья у мантикоры орлиные, хвост же скорпионий, ядовитой иглой оканчивающийся. Яд свой, мгновенно отравляющий, берет мантикора из дерева богун упас именуемого. Нападает на людей из засады, убивает и сжирает так, что ни косточки, ни даже металлических «молний» от курток и пуговиц от штанов не остается. И когда Иоанн Богослов в «Откровении» (9:3,5) говорит: «И из дыма вышла саранча на землю, и дана была ей власть, какую имеют земные скорпионы...» «...и мучение от нее подобно мучению от скорпиона, когда ужалит человека» («et de futo exierunt lucustae in terram et data est illis potestas sicut habent potestatem scorpiones terrae»), то святой в благочестивой простоте своей никакую не саранчу (lucustae) имел в виду, а именно мантикор, которые в Судный день из пучин выйдут и будут истязать грешников жалами своими.

МОНОЦЕР (MONOCERUS)

Есть чудовище с ревом страшным и ужас великий наводящим, тело коня, а ноги слона имеющее (*equino corpore et elephantis pedibus*). С середины звериного лба торчит у него рог в четыре локтя длиною и такой остроты, что любой предмет и существо играючи пронзить способен. Ни один живой моноцер в руки людские не попадал, потому как если и может он быть убит, то уж пойман не может быть никак.

О моноцере говорит псалом 92:11, однако же здесь напомнить необходимо, что св. Иероним переводил псалмы одновременно с греческого и древнееврейского. И если в переводе с древнееврейского мы читаем: «et exaltabitur quasi monocerotis cornu meum», то в переводе с греческого моноцер превращается в единорога («et exaltobitur sicut unicornis cornu meum»).

Польский перевод псалмов примирил эллинов и иудеев, и в нем мы читаем: «...заострил рог мой, как рог быка».

Ну а в русском каноническом переводе (псалом 91:11) сказано: «А мой рог Ты возносишь, как рог единорога».

Вот и разберись тут.

МУРАВЬИ

В земле Эфиопской размерами поболе собак будут и рога имеют, козлиным подобные. Жестоко оне кусаются и потому считаются символом ереси, яко Виклеф проклятый и гуситы отвратные, кои тоже яко псы кусались и на истину лаяли. В Индии же обретаются такие муравьи, кои песок перебирают и крупицы злата хитроумно отделяют и в муравейник свой утаскивают, хоть выгоды от оного песка златого никакой не имеют: и не едят его, и для себя не урвут. Правду пишет посему ученый инквизитор Нидер из ордена доминиканского, что муравьи эти еретикам подобны, кои в Священном Писании копаются и зерна истины в оном ищут, хоть и сами не знают, что с этой истиной делать.

МУРЕНА (MURENA)

Угорь морской, потому по-гречески mirinna называется, что вокруг свивается. Мурены бывают токмо одного полу, а именно женского, а посему в целях продолжения рода копулируют с самцами змей. Потому-то рыбаки, кои мурен из-за их вкусного мяса отлавливают, завлекают их, свистя и змеиному шипению подражая, а глупые мурены плывут прямо в сети, думая, что на гон идут, а идут-то на сковороду.

В чем глупым наука, а умным предостережение.

МЫШИ

Животные паршивые как телом, так и поведением. По-латыни зовутся оне Mures. Взято слово сие от ex humore — от влажной земли, ибо из таковой-то мыши оные вылупляются, сами по себе, потому как нет мышов и мышиц и не совокупляются оне меж собою ради потомства. Жиреют мыши, когда луна на полнолуне идет и тощают, когда луна уменьшается.

ОНОКЕНТАВР (ONOCENTAURUS)

Что это такое есть, сейчас скажу. Каждый слышал о кентаврах — полулюдях-полуконях. Онокентавр же — получеловек-полуосел. Встречается таковой гораздо — ох, гораздо — чаще кентавра, коий почти совершенно вымер. Упоминает о нем пророк Исайя (34:14): «...et occurrent daemoria onocentauris et pilosus clamabit»*.

ПЕРИНДЕН

Сие есть дерево в Индии растущее. Сладкие и вкусные родит оно плоды, огромное для голубей лакомство, потому-то в сени дерева того вечно голубиц полно. Дракон, коий голубицам враг, к дереву тому подкрадывается, но в тень его войти не смеет, ибо боится. Тогда принимается дракон вокруг дерева периндена расхаживать и ждать, а вдруг да какая из голубиц из тени выпорхнет на свою погибель.

Так и ты, человек, стремись удержаться в вере истинной, ибо пока веры сень над тобою, не схватит тебя дракон-сатана, сей Змий извечный, как схватил он и пожрал Иуду, учителя своего и апостолов бежавшего, веру на свою погибель оставившего, словно рекомая голубица спасительную сень дерева периндеи.

ПЕРИТОН

Говорят, сей зверь с материка Атлантиды происходит, гибель коей несколько штук этих перетерпело. Это полуолень-полуптица, ноги у него оленьи и голова оленьими рогами украшена, а к тому крылья преогромные и гузка густым перьем поросла. Зело враждебен перитон людям и не один путник на совести его.

* Вынужден заметить, что в отличие от латинского текста в польском переводе говорится о фавнах, либо козлах, а в русском — о леших («...и лешие будут перекликаться один с другим»). И те, и другие имеют мало общего с ослами и онокентаврами. Но что делать!

САЛАМАНДРА

Ящерка, именуемая так по-гречески, ибо огня не боится, среди величайшего жара сидит себе и ничего, токмо усмехается и более того — способна огонь тот погасить. Промеж всех гадов ядовитых саламандра самая принаиядовитейшая, потому как, ежели иной-то гад ядовитый один токмо раз отравой убивает, то саламандра в силах прибивать по нескольку раз и многих. И делает сие тем, что ежели на дерево какое заберется, то каждый плод без исключения ядом отравляет, а кто хотя ж бы кусочек такого плода отведает, тот на месте и скончается. А ежели саламандра в колодезь или ручей свалится, то яд ее убьет любого, кто водою отравленной уста увлажнит. Таковое причинилось Александру, великому царю Македонии, у коего в Индиях, напившись воды из реки, саламандрой отравленной, две тысячи лошадей пало и четыре тысячи человек умерли.

Един только зверь без повреждения саламандру сожрать может, и есть тот зверь — свинья. Однако ж кто мясо свиньи, саламандру сожравшей, отведает, тот скончается, ибо яд, самой-то свинье не страшный, в мясе свиньином свою силу сохраняет.

Саламандра — животное геральдическое: языками пламени окруженная содержится в гербе дома Ангулемов.

СКОРПИОН (SCORPIOS)

Ко червям, а не к гадам причисляется. Хвостом ранит, вонзая жало и яд по всему телу распуская, чем убивает как дважды два — четыре. Знать однако ж не помешает, что никогда-приникогда скорпион в ладонь не укусит, чем шарлатаны всяческие пользуются. Кладут скорпиона на ладонь и народ обманывают, говоря, что, дескать, такая у них сила преогромная, что червь сей их не угрызет.

СЦИТАЛУС (SCYTALUS)

Змея, название свое с того берет, что шкура у нее блестящая и цветистая, тысячами расцветок переливающаяся*. В

* Scytala — род змеи (*греч.*); scitalus — изящный, хорошенький (*лат.*).

том сциталуса хитрость, что жертва заместо того, чтобы убегать, глядит на нее в изумлении и восхищении, словно дура какая, и от яду ее гибнет, забывши о поговорке: не все то золото, что блестит.

УГОРЬ

Хоть и змееподобен и даже латинское название (Anguilla) от змеи (Anguis) носит, все же не змея, а рыба есть. Мясо угрево зело смачно, однако переваривается с трудом. Говорит о том «Regimen Sanitatis Salernitanum», сообщая при этом рецепт, как с поименованным несварением управляться:

Молвит о том филосо́ф, в делах углубленный,
Что музыкантам глас портит уго́рь испеченный.
Так же творо́г со угрём не спеши поглощать,
Если не сможешь за печью горилку сыскать.

ФЕНИКС (PHOENIX)

Сие есть птица, в Аравийских краях живущая, коя название свое с того получила, что перья у нее цвета финикийского пурпура, финикиянами в городе Тире из раковин добываемого. Един лишь единый феникс на свете живет, а живет он пятьсот лет, после чего, когда уж старость ему доле жить не дозволяет, возводит он себе из мирры, фимиама и корицы костер, садится на него и крылами столь могуче полощет, что костер тот от солнца занимается. Феникс ему еще крыльев маханием жару додает и от того в огне погибает. Однако же чрез девять дней из пепла взлетает — ибо из его сожженного праха рождается червь, а из червя, яко бабочка из гусеницы, обновленный и молодой феникс восстает.

ЩУКА (ЩУПАК, ЩУБЕЛЬ)

Именем таким у нас из-за щуплости тела ее называют. Латинское же свое имя Lucus она от Lupus'а, волка, ведет, ибо аки волк хищна и ненасытна. Схватить щуку ловкость немалая нужна, поелику хитра щука, особливо в опасности находясь, когда хвостом своим тину и ил взбаламутит. Вот и лови ее тогда в мутной-то воде.

ЭХЕНА (ECHENA*)

Есть сие рыбка меньше локтя в размерах, свое название оттуда берет, что корабль задерживает, ко днищу его присосавшись. И пусть даже вихрь дует, стихия бушует и буря вокруг громыхает, уж ежели эхена к кораблю прицепится, то корабль не дрогнет, а будет на месте стоять, словно, прошу прощения, чертяка на свадьбе. Hunc Latini moram appellant, ea quod cogat stare navigia.

ЯКОНИЙ (JACONIUS)

Рыба преогромнейшая, размерами самому левиафану почти равная**. Мы знаем о ней из Истории о святом Брендане и о морской оного перегринации. Так вот, в некий день после долгого по морям бескрайним плавания заметил святой Брендан со товарищи остров, на коий, по твердой земле под стопами истосковавшись, они не мешкая высадились. Допрежь всего возвел святой Брендан алтарь, осмь месс одну за другой отслужил, а поелику от этого он сам и экипаж его оголодали, то, огонь распаливши, решили похлебку сварить. И в тот же час остров затрясся и начал в пучину морскую погружаться, да так быстро, что едва путешественники на корабль свой поспели. Ибо был то никакой не остров, а рыба яконий, спиною своею по-над водою выступающая.

Из этого мораль: коли имеешь пищу духовную, не думай о похлебке.

ЯКУЛ (JACULUS)

Говорят, мол это есть змей летающий***, так и Лукан в своих «Фарсалиях» зовет ее: jaculique volantes, однако ж это не совсем правда, ибо якул отнюдь не летает, а в кронах

* Рыба-прилипала (*греч.*).

** От jaceo (*лат.*) — простираться.

*** От jacio (*лат.*) — змея, стремительно бросающаяся на свою жертву.

деревьев отсиживается и сверху неожиданно на проходящих с быстротою страшною и силой, яко убийственный снаряд кидается. Отсюда и название его берется, от jaculor — метать снаряд, пронзать.

ЯНТАРНАЯ РЫБА

О ней в «Hortus Sanitatis» милостивого государя Иакоба Мейденбаха читай, там же гравюру зри, на коей рыба та весьма искусно изображена. Из слизи и слюны рыбы сей янтарь получается, коий потом волнами на берег морской выбрасывается, и там его отыскать можно.

*Страна сказочных повествований обширна и огромна, и полна самых различных созданий. В ней множество разновидностей животных и птиц; безбрежны моря ее под неисчислимыми звездами. Там можно столкнуться с красотой, в которой одновременно присутствуют искусительные чары и постоянная опасность. Там можно обнаружить и радость, и печаль, и каждая — как клинок меча. Счастлив тот странник, которому дано заплутаться в ней, но богатство и необычность этой страны скуют язык тому, кто пожелает рассказать о своем странствовании. Опасно также задавать слишком много вопросов. Это грозит тем, что захлопнутся врата, а ключи от них потеряются.**

Джон Рональд Руэл Толкин
«О волшебных сказках»

---

* Перевод с перевода А. Сапковского.

А теперь еще один словарь, или СОЗДАНИЯ СВЕТА, МРАКА, ПОЛУМРАКА И ТЬМЫ

На этот раз уже серьезно и научно, без присущей бестиариям манеры, поговорим об основных мерзопакостниках, с которыми любитель фэнтези может столкнуться при чтении.

Отбор объектов, разумеется, отражает как познания автора (nobody's perfect)*, так и его вкусы.

* Здесь: весьма скромные (*англ.*).

А

АНКУ (Ankou)

Один из страшнейших демонов Бретани, нет такого призрака, которого бы бретонцы боялись больше, чем анку. Ибо этот призрак предвещает смерть. Худой как скелет, высокий, седовласый, одетый в черный плащ и черный остроконечный колпак, анку (всегда в сумерки, перед самым наступлением полной темноты) является глазам человека, которому предстоит умереть, на кошмарно скрипящей телеге, запряженной чудовищно тощей кобылой желтоватой масти. Если другие предзнаменования и смертоносные знамения (стук совы в окно, галка на чердаке, ворона на пороге) могут быть ошибочными и ложными, то в случае анку ошибка абсолютно исключена. Человек, услышавший скрип телеги и увидевший демона, скончается в течение ближайших трех—семи дней.

По некоторым теориям, анку — призрак первого покойника, похороненного на данном кладбище, так что чаще всего он оказывается духом воистину доисторическим, чем-то вроде кладбищенского gemus loci*. Если же кладбище новое, то в анку превращается первый торжественно погребенный здесь покойник.

---

* местный гений (в данном случае — гений кладбища) (*лат.*).

Б

БАБА-ЯГА

Преотвратнейшая ведьма, мерзкая людоедка с огромными железными зубами, костлявая и горбатая баба с длинным носом, украшенным большущей бородавкой, нередко (в русском фольклоре) одноглазая и хромая, с одной усохшей («костяной») ногой. Проживает в лесных дебрях и темных пущах в самоходной избушке на курьих ножках, а на короткие рейды отправляется в ступе, заметая за собой следы метлой. Известна из таких сказок, как «Три царства», «Царь-девица» и «Ивашка». Порой бывает связана — даже супружескими узами — с другой фигурой русского фольклора, Змеем Горынычем.

Более поздние версии (братья Гримм) снабжают Бабу-Ягу пряничным домиком, а ее добычей делают детей, неразумно углубившихся в лес. Ясь и Малгося (братец Иванушка и сестрица Аленушка и пр.) отправляются к избушке Яги, привлеченные — вот дурашки! — рассыпанными на тропинке лакомствами, да и сам домик пытаются обкусывать и лизать. Бруно Беттельгейм считает этот сладкий домик символом детских оральных влечений и примитивного стремления к самоудовлетворению, более сильных даже, чем инстинкт самосохранения. Регресс детей к неосознанной младенческой оральности приводит к тому, что они вступают в конфронтацию с персонификацией той же оральности, но уже деструктивного характера — Бабой-Ягой. Детям грозит опасность быть съеденными. Баба-Яга хватает их и запирает в клетке, чтобы перед тем как взяться за приготовление из них вожделенного блюда, подкормить их «до кондиции».

У Бабы-Яги этимологически нет ничего общего с польскими именами Ягна, Ягнуся и другими формами имени Агнесс (Агнешка). Да и само слово «баба» в двухсловном выражении (Баба-Яга) тоже далеко от понятия «женщина» — так называли определенный род злющих сверхъестественных существ.

Кельтская разновидность Бабы-Яги — Черная Аннис, проживающая на Шотландских высотах. Внешностью и поведением горянки (*англ.* highlander — шотландский горец) почти идентична своей славянской родне. Однако у Черной Аннис нет избушки на курьих ножках, а проживает она в случайных пещерах, которые можно узнать по кучам наваленных у входа костей.

БАННИК

Разновидность домового, дух русской бани, которую ставят на берегах рек или озер, деревянного домика, в котором любители помыться потеют в пару, хлещутся березовыми вениками, а потом прыгают в ледяную воду. Постройки, часто встречающиеся в России, прибалтийских странах и, конечно, в Финляндии, где баня (сауна) стала чуть ли не национальным символом. Все без исключения бани и сауны (вообще-то баня и сауна — синонимы) посещаются страшилами: духами-банниками (страшилищами, пугалами). Поясню, что речь идет исключительно о настоящих банях и саунах, а не о комфортабельных подделках на дачах нуворишей и в летних «резиденциях» различных выскочек (так называемых новых русских, например). В настоящих народных, срубленных из бревен банях творится такое, что волосы становятся дыбом. Одну подобную историю я знаю по рассказу отца и уверен в ее абсолютной истинности, поскольку мы, Сапковские, не лжем никогда. История случилась в Новых Свенчанах на Виленщине, в Свенчанском уезде. Отец, обучавшийся в то время в Вильно (Вильнюсе), приехал в родительский дом на каникулы и сразу по приезде решил попариться в баньке. Это была настоящая классическая баня, собранная из теса, крупная домина, стоящая на берегу Жеймяны. Войдя в баню, отец увидел, что он там не один, однако нисколько не удивился, потому что бани, кроме гигиенических целей, служили еще и общественным. Соседом отца оказался худенький старичок с желтой сверкающей лысиной, который хлестал себя веничком в дальнем углу бани. Отец разделся и уже принялся было за мытье, когда обнаружил пропажу мыла, которое только что положил рядом. Он поднял глаза и натолкнулся на взгляд лысого деда, державшего его мыло в костлявой руке. Прежде чем отец успел слово молвить, старичок отдал ему мыло, при этом рука его удлинилась, вытянулась, словно резиновая, на три метра. Отец мигом удрал из бани, а когда вернулся за одеждой, старичка и след простыл. Это был банник, иначе еще называемый домовым, дух, с которым сталкивались многие.

Единственные известные мне бани в Польше, в которых встречаются банники и домовые, стоят на берегу реки Черная Ганча.

БАНЬШИ (BEAN SIDHE, а вернее BEANSI)

Ирландский дух, предвещающый смерть. Является (хоть мало кто ее встречал) в облике старухи с длинными, развевающимися по ветру волосами, одетой чаще всего в зеленые лохмотья. Ее пронзительный, тоскливый и протяжный замораживающий кровь в жилах крик (точнее — вой) представляет собой неоспоримый знак чьей-то близкой кончины. Порой баньши своим криком предвещает смерть не тому, кто ее слышит, а чаще — человеку, проживающему рядом с тем, кто слышит крик. Ибо баньши адресует свой крик данному дому, домашнему очагу. В крупном городе, застроенном панельными домами, крик баньши — хоть он действительно ужасен — слышит только адресат и никогда — соседи. Зато его слышат все кошки в округе. Каждый котовладелец бывал свидетелем того, как кошка — хоть кругом вроде бы стоит тишина — вдруг просыпается, поднимает голову, настораживает уши. Объяснение простое — кошка услышала баньши.

Баньши вошла в современный английский язык. Об орущем благим матом человеке говорят: «screams like banshee out of hell» (кричит, словно баньши в аду).

Разновидностью баньши является бан ниа (Bean Nija), именуемая также Прачкой у Брода. Человек, которому скорая смерть писана, видит бан ниа стирающей окровавленную одежду. Подобное видел перед своей героической гибелью Кухулин. Известна также бан ниа из Фирна — неподалеку от Инвернесса в Шотландии, — которую ранним осенним воскресным утром 1742 года заметили вблизи Лох-Слен, когда она отстирывала кровавые пятна с тридцати рубах. Вскоре после этого во время мессы рухнул свод древней церковки, похоронив под обломками именно тридцать человек.

БРАУНИ (BROWNIE)

Шотландский домовой, хохлик* с растрепанной шевелюрой и темно-коричневой кожей, отсюда и название (*англ.* brown — коричневый, бурый). Обычно обитает в горах и лесах, но может жить и в домашних условиях**. В последнем случае бывает очень полезен, по крайней мере до тех пор, пока жители дома не забудут оставить ему молока, сметаны и выпечки. Но внимание: чрезмерное количество оставленной пищи брауни воспринимает как личное оскорбление и покидает жилище, так что желательно соблюдать умеренность.

Хозяйству, в котором он проживает, брауни оказывает небольшие, но полезные услуги, однако горе тому, кто вздумает критиковать, либо посмеиваться над его усилиями — месть оскорбленного до глубины души брауни будет страшной.

Брауни, проживающий на Шетландских островах, носит местное название трау (trow).

---

* Здесь мне хотелось бы отступить от авторского текста и сообщить читателям, что в польском языке для всяческих домовых, гоблинов, полтергейстов и тому подобное есть очень милое слово «хохлик», которым я и намерен в дальнейшем широко пользоваться, так как слово домовой в русском языке имеет не столь широкое значение.

** Это и есть одна из причин, заставляющих меня в ряде случаев пользоваться определением «хохлик», как всеобъемлющим.

Разновидность брауни (значительно превышающая его размерами) это хобгоблин (hobgoblin). Хобгоблин, который отнюдь не какой-то вариант гоблина, на что, казалось бы, указывает название, вовсе не кровожадное чудовище (вопреки бестиариям ролевых игр), хотя следует признать, он большой любитель до всяческих фокусов и шуток, которые далеко не всегда так уж безобидны.

Вариант хобгоблина, проживающий только на острове Мэн, носит название файнодери (finoderi). Файнодери обладает солидной силой и может, если захочет, помочь на жатве и сенокосе, когда надвигается ненастье.

А вот боггарт (boggart) — скверная и сверхвредная разновидность брауни. Ежели увидишь боггарта — утекай.

БРОДЯЖКИ (URCHINI — *англ.*)

Буквально — ёж, один из обитателей Faerie. У Шекспира в комедии «Виндзорские проказницы» одна из ключевых сцен — это веселое переодевание. Миссис Пейдж предлагает детям одеться в костюмы волшебных существ:

«Nan Page, my daughter, and my little son
And three or for more of their growth, we'll dress
Like urchins, ouphes, and fairies, green and white...

В польском переводе Юзефа Пашковского: «Оденем их в белое и зеленое, как хохликов, фей чародеек».

Как видим, здесь «urchins» переводится как «хохлики»*.

---

* В русском переводе С. Маршака и М. Морозова:
«Пусть наша Анна и наш младший сын
С подругами своими и друзьями
Оденутся как феи, эльфы, гномы,
В зеленые и белые одежды...»
Получается, что у нас «urchins» переводится как «гномы».

БРУКОЛАК (BRUCOLAKAS)

Разновидность вампира, встречающаяся в Мультанах (Молдавия), Трансильвании (Семиградье) и в Добрудже. Особенно же часто в Валахии (Южная Румыния).

«Каждый второй валах как помрет — в упыря обращается, после смерти становится привидением — и валашские самые изо всех вредные. Там их бруколаками зовут»*.

Валашский бруколак, повествует далее Сенкевич, только и глядит, где бы крови напиться... Бруколаки девичью кровушку страсть как любят. На вид бруколак кажется невероятно распухшим, а кожа у него жесткая и натянутая, как барабан, да и при ударе звучит так же. Каждую ночь бруколак один раз издает пронзительный вопль — всякий, кто отреагирует на этот зов, — тот пропал, и уж нет ему спасения. Чтобы убить бруколака, надо отрубить ему голову и тут же сжечь в огне.

Бруколаки встречаются не только на румынских землях, но и в Болгарии, Греции, а также в России, где их называют бурдалаками или вурдалаками.

Ваня стал: — шагнуть не может.
Боже! — думает бедняк,
Это, верно, кости гложет
Красногубый вурдалак.**

БРУКСА (BRUXSA)

Португальский вампир исключительно женского пола, поскольку это транформация женщины, занимавшейся при жизни колдовством и поэтому превратившейся в демоническое существо. Днем это внешне нормальная женщина, ведущая обычную, казалось бы, жизнь, может быть, даже замужняя и

* Генрик Сенкевич. «Огнем и мечом». Перевод К. Старосельской и А. Эппеля.

** А.С. Пушкин «Вурдалак».

имеющая детей. Ночью же брукса превращается в призрачную птицу, нападает на людей и высасывает из них кровь.

Убить бруксу невозможно, нет таких способов, хоть вбивай ей куда угодно осиновые колья — не поможет. Столь же малоэффективно серебро. Единственная защита от вампирши — это осторожность и молитва.

В Новый Свет бруксу завезли на кораблях — ее уже приметили во многих странах Латинской Америки. Там, где в ходу испанский язык, ее называют bruja (бруха). Особенно часто она встречается в Бразилии, где известна также под названием jaracaca (жаракака).

В

ВАМПИР

Это славянский упырь, упир (источник окончания — пир, — пыр — тот же, что и у нетопиря). Вампир — это мертвяк, который даже после смерти живет своей мертвяцкой жизнью, часто летает под видом нетопыря (летучей мыши) и шкодит живущим как только может, порой даже высасывает из них кровь.

По народным представлениям, упырь — умерший человек, тело которого после смерти оживляет дьявол. Характерные свойства, присущие упырю: свежесть и живой цвет кожи на лице трупа, сохранность и гибкость тела и текучесть крови. В могиле у упыря всегда открыты глаза, а ногти и волосы постоянно отрастают. Выходит он из могилы исключительно по ночам, чаще всего в полнолуние, нападает на людей и, укусив зубами в шею, высасывает кровь, тем самым умерщвляя. («Всеобщая Энциклопедия С. Оргельбранда с Иллюстрациями и Картами», том XV от буквы U до Yvon. Издательство Акционерного Общества Отливки Литер и Типографии С. Оргельбранда и Сыновей, Варшава, 1903).

Поэт же сказал:

Стиснуты зубы, опущены веки,
Сердце не бьется, оледенело;
Здесь он еще и не здесь уж навеки!
Кто он? Он — мертвое тело.
Ведомо всем, кто у кладбища жили,
Что пробуждается в день поминальный
И восстает из кладбищенской гнили
Этот вот призрак печальный*.

Вампир жил среди людей так долго, что в конце концов его приметили писатели, и с их легкой руки славянское слово «upir», превращенное в «вампир», вошло во все языки мира. Самому знаметитому вампиру, графу Дракуле, придуманному Брэмом Стоукером, имя дал сам дьявол, поскольку прототипа Дракулы, господаря Влада Сажателя на кол** из-за его жестокости называли Дьяволом («dracul», *рум.*).

Демоничность фигуры упыря (вампира) и его дьявольское происхождение в средние века усматривали в нарушении табу, приведенного в книге «Левит» (17:14): «Ибо жизнь всякого тела есть кровь его, она душа его; поэтому Я сказал сынам Израилевым: не ешьте крови ни из какого тела, потому что душа всякого тела есть кровь его; всякий, кто будет есть ее, истребится».

Однако совершенно ясно, что не здесь вампир зарыт! В «Левите» речь идет об очень практичных и прозаических табу — наказе тщательно выпускать кровь животных после убиения, в противном случае в палестинском климате мясо портилось невероятно быстро и это грозило отравлением. Страх перед кровопийцами, вне всякого сомнения, старше, чем Библия. О вампире по имени Эхимму, или Эхимину знали уже в Ассирии, и я подозреваю, что упыря побаивались даже в пещерах Неандерталя и Кроманьона.

---

* Адам Мицкевич. «Дзяды». «Призрак». Перевод Л. Мартынова.

** Прозвище «Сажатель на кол» дано ему за то, что он был большой любитель насаживать людей на кол.

Вампиром были очарованы неисчислимые сонмы писателей и художников. Среди тех, что внесли какой-то вклад в тему, следует назвать Готтфрида Августа Бюгера (автора знаменитой «Леноры», написанной в 1773 году, пожалуй, первого упыря-вампира в художественной литературе), доктора Полидори* (участника известных «тусовок» у Женевского озера, 1816), цитированного выше Мицкевича («Дзяды», поэма, 1832), Джозефа Томаса Шеридана Ле Фаню и его знаменитую «Камиллу» (1871), Брэма Стоукера с его «Дракулой» (1897), Фридриха Мурнау, Романа Полански, Вернера Херцога, Фрэнсиса Форда Копполу. Не надо также забывать о Беле Лугоши, Кристофере Ли, Клаусе Кински и Гэри Олдмане. Но и об Энн Райс, которая в тот момент, когда казалось, что о вампирах уже невозможно сказать ничего интересного и нового, придумала Лестата.

«Под занавес» небольшое замечание: слово «wąpierz» (вомпеж) в польском языке означает отнюдь не вампира, а... наволочку, набитую пером. Кто не верит, пусть проверит у Брюкнера**.

ВИВЕРН (WYVERN)

Род дракона, в отличие от классического экземпляра имеющий только одну (заднюю) пару конечностей, а вместо передней нетопыриные крылья. Для него характерна длинная змеиная шея и очень длинный, подвижный хвост, оканчивающийся жалом в виде сердцеобразного наконечника стрелы либо копья. Этим жалом виверн пользуется весьма ловко —

---

* Д.Г. Байрон, его личный врач Д. Полидори, Мэри Шелли с мужем Перси, «сидя» в Швейцарии, «от нечего делать» сочиняли «роман о духах и ужасах». Полидори написал слабый роман «Вампир», а вот Мэри создала «Франкенштейна».

**Александр Брюкнер — (1856—1939) — польский языковед и литературовед, иностранный член Петербургской АН. Основной труд: «Этимологический словарь польского языка» (1927).

ухитряется резать или колоть жертву, а при соответствующих условиях даже пронзить ее навылет. Кроме того, жало ядовито.

Виверн часто встречается в алхимической иконографии, в которой (как большинство драконов) олицетворяет первичную, сырую, непереработанную материю, либо металл. В религиозной иконографии его можно увидеть на картинах, изображающих борьбу святых Михаила или Георгия. Можно его также найти на геральдических гербах, например, на польском гербе Лацких, гербе семейства Дрейк или Враждов из Кунвальда.

В «Часе презрения», чтобы придать слову wyvern польское звучание, я дал чудовищу название «виверна». Это, конечно, вымысел и неологизм, но не лишенный смысла. В соответствии с некоторыми теориями, wyvern выводится из латинского «vipera» (змея), название же змеи идет от ее предполагаемого живорождения (vivipara, хотя есть и другая этимология, см. Бестиарий). Отсюда взялась и моя виверна — опирающаяся на корень «vivi...» и, как и змея, — женского рода. В польских переводах фэнтези и бестиариях ролевых игр неизменно фигурирует английский «wyvern» (произносится — уайверн), хоть в других случаях рольплейенговых текстов переводчики не раз щеголяли стремлением название полонизировать. Может, кто-нибудь наконец решится взять на вооружение мою виверну? У меня на нее авторских прав не меньше, чем у Толкина на орка, но — обещаю — я не стану им (правом) чрезмерно размахивать.

ВОДНИКИ ПРЕСНЫХ ВОД

Сверхъестественные существа, духи и местные гении рек, речек, ручьев, источников, озер, озерков, прудов и болот. Количество их неисчислимо.

В славянских водах попадаются водники, богиньки (богунки) и утопленники (топельцы, топцы, топихи — название последних явно выдает их любимое занятие: топить неосторожных). В польских и чешских водах бытуют также русалки и свитезянки. Германскими аналогами водников являются вассерманы, никсы — обоих полов, ибо есть как der Nix, так и die Nixe, неки (der Nöck), никеле (der Nickel), а также (если верить Гансу Христиану Андерсену) — брекекексы.

Русский аналог водника — водяной. Этот дух вод обладает полиморфическими способностями, может воплощаться в огромного лосося либо (чаще) сома. Появлялся он и в виде старца с зелеными волосами и бородой, испачканной тиной и росянкой, с островерхим колпаком из аира на голове. Водяной может доброжелательно относиться к людям, рыбаки рассказывали, что он милостиво загонял в сети немного своей «скотинки», то есть карпов, лещей и прочих. Но если его разозлить, он может быть опасен — уничтожает неводы и верши, переворачивает лодки, разрушает дамбы, запруды и мельничные колеса. Может утопить пловца, особенно плавающего ночью, либо весной, прежде чем первая буря «огромит» воду. Утонувших девушек, в первую очередь самоубийц, водяной временно делает своими любовницами.

Прислуживают и помогают водяному водяницы, русалки, вилы, берегини и лобасты. Последние относятся к людям враждебно и очень опасны, особенно ночью. Берегини же — дружелюбны, были даже случаи, когда они спасали тонущих детей. Берегини, о чем говорит их название, живут в прибрежной растительности озер, либо в ямах, вымытых течением в береговых откосах рек.

В водах Шотландии, как в озерах (lochs), так и в реках, можно встретить кэльпи, а также подобных кэльпи, но значительно более опасных их уизге (each wisge). Их уизге разрывают неосторожных людей в клочья, которые потом можно обнаружить художественно развешенными на прибрежных камнях. Эти существа, которых называют также Демонами Бездны (pool demons), берут под охрану брошенные в воду драгоценности. В бесконечно воюющей Шотландии уже стало привычным в ожидании вооруженного нападения и угрозы грабежа бросать наиболее ценные предметы в озера либо речные глубины (так называемые pools). Такие сокровища брали на сохранение их уизге, а востребовать их мог только законный владелец. Любой другой, осмеливающийся нырнуть, исчезал. На поверхность только пузыри выбулькивались.

В более мелких, труднодоступных шотландских lochs проживает urisk. В отличие от описанных выше уриск — водник, в принципе дружествененный людям, однако внешность у него настолько мерзкая, что в дружественность эту никто не верит.

На Гибридах живет луараг, милая и нежная водная русалочка, которая, однако, если ее разозлить, может оказаться опасной, особенно ее бесит, если кто-то... фальшивит при пении.

В водах Валлии, особенно в озерках Сноудонии и притоках верхнего течения Северна, можно встретить гврагет аннун (gwragedd annwn), водных нимф, больших любительниц подшучивать над смертными, а также маленьких и легких как мыльные пузырики асрай. Как все валлийские эльфы, гврагет аннун и асраи подчиняются богу Гвинну ап Нудду.

В Англии, как и во многих странах, существуют сказания, цель которых предостеречь детей от опасных игр у колодцев и прудов. Поэтому английских детей учат, что в глубине колодца и в воде их поджидает Зеленозубая Дженни, либо существо, именуемое ped-o'-the well.

В ирландских водах обитают многочисленные Ши, самая известная их разновидность — merrow. Королева и владычица всех ирландских рек и озер — Боанн, жена бога Дагды, богиня реки Боин, которой дала имя. В Боине под охраной богини живет Лосось Мудрости, питающийся красными орехами, падающими в реку с прибрежного орешника. Кусок такого лосося когда-то откушал герой Финнак Кумалл, благодаря чему поумнел прямо-таки до невозможности.

ВОЛКОЛАК

Человек, который под влиянием злых чар превратился в волка (либо превращается в такового периодически, например, во время полнолуния). Будучи выражением глубоко укоренившихся фобий, существует в поверьях всех без исключения народов и всех-всех культур, достигнув апогея в конце средневековья, когда волколачество отождествляли с колдовством, а фигура человековолка была основной темой различных «Молотов ведьм» и пр. (например, «De lamiis et Phitonicis milieribus» Ульриха Молитора). Все случаи нападения животных (чаще всего ошалевших от голода собак) приписывали волколакам. Сотни людей с обильной и темной растительностью на теле распрощались с жизнью в камерах пыток и на кострах, то же самое случалось с людьми (довольно многочисленными в те времена) одичавшими и недоразвитыми, шатающимися по лесам и пойманными там. Рудиментарный хвост (увеличенный копчик) означал верный смертный приговор — такое событие описывает Зофья Коссак в «Крестоносцах».

Интересно, что во времена, когда в летающих на метлах чародеек суккубов и чары уже никто — почти! — не верил, волколаки по-прежнему заставляли вставать на голове волосы дыбом, а охотники отливали серебряные пули. Фобии не угасли и по сей день, но сегодня они стали источником дохода: волколак на пару с вампиром торжественно несут штандарт horror'а в книгах, в кино, вышагивая во главе колонны, конца которой не видно.

В фэнтези волколак мелькает довольно часто, но он не всегда оказывается «шварцхарактером». Жанру известны волколаки положительные и симпатичные — и в качестве первообраза таковых можно назвать бретонского Бисклаврета (Bisclavret) Марии Французской. Вполне симпатичными волколаками, правда, киношными, являются Рутгер Хауэр из

«Ladyhawke» («Леди Соколица») и Джек Николсон из «Волка» Майка Николса, к таким же относятся Киррелгир, Серрилрян, Сирельмоба и все волколачье племя из цикла об Адепте Пирса Энтони. Забавным, милым и совершенно неопасным волколаком оказался созданный Уиллом Шеттерли «Волчонок» (wolfboy) из цикла Borderlands. Волчонок — это парнишка из Бордертауна, на которого обиженная эльфийка навела порчу, превратив его в человекообразного, но жутко косматого волка.

Германская «вервольф» («Werwolf, werewolf) и романская «лупгару» (loup-garou) формы слова — калька греческого ликантропа (lykanthropos — человек-волк). В польском языке первоначально (правильно в лингвистическом смысле) это слово употреблялось в форме вильколэк (wilkolek) и было переделано на теперешнюю под влиянием общеславянской тенденции, причем нынешнее окончание лак (lak) отнюдь не идет от «laknienia krwi» (жажды крови), а от «длака» (dlaka) — щетина, космы, шерсть, поскольку название «ликантроп» звучало как велькудлака (welkudlaka), вульколака (wulkolaka), вукодлак, вакодлак, либо варкодлак.

В русском языке прижилась форма «вурдалак» или «оборотень».

Г

ГАРУДА

Именуемый прекрасноперым, гигантская птица (человекоптица?), в индусской (ведийской) мифологии летающее ездовое животное бога Вишну. Обитает на божественном Мировом Древе, которое рожает семена всех известных (и неизвестных) растений. Питается Гаруда гигантскими змеями. В «порядке мести» змеи постоянно подкрадываются к Древу, чтобы похитить у Гаруды птенцов.

Гаруда — птица не просто очень умная, но и дружелюбная, часто подставляет свою спину не только Вишну, но и героям-людям, желающим перебраться с места на место и даже с одного края света на другой. Мало того, Гаруда выкрала у богов волшебную траву, именуемую «сома» и, словно Прометей, подарила ее роду человеческому — с той поры она стала священной травой ведийских обрядов.

Аналогом (почти точной калькой) Гаруды в зороастризме является Симург (Simurgh), Царь Птиц.

Грузинский аналог Гаруды — Пашкунджи, гигантская птица Кавказа. Пашкунджи также благоволит к людям, в грузинских сказках он даже служит героям транспортным воздушным средством. Во время полета Пашкунджи надобно постоянно кормить, так что необходимо прихватить «на борт» солидный запас мяса. Если мясо кончится, прежде чем завершится полет, джигит обязан взяться за кинжал и удовлетворять голод Пашкунджи кусочками собственного тела.

Гаруду взяла в качестве названия для своих авиалиний Индонезия. Эти линии широко известны тем, что предлагают пассажирам (во всех классах) горячительные напитки даром без каких-либо ограничений, сколько кто пожелает и сколько в кого влезет. Поэтому как только самолет «Гаруды» опустится на какой-либо аэродром, по трапу тут же скатывается веселая компания пьяных в дымину бизнесменов и румяных бизнесвумен в криво застегнутых блузках.

ГНОМ

Родственник краснолюда, часто отождествляемый с кобольдом или гоблином, небольшой уродливый неуклюжий гуманоид, живущий под землей, ищущий сокровища и накапливающий их. У Парацельса в его концепции духов четырех стихий (элементов) природы гномы (кобольды) считаются духами земли (духами воздуха у Парацельса были сильфы, воды — ундины, а огня — саламандры). Гномы Парацельса обладают способностью проходить сквозь землю и камни, словно нож сквозь масло. Слово не было (достаточно убедительно) объяснено этимологически, нельзя исключить, что это неологизм, придуманный лично Парацельсом.

У Гёте Фауст для заклинания чёрта использует Парацельсову магическую формулу:

Саламандра, пылай!
Ты, Сильфида, летай!
Ты, Ундина, клубись!
Домовой, ты трудись!
Стихии четыре
Царят в этом мире.*

В европейских мифологиях и демонологиях гномы (порой с трудом отличимые от краснолюдов, кобольдов и троллей) враждебны людям, ревностно относясь к своим сокровищам и хабитату**, поэтому всеми силами мешают и портят жизнь горнякам, геологам, искателям сокровищ и прочим спелеологам. Солнечный свет для них — как и для троллей — убийственен.

В фэнтези (и ролевых играх) гномы — гуманоиды, в принципе дружественные людям, — представлены как специалисты по всякого рода техническим устройствам. Стоит творческой фантазии понести автора в сторону искусных и удивительных в фэнтези конструкций и машин, как речь тут же обычно заводится о «технологии гномов».

Самыми забавными гномами в фэнтези, на мой взгляд, являются гномы «нудодомы» (G'home Gnomes) из цикла «Landover» Терри Брукса. Эти гномы — неряхи, нахалы, барахольщики и воришки, поэтому каждый, кому подвалило несчастье встретиться с ними, обычно начинает тут же кричать: «А ну, гномы, домой!» — отсюда и название.

ГОБЛИН (GOBLIN)

Паскудное человекообразное творение, проживающее под землей, не переносящее солнечного света, рыскающее по ночам. Этимология: немецкий kobold, французский goubelin. В Нормандии матери до сих пор пугают непослушных детей,

* Перевод Н. Холодковского.
** место, район обитания.

говоря: «le goubelin vous empotera» — гоблин вас заберет. Гоблины, кобольды и другие не менее отвратные подземные и враждебные людям существа, порождены известными в нордической мифологии Черными Эльфами (Svartalfar, см. статью «Драу»).

В английской народной демонологии гоблин играет однозначно несимпатичную роль. Даже для чародеек общество гоблинов неприятно и обременительно, а для людей гоблин — просто проклятие, кара Господня. Он обожает насылать мучительные ночные кошмары, нервировать учиняемым шумом, переворачивать крынки с молоком, разбивать куриные яйца в курятниках, выдувать сажу из печи в только что прибранную избу, в самые неподходящие моменты задувать свечи. Его излюбленные «шуточки» — науськивание на людей и имущество мух, комаров, ос и шершней. О том, что он мочится в молоко, англосаксонские источники не упоминают, но не думаю, чтобы гоблин упустил подвернувшуюся оказию: увидев крынку с молоком он, вне всякого сомнения, «отольет» в нее.

ГОЛЕМ

По еврейской легенде — искусственный человек, прототип андроида и монстра Франкенштейна, изготовленный рабби Loew Jud Ben Bezalel из Праги (1525–1609) с той целью, чтобы он исполнял — без вознаграждения, харчей и стирки — различные работы, требующие больших усилий, но в основном ради того, чтобы защищал еврейские гетто от очень скорого на погромы населения столицы Чехии. Рецепт для изготовления искусственного человека, голема (слово это — на идиш — goylem, означает по-древнееврейски «бесформенный») рабби Лёв нашел в Талмуде и книгах Каббаллы. Там было также сказано, что в качестве сырья должна быть использована глина с берегов Влтавы, на лбу глиняной человекообразной куклы надлежит выцарапать надпись «Эмет», в рот ей всунуть листок с надписью «Шем», а заклинание, оживляющее голема, звучит так: «Шанти, шанти, дахат, дахат!»

Действо это окончилось на удивление удачно, вылепленный из глины болван ожил, и рабби погнал его на работу. Сверхчеловечески сильный голем таскал воду, рубил дрова, мыл полы и прибирался в синагоге, выпекал мацу и изгонял зарвавшихся антисемитов.

Однако рабби Лёв свернул с пути истинного и согрешил, узурпировав права давать жизнь, кои принадлежат только Адонаи. Грехом и гордыней была также попытка защитить евреев (до пришествия Мессии евреи, в соответствии с волей Всевышнего, должны были страдать). Ну и рабби Лёва постигла неизбежная кара: голем неожиданно взбунтовался против создателя и двинулся на город, сея смерть и круша все подряд, дубася своими глиняными кулаками всякого, кто подвернется под руку, независимо от того, еврей это или гой, то есть неверный. Рабби чудом удалось подобраться к взбесившемуся чудовищу и сцарапать у того из надписи на лбу одну букву, вследствие чего «Эмет» (истина) превратилась в «Мет» (смерть). Ну и голем стал тем, чем был, — бесформенным глиняным идолом. Однако рабби Лёв не уничтожил его, а спрятал в тайном склепе под Староновой синагогой в Старом Пражском Граде, где голем спит до сих пор. Но стоит кому-либо произнести заклинание — и голем снова оживет.

Хитрецов, которые, возможно, заметили, что выше я сообщил текст заклинания, я разочарую: произнося магическую формулу, надобно обеими руками держаться за пейсы, проделывая при этом прыжки и пируэты, а вот какие и в какую сторону — не скажу.

ГРЕМЛИН (GREMLIN)

От *англ.* — злой гном (вот он, хохлик-то, и пригодился!), приносящий неудачу летчику. Зловредный карлик, распропагандированный — кстати, с совершенно фальшивой внешностью — серией голливудских фильмов. У истинного гремлина нет ничего общего с лопоухим киноуродцем, обожающим мультфильмы Диснея, реагирующим с водой и растворяющимся в солнечных лучах. Настоящий гремлин — это «хохлик», самое любимое занятие которого — выводить из строя различные устройства и приборы, как механические, так и электронные. Существо, хоть и бытующее со времен сотворения мира, разоблачено чертовски поздно, а именно в 1940 году, в Castlbromwich, филиале Supermarine, концерна Veckers-Armstrong во время постройки самолетов-истребителей типа Spitfire Mk II. Проявившиеся в то время многочисленные аварии и дефекты изготовления невозможно было приписать ничему иному, как только магии и колдовским проискам какого-то зловредного духа. Этот дух назвали (неизвестно почему — тут не срабатывает никакая этимология) гремлином, а такую ситуацию, когда что-то отказывало, хоть отказать и не должно было, то есть должно было действовать, а не действовало, окрестили именем «Гремлин-эффект», сокращенно ГЭ (GE). Поскольку речь шла об истребителях «Спитфайр», которым предстояло сыграть решающую роль в битве за Англию, то не обошлось и без таких «знатоков», которые даже подозревали гремлинов в пронацистских симпатиях либо принадлежности к ирландской национальности, но все это здорово попахивало шовинизмом. Меж тем у гремлинов с шовинизмом не было ничего общего — порчей устройств они занимались не из каких-то идеологических побуждений, а просто потому, что обожали портить и занимались этим с незапамятных времен. Некоторые полагают, что темп технического прогресса притормозился потому, что гремлины свели на нет труды таких гениев изобретательства, как Архимед, Леонардо да Винчи, Парацельс, Ньютон, Франклин, Эдисон... Фууу... Перечислять можно без конца.

Поскольку, однако, гремлин дебютировал в авиапромышленности, постольку маленького проказника «приписали» к самолетам и даже пытались свалить на него вину за катастрофы. В историю кинематографии войдет гремлин из фильма «Сумеречная зона» (Twilight Zone) — паршивца, которого видит Джон Литгоу (John Litghow), когда тот портит крыло и двигатель пассажирского самолета. Ну, в том, что гремлины портили самолеты, сомневаться нельзя, но ясно и другое — они наверняка не ограничивают своих интересов одними только летающими объектами. Нет — они портят все!

Послевоенные годы — одна непрекращающаяся битва техников с гремлинами. Битва эта, следует признать честно и откровенно, проиграна техниками по всей линии: сейчас не найти ни одного устройства, которое действовало бы безотказно, в процессе изготовления каждое оказывается подпорченным гремлинами, и если даже что-то изготовить все же удается, то гремлин постарается приложить все усилия к тому, чтобы в эксплуатации оно отказало. Рай для гремлинов — домашнее хозяйство. Именно гремлины и никто другой повинны в том, что бутерброд всегда падает маслом вниз, рыба пригорает к непригораемому тефлоновому покрытию сковороды, а яйцо, которое варишь с хронометром в руке, оказывается либо сырым, либо сваренным вкрутую. Именно из-за ГЭ по экрану телевизора сыплется «снег», или же он превращается в puzzl как раз в тот момент, когда мы записываем на видео нужный фильм. Из-за гремлина (проблема, опасная скорее только для дам) вибратор искрит и заедает. У мужчин гремлин выводит из строя стартеры, забивает выхлопные трубы, крадет один носок и поддевает колпачки бутылок, выпуская газ и превращая пиво в отвратительную бурду.

Разумеется, неограниченным полигоном потех для гремлинов является «Кремневая, она же Силиконовая Долина». Ничуть не преувеличено утверждение, что нет такого компьютера, в котором не сидел бы гремлин. Считается, что на каждые сто мегабайт приходится как минимум два таких паршивца. После инсталяции количество гремлинов в компьютере резко возрастает.

ГУЛЬ (GHUL)

В мусульманской демонологии жуткое существо с мерзкой внешностью и запахом, гробокопатель и пожиратель разлагающихся останков, не гнушающийся, однако, и какой-либо свежатинки, например, странников из каравана, забредшего в посещаемые гулями местности. Излюбленными районами проживания гулей — а значит, и особо опасными — считаются некрополи и кладбища, руины, подземелья и лабиринты, а также колодцы и оазисы в пустынях. Есть у гуля и женская разновидность — гуля. Эта (гласит одна из сказок «Тысячи и одной ночи») для того, чтобы без излишних хлопот приканчивать неосторожных, способна принимать внешность прелестной девицы.

Этимология: арабское «ghala» (хватать, ловить). Вопреки «подсказкам» многочисленных авторов английских фэнтези слово «ghastly» (призрачный) берет начало не от гуля (ghul'a), а от германского слова «ghost».

Д

ДАОИН ШИ (DAOINE SIDHE)

«Дети богини Дану», ирландские сиды, потомки Туата да Даннан (Tuatha Dé Danann) и ши (Sidhe). Название означает «народ холмов», ибо даоин ши проживают внутри гор, холмов, возвышенностей и курганов. Народная традиция утверждает, что всеми эльфами Коннахта (Connaught) владеет король Финбир (Finbhear), в Мунстере же царствует королева Клиодна (Cliodna).

Даоин ши называются также эс сидхе (Aes Sidhe), или просто ши (Sidhe). Поскольку в народной традиции они проделали (как эльфы и все другие сверхъестественные создания этой группы) дальний путь от богов до домовых («хохликов»!), то их также часто называют даоин бига (Daoine Beaga) — «малым народцем». Они невероятно скрытны, а к людям относятся принципиально враждебно, хоть и не без исключений. В Ирландии их обычно обвиняют в похищении детей и замене новорожденных подменышами, а также в том, что они приводят в негодность масло (оно прогоркает) и портят вкус пива «Гиннес».

ДЖИНН

Восточный демон, сверхъестественное существо, по мусульманской демонологии берущее начало от Люцифера (Иблиса), но само (в отличие от шайтана) — смертное. Существовали джинны мужского (джинны) и женского (джиннии) пола, причем есть несколько их разновидностей: ифриты (или африты), мариды, ауны и джанны. Как правило, все они относились к людям неприязненно и вредили чем и как только могли, а силой обладали воистину огромной — например, без труда трансформировали свое тело и телепортировались на сколь угодно далекие расстояния. Случалось джиннам похищать девушек — чаще всего сразу же после свадьбы (но, как правило, еще до брачной ночи). Однако если человеку посчастливилось завладеть магическим кольцом или старой латунной лампой и ему вдруг пришло в голову эти предметы потереть, то тут же являлся джинн, выполнял его пожелания и верно ему служил.

Поэт сказал:

Порт сонный,
Ночной,
Плененный
Стеной;
Безмолвно
Спят волны
И полный покой.
О Боже! Глас гроба!
То джинны! —
Адский вой.*

Легендарные цари Дауд (Давид) и Сулейман (Соломон) заточили в медные сосуды множество джиннов, а сосуды за-

* Виктор Гюго «Джинны». Перевод Георгия Шенгели.

кинули в морские глубины. Случалось, что такой сосуд попадал в сети бедного рыбака, рыбак снимал царскую печать и освобождал джинна. Разъяренный долгой отсидкой джинн, как правило, вместо того, чтобы исполнять желания, намеревался убить рыбака, но если рыбаку хватало прыти и ума джинна перехитрить, то пожизненное благосостояние ему было обеспечено.

Кроме «Повести о рыбаке и джинне», из которой взята вышеприведенная историйка, джинны, ифриты, ауны и мариды действуют в «Книге Тысячи и Одной Ночи», в частности, в «Рассказе про Ала-ад-Дина и волшебный светильник», «Рассказе о носильщике и девушке», «Рассказе о Джафаре Барменидe», «Повести о медном городе» и «Рассказе о Маруфе-башмачнике».

Этимология: арабское jinni, от него латинское genius (дух-покровитель, дух города, отсюда наш «гений). В английском djinni, jinni и genie синонимичны, хотя некоторые словари выделяют genie и склонны переводить последнее не как «джинн», а как «дух лампы».

Сам черт не разберет.

ДИКИЙ ГОН, ДИКАЯ ОХОТА

Мчащаяся по небу демоническая кавалькада призраков. Упыри из Дикого Гона могут силой похищать людей, но способны заставить присоединиться к ним и с помощью гипнотического внушения. Прототипом считается знакомый по нордической и германской мифологиям мчащийся по небу сонм валькирий, служительниц Одина, подбирающих с полей битвы павших героев, чтобы забрать их в Валгаллу. Северное Сияние — не что иное, как отблески оружия и доспехов валькирий.

Кавалькада валькирий в более поздней германской мифологии приобрела демонический характер, став Диким Гоном (Wilde Jagd) богини Хёльды или Хульдры, супруги Вотана. Диким Гоном является также кавалькада бога Гвинна ап Нудда из кимврийской мифологии, как и кавалькада Охотника Хьорна.

Дикий Гон мчится в основном во время так называемых суровых ночей (Rauhàchte), то есть в период от сочельника Рождества до Трех Волхвов.

ДОППЕЛЬГАНГЕР (DOPPELGÄNGER)

Таинственное, обладающее свойствами полиморфизма существо, способное абсолютно точно скопировать человека и заменить его, лишив воли либо убив оригинал. Встречается во множестве мифологий и, конечно, представляет собой персонификацию сильных и самых первичных фобий: опасности потерять собственное Я и боязни врага, способного под видом близкого человека обойти стражу и нанести предательский удар.

Доппельгангер — не аналог подменыша, то есть он не ребенок эльфов либо кобольдов, подброшенный вместо похищенного человеческого младенца. Доппельгангер копирует не детей, а только взрослых людей. И если подкидыша-подменыша распознать довольно просто, то доппельгангера невероятно сложно.

В фэнтези достаточно часто используют доппельгангеров. У Патриции Маккиллип в цикле «Мастер Загадок» действует целая раса полиморфов, задумавших овладеть миром путем замещения «дубликатами» ключевых должностей, предварительно убивая «оригиналы». Идентично поступают метаморфы в «Замке лорда Валентина» («Lord Valentine's Castle») Роберта Силверберга.

Родственен мифу «doppelgänger'а» в смысле мифических корней — мотив «пересадки», а именно: имеются существа (демоны, чародеи, ведьмы), способные «пересесть» в человека, овладев его телом и душой (психикой).

Нет такой мифологии, которая не пользовалась бы понятием «демонической одержимости», и нет культуры, в которой отсутствовали бы одержимые и экзорцисты. Тема, разумеется, весьма благодатная для авторов horror'a, во главе которых стоит Уильям Блэтти со своим знаменитым «Экзорцистом». Хоть с научной точки зрения такие «пересадки» нонсенс, тем не менее их не гнушается и научная фантастика. Здесь следует привести классическую «Историю покойного мистера Элвершема» Герберта Уэллса, представляющую собой иллюстрацию извечных человеческих страхов: некий старик «пересаживается» в тело юноши, оставив душу последнего в своей больной и близкой к смерти телесной оболочке. Столь же классичны «Пассажиры» («Passagers») — награжденный Небьюлой рассказ Роберта Силверберга о странных Чужаках, которые время от времени «пересаживаются» в тела людей в основном для того, чтобы удариться в загул и заниматься развратом. Поиграл в «пересаживание» и «обмен душами» также Станислав Лем, который изобрел, цитирую: «карманный портативный двусторонний обменник индивидуальности, разумеется, с обратной связью» — аппарат, похожий на коровьи рога.

«Господина начальника! Ваша благородия полицейская! Моя хватать, что я Клапауций, но нет, моя не знать никакая Клапауций! Но может быть, это такая нехорошая, она боднуть-пихнуть моя рогами на улице, и моя-твоя чудо быть, наша-ваша, и моя терять телесность и теперь душевность от моя, а телесность быть от не моя, моя не знать как, но та рогач убежать быстро-быстро! Ваша великая полицейскость! Спасите!»*

В horror'е классикой стал замораживающий кровь в жилах рассказ «The Thing on the Doorstep» Г.Ф. Лавкрафта, повествование о чародее из проклятого Богом города Иннсмут (Innсmouth), который, дабы гарантировать себе «вечную

*«Кибериада». «Семь путешествий Трурля и Клапауция: Путешествие пятое, или О шалостях короля Балериона». Перевод А. Громовой.

жизнь», «пересаживается» в собственную дочь. Поскольку чахлое тело и убогий женский ум (ха-ха!) ограничивают его, чародей выходит замуж, чтобы незаметно завладеть телом и психикой супруга. Однако муж вовремя раскрывает сатанинские замыслы «жены», убивает ее, тело прячет в подвале, а всем втолковывает, что-де лучшая половина бросила его и уехала куда-то в неведомую даль. Но страшной силы магия действует даже из могилы — чародей «перебирается» в тело несчастного «мужа», его же самого «пересаживает» в себя, то есть в уже порядком подгнивший, провонявший и разлагающийся труп...

Приятного аппетита.

ДРАКОН

Герой стольких сказок, басен, мифов и преданий, что на детальное его описание и длинноты просто жаль тратить место. Поэтому ограничимся лишь самым существенным и менее всего известным.

Почти во всех современных языках, выросших из индоевропейского ствола, «дракон» этимологически выводится из греческого слова «drakon», означающего «остроглазый». От него идут dragon, dragone, drache, drage, drake. То же можно сказать и о славянах, у которых есть дракон, драк, дракула, драган. И только поляки совершенно вырвались из общего строя: у нас есть свое собственное и неповторимое слово «смок» (smok), которое, если верить Брюкнеру, берет начало от индоиранского слова, обозначающего заглатывание, глотание (отсюда также «чмокнуть»).

Интересно, что если сопоставить древние мифы и легенды о драконах с сохранившейся иконографией, отражающей эти мифы, то перед нами всегда оказывается змея, а не крылатый ящер, то есть гибрид крокодила с нетопырем. В древности змея — опасная и смертоносная — тем не менее почиталась. Нордические и германские народы дракона обозначали словом Вурм (Wurm, Wyrm, Orm), то есть — змей. Змеем (Orm) был дракон Фафнир, убитый Сигурдом (Зигфридом) — прототип дракона, ревностно стерегущего сокровище. Змеей была и Целебра, то есть Колубрина*. Наконец, змеем, а не ящером (как гласит Библия Тысячелетия**) является почитаемый вавилонянами апокрифический дракон бога Бела, которого (дракона!) пророк Даниил отравил пирожками, начиненными смолой, салом и шерстью. Змеем был убитый Аполлоном дельфийский Пифон. Да змеем же был и Апоп, побежденный первым драконоборцем — богом Ра.

Лишь в средневековье дракон стал олицетворением сатаны, и как таковой должен был ужасать, а посему и изображать его следовало страшным. Поэтому в образе дракона собрали все самое худшее, что вызывает страх и отвращение: змеиные чешуи, ящериное и одновременно фаллическое тело ящерицы (ящериц и саламандр панически боялись), раздвоенный змеиный язык и ядовитую слюну, змеиный хвост, зубатую и ко всему этому в придачу извергающую огонь (конечно, адский) пасть, крылья нетопыря (которого тоже боялись). Короче говоря — сплошное зло, сплошная мерзость, сплошной ужас. Идентичную операцию впоследствии произвел Х.Р. Гайгер (H.R. Giger): создавая образ «Чужого», он собрал воедино все человеческие фобии.

Сатанинского дракона могли победить только архангелы (Михаил) и святые (Георгий, Марфа или Роман). Были, конечно, и драконоубийцы-плебеи, отравители, пользовавшиеся методой, запатентованной вышеупомянутым пророком Даниилом, то есть скармливающие драконам приманки, начиненные невероятной дрянью.

В фэнтези драконов неисчислимое множество, но хорошо и интересно описанных не так-то уж много. Ниже я при-

* По испанской легенде — некая очень уж самовлюбленная и спесивая девица из Астурии, превращенная волшебницей за огромное самомнение в отвратительную змею-дракониху.

** Новый, научно обоснованный перевод Библии, опубликованный в Польше.

вожу их перечень, являющийся одновременно драконьим каноном литературы фэнтези, без знания которого ни один уважающий себя любитель этого рода зверюг обойтись не может.

Анкалагон Черный (Дж. Р.Р. Толкин «Сильмариллион»).

Кристофилакс Дайвс, дракон с Диких Взгорий (Рыжий Джил и его собака).

Элинсинос, древнейшая дракониха — Элизабет Гайдон, трилогия Rhapsody.

Фаламизар, дракон-марксист, борец за дело пролетариата (Алан Дин Фостер, «Чародей с гитарой»).

Фалькор, Дракон Счастья (Майкл Энде, «Бесконечная история»).

Гаурунг, Отец Драконов (Толкин, «Сильмариллион»).

Горбах, дракон, в которого превращается Джим Экерт (Гордон Р. Диксон «Дракон и Джордж»).

Гриауль (Люциус Шепард, «Человек, который покрасил дракона Гриауля»).

Гильд Зеленокрылый, один из заглавных животных из Эльда (Патриция А. Маккиллип, «Забытые животные Эльда»).

Джаббервок (Роджер Желязны, «Знак Хаоса»; оригинальный же — в классике, в «Алисе в Стране Чудес» Кэрролла).

Калессин Старший — Урсула Ле Гуин («Самый далекий берег» и «Техану»).

Мистер Майланд Лонг. Черный Дракон (Р.А. Мак-Авой, «Чай с Черным Драконом»).

Моркелеб Черный (Барбара Хэмбли, «Драконья погибель» и продолжения — «Тень дракона» и «Рыцарь Демона Королевы»).

Огненный Шпон, вождь драконов Мельнибона (Майкл Муркок, «Вестник бури»).

Шанзи, дракон без сокровищ (Джон Морресси, «Кедригерн в Стране Кошмаров»).

Смог Золотой, дракон с Одинокой Горы (Толкин, «Хоббит»).

Драконт — безымянный философ (Джон Гарднер, «Грендел»).

Дракон из Распадка (Пирс Энтони, «Ксанф»).

Страбон, дракон Иноземья (Терри Брукс, «Волшебное королевство»).

Йев, дракон с Острова Пендор (Урсула Ле Гуин, «Чародей с Архипелага»).

ДРАУ (DROW)

Черный, или Злой альв.

Сообщая об альвах (Alfar), то есть эльфах, «Snorra Edda» (младшая Эдда), поучает, что кроме Liosalfar, альвов светозарных, духов света, обитающих в Альфгейме (Alfheim), существуют еще Döckalfar или Svartalfar, альвы темные, либо черные, обитающие под землей и враждебные людям. Liosalfar, говорит Эдда, ярче солнца, Döckalfar же чернее смолы.

Эти злые черные альвы явно дали германским народам повод для заполнения мифологии и демонологии самыми различнейшими зловредными и вредоносными созданиями тьмы, обитающими под землей, ненавидящими свет и род человеческий — отсюда пошли кобольды, гоблины, тролли и им подобные переделки последующей антитезы светозарных ангелов в высотах и черных дьяволов в подземном аду.

Мифологии, в которых альвы или ши играли значащую роль, с незапамятных времен делили их на злых, доброжелательных и враждебных, на круг Сили и круг Ансили. Злую и хаотичную разновидность обычного эльфа в виде когерентной фигуры Злого альва создали лишь ролевые игры (RPG). По крайней мере так считалось до недавнего времени.

В бестиариях системы RPG наличествует мрачный (или черный) альв, носящий имя drow (драу) — чернокожий и беловолосый, обитающий в подземных сообществах и отличающийся хаотическим поведением. Некогда черные альвы были обычными эльфами, но в конфликте Сил выбрали Хаос и Зло, демонстрируя — делает реверанс Толкин — меньший норов, нежели Галадриэль — Побежденные драу ушли — буквально — в «подполье» — то бишь в подземелье, солнечного света не переносят, а светолюбивых существ ненавидят и пакостят им при каждой возможности.

Как сказано выше, фирмы, изготовляющие RPG, объявили драу своим изобретением — к тому же сделали это настолько серьезно, что даже запатентовали его. И тут же не замедлили прозвучать голоса, утверждающие, что для этого нет никаких оснований, драу — существо мифологическое, бытующее в народных демонологиях, так что патентовать его — все равно что требовать авторские права на гоблина, кобольда или тролля. Термином драу (drow) английские словари (те, что пополнее) называют подземное существо из шотландской демонологии, а trow или drow — подобное брауни существо с Шетландских островов.

Темные эльфы появились уже в «Сильмариллионе» Толкина (но там шла речь совсем не о подземных чудовищах чернее смолы). Недобрые (и буквально названные) svartalfar появляются на страницах «Фионаварского гобелена» Г.Г. Кэя, однако, вопреки названию, кожа у них зеленого цвета. Что же касается подробностей, то это область так называемых gaming related, особенно книг, действие которых разыгрывается в мире «Forgotten Realms». Одна из них авторства Элейны Каннингем даже называется «Daughter of the Drow».

ДЫБУК (DYBUK)

В древнееврейской мифологии злой дух, либо душа умершего, призрак, демон, пленивший человека и владеющий им чаще всего в мерзких и зловредных целях. Наиболее известен дыбук из так называемой «Легенды о еврейских Ромео и Джульетте».

Польский еврей Ханан, благочестивый ученик ешивы, талмудистской школы, еще в детстве был обручен с Леей, дочерью богатого купца ребе Сендера из Брыконицы. Когда дети выросли, их связала горячая любовь. Но когда Ханан после смерти отца обнищал, отец Леи пренебрег договоренностью и выдал девушку за другого, более богатого еврея. Ханан, ослабленный молитвой, постом и ритуальными купаниями в мыкве, от отчаяния и горя умер, а его душа, превратившаяся в дыбука, завладела Леей. Призванный на помощь мудрый цадик из Мирополя, Азриель, экзорцизмами и трубением в шофар изгнал дыбука из тела Леи, но душу девушки спасти не смог. Ибо утверждается, что Лея поставила любящего ее демона выше навязанного отцом супружества с мужчиной, к которому ничего не чувствовала.

Е

ЕДИНОРОГ (UNICORNUS)

Классическое мифологическое существо, сделавшее в сказках и литературе поистине головокружительную карьеру. К своей теперешней внешности единорог пришел, эволюционировав от классического изображения в бестиариях, в которых имел вид уродливого создания с телом лошади, ногами антилопы, хвостом льва и бородатой головой козла, увенчанной штопорообразным как у нарвала рогом. Поскольку в современной литературе единорог стал символом поэтической сказочности и персонификацией эфирного феерического обаяния, постольку его лишили всех признаков уродливого гибрида и оставили изящного коня с бархатными глазами женщины, волнистой гривой и шелковистым хвостом. Коня, изящную головку которого украшает (не вооружает!) небольшой филигранный рог. Единорог — воплощенная красота; в сказке и легенде при взгляде на него облагораживается душа, смягчаются нравы, тают сердца жестоких людей и вдохновляются поэты. Увидеть единорога — значит оказаться лицом к лицу с магией, он — символ вдохновения, возможности увидеть то, что скрыто от глаз глупцов, филистеров, простаков и профанов.

«В одно прекрасное утро некий завтракавший в этот момент господин оторвал взгляд от яичницы и увидел златорогого единорога, объедавшего розы на садовой клумбе. Господин встал, поспешил в спальню, где почивала его супруга, и разбудил ее. «У нас в саду единорог, — сказал он, — ест розы». Жена приоткрыла один глаз и равнодушно взглянула на мужа. «Единорог — животное мифологическое», — сказала она и повернулась к господину спиной»*.

Единорог известен с незапамятных времен. Священное писание упоминает о единорогах во многих местах, но в польских переводах искать их — занятие пустое. Там, где, например, псалом 22:22 (*лат.*) говорит: «salva me ex ore leonis et cornilus uncornium exaudi me», в польских переводах читаем: «избавь меня от пасти льва и от рогов... буйволиных»**.

Единорогам свойственно одно общее качество — необъяснимое тяготение к девушкам, еще не познавшим мужчины. Невероятно пугливый и избегающий людей единорог не может устоять против девушки с ненарушенной девственной плевой — сто́ит ему такую узреть, как он тут же подходит и кладет голову ей на подол. Из этого мифического свойства также создали возвышенный символ, в то время как бестиарии рекомендуют лишь способ охоты на единорога с девицей в качестве ловчей либо приманки.

Ведь на единорогов охотились, причем охотились упорно, в основном из-за их рога, обладающего чудесными свойствами. Такой рог обнаруживал яды и создавал у обладателя иммунитет против всех отрав, а также служил материалом для изготовления прямо-таки чудодейственных медикаментов и эликсиров. Рогом единорога в «Парцифале» Вольфрама фон Эшенбаха пытаются лечить Короля-Рыбака, но безрезультатно, поскольку тут помочь может только Грааль.

---

* James Thurber. «The Unicorn in the Garden».

** В русском каноническом тексте сказано: «Спаси меня от пасти льва и от рогов единорогов» (псалом 21;22).

Кроме рога, единорог поставлял и другие раритеты. В частности, волшебный рубин, именуемый карбункулом, который обнаруживали в черепе некоторых (много поживших на свете и мудрых) животных у основания рога. Альберт Великий считал карбункул кристаллизовавшейся кровью единорога и универсальным ремедиумом абсолютно от всех недугов — начиная с Черной смерти и кончая хандрой и тяжким похмельем. Растертая с яичными желтками единорожья печень лечила проказу, изготовленный из его шкуры пояс охранял от заразы, а башмаки — от болезни суставов, копыта же служили детектором ядов.

Хильдегарда, именуемая Рейнской Сивиллой, также упоминает о карбункуле, находящемся у основания рога единорога. Сверх того она предостерегает потенциальных охотниц на единорогов, утверждая, что животное никогда не дает себя обмануть — девушку, которая лишь прикидывается девственницей, он безжалостно забодает до смерти. Источник огромной силы животного таится в том, что раз в году единорог навещает Райские Кущи, где пьет Воду Жизни.

Бесчисленные рецепты утилизации единорогов дали основание литературному канону, в соответствии с которым единорог служит для конфронтации sacrum и profanum*, противопоставления феерического идеала и грязного вожделения, для, наконец, превращения единорога в экологический символ Природы, безжалостно уничтожаемой в процессе использования. Именно так единорогов обычно рисует фэнтези.

З

ЗВЕРЬ РЫКАЮЩИЙ (WUESTING BEAST)

Чудовище, упоминаемое в легенде о короле Артуре в версии Томаса Мэлори (*Le Morte d'Arthur*). Зверь действительно

---

* таинства и кощунства (*лат.*).

отвратительный: морда змеиная, тело — леопарда, круп — льва, а голени — оленя. Когда существо двигалось, из брюха у него вырывались такие звуки, словно подняли лай дважды тридцать собак, настигающих зверя. Отсюда и название: по-английски «wuesting» означает «лай псов на охоте».

За Зверем Рыкающим гонялась масса рыцарей Круглого Стола, многие приносили рыцарский обет поймать или убить бестию. Почему и зачем — неизвестно. В «Смерти Артура», вопреки священным законам конструирования фабулы, Мэлори отнюдь не делает из бестии отрицательного персонажа, ни одним словом не обвиняет ее ни в чем таком, что обосновало бы рыцарское ожесточение и упорство. Ведь зверь ограничивается тем, что просто бродит по лесам и орет голосом шестидесяти дворняг.

И ничего больше. Ни девицы не похитит, ни села не разрушит, ни сожрет никого, да что там — даже в колодец не нагадит. Ничего. Ходит себе и лает. Так что совсем непонятно, чего ради Артур и его рыцари так взъелись на чудовище и гоняются за ним, словно маньяки.

Объяснений вроде бы может быть два: либо печатник Уильям Кэкстон потерял какие-то поясняющие дело страницы рукописи Мэлори, либо сам Мэлори умышленно таких пояснений не дал, ибо хотел посмеяться над рыцарством и рыцарскими «обетами», погонями за непонятными, бессмысленными идеалами.

Некоторые исследователи Артуровской легенды считают, что Зверь Рыкающий — ни больше ни меньше, как... лохнесское чудовище. При этом они исходят из того, что первые упоминания о шотландском диве датированы тем же периодом, что и упоминания об Артуре. Лох-несское чудовище видел, например, и изгонял его святой Колумб Ионийский (VI век).

ЗМЕЙ ГОРЫНЫЧ

В русском фольклоре трехглавый дракон, людоед, похититель девушек, враг и, разумеется, противник положительных героев. Грозный он противник и страшное чудовище, стоит только ему приблизиться, как тут же наступает тьма, поднимается ветер, а мать-земля страдальчески стонет.

Как и классический дракон, Змей Горыныч — страж. Он стережет границы колдовского «тридесятого царства за тридевятыми горами». Это царство — древняя символика «того света», страны мертвых, в которую в трансе отправляются шаманы. В названное тридесятое царство можно попасть через Калинов Мост, перекинутый над широкой, иногда огненной рекой. Но как раз этот-то мост и стережет Змей Горыныч, никого не пропустит — ни птицу, ни зверя, ни пешего, ни конного, всех пожирает.

В других версиях Змей — опять-таки аналогично классическому дракону — стережет не границу, а саму сердцевину этой волшебной страны, «держит вахту» при том, что в «тридесятом царстве» самое ценное — сокровища, золотые яблоки, живая вода, а-то и красавица-царевна, местная или же похищенная. Герой — Иван Царевич либо Иван-дурак — должен победить Горыныча в бою, отрубить ему все три головы, а тело сжечь. И быстренько ретироваться, потому что у Змея обычно имеются очень даже мстительные родственнички.

Имя «Горыныч» связано не с «горем» (несчастьем), а с «горами», так как вначале он был не дракон, а дух гор. Название же «змей» выражает связь трехглавого гада с землей — на том же самом принципе польское название «wąż» (читается «вонж» — змея) намекает на связь с водой. Кстати: слово «гад» означает паскудное, отвратительное существо (в русском языке до сих пор существует определение «гадкий»).

ЗОМБИ (ZOMBIE)

Хунганы, могущественные жрецы исповедуемой на Гаити и Антильских островах религии вуду (woodoo) и маги вуду, именуемые забопами, обрели гигантскую магическую силу, благодаря которой способны воскрешать мертвых. Однако и хунганы, и забопы силой этой пользуются исключительно в злых целях. А именно — убивают людей, в основном своих личных врагов, а также тех, за убиение которых им заплатили, ну и кроме того — скептиков, не верящих в их могущество и насмехающихся над ним. Для этого используется таинственная трава — обычно в виде порошка, который хунган либо забоп выдувает жертве в рот. Жертва умирает, любой врач и консилиум ничтоже сумняшеся устанавливает естественную смерть. Однако смерть эта не только не естественная, но и мнимая — жертва все время пребывает в сознании и знает, что происходит даже во время похорон. Агония закапываемой жертвы страшна, а колдун вуду потирает руки от удовольствия: ведь это часть его жуткой мести.

Спустя несколько дней после похорон жертва просыпается в гробу и вылезает из могилы, однако только для того, чтобы колдун мог превратить ее в слугу, лишенного воли, послушного как автомат и готового исполнять любое задание своего господина и повелителя, а задания, как правило, бывают зловещими и чудовищными. Возвращенный к жизни труп называется зомби. Ничто — кроме смерти мага — не может удержать зомби от исполнения приказа, отданного мэтром. Однако, когда тот расстается с жизнью, зомби окончательно и бесповоротно превращается в труп.

Слово «зомби» благодаря книго- и кинострашилкам сделало международную карьеру, нет языка, в котором оно не было бы понятно или даже эпонимно — в английском, если взять первый попавшийся под руку пример, словом «zombielike» определяют человека, который, будучи, например, болен, пьян или напичкан наркотиками, двигается как автомат, одеревенело, неуверенно и слепо, совсем как герой известного видеоклипа Майкла Джексона. Этимология протягивается через Гаити в Западную Африку, к культу бога

Питона. В Конго «зумби» называют амулет либо фетиш, оберегающий от злых чар.

Есть основания предполагать, что в состав ядовитого «порошка зомби» входит в основном экстракт и дегидрат смертоносного тетродотоксина, добываемого из рыб рода Tetraodonidae, особенно же из знаменитой — и пользующейся дурной славой — рыбы фугу, которую в Японии подают только в самых лучших ресторанах, имеющих соответствующую лицензию. Готовить фугу разрешается лишь повару с дипломом элитной «школы фугу», и все же потребление этой рыбы вызывает смерть нескольких человек ежегодно. Страшнее всего то, что смерть — медленная и мучительная — не освобождает клиента от необходимости уплатить по ресторанному счету, а счет бывает немалый.

Утверждают также, что с тетродотоксином многие годы экспериментирует американская армия и что на «поле зомби» уже есть не только многочисленные жертвы, но и значительные успехи. Эксперименты проводятся в Форт-Макклеллан в Алабаме. Это между Атлантой и Бирмингемом, рядом с шоссе № 20. Но я не стал бы сворачивать с шоссе, да и вам не советую.

И

ИНКУБЫ и **СУККУБЫ** (INCUBUS и SUCCUBUS)

Дьяволы и дьяволицы, демоны, скрывающиеся под личиной прекрасных юношей и девушек, вводящие во искушение людей и поддерживающие с ними плотские отношения.

Мотив богов, божков, чудовищ, демонов (или демонических явлений), подбирающихся к смертным женщинам, мы найдем в любой без исключения мифологии мира. Плодами таких связей обычно оказываются знаменитые герои и титаны (Геракл, Персей, Палемон, Кухулин, Вайнемейнен), могущественные маги (Мерлин), либо иные избранники судьбы (прекрасная Елена), и в большинстве культур никто (кроме ревнивых мужей) не имеет к богам претензий за их земные интрижки. Впрочем, не отстают от богов и богини, которым тоже случается пофлиртовать со смертными, порой даже, так сказать, с положительным результатом (Гильгамеш, Ахиллес, Эней), и их тоже никто за это не осуждает. Более поздние культуры отдалили богов от преходящей юдоли — и хотя мотив «сына божьего» продержался, все же идея осуществления сексуального контакта Бога (уже только мужского пола) со смертной женщиной стала немыслимой. Вместе с растущими сексуальными фобиями, яростной мизогинией и остервенелым антифеминизмом клира «потусторонний» эротизм сделался прерогативой сатаны, инструментом введения во грех, а исполнительницей сатанинских планов сочли демониц суккубов (succubare — лежать под кем-либо) и демонов инкубов (incubare — лежать на ком-то, либо «вылупляться»). И тому, и другому названиям, как утверждают, мы обязаны Фоме Аквинскому.

Вначале демоны являлись и совращали во сне, и это явно указывало на то, что жертвы были невольными и безвинными, в конце концов, кто может противиться ночному кошмару! Но так продолжалось недолго.

В булле «Summis desiderantes affectibus» (1484) папа Иннокентий VIII выражает беспокойство: «Дошло, — говорит он, — до ушей наших и великой нас печалью наполнило то, что в некоторых провинциях Северной Германии, в епархиях Майнц, Киль, Тревир и Бремен многочисленные особы обоих полов, не бдя о души спасении и отступив от веры католической, предаются разврату с дьяволами, с инкубами и суккубами, после чего при помощи заклинаний и колдовства убивают детей человеческих и скотины, портя плоды земли и виноградников...»

Его святейшество Иннокентий (который, кстати, был крупным гулякой и общепризнанным бабником, имел многочисленных любовниц и солидную кучу детишек) призвал на помощь двух благочестивых братьев-доминиканцев — Генриха Крамера и Якоба Шпренглера. Доминиканцы, из которых один был вором и растратчиком, а второй психопатом, яро взялись за дело. А вскоре «Malleus Maleficarum» (1489) поучал, что: «...видывали колдуний, кои лежали посередь полей, либо лесов, обнаженные по самые пупки, а то и выше, а по движениям бедер их и ног, како тож и частей нескромных, без труда сделать вывод было можно, что оные с невидимым для постороннего глаза дьяволом инкубусом копулировали; бывало даже, что по окончанию оного развращенчества из промежности их черный дым возносился...»

Это даже имело «научное» название: concibitus contra naturam cum creatura spirituali.

От первоначальных мифов и легенд отцы церкви отошли и в еще одной важной материи: от копуляции с суккубами и инкубами, утверждали они, потомства быть не может, поскольку «procreare hominem est actus vivi corporis, sed daemones sumptis corporibus non dant vitam». С этим тезисом активно боролся Мартин Лютер. «Уродливые, деформированные и аномальные новорожденные, — утверждал он, — есть дети сатаны и доказательство того, что мать совокуплялась с дьяволом. Таких детей, — гремел благочестивый августинец, — надлежит уничтожать».

Видать, великий реформатор не во всем был реформируемым.

К

КИКИМОРА

Жуткое русское создание, живущее в болотах и топях. Принимает внешность старухи, закутавшейся в ряднину, сотканную из мха и водорослей. Однако мало кто из живых видел кикимору, потому что она невероятно скрытна — на болотах в лучшем случае можно услышать ее вой.

Заблудившихся на болотах людей кикимора криком зазывает на трясину, откуда нет возврата. Поверхность трясиныны, состоящая из спутавшихся мхов, неожиданно раскрывается... и появляется кикимора, чтобы любоваться жуткой агонией медленно погружающегося в топь несчастного.

К более мелким болотным духам, слугам кикиморы, относятся болотницы, хмыри, караконджалы, крыксы и злыдни. Все они враждебны людям и очень опасны.

КИЛЬМУЛИС (KILMULIS)

Отвратное творение, разновидность гнома. Проживает на мельницах. У него нет рта, и чтобы поесть, он засовывает себе пищу в нос, а нос у него воистину огромен (судя по всему, размером примерно с венгерскую салями). Обычно кильмулис помогает мельнику в работе, но если его разозлить, то может вконец отравить жизнь.

КЛАБАТЕР (KLABAUTERMANN)

Домовой (хохлик) немецких кораблей и судов, известный со времен процветания Ганзы. Его хорошо знают в Польше — на Поморье и в Кашубах. У любого уважающего себя корабля или шхуны есть свой клабатер. Пока клабатер живет на корабле, корабль не разобьется и не утонет. Однако стоит клабатеру, разозлившись, покинуть корабль, так того и гляди нагрянет беда. Поэтому моряки уважают клабатера и прощают ему на борту фокусы и шпасы*, до которых клабатер весьма охоч. Если моряк, стоящий в темноте на вахте, вдруг получит солидную оплеуху либо крепкий таинственный пинок под зад — знай: это как раз и был клабатер.

Клабатер никогда-приникогда не показывается простым матросам. А вот с капитаном либо штурманом частенько просиживает целыми ночами, треплется и потягивает ром в капитанской каюте.

О клабатере говорят несколько строк матросской старой песенки, повествующей о приключениях немецкого пирата Клауса Штёртебекера из Рюгена, грозы Балтики и Северно-

* Spaß (*нем.*) — шутка, забава, потеха, развлечение.

го моря, пойманного в конце концов Ганзой и обезглавленного на рынке в Гамбурге (ок. 1400).

Штёртебекер — наш капитан,
А помощник его — Годак,
Нам клабатер — родной братан
И Голландец-Летун не враг!
Не страшны нам ни шторм, ни шквал!
Не спугнет нас небесный гром,
Что нам хилый девятый вал?!
По волнам мы как буря прём!
Жизнь — подачка, ты жив — и рад!
В Гельголанде, как прежде, ад!

Этимология слова неясна, обычно его связывают с немецким словом «Kalfaterer», от глагола «kalfatern», означающего конопачение и смоление щелей в палубах и бортах судов.

КЛАРИХУН (KLURIKAUN)

Шотландский домовой (опять же хохлик!), разновидность брауни, в отличие от которого, однако, никогда не помогает в домашнем хозяйстве. Впрочем, и мешать тоже не очень-то мешает, по крайней мере до тех пор, пока не наберется горячительного по горлышко. А надобно знать, что кларихун обожает подвалы, в которых хранится спиртное. Кларихун большой любитель отпить винца из разных бочек, бочонков и бутылок, не зная меры. Поэтому все обычно заканчивается тем, что поднабравшийся кларихун рычит, верещит, вопит, поет, отрыгивает и шумит сильнее, чем полтергейст.

Распространяемые всяческими вредными бабами слухи — мол, безобразничает в подвале вовсе не кларихун, а хозяин со дружками — должно считать клеветой и демагогией.

КОБЛИНАУ (COBLYNAU)

Валлийская разновидность гоблина. Безобразное существо ростом (когда выпрямится) около двадцати дюймов. Обитает в действующих рудниках, наряжается на манер горняка. В отличие от вредного и пакостничающего где только можно классического гоблина, коблинау не опасен и доброжелателен. Случается, что стуком в стенки горных выработок он указывает горнякам богатый рудный горизонт или золотоносную жилу, а бывает, что и предостерегает об опасности. От этого стука идет и другое его название — стукач (*англ.* knocker или knacker).

Множество стукачей обитает в шахтах Корнуолла; вместе с волной эмиграции это существо попало вначале в Австралию и Южную Африку, а затем практически в каждый уголок мира, где только есть шахты и рудники.

КОРРИГАН (KORRIGAN, правильнее C'HORRIGAN)

Известный также как корриг, либо корред — бретонский домовой (хохлик), близкий родственник лепрехуна, корнуолльского пикси и шотландского кларихуна.

С лепрехуном корригана роднит любовь к накоплению и укрытию сокровищ, с остальными домовыми — страсть к проказам, порой весьма неприятным. Набор шуточек и фокусов — стандартный: жутко шумит по ночам (особенно любит колотить в медные котлы и тазы), сбивает с дороги путников, подменяет детей в колыбельках, наводит беспорядок в домашнем хозяйстве, балуется с инвентарем. Корриган, даже больше, чем его родня, крупный любитель приставать к девушкам. То, глядишь, в темноте за ягодицу ущипнет, то лапу под юбку или за декольте сунет, а то еще и дальше продвинется.

Гораздо более спокойная разновидность корригана — лутин, домовой, который по примеру шотландского брауни может помогать в домашнем хозяйстве.

Особенно часто корриганы посещают район местечка Морло, у них там под землей есть свои пещеры и лабиринты. Легенда гласит, что именно корриганы установили знаменитые бретонские монолиты — менгиры, кромлехи, дольмены и каменные курганы вдоль залива Морбиан, особенно известны те, что расположены в районе деревушек Карнак и Мэнек (неподалеку от Ванесса).

КОШМАРЫ (ZMORY — польск. — mary, mury, moraw)

Духи и чудовища, терзающие спящих людей жестокими снами, либо просто усаживающиеся на грудь и душащие. Название получили от Мары, супруги Чернобога. Во многих языках есть выведенные от «Мары» слова, означающие злого ночного упыря либо ночной кошмар: der Mahr (*нем.*), nightmare (*англ.*), mora (*иберийское*). Англосаксонское слово wudurmaere (лесная мара) означает «эхо». От Мары же пошли слова «мор», «морить» и «смотрить» (ну и, конечно, кошмар).

Лесные зморы
В дуплах ели мухоморы,
А в заброшенном яру
Стрыги выли поутру.
Совы прятались на отдых,
Ведьмы дрыхли в птичьих гнездах,
Сотрясая храпом воздух.
На холме сидел Душитель —
Снов девичьих осквернитель.

Если верить нордической примете, то женщине, которая хочет в будущем рожать детей беспроблемно и совершенно безболезненно, следует проползти сквозь плодные оболочки, оставшиеся после того, как кобыла родила жеребенка. Впрочем, не исключено, что рожденные такой женщиной мальчики окажутся волколаками, а девочки — зморами.

КОЩЕЙ БЕССМЕРТНЫЙ

В русских былинах — страшный и безжалостный чародей, отвратительный костлявый старик (отсюда этимология имени). Кощей постоянно готовит всякие пакости у себя в замке, где хранит несметные богатства, которые сторожит ревностнее нежели дракон. Как сказал поэт:

Там царь Кощей над златом чахнет,
Там русский дух, там Русью пахнет!*

В числе сокровищ Кощея есть живая и мертвая вода. Живая, как известно, возвращает к жизни умирающих и мертвых, мертвая — лечит раны и позволяет (во всяком случае, теоретически) жить вечно, и тому, что Кощей постоянно ее пьет, он обязан своим прозвищем.

Кощея победил и заковал в цепи бог Ярыга (отсюда, как больше нравится другим, этимология его имени, потому что якобы «кощей» означает по-тюркски «невольник»). Случайно оказавшийся в тех местах сказочный богатырь Иван Царевич высвободил — на свою шею — Кощея из неволи, а тот отблагодарил его воистину сверх меры: взял да и похитил Иванову невесту, красавицу Марью Моревну. В наказание Иван его прикончил, поскольку — как сказано выше — Кощей лишь теоретически был Бессмертным. Убить его в принципе было можно, но это требовало определенных «затрат труда». Пришлось Ивану отправиться аж на край света, за моря бурливые, и там, на острове Буяне, под огромным дубом лежал камень, под камнем закопан железный сундук, в сундуке томился заяц, в зайце сидела уточка, а в уточке — яйцо. В этом-то яйце и была сокрыта Кощеева погибель. Раздавил Иван яйцо — тут Кощей и дух испустил.

Ну и слава Богу!

КРАКЕН

Огромное морское чудовище, живущее в холодных северных морях, в основном в Норвежском и в северной Атлантике, но встречающееся и в Гренландских, Лабрадорских и Баффиновых водах. Особенно часто кракены попадаются в районе Ньюфаундленда. Их видели множество моряков, а описал кракена в 1752 году Эрик Понтопиддан, епископ Бергена. По словам епископа Понтопиддана, кракен — это гигантская каракатица «полторы английских мили, а то и больше в окружности», без труда дотягивающаяся щупальцами

* А.С. Пушкин «Руслан и Людмила».

аж до верхушек самых высоких мачт, чтобы перевернуть корабль кверху килем и затащить на дно морское.

Епископ Понтопиддан лично видел, как кракен выпустил в воду чернила, затемнив море по самый горизонт. Епископа удивило, что у такого жуткого чудовища защитный механизм все равно как у какой-то простой каракатицы. «От кого, — вопрошает епископ с достойной удивления рассудительностью, — кракен может защищаться чернилами? Не иначе как от библейского Левиафана».

Во всяком случае, похоже, многие корабли, погибшие в северных водах, следует записать на счет кракенов.

Слово «кракен», уже прижившееся во многих языках, имеет норвежское происхождение. По-немецки «krake» — каракатица, кальмар.

Некоторые утверждают, что кракен отнюдь не миф, не матросско-епископская выдумка и досужий вымысел, что Понтопиддан и другие сталкивались и принимали за кракенов спрутов из еще не изученного и скрывающегося на морском дне вида, достигающего гигантских размеров, из отряда Architheuthis. Беда лишь в том, что сей неизученный вид из отряда Architheuthis — тоже бред и трепотня. Но с каких пор это мешало легендам?

КРАСНОЛЮД (КАРЛИК, ГНОМИК)

Фигура, присутствующая и известная в каждой мифологии. С греческого привилось название «Nanus», трансформировавшееся во Франции в «Nain» — нэн. В Испании он зовется «дуэнде» (duende). У славян, в связи с тем, что он часто поселяется в домах, именовался домовым либо домовником. Наиболее популярное в настоящее время в Польше название берет начало от излюбленного гномами красного колпачка. Гномов, населяющих горы, немцы называют Zwerg — цвергами (отсюда, через duergar, duerg пошло английское dwarf), либо троллями. Для лесных гномов у немцев имеется слово «Schrettel», либо «Schratt», отсюда польское «skrzat» (скжат) и чешское «ckret» (скрет). Известно также, в частности, из братьев Гримм, название вихт («wicht»), вихтляйн («wichtlein»), либо вихтельман («wichtelmann»), а отсюда англосаксонское «wight». Толкиновские Призраки Курганов это Barrow Wights. У часто употребляемого в польском языке названия «karzel» (карлик, карличек) этимологически (что следует знать!) мало общего с краснолюдом, ибо это искаженная по значению калька германского слова «Karl» (karl — *нем*; churl — *англ.*) обозначающего отнюдь не малыша, а совсем наоборот — большого, толстого мужика-тупицу.

В литературу фэнтези фигура краснолюда вошла с легкой руки Толкина, а образцом ее напрямую были карлики из скандинавских легенд. Ведь краснолюды из «Эдды» — это отнюдь не писающие в молоко лилипутики, не домовые и божки, которые удовольствуются насыпанными на порог крошками калача, а боевые воины, прекрасные кузнецы и оружейники. Именно карл Альберих выковал Нагельринг, меч Дитриха из Берна, в «Эдде» карлы Брокк и Синдри сделали Гуигнир, копье Одина. Даин и Набби изготовили Хилдисвина — посвященного Фрейе золотого одинца. Краснолюды выковали Драупнир, волшебный браслет Одина, и Глейпнир — цепь, поймавшую волка Фенрира. Эта цепь — прямо-таки великое произведение кузнечного искусства — была одновременно и тонкой, и крепкой, поскольку в качестве материала для нее использовали звуки шагов крадущейся кошки, волосы с подбородка женщины, корни гор, медвежьи сухожилия, дыхание рыбы и птичью слюну.

Множественное число слова «dwarf» — чтобы как можно дальше отойти от сказочек для детей и закрепившихся по вине диснеевских мультиков кретинских стереотипов Сплюшка, Гбурка, Гапця et consortes* — Толкин «обратил» в dwarves. В польском переводе «Трилогии Кольца» подобную операцию проделала Мария Скибневская, заменив смешного сказочного «краснолюдика» солидным «краснолюдом». Слово «краснолюд» в польском языке представляет собой неологизм.

---

* и компании (*лат.*).

Кроме упомянутого ранее тролля, по прямой линии от германско-скандинавских цвергов и свартальфаров выводятся гномы и кобольды, а от них, в свою очередь, гоблины и все прочие гуманоиды, населяющие подземелья.

Как уже было сказано, Толкин, моделируя своих краснолюдов, воспользовался «Эддой». И перетащил оттуда в свою трилогию следующие имена: Бофур, Бифур, Бомбур, Даин, Дори, Дьюрин, Двадин, Глоин, Кили, Лони, Наин, Нали, Нар, Нори, Оин, Ори, Торин, Траин, Фили, Фрар и Фундин.

Однако если кому-то приспичит писать фэнтези и он захочет подыскать для своих краснолюдов имена, то в «Эдде» найдет еще больше краснолюдов, имен которых Толкин не использовал. Вот они: Аи, Алвис, Альф, Альвидр, Альтиор, Ан, Андрварн, Атвард, Аурвангр, Аустрин, Бари, Вар, Вадгрсиль, Вестри, Вигг, Виндальф, Вифир, Витр, Гиннар, Густр, Ири, Ивальди, Лидскьальф, Лит, Лони, Лофар, Ниди, Нипинг, Нордри, Нюй, Нюард, Нют, Опар, Регинн, Свифир, Скирфир, Сирди, Сюндр, Хачеспори, Харнобори, Юнви, Яри и пропущенный мною по невнимательности Ини.

КЭЛЬПИ (KELPIE)

Шотландский водяной дух, чаще всего появляющийся в виде прекрасного породистого коня. Позволяет оседлать себя и какое-то время использовать, а потом неожиданно прыгает в воду и топит наездника.

Этимология слова: вероятно, от «kelp» — морских водорослей, возможно, от гэльского cailpeach (яловичная кожа, яловка)

Л

ЛАМИЯ (LAMIA)

Была возлюбленной Зевса. Гера, узнав об (очередной) внесупружеской афере, взбесилась и из мести прикончила детей

Ламии. С той поры Ламия, превратившаяся в чудовище, не жалеет чужих детей. Будучи наполовину женщиной, наполовину змеей, она породила жуткое потомство, именуемое ламиями. Ламии обладают полиморфическими способностями, могут выступать в различных ипостасях, обычно как зверо-человеческие гибриды. Однако чаще они уподобляются красивым девушкам, поскольку так легче завлекать неосторожных мужчин. Из своих жертв ламии высасывают кровь. Нападают они также на спящих и лишают их жизненных сил (спермы). Роберт Грейвс ссылается на иконографию, изображающую нагих ламий в позе habitus equitis, усаживающихся верхом на спящих навзничь путников.

Ламию — при некотором умении — легко разоблачить, для этого достаточно заставить ее подать голос. Поскольку язык у ламии раздвоенный, она может только шипеть.

Название «ламия» этимологически выводится из «lammaszt'a», слова, которым в Ассирии и Вавилоне называли демонов, убивающих грудных младенцев. Древнееврейским словом «лилим» в мидраше именуют демонических детей Лилит. Известны строки из Книги пророка Исайи (34:14), которые в большинстве польских (и русском — *Е.Вайсброт*) переводов говорят о «Лилит», или «ночном привидении», в переводе же св. Иеронима они выглядит так: «...ibi cubavit lamia et invenit sibi requiem».

Дело в том, что в средневековье ламия (как и Лилит) стала синонимом сатанинского демона, дьявола родом из ада. Опороченное произведение Ульриха Молитора «О демонах и чародейках» (1493) это ведь в оригинале-то «De lamiis et Phitonicis mulieribus». Ламий связали с инкубами и суккубами, превратили в упырей, демонов ночи, добавив к ним такие разновидности, как лемуры, эмпузы (ср. «Фауст» Гёте) и мормолики.

«О подруга и спутница Ночи, о ты, коя радуешь собак лаем и потоком крови, крадешься во мраке между могилами, о ты, которая жаждешь крови и несешь ужас смертным, о Горгона, Мормона, Луна Тысячеликая, соблаговоли принять наши жертвы!»*

ЛЕВИАФАН (LEVIATHAN)

Невообразимо огромное морское чудовище, по некоторым версиям — персонификация демона Рааба, князя моря, взбунтовавшегося против Яхве, а Яхве, который таких фокусов не прощал, раздавил ему голову. По другим версиям Левиафан отнюдь не бунтовал и плавает себе спокойненько в глубинах, а Яхве поймает его лишь в Судный день, чтобы мясом его накормить жителей Нового Иерусалима. Аналогия с поимкой Тором змея Мидгарда очевидна. Левиафан, как сказано, чудовище гигантское, и хоть никто его ни разу не видел, тем не менее известно, что рыбы и морские чудовища длиной аж по триста миль служат ему пищей. А дабы все же существовало нечто такое, чего бы убоялся сам Левиафан и чтобы это «нечто» не позволяло ему очень-то уж безобразничать, Яхве создал рыбку Халкис. Есть мнение, что речь идет о сардине, либо анчоусе.

Польские переводы Библии не очень-то последовательны в отношении Левиафана. Так, Книга Иова (40:20—25) отождествляет его с крокодилом**, в то же время в Псалме 74:4 чудовище оказывается самим собой — Левиафаном («Ты разбил голову Левиафана...»).

Книга Иова (41:6) говорит о Левиафане: «Кто сумеет отворить врата пасти его («...portas vultus eius quis aperiet»), из уст его пламя вырывается («...de ore eius lampades procedunt»), а в другом переводе Библии: «...из его пасти факелы пылающие выходят...»***

---

* H.P. Loverkraft. «The Horror at Red Hook».

** «Сможешь ли ты крокодила поймать на уду?» (*польск.*). «Можешь ли ты удой вытащить Левиафана?» (*русск.*).

*** «Из пасти его выходят пламенники, выскакивают огненные искры» — русский текст.

Приведенный выше текст наверняка узнает каждый фанат Рождера Желязны, поскольку это название известного и награжденного рассказа «The Doors of His Face, the Lamps of His Mouth» — «Лица его, пламенники пасти его».

ЛЕМУР — См. ламия.

ЛЕПРЕХУН (LEPRECHAUN)

Ирландский гномик, разновидность гоблина, сапожник-любитель, отсюда и этимология названия, от leight brogan — башмачник (*англ.*). Лепрехуна часто можно застать за изготовлением ботинка, и что интересно — всегда одного, никогда пары. Это зловредный и хитрый маленький паршивец, но есть смысл попытаться его перехитрить, поскольку у каждого лепрехуна обязательно есть ловко упрятанный кувшин, полный золотых монет. Так что овчинка выделки стоит.

ЛЕШИЙ, или **ЛЕСОВИК**

Лесное существо из народной русской демонологии. Заботливый дух леса, защитник его богатств и обитателей, решительно враждебный людям, особенно взъевшийся на лесорубов и охотников. Одноглазый, как циклоп, и в общих чертах — человекообразный, леший обладает весьма развитыми полиморфическими способностями, обычно людям является в виде бородатого старца, но может обернуться медведем и даже деревом. В давние времена, установив, что в каком-либо участке бора завелся леший, этот участок объявляли запретным, туда нельзя было заходить и уж ни в коем случае охотиться, валить деревья и даже собирать грибы и ягоды.

Поэт сказал:

У Лукоморья дуб зеленый;
Златая цепь на дубе том:

И днем и ночью кот ученый
Все ходит по цепи кругом;
Идет направо — песнь заводит,
Налево — сказку говорит.
Там чудеса: там леший бродит...*

В Польше леший известен под именем боровой, боровик, либо борута, а также — Лесное Лихо. Этимология «лиха» аналогична этимологии «лешего».

В пособниках у лешего ходят более мелкие духи и лесные домовики: аук (дух эха, зловредно передразнивающий путников и сбивающий их с пути), пущевик (живущий в глубинах леса), моховик — проживающий во мхах и торфяниках, луговик, обитающий в лугах и на лесных полянах. Существуют также «специализированные» мелкие духи-покровители, по их названию легко догадаться, что именно они опекают: Цветыч, Грибыч, Пчелич и Ягодич. То, что кроме вышеназванных, якобы существует еще и душок Самогоныч, подтвердить не удалось.

ЛИАНАН ШИ (LEANAN SIDHE)

Род ирландских ворожей (fairy, daoine sidhe), либо эльфиек совершенно невероятной красоты, специализировавшихся на обольщении мужчин. Особое пристрастие лианан ши питали к поэтам, бардам и менестрелям. Околдованный и одурманенный эльфийкой поэт ощущал неимоверной силы прилив вдохновения и таланта — по крайней мере на то время, пока с ним пребывала лианан ши, а длилось такое недолго. Страстный, исключительно бурный и непрекращающийся секс, коего лианан ши требовала от любовника, очень быстро исчерпывал его жизненные силы, и неожиданно вспыхнувшее пламя вдохновения так же неожиданно угасало, умирало. А лианан ши, словно ненасытная вампирша, будто истинная Лилит либо ламия, как ни в чем не бывало отправлялась на поиски новой жертвы.

* А.С. Пушкин «Руслан и Людмила».

Опаснее всего лианан ши с острова Мэн. Эти не ждали, пока жертва угаснет, а приканчивали ее раньше — как только им наскучивало, а происходило (и происходит) это очень быстро.

ЛИНДВУРМ (LINDWURM), или **ЛИНДОРМ**

Бескрылый двуногий дракон с длиннющим хвостом, змеиной шеей и головой. Этимология слога «линд» («lind») — сомнительна, «вурм» же («wyrm», «worm») означает на германском (готском) языке змею или дракона, то же значение имеет нордический Орм (змей Мидгарда, охватывающий своими кольцами землю).

Линдвурм связан с алхимией (в которой, как и каждый дракон, символизирует materia ptima — первичную, нетрансмутированную материю, либо металл), с медициной и фармацевтикой, правда, в символе последней чаще встречается змея, обернувшаяся вокруг чаши, однако в Германии до сих пор можно встретить аптеки, носящие название «Lindwurm Apotheke» и украшенные щитом с двуногим драконом.

Наиболее известная легенда о Линдвурме рассказывает о девушке, которая взамен на оказанную ей услугу (различную в зависимости от версии) соглашается стать женой линдвурма. В брачную ночь девушка сбрасывает перед змеедраконом-возлюбленным все свои семь одежек, а когда наконец раздевается до конца, линдвурм обвивает ее нежно змеиными кольцами. Дрожащая от возбуждения девушка видит, что змей начинает слой за слоем сбрасывать змеиную кожу. Когда падает последний слой, юная супруга обнаруживает, что обнимает ее уже не змей, а юный, чертовски обаятельный мужчина. Оказывается, линдвурм был королевичем, колдовством превращенным в дракона. Теперь же чары развеялись, разрушенные любовью и преданностью девушки. Супруги жили долго, счастливо и, разумеется, в полном достатке.

С легендой о Линдвурме совершенно явно — и достаточно сексуально — связан «Гад» Болеслава Лесьмяна, — переполненное эротикой стихотворение о девушке, которую в ольшанике застал врасплох змей. Когда после любовных игр змей собирается изменить свою змеиную внешность, девушка — в экстазе — говорит:

Не сбрасывай кожу, не надо, оставь!
Я счастлива тем, что не сон ты — а явь.
Люблю, когда жалом ласкаешь мне бровь
И с губ моих жарких смываешь мне кровь,
Когда ты свиваешься вдоль моих ног
И лбом ударяешь о лона порог,
Я груди свои наклоняю к тебе.
За то, что ты мой, благодарна судьбе.
Мне сладостны слюни, объятья твои...
Останься же змеем, ласкай и трави.

Извольте: перверсия, достойная поздних авторов фэнтези, к тому же за тридцать лет до Толкина и за пятьдесят до Желязны.

ЛЛАМИГИН-И-ДОР (LLAMHIGYN Y DWR)

Водный прыгун, монстр, при одном только виде которого слабые духом падают в обморок. Проживает он в реках Валлии и похож на лягушку, раздувшуюся до размеров быка. У него огромная пасть и выпученные глазищи, а издаваемые им звуки напоминают кваканье и скрип. Однако при желании он может издать истошный крик, от которого кровь стынет в жилах. Он безног, но имеет пару перепончатых крыльев и длинный змеиный хвост. Благодаря крыльям и хвосту ухитряется молниеносно выпрыгнуть из-под воды, схватить добычу и вновь скрыться в речной глубине.

Поговаривали о случаях, когда прыгун пожирал людей, но в основном он питается овцами и другими травоядными, которые пасутся вблизи реки или же имеют несчастье в нее свалиться. Точно известно, что лламигин-и-дор терпеть не может рыбаков с удилищами, никогда не упустит случая перепутать им лески и зацепить за что-нибудь крючки, а рыбакам, которые носят высокие болотные сапоги, «ставит палки в колеса», то есть подбрасывает что-нибудь под ноги, лишь бы они свалились в воду. Свалившихся лламигин-и-дор оплетает хвостом, топит, затем уволакивает в свое подводное логово и там держит до тех пор, пока они как следует не протухнут и не разложатся, после чего пожирает.

М

МАРИД — См. джинн.

О

ОГР (OGR)

Огре или Огер — людоед-гигант, страшное чудовище, перенесенное из народной сказки в литературу вначале рыцарскими поэтами (Тассо, Боярдо), а потом Перро («Histories ou Contes du temps passe»). Этимология, как считают одни, идет от Онгруа (венгр), поскольку в глазах средневекового плебса романских стран Венгрия была чем-то вроде невообразимо далеко на востоке лежащего края света, Anus Mundi, заселенного исключительно чудовищами и каннибалами. Кстати, чтобы было смешнее, рыцари из романских рыцарских поэм, плавая по морям-океанам, часто (sic!) высаживались на венгерском побережье.

В литературу фэнтези огры перенесены прежде всего Толкином под названием Олог-хоев, выращенных Сауроном исключительно крупных и сильных троллей.

Не исключено также славянское происхождение огра. По Брюкнеру, польское слово «olbrzym» («ольбжим») — раньше «obrzy» («обжи») — великан, выводится из «обров», слова, которым славяне называли гуннов (либо аваров). Отсюда, например, название реки Обры. А в чешском до сих пор великан — это обр, а огромный — обровски («obrovsky»).

ОРК (ORK)

Отвратное существо, разновидность гоблина. Придумка (неологизм) Дж. Р.Р. Толкина. В романе «Хоббит» автор еще пользуется традиционным и укоренившимся в мифологии названием «гоблин», однако в «Трилогии Кольца» мы уже видим почти исключительно орков. Если отбросить — а отбросить необходимо — похожесть слов «орк» и «огр», то получается цитата из «Беовульфа»: «Eotenas, and Ylfe and Orcneas». Эти названия с легкостью выведены из нордических саг и «Эдды» — «Eotenas» — это йотуны, гиганты из Ятунгейма. «Ylfe» — несомненно, альвы из Альфгейма, то есть эльфы. А вот на базе «orcneas» Толкин создал орков — мерзопакостное племя урук-хаев (уруков)...

П

ПИКСИ (или ПИСКИ)

Зловредные и исподтишковые домовые, разновидность брауни, от которых, однако, отличаются огненно-рыжими шевелюрами и зеленой одеждой. Случается пикси похищать детей, подбрасывая вместо них подменышей. Особенно любят пикси заманивать путников и сбивать их с пути, тогда единственной защитой и спасением является вывернутое наизнанку пальто либо плащ. Пикси обожают уводить лошадей из конюшен и гонять на них всю ночь, причем всегда по кругу, что утром легко можно увидеть по следам, образующим огромное вытоптанное кольцо.

Этимология слова «пикси» неизвестна, возможно, оно выводится из ханнанейского, так как считается, что «хохлика» завезли в Корнуолл на кораблях финикийские моряки.

ПОДМЕНЫШ (CHANGELING, WECHSELBALG)

Ребенок эльфов, фей, русалок, лесных духов, кобольдов и т.п., подброшенный вместо похищенного новорожденного. Если такому подкидышу позволить вырасти среди людей, он всегда будет угрозой для общества — которое, как известно, не терпит ничего, что хотя бы на йоту отклоняется от стандарта. Уберечь дитя от замены можно, надев ему на шейку венок из маргариток, положив в конверт для новорожденного тмин или душицу или же подвесив над колыбелькой ножницы, а на колыбельку — старые отцовские штаны.

Однако если ребенка все же уберечь не удалось, то для того, чтобы отыскать его, можно воспользоваться классическим методом, предложенным Марией Конопницкой в рассказе «О гномиках и сиротке Марысе»: взять розги и сечь подменыша долго и безжалостно. Подменыш, разумеется, будет выть и орать так жутко, что в конце концов этого не сможет вынести его родная, настоящая мать — фея, ворожейка, эльфийка, русалка или лесной дух. Смилостивившись над родным дитятей, она отдаст человеческого младенца родительнице, а подменыша с посиневшей попкой заберет.

В Шотландии с подменышем (которого здесь именуют Sibhreach) поступали еще более жестко — клали на лопату и засовывали в печь, на раскаленные уголья. Если это действительно был подменыш, то он вереща, ругаясь и богохульствуя, со свистом вылетал в трубу. Если же младенец не улетал, а просто-напросто сгорал... Фууу... Хмммм. Ну что ж... Людям свойственно ошибаться!

Несомненно, массу детей прикончили таким методом и замучили насмерть, причем это происходило в деревнях всей Европы, потому что миф подменыша был необычайно популярен. Интересно, что у него был и немалый позитивный аспект. Ведь эльфы и кобольды подменяли только не крещенных еще детей, причем тех, которых оставляли без присмотра. Поэтому для того, чтобы уберечь дитятю, мать не отходила от него ни на минуту. Это влияло на уменьшение детской смертности в первые дни жизни и на здоровье рожениц, потому что женщину сразу после родов не принуждали — в виде исключения — выполнять обычные женские работы: колоть дрова, носить хворост из леса, доить коров, заниматься жатвой, молотьбой и т.п. Роженица должна была стеречь новорожденного, чтобы злые духи не заменили его на подменыша. То есть «А-ну, давай-ка теперь я покручу жернова, а ты посматривай за эльфами».

ПОЛТЕРГЕЙСТ (POLTERGEIST)

От *нем.* poltern — грохотание. Домовой, барабашка, «хохлик», невидимый дух, посещающий дома и названный так из-за производимого им грохота, поскольку нет для него большей радости, чем наделать в доме шума. Полтергейсты — скромные и вполне порядочные барабашки, довольствующиеся ночным постукиванием в стены, скрипом дверей и мебели, хлопаньем ящиками комодов или позвякиванием стаканами в буфетах, ну и — в редких случаях — позволяющие себе громко хлопнуть посреди ночи ставнями или крышкой унитаза. Однако попадаются и полтергейсты понаглее, которые ухитряются бросить в кухне кастрюлю, либо в прачечной — котел, садануть цветочным горшком об пол, выбить стекло в окне, а то и раздолбать хрусталь, жирандоль или свадебный фарфоровый сервиз. В экстремальных случаях — несколько таких было отмечено — полтергейст за несколько минут создает в доме полнейший бедлам. Однако вопреки серии голливудских фильмов, полтергейст отнюдь не демон-убийца и никогда не наносит вреда живому существу. Даже если кидается мебелью, то ни в кого специально не метит, и лишь по крупному невезению можно оказаться на пути предмета, брошенного в этот момент полтергейстом.

Самое неприятное в полтергейстах — их упорство. Уж коли они облюбовали чье-то обиталище, то будут в нем стучать, погукивать и ломать мебель без передыха и без конца, так что скорее из дома выберутся жильцы, чем полтергейст, который спокойно подождет очередных обитателей. Почему именно полтергейсты посещают одни дома, а другие — обходят стороной, неизвестно. Теоретики утверждают, что они действуют в контакте и сговоре с агентами по продаже недвижимости, но подтвердить это фактами до сих пор не смогли.

ПЭК (PUCK)

В Уэллсе — bwca (бока), в Ирландии — пуака (phuka, phooka), на Шотландских высотах — bodach; более поздние названия: bogie, bogey, big-a-boo и bugbear, а также Робин Гудфеллоу. Домовой, которого обессмертил Шекспир. Родственник гоблина и брауни, обладает способностью к полиморфизму, может появляться в виде собаки, быка, орла либо коня. В последнем случае пэк — как и кэльпи — позволяет сесть на себя, но горе тому, кто на него заберется — пэк унесет его в мир иной.

Все, что растет на полях и не было убрано до Samhain*, принадлежит пэкам. Тот, кто отважится собирать плоды земли после Samhain'a, подвергается солидной опасности со стороны мстительного пэка.

Р

РЕВЕНАНТ (REVENANT)

Дословно — «возвращающийся», от французского «revenir». Дух умершего, возвращающийся в виде кошмарного и нематериального привидения к месту своей смерти (или туда, где он проживал сам либо его близкие.) Чаще всего ревенант возвращается в том случае, если его смерть не была отмщена. Впрочем, бывает и так, что, по мнению ревенанта, к его кончине отнеслись недостаточно душевно, оплакивали нерадиво, похороны провели малоторжественно, поминки оказались слишком скромными и водки выставили мало, да и траур был каким-то очень уж кратким, поверхностным и неискренним. В последнем случае ревенант может здорово досаждать оставшимся в живых родственникам. Может ревенант донимать и из любви. Типично поведение духа из «Романтики» Адама Мицкевича: Ясь умер, но должен оставаться рядом со своей Карусей, он любил ее при жизни.

---

* Samhain — в Шотландии — праздник, отмечаемый 31 октября/1 ноября.

То в пустоту ненароком
Смотрит невидящим оком,
То озирается с криком,
То вдруг слезами зальется,
Что-то хватает в неистовстве диком,
Плачет и тут же смеется.*

Карусе же — вопреки намекам поэта — вероятно, вовсе было не до смеха с преследующим ее день и ночь ревенантом.

Ревенанты могут появляться группами, толпами. Обычно это случается в местах давних крупных битв, известны также целые сонмы ревенантов после эпидемий Черной Смерти, которые, уморительно подпрыгивая, бегали по опустевшим городам. Считается, что такие сборища послужили моделью известным в средневековой живописи пляскам скелетов (danses macabres). В последнее время большие скопища ревенантов отмечались на полях Первой мировой войны, особенно на Сомме и под Верденом. Много разговоров ходило о ревенанте с германской подводной лодки U-17, призраке матроса, которого оставили наверху, когда подвергшаяся нападению лодка вынуждена была срочно пойти на погружение. С той поры каждую ночь на U-17 появлялся ревенант. Командование Krigsmarine заменило паникующий экипаж, но это не помогло. U-17 вычеркнули из списков действующих лодок.

РОБИН ГУДФЕЛЛОУ (ROBIN GOODFELLOW)

Другое название Пэка или гоблина в английских сказках, что подтверждает Шекспир в своем «Сне в летнюю ночь».

ФЕЯ:

Да ты... не ошибаюсь я, пожалуй:
Повадки, вид... Ты — Добрый Малый Робин?
Тот, кто пугает сельских рукодельниц,
Ломает им и портит ручки мельниц,
Мешает масло сбить исподтишка,
То сливки поснимает с молока,

* Перевод А. Ревича.

То забродить дрожжам мешает в браге,
То ночью водит путников в овраге,
Но если кто зовет его дружком —
Тем помогает, счастье вносит в дом.
Ты — Пэк?

ПЭК:

Ну, да, я Добрый Малый Робин,
Веселый дух ночной, бродяга шалый.
В шутах у Оберона я служил.*

Однако по другим сказочным версиям Робин — не Пэк, а сын короля эльфов Оберона, рожденный им — диво дивное! — со смертной женщиной. Стало быть, он полуэльф, halfling. Веселый и всеми любимый в детстве карапуз, вечный (не стареющий благодаря эльфьей крови) юноша, располагающий к себе веселым нравом и образом жизни (его прозвище можно также перевести как «свой парень», «приятель», либо «дружок»). Из-за эльфьей красоты и расточаемой ауры очарования Робина обожают девушки, а он не упускает возможности воспользоваться. Ну а поскольку Робин никогда не упускал случая (да и девицы, надо думать, тоже), то многие дамы обязаны ему беременностью, и каждый второй британец может похвастаться пусть небольшим, однако «имеющим место» процентом эльфьих генов в крови.

РОК (рук или, в соответствии с новыми переводами «Сказок тысячи и одной ночи» — РУХ (или рухх))

В персидской мифологии гигантская птица таких колоссальных габаритов, что стоит ей прилететь, и она тут же застит солнце, и становится темно, как ночью. Рух охотится в основном на гигантских змей и огромных морских чудовищ. Птенцов рух вскармливает носорогами, причем — зная, что носороги ненавидят слонов (взаимно!) — тщательно выискивает именно таких носорогов, которые как раз насадили сло-

* Перевод Т. Щепкиной-Куперник. (Комментарий Д. Урнова: «Робин Добрый Малый, строго говоря, должен быть домовым»).

на на рог. Схватив их, рух тем самым добывает для птенцов закуску типа «два в одном».

На людей птица рух не охотится, пренебрегает ими как мелкими, ни на что не годными существами и просто не желает их замечать. Однако горе морякам, бездумно разбивающим яйца птицы рух, которые находят на одиноких островах в Индийском океане. Разъяренная рух не спускает вандалам и, схватив когтями огромный камень, налетает с такой бомбой бреющим полетом на корабль.

Промахов не бывает.

Этимология «руха» до конца не выяснена: некоторые выводят его из малайского «ruk» — ястреб.

РУСАЛКА

В греческой мифологии наяда или нереида, водная дева. Этимология: ни от какого не «русания»*, а от весеннего обряда «Beltane»**, для которого южными славянами придумано латинское название «rosalia» — праздник роз. Русалок также именуют ундинами либо ондинами (от «unda» — волна).

Характеры у русалок бывают крайне различными — от пугливых, невинных и неопасных твореньиц, плещущихся в речке и трогательно напевающих милые песенки, до таких, которые безжалостно затягивают в воду и топят. Есть и русалки вроде той, что описана у Уолтера Мапа — дева из Брекнока, которая после того, как ее поймал рыцарь Уостин, стала его женой, но стоило Уостину ее обидеть и она тут же исчезла как сон златой, прихватив рожденных ею супругу детей. Известно также столь же неудачное супружество с русалкой рыцаря Петера Димрингера фон Штауффенберга.

Разновидностью русалок являются свитезянки.

Подробнейшие описания, исчерпывающую информацию об экологии, обычаях, а также точную таксономию русалок

---

* Шутка: «rusanie» *(польск.)* — «траханье».

** Beltare, или Beltaine — кельтский праздник, отмечаемый в ночь с 30 апреля на 1 мая. Начало лета (кельтский год делился на две поры: лето и зиму).

содержит любопытная и забавная книга эстонского писателя и поэта Энна Вэтэмаа «Введение в наядологию». По Энну Вэтэмаа систематика русалок выглядит следующим образом:

Отряд: Русалки (Naiadomorpha); делится на семейства:

- Прекрасноволосые (Euplocomidae)
- род: Златочёлки (Auricomata)
  вид: златочёлка плакучая (Auricomata flebulis)
- род: Льняновласки (Linicomata)
  вид: льняновласка потешная (Linicomata hilaris)
- род: Зеленки (Viridiosa)
- вид: зеленка кокетливая (Viridiosa irritans)
- Моющиеся (Lotidae)
- род: Мойки (Lotis)
  вид: мойка обыкновенная (Lotis vulgaris)
  вид: мойка мылолюбка (Lotis saponiphila)
- род: Прачки (Lavatrix)
  вид: прачка скромная (Lavatrix facilis)
- Расчесывающиеся (Capitiscabidae)
- род: Чесавки (Capitradens)
  вид: чесавка обыкновенная (Capitradens vulgaris)
  вид: чесавка чернозубая (Capitradens nigrodentata)
- Нагогрудые (Nudimamillaridae)
- род: Нагогрудки (Nudimamillaris)
  вид: нагогрудка мамка (Nudimamillaris paidiphila)
  вид: нагогрудка большая (Nudimamillaris gigantea)
- род: Приласки (Anyhybrida)
  вид: приласка роскошная (Anyhybrida luxurians)
- Крикливые: (Garrulidae)
- род: Прекрасноголосые (Calliphonica)
  вид: певичка любвеобильная (Calliphonica nymphomanica)
- Плакальщицы: (Lamentosa)
  вид: плакальщица детолюбка (Lamentosa paidiphila)
  вид: плакальщица малолюбка (Lamentosa minilesbica)
- Крикливки: (Garrula)
  вид: крикливка бесстыжая (Garrula immunda)

РЭДКЭП (REDCAP)

Мерзостная и весьма опасная разновидность гоблина, обитающая на ирландских и шотландских пустошах, особо часто встречающаяся в старых развалинах, замках и башнях, как правило, тех, в которых имели место преступления, убийства и вообще всяческие страшные и жуткие события и деяния. На вид это маленький уродливый старикан с длинными зубищами и свисающими ниже колен когтистыми лапами. На голове — о чем говорит название — редкэп носит красный островерший колпак, обязанный своим цветом вроде бы частому окунанию в кровь умертвляемых жертв.

С

СВИТЕЗЯНКИ

Разновидность русалок. Места обитания свитезянок, вопреки общепринятой теории, вовсе не ограничиваются озером Свитезь на Новгородчине. Живут они и во многих других водах. Причем именно Свитезь получила название от свитезянок, а не наоборот. Корень называния (свит) — индоиранско-авестинского происхождения.

Свитезянки большие любительницы поозорничать и завлекать юношей — как правило, на их погибель.

Тут распахнулись тонкие ткани,
Перси манят белизною;
Дева подходит легче дыханья,
«Юноша! — кличет, — за мною».*

С самим же озером Свитезь связана другая — также поведанная Мицкевичем — легенда. В XIII веке Свитезь был городом, с давних пор владением княжеского рода Туганов, вассалов могущественного князя Мендога, объединителя литовских земель. Когда-то под угрозой русского вторжения Мендог потребовал, чтобы князь Туган во исполнение вассальных обязанностей выступил конно и вооруженно со всем

* Адам Мицкевич, «Свитезянки», баллада. Перевод Б. Турганова.

своим людом, способным носить оружие. Туган исполнил приказание, и в Свитезе остались одни женщины и дети. Едва опустилась ночь, как начался крик — это явились московские орды. У города, оказавшегося без защитников, не было шансов выстоять. Под ударами таранов рухнули ворота, женщины и дети заперлись в башне и, видя, что Русь уже врывается к ним, начали, чтобы избежать насилия и позора, одна за другой кончать жизнь самоубийством. Тогда дочь князя Тугана воздела руки и глаза к небу и призвала божью помощь. И тут мгновенно все обитательницы Свитезя вместе с детьми превратились в водные цветы, а сам город — в озеро. Таким-то вот путем свитезянки не только спаслись от позора и неволи, но и отомстили агрессорам. А как именно, о том говорит поэт:

> Но был царю и всем врагам урок:
> Победу празднуя над нами,
> Иной из них хотел сплести венок,
> Иной — украсить шлем цветами.
> Но лишь к цветам притронулись они,
> Свершилось чудо правой мести:
> В недуге страшном скорчились одни,
> Других застала смерть на месте.*

У озера Свитезь призраки появляются и до сих пор. Ей-богу, страшно слушать, когда рассказывают об этом старики, и страшно вспоминать на ночь глядя.

СИРЕНЫ

В греческой мифологии считались дочерьми речного божества Ахелоя и одной из муз (то ли Мельпомены, то ли Терпсихоры). Они были подружками забав Персефоны, а в наказание за то, что не помешали Аиду похитить ее, были превращены в чудовищ: полуженщин-полурыб. Им велено было жить на скалистом острове, откуда своим сладостным пением они заманивали проплывающих мимо моряков. Однако горе тому, кто, околдованный голосом сирен, отважи-

---

* Адам Мицкевич. «Свитезь», баллада. Перевод В. Левика.

вался высадиться на их острове. Несчастный погибал, разорванный на куски.

Когда мужественный Одиссей отплывал от острова, на котором проживала волшебница Цирцея (Кирка), она наставляла его такими словами:

Дело одно совершил ты успешно; теперь со вниманьем
Выслушай то, что скажу, что потом ты от бога услышишь.
Прежде всего ты увидишь сирен, неизбежною чарой
Ловят они подходящих к ним близко людей мореходных.
Кто, по незнанию, к тем двум чародейкам приближась их сладкий
Голос услышит, тому ни жены, ни детей малолетних
В доме своем никогда не утешить желанным возвратом:
Пением сладким сирены его очаруют, на светлом
Сидя лугу; а на этом лугу человечьих белеет
Много костей, и разбросаны тлеющих кож там лохмотья,
Ты же, заклеив товарищам уши смягченным медвяным
Воском, чтоб слышать они не могли, проплыви без оглядки
Мимо...*

Сиреной, правда, пресноводной, была Лорелея. Сидя на скале над Рейном — правый берег у Сант-Горсхаузена, на полпути между Майнцем и Кобленцем, забавлялась тем, что, напевая и расчесывая златые волосы, отвлекала внимание моряков, корабли которых и лодки разбивались на острых порогах, а сами они тонули.

И силой плененный могучей,
Гребец не глядит на волну,
Он рифов не видит под кручей,
Он смотрит туда, в вышину.
Я знаю, волна, свирепея,
Навеки сомкнется над ним
И это все Лорелея
Сделала пеньем своим.**

Тем, кого удивит сопоставление вышеприведенных убийственных чудовищ, восседающих в окружении обглоданных

* Гомер. «Одиссея». Перевод В. Жуковского.
** Г. Гейне. Из цикла «Снова на родине». Перевод В. Левика.

мослов и разбивающих лодки, с «маленькой Сиренкой» (у нас, в России — «Русалочкой». *Е.Вайсброт*) Андерсена, поясню, что виною тому убогая польская номенклатура. В польском языке сиренами принято называть также морских нимф, женщин с рыбьим хвостом, в отличие от классических греческих (Гомеровских) сирен отнюдь не кровожадных. Mermaids либо Meerjungfraum (в оригинале у Андерсена — den lille Havfrue) — милых и симпатичных девушек с длинными волосами и красивыми бюстами в принципе следовало бы называть не сиренами, а морскими русалками или водными девами. Так поступают чехи, у которых они — morske vily.

Именно такие морские вилы, русалки и сиренки (не сирены) выступают в роли героинь многочисленных легенд, в которых (с менее трагическим результатом, нежели у Андерсена) сбрасывают рыбьи хвосты и становятся женами моряков либо рыбаков. Подобное супружество, правда, бывает непрочным и заканчивается дурно. Как и в сказании о Мелузине*, связи людей с сиренками губят зависть, темнота и ксенофобия окружающих. Сказки эти, как легко убедиться, осмотревшись вокруг, ничуть не потеряли своей актуальности.

Известны сиренки и в других мифологиях: Атаргатис, женщину-рыбу почитали наряду с Дагоном финикийцы из Аскалона как богиню плодородия. В нордических легендах бытует Масгугер с длинными волосами и большими грудями. Много общего с сиренкой также у шелок, встречающихся от Бретани до Фарерских Островов и Исландии.

---

* Мелузина, легендарная водная нимфа, которую во время короля Одона (ок. 898 г.) в Пуатье повстречал на охоте граф Раймонд де ла Фор. Ответив графу взаимностью, Мелузина согласилась стать его женой при условии, что он не будет интересоваться тем, что она делает по субботам (Мелузина превращалась в нимфу). После долгой и счастливой жизни граф по наущению завистников нарушил клятву. Результаты можно было легко предвидеть. Счастливая семейная жизнь Раймонда пошла прахом.

СТРЫГА (STRYGA)

Разновидность кровожадного славянского упыря.

«Внезапно решившись, Витослав Стшегоня, прозванный Голованом, оборачивается к братьям Збылюту и Инбраму:

— Сейчас я позову ее! Опустите забрала! Не смотреть!

Он задирает голову к нему и голосом, полным нескрываемого ужаса, трижды кричит:

— Стрыга! Стрыга! Стрыга!

И она прилетела... Со свистом рассекая воздух, посреди азиатской пустыни явилось славянское чудовище, упыриха. Двойной ряд зубов на мертвом лице, пальцы с загнутыми когтями, холщовый саван, голый череп... Вот она села на шею язычника, с легкостью перекусила сталь, впилась зубами в тело... За первым последовал второй, третий, четвертый...»*

У славянской упырихи совсем неславянская этимология. Начало идет от латинской «striga» — старая колдунья, ведьма (отсюда теперешнее итальянское «strega» — колдунья), по-гречески «strix» — сова, потому что стрыга, как и сова, обожала ночь. А вот мужской вариант стрыги — стрыгонь — по Брюкнеру, чисто славянское изобретение.

С пряхами присядем. До зари
Будем петь припевки: Упыри,
Ведьмы, стрыги, страхи, гномы —
Все до чертиков знакомы...

В зависимости от демонологической версии стрыга либо разрывала и пожирала свои жертвы, либо высасывала из них кровь (со смертельным для жертвы исходом или же нет). Стрыгами становились седьмой ребенок, дети, умершие без крещения, дети, зачатые во грехе, особенно инцесте, а также дети атеистов. Ну и сами атеисты. Особенно такие, через трупы которых перепрыгнула кошка.

---

* Зофья Коссак, «Крестоносцы». Перевод И.Г. Безруковой и Е.В. Максимовой.

СФИНКС (SPHYNX)

Чудовище-людоед с головой женщины, телом и конечностями льва, а для полного комплекта — орлиными крыльями и хвостом змеи. Этимология: на греческом «sfingein» значит «держать». Больше других известен легендарный сфинкс, объявившийся неподалеку от Фив в Беотии, куда прибыл аж из Эфиопии, вроде бы «по делу» богини Геры, которая за что-то разобиделась на фиванцев и отомстила им, прислав чудовище. Лежа в небрежной кошачьей позе на придорожной скале, сфинкс задавал проходящим мимо загадки и шарады: тех, кто сумел их разгадать, пропускал, не сумевших блеснуть интеллектом — убивал и пожирал. Наконец он придумал такую загадку, которую отгадать не мог никто, в результате вокруг сфинкса нагромоздилась куча несъеденных жертв, а сфинкс стал истинной напастью округи. Что, надо сказать, немного удивляет, ведь загадка-то не была такой уж трудной: «Кто, — вопрошал сфинкс, — утром ходит на четырех ногах, в полдень на двух, а вечером на трех?» Эдип, прибывший в Фивы из Коринфа, запросто догадался, что речь идет о человеке, в детстве ползающем, в зрелые годы ходящем на двух ногах, а в старости опирающемся на палку. Услышав ответ Эдипа, сфинкс бросился в пропасть, не иначе как разозлившись на собственную неизобретательность и тупость.

Нет уж, гораздо более трудную загадку («У кого две руки и перья?») задал негритянскому царьку козлик Матолэк.

Т

ТАТЦЕЛЬВУРМ (TATZELWURM)

Одно из самых поразительных драконоподобных существ, известных истории мифов. Это змей с черной, гладкой и блестящей кожей, около двух метров длины, с головой кошки и двумя (только двумя!) кошачьими лапами. Вероятно, отсюда и пошло название (немецкое Tatze означает «кошачья лапка»). Другое его название — Stollenwurm (штолленвурм) может указывать на место обитания (ведь Stolle — штольня, либо глубокая пещера).

Татцельвурмы, несмотря на кажущееся внешнее уродство, способны передвигаться с поразительной быстротой и ловкостью, разбойничать на альпийских лугах, в основном у подножий Фрайбургских, Гларненских, Лехтальских, Баварских и Зальцбургских Альп. Не известно, безобразничают ли они до сих пор, во всяком случае, последнее нападение татцельвурма на отару овец было отмечено отнюдь не в каком-либо далеком средневековье, а летом 1921 года неподалеку от Хохфильцена в Австрии.

ТИЛВИТ ТЕГ (TYLWITH TEG)

Валлийские эльфы. Название означает «красивый народец». Обитают в озерках, реках, либо в недрах гор. Ежели они женского пола, то их называют «у maman» (матери), что указывает на связь с кельтскими «матронами». Как и большинство их сородичей — большие паршивцы и проказники: крадут лошадей и скот, подменяют детей в колыбелях, ночью либо в тумане сбивают путников с дороги, подшучивают над пьяницами. Обожают торговать и торговаться. Часто под видом людей появляются на базарах и ярмарках. Деньги, которыми расплачиваются при сделках, наутро оборачиваются сухими листьями.

Владыка тилвит тег — бог Гвынн ап Нудд.

Среди диких валлийских холмов, как правило, в стадах диких коз, проживает разновидность тилвит тег, называемая гвыллион.

Самые крохотные представители тилвит тег — эллилон. Любимая еда эллилонов — красные мухоморы. Всюду, где обильно растут мухоморы, наверняка можно натолкнуться на эллилона.

ТРОЛЛИ

Нордические страшилища, живущие в темноте, активные только под землей и ночью, в лучах солнца лопаются, словно помидоры, либо превращаются в камень. Породили их

Ятуны, мрачные гиганты темного Ятунгейма. Людей тролли ненавидят и нет для них лучшего лакомства, нежели человеческая плоть. К счастью, они настолько глупы, что даже деревенский простачок может уберечь свою жизнь, обманув тролля. Например, Бильбо Бэггинс (Дж. Р.Р. Толкин «Хоббит») воспользовался классическим фокусом — отвлек внимание троллей и те прозевали зарю. Первый же луч солнца застал их врасплох, превратив в каменных истуканов. Еще хитроумнее поступил ученик сапожника из немецкой сказки, которого яростно рычащий тролль «прихватил» в лесу, угрожая убить либо покалечить. Сапожник изобразил на лице грозную мину, вытащил из-за пазухи творог и так сжал его в кулаке, что потекла сыворотка. «Глупый тролль! — крикнул он при этом. — Берегись! Не то раздавлю тебя, как этот камень!» Тролль опешил и малость сдрейфил, а потом пригласил ученика сапожника к себе домой, где в огромных котлах варилась похлебка, и предложил посоревноваться, кто съест больше. Принялись хлебать, но дурной тролль не заметил, что сапожник только притворяется, будто ест, а «в натуре» выливает похлебку в спрятанный под епанчой большой кожаный бурдюк. Тролль, ясное дело, вскоре уже есть не мог, а бурдюк — мог. «Сдаюсь, ты выиграл, могущественный смертный, — застонал тролль, — мне с тобой не тягаться, в меня уже не лезет ни ложки, а по тебе не видно, чтобы ты вообще ел». «Но-но, — засмеялся ученик сапожника, — не сдавайся так легко. Делай как я: разрежь себе желудок, выпусти ёдово, вот так, облегчись, и продолжим еду». Тут сапожник разрезал ножом бурдюк и похлебка вылилась. Потом подал нож троллю, ободряя того жестом и милой улыбкой. А глупый тролль совершил сеппуку.

Ф

ФЕИ (FAIRIES)

Существа, заселяющие Волшебную Страну, FAERIE. Этимология слова: от латинского fatum (фатум), означающего то же, что и судьба, предназначение, предсказание, предначертание богов. В таком классическом понимании слова́ фатум, фатализм, фатальный удержались в подавляющем большинстве современных языков. В средневековой латыни слово «фатум» имело также свою глагольную форму. «Fatare» означало «чаровать», «околдовывать», «заклинать», «подчинять своей воле», «изменять и формировать чью-либо судьбу». Слово это и произведенные от него формы проникли вначале в порожденный напрямую средневековой латынью итальянский язык, в котором «fatare» значит «чаровать». Словами «una donna fatata» многие произведения классической итальянской литературы определяют заколдованную даму, то есть столь характерную для рыцарской поэмы красавицу, высматривающую из оконца заколдованной башни либо с вершины стеклянной горы благородного избавителя. Словом же «fata» итальянские рыцарские поэмы именовали волшебницу, то есть заклинающую особу, которая — как знать — возможно, и была виновницей ограничения личной свободы заточенной в башне красотки. Как «fatata», так и «fata» проникли в провансальский и кастильский (una fada), немецкий (die Feine) и французский (feer, les dames faees) языки.

Во французском языке слово это метаморфизировалось дальше, и метаморфоза сия произошла в согласии с духом языка. Так же, как из глагола «мечтать» (rever) выводится «reverie» («мечтание, иллюзия»), так и произведенный от «fatum» глагол «faer», «feere» (заколдовывать, зачаровывать) пополним существительным «faerie», «feerie».

В современном английском существительное «faerie» имеет три значения. Первое: иллюзия, чары, фантасмагория. Второе: название волшебной страны, заселенной заколдованными существами. Третье: название существ, заселяющих эту страну, — «faeries», либо «fairies».

Хоть здесь явно (в толкиновском понимании) речь идет об эльфах, в польском языке «fairies» переводится обычно как ворожейки, феи либо вещуньи.

Поэт сказал:

...Тогда, по слухам, духи не шалят,
Все тихо ночью, не вредят планеты
И пропадают чары ведьм и фей.*

Имеется также иная — весьма любопытная — этимологическая концепция, в соответствии с которой феи ведут свой род из Персии. По персидской мифологии мифическая страна Джиннистан заселена невероятной красоты сверхъестественными существами женского пола, именуемыми пери (как небезызвестная пери Бану, соблазнившая некогда князя Ахмеда). Арабы, не выговаривающие «п», якобы перенесли этот миф в Европу, заменив «пери» на «фери» (так и получились готовые «Faerie» и «fairies»). Интересно — но меня больше убеждает версия первая, та, которая с «фатумом». Разве что отнести персидское «пери» исключительно к английскому языку? Потому что если не «фатум», то откуда взялась «фата-моргана»?

ФЕЙРЕ (FAERIE)

Страна Фантазии, заселенная эльфами или феями. Встречается также перевод (на польский) «страна вещуний». «Faerie Queene» Эмунда Спенсера это по-польски (и по-русски) — «Королева вещуний». От «Faerie» происходит слово феерия (например, феерия огней).

Х

ХОББИТ (HOBBIT)

Неологизм Дж. Р.Р. Толкина. Хоббиты — цитирую наиболее близкий к оригиналу перевод Паулины Брайтер — «это есть (а может, были) маленькие человечки, ниже нас наполовину и даже меньше ростом, чем бородатые краснолюдики». Само слово «hobbit» лингвист Толкин шутливо выводит из «holbytlan», то есть (на языке рохирримов) «строители нор».

* Уильям Шекспир «Гамлет», перевод Б. Пастернака.

Однако истинное происхождение названия иное — и любопытное. Ведь Толкин был в Оксфорде членом элитарного профессорского клуба, забавлявшегося чтением исландских саг и дискуссиями о них. Клуб назывался по-исландски «Кольбитар» (coalbiters, грызущий уголь) из-за того, что члены клуба усаживались столь близко от камина, что чуть ли не грызли уголь. Придумывая название для своего гуманоида, Толкин скомпоновал известную ему местность в Уорвикшире, называвшуюся Хоббинген (Hobbingen) — он жил там четыре года — с клубом Кольбитар — так и возник хоббит. Слово, известное всем и каждому.

Серые эльфы на синдаринском языке называли хоббитов перианами (perianath), а людей — хальфлингами. Вводя слово «хальфлинг», Толкин немного путает понятия, хальфлинг (от слова half — половина) означает в англосаксонском фольклоре обитателя Faerie, который представляет собой «fifty-fifty», то есть гибрид человека и fairy — как Робин Гудфеллоу. Так что хальфлинг — это что-то вроде промежуточного звена, то есть существа, в котором элемент «естественный» смешан со «сверхъестественным». Следовательно, ближе к истине в отношении хальфлингов оказался Джек Вэнс в цикле «Lyonesse», который в глоссарии к «Suldrun's Garden» говорит: «Эльфы (fairies) являются хальфлингами, как и тролли, фаллуа, огры и гоблины, в отличие от меррихевов, сандестинов, квистов и дарклингов».

Первая польская переводчица «Властелина Колец», Мария Скибневская, перевела толкиновского halflinga так, как, кажется, этого хотел сам мэтр — «niziołek», то есть существо маленького роста, карлик, «ниже нас наполовину». Ведь слово «низёлок» (nizioíek!) именно такое — и только такое — имеет значение в польском языке*.

---

* Работая над переводом произведений Сапковского, вошедших в «Сагу о ведьмаке Геральте», я с согласия автора (не совсем добровольного!) заменил слово «низёлок» на «низушек» — более близкое русскому языку, отказавшись от хальфлинга и толкиновского хоббита. И ничего не случилось страшного. —*Примеч. пер.*

Однако сейчас, голову дам на отсечение, каждый спрошенный о низелках, не колеблясь ответит, что это хоббит. Поразительны бывают судьбы слов.

Ч

ЧЕРНОБОГ

Демон ада высшего ранга, бог абсолютного зла в верованиях славян, властелин Черного Замка в Нави, северной стране Тьмы. Его супруга — богиня смерти Мара. Это от ее имени происходят слова nocna mara (ночное видение) и zmora (кошмар).

Армией Чернобога, состоящей из демонов, дьяволов, вурдалаков, черных волхвов и ведьм, командует Вий. У Вия такие тяжелые веки, что его слуги вынуждены поддерживать их вилами. Стоит Вию поднять веки и взглянуть на когонибудь, как тот тут же умрет.

Чернобог противник всех богов и всего живущего, ибо его программа — Хаос и Ночь, тьма, в которой царят холод и вечное Зло.

В германские поверья Чернобог проник как Zernebock. Кто ж не помнит «Айвенго» Вальтера Скотта и песни, которую старая саксонка Ульрика поет в пылающем замке?

Точите мечи — ворон кричит!
Факел зажги — ревет Зернебок!
Точите мечи, Драконы сыны,
Факел зажги, Хенгиста дочь.*

Некоторые считают, что славяне такого бога, как Чернобог, вообще не знали, а придумал его немец, гольштейнский пастор Гельмгольд, автор «Chronicon Slovorim» (...zcerneboch, id est nigrum deum appelant). Но, как говорят итальянцы: se non e vero, e bon trovato**.

---

* Перевод Е.Т. Бекетовой.
** «Это не так, но звучит хорошо» (*ит.*).

Ш

ШЕЛКИ (SELKIES или SILKIES)

Ирландское название roane — родственницы сирен, точнее — русалок, морские вилы (русалки) встречаются обычно в ипостаси тюленей, однако раз в девять ночей шелки могут сбрасывать тюленью шкуру и, приняв обличье человека (женщины, либо мужчины), петь и плясать на пляже. Если юноше либо девушке (что гораздо реже) удастся украсть тюленью шкуру, то он (она) может принудить шелку (либо селка) к супружеству. Однако такие связи — как и в случае обычных русалок — очень даже непрочны.

В странах и районах, где шелки дело обычное (Англия, Корнуолл, Ирландия, Северная Шотландия, Гебриды, Оркады, Шетландские и Фарерские острова, Исландия) известны и часты случаи, когда девушки-шелки сами ищут молодых людей в качестве секс-партнеров на one night stand либо дольше. Сигналом тому, что юношей заинтересовалась шелка, служит красная шапочка, найденная на пляже. Молодой человек, решившийся ответить желанию шелки, должен поднять и забрать шапочку, а на следующий день на закате выйти на берег моря. На страх свой и риск.

Мне претензий прошу не предъявлять.

Э

ЭЛЬФЫ

Сверхъестественные существа, обитатели Faerie.

Этимология: германское (готское) Alf (теперь в форме Alp) значит «ночной призрак»; слово Alptraum означает ночные кошмары. Скандинавских Alfar мы найдем уже в «Эдде» — красивых светозарных эльфов (Liosalfar) и отвратительных эльфов черных (döckalfar или svartalfar).

Это древнейшая раса, существующая на свете с зарождения истории, а может быть, и еще раньше.

В отличие от fairies, у которых могут быть различные формы и размеры, эльфы по своим габаритам равны людям.

Эльфам присущ очень светлый, прямо-таки белый цвет кожи. Эльф не загорает, даже если целыми месяцами будет пребывать на солнце. Что до цвета волос и глаз, то существует два типа эльфов: светлые блондины с бледно-голубыми глазами и брюнеты (даже черноволосые) с ядовито-зелеными глазами. (Не очень типичны эльфы у Пола Андерсона — «The Broken Sword» — с глазами цвета жемчужно мерцающего тумана).

Эльфы доживают даже до 500 – 600 лет. Ниже границы в 100 лет эльфа считают мальчиком, 150 – 200 лет — возраст взрослого эльфа. Свыше 250 лет означает для эльфа преклонный возраст, а перевалив за 350 он становится стариком.

Эльфы худощавы, изящного телосложения и очень красивы. Эльфов калек, обрюзгших, лысых и некрасивых просто-напросто не бывает. Однако несмотря на это, не так-то просто распознать эльфа в толпе людей. Более всего бросающееся в глаза эльфье отличие — остроконечные ушные раковины, обычно скрытые волосами. Эльфа можно распознать также по зубам (хоть эльфы редко их показывают). Ведь эльфы, не будучи плодом эволюции, не имеют клыков.

Милые, добрые и в принципе дружелюбные, охотно оказывающие услуги эльфы, собраны в круг Seelie (Seelie Court). Круг же Unseelie объединяет эльфов, решительно неприязненных, от которых можно ожидать только пакостей и неприятностей.

В Валлии эльфов называют tylwyth teg, в Ирландии — Daoine Sidhe (Ши). В фэнтези названия эльф, fairy и Ши часто взаимозаменяемы.

Содержание

Литературно-художественное издание

Сапковский Анджей

НЕТ ЗОЛОТА В СЕРЫХ ГОРАХ

Мир короля Артура
Критические статьи
Бестиарий

Художественный редактор О.Н. Адаскина
Компьютерный дизайн: А.С. Сергеев
Технический редактор О.В. Панкрашина

Общероссийский классификатор продукции
ОК-005-93, том 2; 953000 — книги, брошюры

Гигиеническое заключение
№ 77.99.11.953.П.002870.10.01 от 25.10.2001 г.

ООО «Издательство АСТ»
Лицензия ИД № 02694 от 30.08.2000 г.
674460, Читинская область, Агинский район,
п. Агинское, ул. Базара Ринчино, д. 84
Наши электронные адреса:
WWW.AST.RU
E-mail: astpub@aha.ru

Отпечатано с готовых диапозитивов
в ОАО «Рыбинский Дом печати»
152901, г. Рыбинск, ул. Чкалова, 8.